Un examen extraordinario

Un examen extraordinario

Jenny L. Howe

Traducción: Nieves Calvino Gutiérrez

TITANIA

Argentina • Chile • Colombia • España
Estados Unidos • México • Perú • Uruguay

Título original: *See You Yesterday*
Editor original: St. Martin's Griffin, an imprint of St. Martin's Publishing Group
Traducción: Nieves Calvino Gutiérrez

1.ª edición Agosto 2023

Copyright © 2022 *by* Jenny L. Howe
Translation rights arranged by Jill Grinberg Literary Management LLC
and Sandra Bruna Agencia Literaria, SL
All Rights Reserved
© 2023 de la traducción *by* Nieves Calvino Gutiérrez
© 2023 *by* Urano World Spain, S.A.U.
Plaza de los Reyes Magos, 8, piso 1.º C y D – 28007 Madrid
www.titania.org
atencion@titania.org

ISBN: 978-84-19131-27-0
E-ISBN: 978-84-19699-28-2
Depósito legal: B-11.572-2023

Fotocomposición: Ediciones Urano, S.A.U.
Impreso por Romanyà Valls, S.A. – Verdaguer, 1 – 08786 Capellades (Barcelona)

Impreso en España – *Printed in Spain*

Para mi madre, que siempre me dijo que podía volar.
Y para Kevin, que me ayudó a encontrar mis alas.

Nota de la autora

Querido lector:

En primer lugar, agradezco mucho que estés aquí. Gracias por elegir Un examen extraordinario. He escrito unos cuantos libros antes que este, pero no podría estar más contenta de que Un examen extraordinario sea mi debut. Está lleno de todo lo que me gusta (romance, punto de cruz profano, perros, buenos amigos, buena comida, caballeros y otras cosas medievales, LIBROS, TANTOS LIBROS), y espero que os dé tanta alegría leerlo como me dio a mí escribirlo.

Un examen extraordinario nació de muchas cosas: mi amor por la literatura medieval, mi paso por la universidad, mi afinidad con los romances de segunda oportunidad y los tropos de rivales académicos. Pero lo más importante para mí es que este es el libro que, como mujer gorda, he necesitado la mayor parte de mi vida y que, muchos días incluso ahora, sigo necesitando. Allison Avery, mi protagonista, es una mujer gorda, pero esa es solo una pequeña faceta de quién es.

Su historia no es una historia de pérdida de peso, ni siquiera de aprender a quererse por lo que es y por su aspecto. Eso ya lo hace. La historia de Allison trata de aceptar el cambio y descubrir que no solo podemos cambiar nosotros, sino también las personas que nos rodean. Trata de aprender a confiar en sí misma para volver a amar después de que le hayan roto el corazón. Y de tener la suficiente confianza en sí misma para ir a por lo que quiere con toda su energía y creer que puede conseguirlo.

La palabra «gorda» no tiene por qué ser fea. Pero para que lo sea, tenemos que quitarle poder. Creo que las historias son un primer paso crucial para ello. Las personas gordas son más que sus cuerpos. Nos merecemos un «felices para siempre», tanto romántico como de otro tipo. Estoy encantada de poder darle uno a Allison.

Aunque Allison se ama a sí misma, vive en un mundo que no ama a los cuerpos gordos, por lo que Un EXAMEN EXTRAORDINARIO aborda algunos temas de peso que pueden ser desencadenantes para algunos. Los personajes y los *flashbacks*, incluido un miembro de la familia, expresan su gordofobia, y la historia trata de la muerte y de la pérdida. Espero haber sido capaz de tratar estos temas con el cuidado que merecen, y te pido que te cuides mientras lees.

Besos y abrazos
Jenny L. Howe

Capítulo 1

Si una persona más utilizaba la palabra «hegemónico», Allison Avery pensaba ponerse a gritar.

Después de casi dos semanas enteras de clases en la Universidad de Claymore, debería estar más acostumbrada a las peculiaridades de los cursos de literatura de posgrado, pero seguía pareciéndole... demasiado.

Todo el mundo parecía mucho mayor, como Link, con sus tirantes y sus pajaritas temáticas para cada clase, y Kara, cuyas camisas estaban planchadas de un modo tan concienzudo que podría rodar por una colina cubierta de hierba sin que se le hiciera ni una arruga. Y todos tenían portátiles (nuevos y relucientes), que tecleaban con un entusiasmo que Allison era incapaz de reunir mientras garabateaba de manera frenética en su cuaderno como una especie de ludita mientras se perdía una de cada dos palabras que decía la profesora Behi.

Cuando en mayo Allison asistió a la ceremonia de graduación en la universidad, durante la que tuvo que escuchar a un político al que debería haber conocido parlotear sobre que había que aprovechar al máximo cada oportunidad durante el discurso de apertura, dejó que su mente divagara hacia el otoño y se imaginó llevando bonitos vestidos de flores, sentada en un desgastado sillón en un acogedor rincón de la biblioteca mientras escuchaba embelesada a los profesores hablar de manera poética de Chaucer, Julián de Norwich y Boccaccio. Desde luego, no planeó que tendría que embutirse en los mismos estrechos pupitres de estudiante que se le clavaban en las curvas, se pusiera como se pusiera. Ni dejar que le ardieran los ojos hasta altas horas de la madrugada tratando de encontrarle sentido a dos párrafos de Jacques Derrida.

Y nunca, ni en un millón de años, se imaginó que estaría sentada en el círculo de debate enfrente de Colin Benjamin. Su exnovio.

Colin, como era de esperar, había sido la última persona en hacer que a Allison se le encogiera el cerebro al encontrar la manera de incluir «hegemónico» en una frase. Esa era la única razón por la que lo estaba mirando ahora.

Se encorvó más en su silla cuando su profesor desplazó la mirada hacia una nueva mano levantada. Tenía uno de sus enjutos tobillos apoyado en su igualmente enjuta rodilla (por algo ella solía llamarlo en broma Ichabod Crane), dejando al descubierto unos calcetines morados con la palabra «¡Gatos!» garabateada alrededor de dibujos de felinos en diversas fases de estiramiento y de sueño.

Allison se mordió el interior de la mejilla para evitar reaccionar. Debería ser ilegal que Colin Benjamin llevara calcetines bonitos. O que hiciera nada que fuera adorable. Los únicos adjetivos reservados para él deberían ser términos como «irritante», «exasperante» y «molesto».

Desvió hacia ella sus ojos color avellana tras unas gruesas gafas de montura granate y se llevó la mano al pelo rubio oscuro. Llevaba la parte superior larga y los lados afeitados, y a pesar de toda la gomina que se lo apartaba de la frente, Allison sabía que los mechones eran suaves como la seda.

La idea le revolvió el estómago. Para ignorarlo, levantó el brazo.

Una sonrisa iluminó la cara de la profesora Behi, restándole diez años a la edad que sugerían los espesos mechones grises de su negro cabello y las profundas patas de gallo grabadas en la piel de los rabillos de sus ojos castaños.

—¿Sí, Allison?

Incluso desde la seguridad de su escritorio, a Allison le ardían las mejillas y su voz se volvió chillona.

—Profeso..., uh..., Isha... —En Orientación les habían indicado que llamaran a sus profesores por su nombre de pila. «Ahora sois compañeros», insistió la estudiante de cuarto curso, como si quisiera recordarles a todos lo importante que era estar en uno de los programas de doctorado más prestigiosos del país. Como si Allison pudiera olvidarlo. Su madre había enmarcado la carta de admisión y la había colgado encima de la chimenea. Hacía que las visitas se pararan a admirar el papel blanco roto durante al menos diez segundos, como si fuera una imagen a la que adorar.

Pero cuando estos «compañeros» podían expulsar a los estudiantes del programa a su discreción, esa igualdad parecía dudosa en el mejor de los casos. Allison prefería llamarlos «profesores» y que la dinámica de poder fuera transparente.

Se aclaró la garganta.

—Probablemente sea una pregunta tonta, pero si a Derrida le preocupaba tanto acceder al significado de un texto, ¿por qué se esforzaba tanto en que sus escritos fueran tan...? —Allison se mordió el labio inferior, tratando de encontrar la palabra adecuada. Por supuesto, con los ojos de otras doce personas puestos en ella, incluidos los de Colin Benjamin, todo pensamiento había abandonado su cerebro—. ¿...imposibles? —murmuró finalmente.

Colin levantó la mano para responder. ¿Cómo no iba a hacerlo? Colin Benjamin nunca perdía la oportunidad de desafiar a alguien. O de escuchar el sonido de su propia voz.

Que, Allison odiaba admitir, era suave, grave y reconfortante. Habría sido un excelente narrador de audiolibros.

Antes de que la profesora Behi pudiera darle la palabra, Ethan Windmore (para sus adentros, Allison se refería a él como Ethan la Cotorra) anunció:

—Es evidente que no has captado los matices de su teoría.

Aunque nadie dijo una palabra, Allison pudo sentir el deseo colectivo de gemir. La tensión presionaba los cristales sucios de las ventanas, enrareciendo el aire ya cargado de una bochornosa tarde de septiembre en Nueva Inglaterra. Después de cuatro años de licenciatura en la Universidad de Brown, Allison debería haberse acostumbrado al hecho de que el otoño no llegaba de verdad a Providence, Rhode Island, hasta noviembre. Hacía que echara de menos el que empezara a hacer frío en cuanto empezaban las clases igual que en el norte de Maine.

Ethan se inclinó sobre su escritorio, haciendo que sus bíceps se tensaran contra su camiseta. No debería tener unos bíceps tan pronunciados, decidió Allison. No se le debería permitir semejante vanidad a alguien tan odioso.

Esperaba que alguien la auxiliara, pero toda la clase se había quedado misteriosamente embelesada con cualquier objeto que estuviera cerca. Link estaba limpiando la pantalla de su portátil como si fuera un parabrisas cubierto de cadáveres de insectos. Kara alisaba la superficie de imitación de madera de su pupitre. Alex y Mandy, los otros dos compañeros de Allison, se comían las uñas.

Allison odiaba llamar la atención. Pero cuando quedaban tres minutos de clase, no estaba de humor para una de las lecciones de Ethan.

—Entiendo bien los matices. —Mentira. Teniendo en cuenta todo lo que Allison podía captar, los escritos de Derrida bien podrían estar todavía en francés. Pero el infierno se congelaría, los cerdos volarían y los tipos blancos admitirían que están equivocados antes de que ella revelara que no comprendía una pizca de teoría literaria—. Supongo que no me impresionan los escritores que se excitan con la ofuscación.

Ethan ahogó un grito. El sonido llenó a Allison de orgullo.

La profesora Behi dejó escapar una risa musical.

—Ese parece un buen lugar para detenernos por hoy. Seguid todos el ejemplo de Allison y para nuestra próxima reunión pensad en por qué Derrida necesita hacer que su trabajo sea tan... —le lanzó una sonrisa a Allison— imposible. —La gente empezó a levantarse y a cerrar sus portátiles, pero la profesora Behi dio una palmada e hizo que volviera el silencio a la sala—. Para los alumnos de primer curso, ya se han asignado los puestos de ayudante de cátedra. Encontrarán una carta en el buzón de su departamento sobre el curso, sus funciones, etcétera. Les pido disculpas por el retraso. Unos cambios de última hora en la oferta de cursos generaron cierta confusión.

El corazón de Allison galopaba mientras recogía sus cosas. Por fin sabría si la habían asignado a la clase de la profesora Frances, Grandes Éxitos de la Literatura Británica anteriores a 1800.

Allison se había decantado por la carrera de Literatura Medieval, por lo que un puesto de adjunto con la profesora Wendy Frances sería el comienzo ideal. Esa mujer era un genio. Su empeño en modernizar los textos más antiguos provocó las críticas de los más tradicionalistas, pero Allison sabía que ese era el tipo de trabajo académico que el mundo necesitaba. No una crítica tan cerrada que requiriera un diccionario. El trabajo de la profesora Frances trascendía las líneas académicas. La gente lo leía por placer. Y hacía que se interesaran por textos que no eran tan conocidos. Ayudaba a la gente a encontrarse a sí misma en los libros que Allison amaba.

Eso era exactamente lo que Allison quería hacer. Y dos tramos de escaleras más arriba, en la pequeña sala de la correspondencia para graduados dentro de la abarrotada sala de estudiantes de posgrado, podría haber un sobre que la pusiera en ese camino.

La escalera oeste de Haber Hall no tenía ventanas y las luces parpadeaban. Un pequeño escalofrío recorrió su espalda mientras

Allison subía los escalones. Al final del último tramo, entró en el pasillo pintado de vivos colores del Departamento de Inglés. A diferencia del lúgubre gris del resto de Haber Hall, la tercera planta era del cálido y acogedor amarillo de una perfecta barra de mantequilla. El espacio estaba salpicado de coloridos carteles y folletos en los que se anunciaban conferencias literarias, talleres de escritores, estrenos de películas independientes y presentaciones de libros. Las puertas de los despachos de la mayoría de los profesores estaban abiertas y el bullicio de las conversaciones y el rápido tecleo reverberaba a lo largo de la desgastada alfombra roja.

Allison se asomó a la sala para estudiantes de posgrado. Había un viejo sofá de piel marrón surcado de grietas colocado bajo la ventana, frente a una pequeña cocina, y una aleatoria serie de mesas dominaba el centro de la sala. La pared del fondo estaba ocupada por hileras de buzones sobre una encimera en la que había una impresora y un batiburrillo de material de oficina, que en su mayoría nadie había tocado desde 2006.

Y, como no, delante de los buzones estaba Colin Benjamin. La iluminación integrada en el techo confería a su pelo engominado el aspecto de mechones de cristal mientras miraba una carta que tenía entre las manos. Su alta y desgarbada figura bloqueaba todo el espacio como si fuera un comprador de comestibles que hubiera parado el carro en mitad de un pasillo para echar un vistazo a las estanterías.

Lo más inteligente sería apartarse y esperar a que terminara. Pero esperar requería paciencia y Allison no poseía ni una pizca. Y menos cuando llevaba semanas desesperada por saber algo sobre el puesto de adjunto. Había visto el sobre de papel manila asomando por la ranura del buzón en cuanto cruzó la puerta. Tenía que echarle el guante.

Se alisó la parte delantera de la blusa de lunares con los dientes apretados y se echó el pelo castaño por encima del hombro. Acto seguido entró.

Mientras se acercaba a Colin, respiró hondo con tanto disimulo como le fue posible y metió tripa para cerciorarse de que cabría por el hueco que quedaba entre la encimera y él.

A pesar de haberse criado en una casa donde su madre hacía todo lo posible para que se sintiera normal y guapa, al ser una chica de talla grande, le resultaba imposible no pensar en esas cosas. Nada en el mundo se había construido teniendo en cuenta la forma de su cuerpo, por lo que cada espacio se convertía en un problema matemático con ángulos que analizar y ecuaciones que resolver.

Allison odiaba las matemáticas.

Gracias a la maldición del apellido de su padre, su buzón estaba en lo más alto de la hilera, lo que la obligó a ponerse de puntillas para alcanzar el sobre. Y aun así, inclinándose hacia delante todo lo que le permitían sus cortas pantorrillas, solo consiguió enganchar la esquina. La emoción del triunfo duró el segundo que tardó en darse cuenta de que al hacerlo había sacado el culo hacia fuera y había chocado contra algo que tenía detrás.

O, mejor dicho, contra alguien.

Y solo había una persona en la habitación.

Un aullido mortificado trató de abrirse paso por su garganta mientras Allison se alejaba de un salto. Sus pies la llevaron a cruzar la habitación como si tuvieran alas y no dejó de retroceder hasta que el áspero y agrietado brazo del sofá de cuero se le clavó en las corvas y le raspó las piernas desnudas. Sus dedos estrujaron el grueso material del sobre.

A Colin se le pusieron las mejillas como dos tomates y abrió los ojos como platos.

¿El desafortunado encuentro entre su culo y la entrepierna de él le habría traído el mismo recuerdo que a ella? ¿El del momento en que se conocieron? ¿En aquella fiesta?

La noche antes de que comenzaran las clases del segundo año de Allison en Brown, ella y su mejor amiga, Sophie, estaban como piojo en costura en medio de una multitud en el apartamento de algún estudiante de último curso, bailando como si sus vidas dependieran de ello, cuando alguien se apretó contra Alison. Al principio supuso que se habían chocado, pero después pasaron unos segundos y la persona no se movió, así que Allison había echado el cuerpo hacia atrás y, en contra de su buen juicio, se había dejado rozar por aquel desconocido.

Como nunca se le habían dado bien las interacciones impersonales, solo aguantó hasta la mitad de la canción antes de volver a mirarle.

—¡Soy Allison! —gritó para que la oyera por encima de la música.

—Yo... —frunció la boca y arqueó sus gruesas cejas rubias, que sobresalieron por encima de sus gafas—... solo intento pasar.

Fue entonces cuando le contempló con los ojos entrecerrados en medio del estupor del alcohol. Tenía los brazos en alto y una expresión de incomodidad en el rostro. Había atrapado a este pobre y desprevenido hombre contra la pared.

Le había inmovilizado con su culo.

Ese fue el momento en que aprendió que la vergüenza podía ser algo físico y doloroso.

En los últimos años había intentado olvidar aquella noche y los ocho meses de noviazgo con Colin que siguieron. Pero desde que lo vio en Orientación de Claymore, todo seguía volviendo de forma inesperada. Cada parte de su historia, desde su horror al descubrir dos días después de aquella fiesta que él estaba en su clase de Teoría de la Literatura, pasando por sus intentos fallidos de evitarlo, hasta la primera vez que tomaron un café una semana más tarde y su primer beso una semana después. Y todas las primeras, segundas y terceras veces que siguieron, hasta que él la abandonó sin contemplaciones en mitad del semestre de primavera.

Fueron algunos de los mejores y peores momentos de su vida y deseaba poder olvidarlos todos.

Colin cambió el peso de un pie al otro delante de ella y, para su sorpresa, una suave sonrisa se dibujó en su rostro. Casi parecía alegrarse de verla.

—Ah, hola...

Allison se enfadó. No estaba de humor para conversaciones triviales con el tipo que una vez le había roto el corazón, mucho menos cuando tenía en sus manos un trozo de papel que podría cambiar el curso de todo su futuro.

—¿Podrías no despatarrarte y ocupar toda la sala? No eres el único que necesita entrar aquí. —Desenrolló el cordón rojo del botón que mantenía cerrado el sobre, girándolo una y otra vez hasta que se soltó.

Su tono pareció divertirle, pues la comisura derecha de su boca se curvó. Una cierta chispa traviesa brilló en su mirada.

—Pensé que a lo mejor... ¿querías bailar?

Allison contuvo un graznido de horror. Esa era exactamente la razón por la que le había estado evitando desde la sesión de Orientación. Quizá para él su pasado fuera una broma, pero su ruptura había sido uno de los momentos más dolorosos de su vida.

Antes de que pudiera decidir de qué forma responder, el sonido de una nueva voz interrumpió su enfrentamiento.

—Oh. Genial.

En la puerta había una escultural mujer de unos cuarenta años. Llevaba el pelo rubio ceniza recogido en un moño desordenado y los mechones más cortos enmarcaban su cara redonda y se enredaban con sus pendientes de oro en forma de hoja. Un impecable rabillo delineaba sus ojos azul grisáceo y llevaba ese tono de pintalabios rojo que solía quedarle bien a todo el mundo. Su elegante vestido negro estaba adornado con un vaporoso kimono de gasa floral en tonos azules y amarillos, que le daba un aire de profesionalidad bohemia que Allison codició de inmediato.

El corazón le palpitó como si estuviera delante de una estrella de cine cuando la profesora Frances se aproximó a ellos con paso grácil.

—Allison, excelente. Esperaba verte antes de nuestra primera clase del martes.

—¿Nuestra clase? —Allison posó la mirada en el sobre sin abrir que tenía en la mano.

—No creerás que voy a dejar que otro se quede contigo después de esa redacción sobre las similitudes entre *La comadre de Bath* y Úrsula de *La sirenita*. —La profesora Frances sonrió.

Allison estuvo a punto de ponerse a chillar. Esto era justo lo que había estado esperando. La oportunidad de que la más renombrada especialista del departamento en la época anterior al siglo XVIII la tutelara desde el principio de su carrera universitaria. Si se llevaban bien, a lo mejor la profesora Frances la elegía como su ayudante de investigación, la invitaba a sus viajes a Europa para examinar copias originales de algunas de las obras más antiguas de la literatura o coescribía artículos con ella. Todo ello podría encaminarla a conseguir cuanto había soñado desde el momento en que su padre se rio de que la aceptaran en Brown, hacía cuatro años, y le preguntó de qué forma pensaba que su madre y ella iban a pagárselo con el sueldo de una camarera. (A veces deseaba que sus padres se hubieran divorciado mucho antes de su primer año en la universidad, pero sin la sempiterna negatividad de su padre que la motivara, tal vez ahora no estaría ahí, a punto de cumplir todos sus sueños. Si la vida te da limones, haz limonada.)

La profesora Frances desvió la mirada hacia Colin, de cuya existencia Allison se había olvidado. Sonrió mientras pronunciaba nueve palabras que cayeron como una bomba en todo el mundo de Allison.

—Estoy deseando trabajar con los dos este semestre.

Capítulo 2

«Con los dos».

Veinticuatro horas después, las palabras seguían aferradas a las entrañas de Allison lo mismo que de niña imaginaba que hacía un chicle si te lo tragabas.

No solo tendría que ver todas las semanas a su exnovio al otro lado del aula en sus tres clases de posgrado, sino que ahora, al ser profesores adjuntos en el mismo curso, tendría que trabajar con él. Eso significaba ser educada y profesional y no ignorarle, por mucho que quisiera.

Era un desastre. Una tragedia. Una desgracia de niveles dickensianos.

Allison dejó escapar un gemido al tiempo que cerraba los ojos y alzaba la cara hacia el sol. Esperaba que salir a leer por la tarde mejoraría su estado de ánimo, pero no estaba más cerca de poder concentrarse. Solo más sudorosa. Se enjugó la húmeda frente, cerró la cubierta de *De la gramatología*, de Derrida, y lo apartó de un empujón sobre la mesa de cristal.

—¿Desde cuándo maltratamos los libros? —La voz de Sophie se mezcló con el crujido de la puerta trasera cuando se unió a Allison en el exterior. Esa mañana tenía cita con el dentista, y para

Sophie Andrade, cualquier cita era una excusa para tomarse el día libre, sobre todo si era viernes.

—No lo hacemos. Excepto este. —Para demostrarlo, Allison utilizó el extremo de su bolígrafo para empujar a Derrida del borde de la mesa. El libro cayó al suelo con un *golpe* que le resultó muy placentero.

El ruido hizo que Monty, el corgi de siete meses de Allison, se retorciera como una batidora a toda potencia bajo el brazo de Sophie. Apenas lo dejó en el suelo, se puso a dar vueltas como un loco por la pequeña circunferencia de la terraza, haciendo que sus uñas repiquetearan contra los listones de madera.

—He encontrado a esa bestia intentando usar el alfiletero de mi tía como pelota de tenis. —De día, Sophie trabajaba como grabadora de datos, pero de noche diseñaba su propia línea de ropa para tallas grandes, por lo que en su habitación siempre parecía que hubiera explotado una tienda de manualidades. Una auténtica cornucopia de tentaciones para un perro travieso, y Monty no tenía autocontrol.

—¿El que tiene forma de tomate?

—Sí.

Allison suspiró.

—Es lo último que me faltaba esta semana. Que la ASPCA se lleve a mi perro porque ha comido alfileres.

—Te prometo que no se ha comido ningún alfiler. —Sophie se acomodó en la tumbona junto a Allison y se tapó la cara con sus enormes gafas de sol. Con su mono de rayas blancas y negras, parecía lista para un día de playa—. ¿Pero no *acabas* de empezar las clases? Las cosas no pueden ir tan mal ya.

Allison frunció el ceño.

—La universidad es exigente. —Aunque últimamente Sophie no había estado lo bastante cerca como para verlo.

Cuando se mudaron de su apartamento en el campus a esta pequeña casa de alquiler el día después de la graduación, Allison pensó que sería como una licenciatura 2.0. en noches de películas, noches de juegos y trasnochar bebiendo el alcohol sobrante de las fiestas. Reír hasta no poder respirar. Todo igual, solo que mejor, porque ya no había normas ni deberes (al menos para Sophie) que las agobiaran.

En cambio, había facturas, tareas y alarmas a las seis de la mañana. Y Sophie tenía un montón de nuevos amigos del trabajo y diseñadores con los que se había puesto en contacto para llenar el tiempo libre que le quedaba. Allison no recordaba la última vez que habían charlado durante más de diez minutos.

Raspó el suelo de la terraza con el tacón de la sandalia.

—Tengo mucho que leer. Y los profesores cuentan con que sepas un montón. Es como empezar un idioma en el nivel más avanzado. Y encima me han asignado el puesto de adjunto, así que ahora también voy a tener que preparar mis propias sesiones de recitación.

Las sesiones de recitación eran grupos de debate de diez a quince alumnos, lo que básicamente significaba que Allison tenía que dirigir dos clases ella sola. No importaba que tuviera que hacer todo esto con Colin rondando por todas partes como una especie de malévolo fantasma. Pero no podía decirle eso a Sophie. Todavía no. Aún no sabía de qué forma decirle que Colin estaba en Claymore.

En la mente de su mejor amiga, Allison siempre sería esa chica que se ponía sentimental cada vez que Colin le regalaba un libro que ella había mencionado que quería leer, cada vez que sollozaba con el final feliz de una película. La chica que, durante un tiempo, había insistido en que Colin era su «media langosta».

Aunque estuvieron saliendo durante menos de un año, estar en la universidad y tener solo unas pocas horas al día ocupadas por las clases, había permitido que Allison y Colin pasaran una increíble cantidad de tiempo juntos en Brown. Compartir las comidas, la cama, los días malos y los días buenos, verse las caras al despertar, soportar el aliento de resaca y los ataques de pánico a medianoche parecía algo muy íntimo. Y Colin era mayor, encantador y divertido y a veces se despojaba de su proverbial armadura de sabelotodo, lo que permitía que Allison vislumbrara sus muchas otras facetas; el amante de los gatos, el tipo al que le daban miedo las polillas y otros insectos alados (los llamaba «pequeños aviones de guerra»), el que quería a su madre y a su abuelo con tanta fiereza que podría explotar por la fuerza misma de esos sentimientos.

Con todo eso, no era de extrañar que no hubiera visto las peores partes de él, a pesar de que Sophie había intentado valientemente señalárselas.

Por eso tenía que planificar con sumo cuidado la forma de contarle a su mejor amiga que Colin había reaparecido. Requeriría tiempo, chocolate y una buena sangría. Tal vez un guion preestablecido. Nada de lo cual tenía Allison en ese momento.

Sophie abrió los ojos como platos.

—Creía que ser profesor adjunto era solo asistir a las clases y corregir algunos trabajos o lo que sea. ¿Tienes que dirigir tu propia clase?

—Sí. Supongo que a la profesora Frances le gusta que sus estudiantes de posgrado se familiaricen pronto con la docencia, así que hacemos más que la mayoría.

Sophie hizo una mueca.

—Pero debes conocerte los libros, ¿no? Eres tú. Has leído todo lo que existe.

Allison sacó el plan de estudios de los Grandes Éxitos de la Literatura Británica y examinó la lista de lectura como si hubiera cambiado desde la última vez que la consultó hacía media hora. *Beowulf.* Chaucer. *La muerte de Arturo*, de Malory, y otros romances artúricos. *La reina de las Hadas.* Shakespeare. *Los viajes de Gulliver.* Conocía todos menos unos pocos poemas de John Donne. (Después de un intento de entender *La pulga*, Allison supo que había terminado con Donne.)

—La mayoría.

—Pues ahí lo tienes. Te irá bien.

Allison sacudió la cabeza, con el estómago encogido.

—Leerlos no es lo mismo que estudiarlos. No conozco las interpretaciones comunes de *Los viajes de Gulliver* ni las influencias históricas de Shakespeare. ¿Qué se supone que debo hacer si un alumno hace una pregunta y yo no sé la respuesta? —Esa idea hizo que el corazón se le acelerara lo suficiente como para dejarla mareada.

No sabía equivocarse. Era una realidad que se negaba a aceptar. No por orgullo, sino porque tener razón la hacía inteligente. Y ella tenía que ser inteligente.

Ese adjetivo había definido toda su identidad desde que su madre la llevó de viaje a visitar a su prima al Bates College cuando tenía diez años. Desde el momento en que puso el pie en su primer campus universitario, se sintió como en casa. Como si allí hubiera un pequeño espacio del tamaño perfecto para ella. Su alma gemela no era una persona, sino un lugar, un estado de ánimo, una meta: la universidad, el mundo académico, el título de profesora.

Su padre se rio de su entusiasmo cuando llegaron a casa. No de forma burlona o cariñosa, pues Jed Avery no era ninguna de esas cosas, sino para bajarle los humos lo suficiente como para que abandonara sus sueños antes de que estuvieran formados del todo.

Pasó directamente del instituto a ser aprendiz de electricista y ganó un buen dinero, así que para su muy estrecha, muy conservadora y muy *equivocada* mente, esa experiencia era universal. La universidad era malgastar dinero. Una guardería para jóvenes adultos para que así no tuvieran que crecer. Juró y perjuró a su hija que ni un céntimo de su dinero pagaría la universidad.

Durante los ocho años siguientes, Allison intentó hacerle cambiar de opinión demostrándole lo lista que era. Ganó concursos de ortografía, de redacción y académicos, había sacado un 4,0 todos los semestres (incluso en su horrible penúltimo curso de instituto, que fue casi todo por Internet debido a la pandemia), recibió becas, trofeos y placas. Fue la mejor estudiante del instituto y la aceptaron en una universidad de la Ivy League. Y tampoco dejó de hacerlo después de que él se divorciara de su madre hacía cuatro años. Allison siguió esforzándose al máximo en Brown, sacando notas perfectas (excepto en aquel semestre frustrado por la gilipollez de Colin), y se graduó *summa cum laude.*

Todo el pasillo del primer piso de su casa era un santuario de los logros académicos de Allison. Y su padre, cuando vivía allí, nunca subía.

Que la aceptaran en Claymore fue el primer reconocimiento que Allison decidió no compartir con él. Era para ella y solo para ella. Pero en lugar de aliviar la presión, esta solo se intensificó. Allison tenía que ser inteligente, tenía que ser la mejor, tenía que ser perfecta. Porque si no lo era, podrían arrebatarle todo eso. Y si ella no sobresalía en la universidad, si no era la persona que había «leído todos los libros existentes», ¿quién era entonces?

Dejó caer la cabeza sobre la mesa.

—¿Y si doy asco? ¿Y si me odian? ¿Y si me abuchean o me tiran tomates y cosas así?

Sophie se rio.

—En primer lugar, no eres el oso Fozzie. Tienes que dejar de ver esos viejos programas con tu madre.

—Nuestra generación infravalora *Los teleñecos* —murmuró Allison contra el vaso—. Fozzie conoce mi dolor.

—Te das cuenta de que te estás identificando con una marioneta, ¿verdad? —Cuando Allison gimió en respuesta, Sophie suavizó el tono—. ¿Alguna vez has abucheado o silbado a un profesor?

—Por supuesto que no.

—Estos chicos son unos tres años más jóvenes que nosotras. No van a ser diferentes de lo que fuimos nosotros en la universidad.

—Sí, pero esto es *Claymore*. Ellos esperan un cierto nivel de educación. ¿Y si no puedo dárselo? —Allison se incorporó y se pasó una mano por el pelo revuelto—. Necesito prever qué es lo peor que puede ocurrir.

Allison y Sophie llevaban jugando a imaginar lo peor que podía ocurrir desde la semana en que se conocieron y Sophie derramó sin querer esmalte de uñas en los vaqueros favoritos de su amiga. Para ambas, los problemas eran más fáciles de afrontar si estaban preparadas para lo peor.

Monty se subió a la tumbona y se acomodó en el regazo de Sophie, que le acarició las orejas, con los labios fruncidos mientras cavilaba.

—De acuerdo. —La tumbona crujió cuando ella se enderezó—. Uno: se pasan los cincuenta minutos con el teléfono. Dos: cuestionan todo lo que dices. Tres: se niegan a participar en los debates.

Allison se estremeció con cada una de las posibilidades. Sophie bien podría haberle abierto el cráneo y haberlas sacado directamente de sus peores pesadillas.

Tardó un segundo en formular algunas estrategias.

—Mmm... —murmuró, jugueteando con la tapa de su cuaderno—. Uno: uso la aplicación de chat de Claymore para todo el campus para enviarles información sobre los textos.

—Genial.

—Dos: suspensos para todos. Soy Oprah, pero con suspensos.

Ya podía sentir cómo se distendía la tensión de sus músculos. Pensar en lo peor que podía ocurrir era como un buen quitanieves después de una ventisca. Le abrió un camino a través de la estática y de la niebla con los que la preocupación cubría sus pensamientos.

Sophie resopló.

—Dudo que a tu profesora le guste eso, pero me encanta el toque draconiano.

—Tres: les pongo en grupos o busco un tema del que sí quieran hablar para romper el hielo.

Los rizos oscuros de Sophie rebotaron mientras asentía.

—¿Ves? Está claro que tienes instinto. Ya aprenderás el resto.

Ese era el problema. Allison no tenía tiempo para aprender. Necesitaba saber ya.

—No antes de la próxima semana.

—Vale, se acabó. —Sophie se puso en pie de un salto y dio una palmada—. Son casi las cinco de la tarde de un viernes y tú le estás dando demasiadas vueltas a la cabeza. Vamos a salir.

—¿Qué? ¿Adónde?

Sophie le agarró la muñeca y trató de ponerla en pie.

—Toda mi oficina va a la hora feliz en The Cutter, en el centro. Janie, Brooks y Sarah estarán allí. Además de todos los becarios buenorros. —Meneó las cejas de forma insinuante.

Allison rebuscó entre sus libros como si pudieran salvarla.

—Tengo unas cuatrocientas páginas que leer. No tengo tiempo para becarios buenorros. —Ni para resacas. Ni para salir hasta muy tarde con las amigas del trabajo de Sophie, que no paraban de quejarse de sus compañeras, haciendo que se sintiera más desconectada cuanto más intentaban incluirla. No había nada más efectivo para acabar con los cotilleos que tener que poner en antecedentes a una desconocida durante diez minutos.

—Esos libros tienen más de dos siglos. Sobrevivirán una noche más. —Sophie la levantó de su silla, utilizando ambas manos esta vez—. Apenas has salido desde lo de Colin. —Por la expresión de su cara, su nombre bien podría haber sido una gran píldora que había tenido que tragar sin la ayuda de un poco de agua—. Hay que hacer borrón y cuenta nueva.

Allison se cruzó de brazos y dejó escapar un resoplido de frustración.

—Mi pizarra está bastante limpia. —Por eso no podía decirle a Sophie que Colin estaba en Claymore. Incluso en un caso hipotético, se le erizaban los pelos al oír su nombre como le pasaba a Monty cuando creía oír a un intruso.

La incredulidad surcó los rasgos de su amiga.

—¿Por eso le encuentras alguna pega a cada chico que te mira? ¿Porque estás deseando tener citas? —Sophie sacudió la cabeza y se apoyó en la barandilla de la terraza. Su voz se suavizó al ver a Monty atacar una hoja que bailaba sobre sus pies—. Odio que te haya hecho tanto daño que tengas miedo de abrirte a alguien.

Allison balbuceó.

—¿Qué? Yo no..., él no... ¡Ay, por Dios! Esto no tiene nada que ver con el miedo, Sophie. Tengo tantas cosas que hacer que no tengo tiempo para citas. Eso es todo. En Brown estaba concentrada en entrar en la escuela de posgrado. Y ahora que estoy aquí, tengo que sobresalir. Es la única manera de garantizar que encuentre un trabajo cuando termine. No puedo distraerme con chicos, dramas ni nada de eso.

Era la verdad, aunque la hubiera moldeado de otra forma por el bien de Sophie.

Ya tendría tiempo de tener citas dentro de unos años, cuando fuera la profesora Avery. Hasta entonces, no pensaba dejar que nadie se interpusiera en sus objetivos. Eso empezaba por evitar a los becarios buenorros de Sophie y cualquier otra conversación sobre Colin.

Allison se aclaró la garganta.

—¿Y si tomamos algo aquí? Podríamos pedir patatas fritas con trufa, rollitos de lechuga y *dumplings* de Gatsby's, preparar nuestras bebidas de frutas favoritas y hartarnos de ver esa serie de brujas que tanto te gusta.

A Sophie se le iluminaron los ojos, olvidada ya la hora feliz. Nada llamaba tanto su atención como las brujas lesbianas.

—¿Podemos volver a ver el episodio en el que Raven y Natalya se enrollan?

—Pues claro.

Sophie ya estaba enumerando más episodios mientras Allison la seguía adentro. A diferencia de su plan original, esta sería una noche perfecta.

Igual que en la universidad: buena comida, ropa cómoda y nada de compañeros de trabajo, de becarios buenorros ni de Colin Benjamin que las separara.

Capítulo 3

No hay nada como la comida gratis para congregar a los estudiantes de posgrado.

Por eso Allison, Link, Ethan y Mandy estaban apiñados alrededor de una mesa en la sala de lectura de Haber Hall a las nueve y media de la mañana.

El tercer martes de cada mes, el Departamento de Inglés intentaba atraer público a su evento de trabajo en desarrollo de la facultad con la promesa de un desayuno en el que cada uno aportaba algo y ni Allison ni sus compañeros tenían intención de perderse las delicias caseras.

Mientras esperaban a que una profesora de escritura creativa comenzara la presentación de su nuevo libro, Allison miró a su alrededor para contemplar el ambiente de la sala. Las paredes revestidas de madera de un suave tono miel enmarcaban una variada serie de sillones y sofás. Al fondo, donde ella estaba sentada, había una hilera de robustas mesas de roble con lámparas de lectura de pantalla verde que arrojaban una suave luz, con la intensidad perfecta para estudiar. Era el tipo de espacio donde se fraguaban y desarrollaban ideas profundas. Donde los libros leídos un millón de veces volvían a ser nuevos.

Mei, la directora del Departamento de Inglés, la saludó con una sonrisa mientras colocaba una bandeja de pasteles delante de Allison. Gracias a la ligera obsesión de Allison por rellenar el papeleo de manera correcta, las dos habían hablado lo suficiente desde abril como para sentir que eran amigas.

—Defiendes tu tesis el mes que viene, ¿verdad? —preguntó Allison.

Mei cruzó dos dedos y los agitó en el aire.

—Eso espero. —Durante una de sus muchas llamadas, le había contado a Allison su propia experiencia en Claymore mientras trataba de sacarse un doctorado con dos hijos menores de tres años. Había completado sus estudios a medio gas, por lo que se quedó sin financiación cuando estaba empezando su tesis. Había aceptado el puesto de directora porque le ofrecía más estabilidad (y dinero) que trabajar como profesora adjunta.

Allison negó con la cabeza.

—No tengo ni idea de cómo te las apañas con todo.

—Muchas aplicaciones de calendario y muy pocas horas de sueño —bromeó Mei.

Si tenía algo más que añadir, no llegó a salir de sus labios porque Colin irrumpió en la habitación justo en ese momento. Hizo un ruido increíble cuando dejó en el suelo su bolsa de bandolera y retiró la silla más cercana a Allison. Sus pies chirriaron contra el suelo cuando se sentó.

Mei desapareció en medio del alboroto para terminar de prepararse. Allison deseó poder acompañarla. Llevaba aquí dos segundos y ya había tenido más que suficiente de Colin Benjamin por hoy.

—Uf, qué calor hace ahí fuera —resopló Colin, abanicándose con la esquina de su jersey de punto de rayas azules. Estaba tan cerca que su rodilla chocó contra la de Allison al moverse.

Y no la apartó de ahí.

Allison se puso tensa, pero se negó a apartarse. ¿Por qué iba a hacerlo? Colin había invadido *su* espacio.

—A lo mejor si no llevaras jersey un día que hace más de quince grados...

—Los jerséis son mi rollo.

Muy cierto. Raro era el día en que no se ponía uno. Cuando salían juntos, a veces incluso se ponía un jersey después del sexo y se movía por la habitación desnudo bajo el tejido de punto como si fuera un albornoz. Una vez admitió que hacía que se sintiera protegido. «El mundo no puede tocarme —dijo—. No puede dejar su marca». Como si la lana pudiera ser un escudo de titanio.

Rompieron antes de que Allison descubriera qué tipo de cicatrices escondía.

Pasó un minuto entero y Colin no movió la rodilla, por mucho que ella le mirara. Su expresión era tan plácida que casi podía creer que no sabía lo que estaba pasando.

«Casi».

Su corazón empezó a hacer cosas inconcebibles, como acelerarse y dar vuelcos. Cruzó los brazos sobre el pecho como si eso pudiera detenerlo. No debería tener este tipo de reacción visceral hacia Colin. Sus arcadas eran lo único de su cuerpo que le estaba permitido controlar.

Por un segundo, consideró los pros y los contras de pisarle el pie, antes de decidirse por la comida como excusa para alejarse. Al examinar la bandeja de los pasteles, se maldijo por notar el ligero escalofrío que le recorrió la piel ante la ausencia de su tacto.

No iba a estar pendiente de su presencia. No pensaba sentir nada por Colin Benjamin. Ya había aprendido por las malas que seguir por esos derroteros conducía a que sus sueños quedaran reducidos a un montón de cenizas.

Alcanzó un cruasán y trató de perderse en su deliciosa mantequilla.

Los ojos color avellana de Colin siguieron sus movimientos mientras ella arrancaba un extremo y se lo metía en la boca.

—Algunas cosas nunca cambian, ¿eh?

—¿Qué?

Él señaló sus manos, con una pequeña sonrisa asomando a la comisura de sus labios.

—Tú y los cruasanes.

Allison dejó el bollo en su servilleta, pues se le había quitado el hambre de repente.

Las dos primeras semanas en Teoría de la Literatura se las pasó evitando a Colin. El primer día de clase, cuando él la miró boquiabierto mientras le entregaba el programa de estudios, quedó claro que la reconocía de aquella fiesta, y a Allison no le interesaba revivir uno de sus momentos más embarazosos cada vez que lo miraba. Así que no lo hizo. En su lugar, creó un complejo horario en el que entraba en clase a toda prisa con menos de un minuto de antelación y salía corriendo por la puerta en cuanto el profesor terminaba. Todo funcionaba de maravilla hasta el día en que Sophie le envió una serie de frenéticos mensajes de texto y estaba tan distraída contestándolos que chocó con Colin cuando ambos intentaban salir del aula.

—Tenemos que dejar de vernos así —dijo con una sonrisa.

La humillación hizo que el calor le subiera a las mejillas.

—Lo siento mucho. No puedo creer lo que hice la otra noche. Había bebido demasiado y...

Él levantó una mano para interrumpirla.

—No, soy yo quien lo siente —dijo—. Saliste corriendo antes de que pudiera decir nada.

—Te ataqué con el culo —barbotó.

Fue la primera vez que oyó reír a Colin. No tenía una risa ni melódica ni sexi. Más bien parecía el graznido de un pájaro llamando la atención. Y la había convertido en papilla.

—No me atacaste —dijo—. Lo que pasa es que me... sorprendí. Y cuando me pillan desprevenido, tiendo a mostrar mi peor cara. —Sus largos dedos tamborilearon contra su muslo, sin orden ni concierto, y se mordió el interior del labio inferior durante un segundo, como si estuviera pensando—. ¿Quizá podría... invitarte a tomar un café? Para compensarte.

Allison estaba demasiado aturdida para hacer otra cosa que no fuera aceptar.

Fueron a una de las cafeterías del campus. Era la hora punta de la cafeína por la tarde y la cola serpenteaba alrededor del pequeño edificio. Mientras esperaban, Colin entabló un debate sobre los tres mejores bollos para desayunar. Le costó mantenerse callado durante el monólogo de Allison sobre la perfección del cruasán e hizo todo lo posible por superarla con una loable defensa de la magdalena de arándanos. Su pequeña guerra dialéctica fue absurda y divertida y, si era sincera, ver a Colin elaborar un alegato fue algo excitante. Antes de que se dieran cuenta, habían pasado horas mientras discutían de forma amistosa, sin prestar atención a sus jarras de café.

Cuando llegó a la clase de Teoría de la Literatura dos días después, encontró una bolsa con un cruasán aún caliente sobre su mesa. Desde el otro lado de la habitación, Colin le dedicó una sonrisa capaz de derretir el metal. Después de eso, un cruasán la estaba esperando en su mesa todas las semanas durante el resto del semestre.

Allison sacudió la cabeza. No quería obsesionarse con esos momentos con Colin, que le recordaban por qué se había enamorado de él. Necesitaba centrarse en todas las razones por las que se alegraba de que hubiera terminado. Como el escandaloso volumen de su voz, que sin duda atraería una serie de miradas curiosas. Su compañera no sabía nada de su historia y ella quería que siguiera siendo así.

Le hizo callar agitando la mano.

Colin arqueó una ceja.

—¿Te avergüenzas de tu idilio con la pastelería?

—Por favor. El buen gusto no tiene nada de vergonzoso. —Allison no pudo evitar echarse el pelo por encima del hombro. Era un reflejo nacido de demasiados episodios de coqueteo enmascarados como discusiones—. Preferiría comerme mi cruasán, no discutirlo contigo. —Para demostrarlo, arrancó una extremo y se lo metió en la boca.

Colin soltó una de esas discordantes carcajadas. Allison odió que le diera un vuelco el estómago. No podía seguir hablándole así. Era demasiado fácil volver de nuevo a los viejos hábitos.

A los viejos sentimientos.

Se dio la vuelta y se inclinó sobre la mesa para llamar la atención de sus compañeros.

—¿A quién habéis elegido para vuestros proyectos?

Link se ajustó la pajarita.

—Escritores afroamericanos con Morgan Sharpe. Es lo que yo quería, pero es una mierda que no haya más clases de posgrado sobre escritores de color aquí. Estoy deseando que podamos crear nuestras propias clases el año que viene. Ya tengo toda una lista de lecturas para un curso de afrofuturismo.

—Exijo asistir a esa clase —dijo Allison. Link respondió con una sonrisa.

—Lo mismo digo —se apuntó Mandy—. Estoy en Ficción Infantil con el profesor Hasselbach.

Ethan se sentó en su silla.

—Los libros infantiles no son literatura. Todo son vampiros y luchas distópicas a muerte, magos y simpáticos animales parlantes. No tienen sustancia. —Bebió un largo y lento trago de su batido de proteínas.

Mandy apretó el alto recogido de sus rizos castaños con expresión furiosa, como si se estuviera preparando para una pelea.

—Como es evidente que solo conoces de cuarta mano la literatura infantil, no creo que puedas opinar.

—Además, no es que eso no se pueda encontrar en la literatura seria —intervino Alison, entrecomillando la palabra «literatura» con los dedos—. En *Drácula* aparecen vampiros con los que fantasear, *en El señor de las moscas hay* mucha violencia entre niños, *El señor de los anillos* está plagado de magos y en *Rebelión en la granja* tienes todos los animales parlantes que puedas imaginar.

—Sí, pero los enfoques son totalmente distintos. —Ethan irguió la cabeza, con otro sermón en la punta de la lengua.

Mandy agitó la mano como si pudiera disuadirlo.

—¿Y tú? —le preguntó a Allison—. ¿Con quién trabajas?

—Con Wendy Frances. Grandes Éxitos de la Literatura Británica.

Allison hizo una mueca cuando Colin intervino.

—Yo también —añadió.

—¿Tiene dos clases? —preguntó Link.

Allison negó con la cabeza.

—Es una gran clase.

Colin se sentó al otro lado de la mesa para poder participar mejor en la conversación.

—Va a ser increíble. Allison lo sabe todo sobre literatura medieval. —Mantuvo la mirada fija en el resto del grupo mientras lo decía.

Allison se puso tensa. ¿Qué estaba haciendo? Primero el comentario sobre el cruasán y ahora esto. ¿En serio estaba tratando de jugar limpio? ¿Después de todo lo que había pasado?

Por suerte, la charla comenzó un momento después y eso le proporcionó una excusa para no responder.

Aunque se esforzó por prestar atención, su mente pasó la siguiente media hora repitiendo las palabras de Colin. El Colin Benjamin que Allison conocía era más competitivo que un atleta olímpico. Todo lo convertía en un juego que había que ganar: las notas, los trabajos, las compras, lo que fuera. Una vez la había retado a una carrera para ver quién se cepillaba antes los dientes cuando llegaban tarde a clase. Su obsesiva necesidad de competir había sido la causa de su ruptura. Entonces, ¿qué significaba que acabara de darle ventaja, de admitir que ella era mejor?

Allison se llevó las manos al regazo. Tenía que estar jugando con ella. Era la única explicación.

De ninguna manera iba a dejar que se metiera en su cabeza.

En cuanto terminó la lectura, echó la silla hacia atrás.

—Hora de clase —susurró, ya de camino a la puerta. Necesitaba aire, y distanciarse de Colin, antes de su primera sesión como profesora adjunta.

Así que, por supuesto, la siguió hasta el pasillo.

—¿Quieres compañía?

En absoluto.

—Esperaba disponer de unos minutos para ordenar mis pensamientos.

—¿Qué pensamientos? Vamos a estar sentados a un lado escuchando la clase.

Allison frunció los labios.

—Puede ser. Pero me gustaría asegurarme de que tengo cosas que añadir si la profesora Frances quiere que colaboremos.

A Colin se le dibujó una sonrisa de oreja a oreja en la cara. Siempre parecía estar luchando por ocultar un delicioso secreto y aquella sonrisa solo lo empeoraba. Era la curvatura natural de su boca y la forma en que sus ojos se entrecerraban siempre. Allison deseó tener un rotulador permanente para poder cambiar su expresión. Se introdujo bajo su piel como una aguja y le inyectó algo ácido en las venas.

Cuando llegaron a la salida de Haber Hall, Colin le abrió la puerta. Allison se cruzó de brazos y esperó a que él pasara primero. Como solía decir su abuela, podía irse a freír espárragos con su galantería. No pensaba tragarse esa rutina de chico bueno.

Aunque sacudió la cabeza, Colin obedeció. Por supuesto, eso no le impidió mantener una mano pegada a uno de los paneles de cristal hasta que Allison agarró el picaporte de la puerta. Ella se negó a mirarle al pasar.

En vez de tomar el camino largo hacia Litvak, donde se impartía la clase de Grandes Éxitos de la Literatura Británica, atravesó el centro del campus, un patio cuadrado delimitado por la biblioteca, el edificio administrativo principal, el gimnasio y el centro de estudiantes. Sin la sombra de ningún árbol, el sol de principios de otoño caía a plomo sobre su cara y sus brazos, haciéndole anhelar el frescor de la brisa.

Ubicada en la frontera sur entre East Providence y Barrington, Rhode Island, Claymore era un destello de historia en medio de los suburbios. A diferencia de la mayoría de las universidades que construyen estructuras nuevas y futuristas entre los edificios más antiguos del campus, quienes diseñaron las reformas de Claymore se esforzaron por mantener el diseño gótico original. Había piedra ornamentada, ventanas con grandes arcos, arbotantes y gárgolas por doquier. La universidad estaba rodeada por una verja de hierro forjado cubierta de hiedra que la separaba de la ciudad y resaltaba aún más el marcado contraste entre el campus y los pequeños restaurantes hipster, los Soul Cycle y las cervecerías artesanales que plagaban las manzanas de alrededor.

Mientras Allison caminaba, le vinieron a la cabeza las primeras frases de *Beowulf*. La mayor parte trataba sobre el heroísmo, sobre la masculinidad y bla, bla, bla; *era* tan aburrido que a duras penas había conseguido esbozar el esquema para la clase sobre el tema de discusión para la primera sesión de recitación que iba a impartir (que había enviado a la profesora Frances entre episodios de la serie de brujas de Sophie el viernes). Aun así, necesitaba algo perspicaz que decir. Por si acaso. No le había mentido a Colin al respecto.

Una pequeña piedra chocó contra la parte posterior de su pantorrilla y la sacó de sus pensamientos. Allí, a diez pasos detrás de ella, estaba Colin.

No debería haberse sorprendido. Ni una sola vez le había hecho caso. Como aquella vez que tuvo una gripe horrible y le pidió tostadas y *ginger ale*. Él apareció con sopa de tomate (y cero carbohidratos), insistiendo en que era la opción más reconstituyente.

Un grito se formó en la boca de su estómago, pero no aflojó el paso.

—¿Qué haces? —le preguntó por encima del hombro.

—Voy a clase.

—Te he dicho que quería estar sola.

—Por eso voy por aquí.

Aflojó el paso muy a su pesar.

—Es fácil que haya unos cinco caminos diferentes a Litvak.

—Sí, pero este es el más eficiente. —Colin sonrió—. Ya sabes lo que me gusta la eficiencia.

Así era. Era su segunda fuerza motriz después de ganar.

Allison se detuvo. Echó la cabeza hacia atrás y resopló hacia el cielo. Era hora de ser más directa.

—En serio, Colin. ¿Qué estás haciendo aquí?

—Te lo he dicho, voy a clase.

Allison gimió. Estaba siendo obtuso a propósito.

—No. Me refiero a *aquí*, en Claymore. ¿No deberías estar en Oxford, en Harvard, en Stanford o donde sea, dos años después de tu análisis en profundidad de los méritos de leer ciencia ficción desde una perspectiva lacaniana? ¿No fue esa la razón de que me dejaras...?

Allison cerró la boca de golpe con tanta fuerza que su labio inferior quedó atrapado entre los dientes y un regusto a cobre estalló en su lengua. Se concentró en alejar esos pensamientos. El día en que habían roto no existía. Tampoco las entrecortadas y dolorosas palabras que él pronunció ni nada de lo ocurrido que les había llevado a eso. Lo mismo que un pergamino tan empapado de agua que sus frases se habían vuelto ilegibles o un documento que se cierra sin antes guardarlo, lo había borrado todo de su memoria. De su vida.

La impaciencia se abrió paso en su expresión. Casi parecía que hubiera estado esperando a que ella mencionara su pasado.

—Allison, yo...

—Oye, está claro que vamos a tener que tratar el uno con el otro. Pero nada nos obliga a sacar a la luz lo que pasó en Brown. —Hizo un gesto con la mano por encima del hombro—. Ya es agua pasada, así que dejémoslo así. Sin espejos retrovisores. Sin mirar atrás. —Con él en Claymore, siempre ahí, siempre al acecho, era la única manera de asegurarse de que continuaba avanzando con éxito. No podía dar marcha atrás.

Colin irguió la espalda, haciéndole alcanzar toda su estatura.

—Bueno..., si eso es lo que quieres...

—Lo es.

Los dos se quedaron callados en la acera. Colin la miraba fijamente. Allison miró a otra parte.

La incomodidad le caló la piel y el primer pensamiento que se le ocurrió salió de su boca para llenar el silencio.

—Esto no va a ser como la universidad, ya sabes.

Colin ladeó la cabeza. Ni un pelo engominado se salió de su sitio.

—¿Qué significa eso?

Colin había sido una especie de superestrella académica en Brown. Representó a la universidad en numerosas conferencias, le invitaron a eventos para establecer contactos, apareció en el material promocional de la universidad y en su último año ganó el premio Rising Star (el mayor logro académico de la universidad). Todos los decanos y profesores le conocían por su nombre, aunque nunca hubiera asistido a sus clases. Pasear por el campus con él había sido como hacerlo con una celebridad. En su curso de Teoría de la Literatura, el profesor trataba a Colin como si fuera la única persona allí, le elegía a él primero y le dejaba hablar más tiempo que a nadie.

—En la clase de Frances no serás la persona más inteligente ni más culta del aula.

Su rostro se iluminó. Nada animaba más a Colin Benjamin que la promesa de un desafío.

—¿De veras?

Allison asintió de forma tajante y rotunda. Puso los brazos en jarra para darle mayor énfasis.

—Puedes contar con ello.

—Supongo que tendremos que ver quién es el mejor adjunto. —Todos sus elogios de antes parecían olvidados. Esbozó su sonrisa divertida. La que insinuaba que ganaría este asalto. De la misma manera que siempre había ganado todos los asaltos antes.

Pero ya no.

Allison agarró la correa de su bolso con ambas manos e hizo exactamente lo que le había prometido a Colin. Apretó el paso y lo dejó atrás.

Capítulo 4

Allison sería la primera en reconocer que no se le daban bien las matemáticas, pero el mar de caras que llenaba los asientos de la sala de conferencias parecía superar con creces las sesenta.

La profesora Frances acababa de terminar su conferencia sobre la historia *de Beowulf* (el hecho de que alguien arrojara el manuscrito por una ventana durante el incendio de 1731 fue la parte favorita de Allison), y levantó un brazo hacia donde Allison y Colin estaban sentados en el rincón delantero de la sala. Sus pulseras de turquesas tintinearon como campanillas.

—Por último, quería tomarme un momento para presentaros a los dos profesores adjuntos para el semestre: Allison Avery y Colin Benjamin. Dirigirán las recitaciones y serán un gran recurso para vosotros mientras trabajáis en vuestros ensayos y os preparáis para los exámenes.

El doble de ojos que de caras se volvieron hacia Allison. El calor estalló como minas terrestres en sus mejillas. Esbozó una sonrisa forzada y apretó el bolígrafo hasta que se le pusieron los nudillos blancos.

«Tienes que acostumbrarte a esto —se reprendió—. No puedes enseñar como un holograma desde tu habitación (*pero imagínate qué felicidad si eso fuera posible)*. La gente va a tener que mirarte».

No era tímida. Allison había vivido en su cuerpo gordo toda su vida; era así y se sentía tan cómoda en él como con un jersey muy usado. Pero cuanta más atención recibía, más posibilidades tenía de parecer tonta o ignorante. De no saber la respuesta.

Como si la profesora Frances no hubiera hecho suficiente con atraer las miradas de todos hacia ellos, entonces subió la apuesta.

—¿Por qué no os presentáis brevemente?

Allison casi se ahoga intentando reprimir una carcajada. Estaba claro que su profesora no había pasado mucho tiempo con Colin. Si lo hubiera hecho, sabría que su versión de «breve» incluía una presentación en PowerPoint y un descanso de diez minutos para que todo el mundo estirara las piernas.

Allison había hecho un trabajo soberbio durante la última hora y ocho minutos fingiendo que él no estaba sentado a su lado, pero Colin dirigió su mirada color avellana hacia su rostro y enarcó una ceja, preguntando quién iría primero.

—Adelante —le dijo. Que él preparara el escenario para que ella pudiera seguirlo y darle una paliza (al parecer, cuando se trataba de Colin Benjamin, presentarse era un deporte de competición).

Colin levantó su metro noventa y un centímetros de la silla.

—Hola a todos —empezó con una voz indignantemente tranquila. Rodeó la mesa que compartían y se apoyó en el borde.

Justo delante de Allison.

Cada puntiaguda y larguirucha parte de él le bloqueaba la vista; sus marcados hombros afilados como cuchillas, sus codos huesudos y su recta columna vertebral. Su culo plano. Todos los lugares de él que ella había tocado un millón de veces antes.

Ahora quería apuñalarle con algo afilado.

—Veamos. ¿Qué vale la pena saber de mí?

—Nada —murmuró Allison en voz baja. Aunque no lo bastante, porque Colin la miró. El resplandor de las luces fluorescentes ocultaba su expresión, pero en su rostro se dibujó aquella sonrisa suya que prometía una antología llena de deliciosos secretos.

La señaló con el pulgar por encima del hombro.

—Mi amiga dice que nada. —Se rio junto con el resto de la clase.

¿¡Amiga!? ¿A quién quería engañar? Esa *no* era una forma precisa de describir de qué manera habían terminado las cosas y, en cualquier caso, ¿no *acababan* de hablar de que iban a olvidar su historia?

—En *fiiin* —alargó la palabra para darle un toque más encantador. Allison necesitaba desesperadamente una bolsa para vomitar—. Me licencié en Literatura en Brown y he pasado los dos últimos años viajando, adquiriendo experiencia vital y tratando de encontrarle el sentido a las cosas. —Mientras hablaba, se acomodó mejor en la mesa, empujándola contra el estómago de Allison—. Creo que mi parte favorita fue mi estancia en Londres. —Se sentó en la mesa con un pequeño impulso. Su culo se apocentó en el borde del cuaderno de Allison. Toda la parte superior de su cuerpo invadía su espacio para respirar y hacía que sus fosas nasales se inundaran del aroma a café, a gomina y a *Colin*. Allison tosió con fuerza—. Todas las mañanas iba a visitar a Chaucer en Westminster. —Salvo por la ligera elevación del volumen de su voz, se diría que no la había oído—. Aunque no he decidido exactamente en qué me voy a centrar, tengo claro que voy a ser medievalista, y por eso me entusiasma tanto formar parte de este curso.

Allison tuvo que toser de nuevo para disimular un graznido de sorpresa. ¿Pero qué cojones...?

Colin era un teórico. La última vez que le vio, estaba *obsesionado* con el psicoanálisis lacaniano y con Slavoj Žižek, aunque ninguno de ellos estaba de moda en la teoría de la literatura. Nunca había mostrado el más mínimo interés por el período medieval, más allá de escucharla sin mucho entusiasmo contar algunas de las cosas que había leído en clase.

Tenía que tratarse de algún tipo de estratagema. Una forma de asegurarse de llamar la atención de la profesora Frances. Y la profesora se lo estaba tragando. Sonreía y asentía a cada una de sus falsas palabras.

Con la frustración a flor de piel, Allison apuntó algunas ideas en una esquina de su cuaderno. ¿Quizá algo sobre la conexión entre el romance medieval y el moderno para demostrar que estaba familiarizada con el área de investigación de la profesora Frances?

Colin seguía parloteando delante de ella sobre sus textos favoritos, todos los cuales (por supuesto) figuraban en el plan de estudios. Este hombre era un pelota indecente. Cuando empezó a hablar de *El cuento del molinero* como si fuera la página de Wikipedia, Allison le clavó el bolígrafo en la columna.

Él no reaccionó, así que le pinchó en la espalda con más fuerza e insistencia. Se les había acabado el tiempo y ella aún no había podido decir nada. Por lo general, eso no le supondría ningún problema, pero la cosa cambiaba si eso significaba que Colin la eclipsara.

Meneó los hombros, por fin lo bastante molesto como para darse por aludido. Al moverse, el bolígrafo se movió con él, trazando una serie de líneas negras erráticas sobre la espalda de su jersey azul.

Allison se quedó boquiabierta y soltó el bolígrafo de manera precipitada. El bolígrafo rebotó en el cuaderno abierto y rodó por el borde de la mesa. Presa de la irritación, no se había dado cuenta de que no había retraído la punta. La tinta era tan oscura y el jersey tan claro que era imposible no ver los garabatos que recorrían la parte baja de su espalda. Era igual que cuando la vecina de Allison garabateó con rotulador todas las paredes blancas de su casa.

Pero Hannah tenía tres años.

Allison se mordió el labio para no reírse y buscó en su interior el nivel apropiado de culpabilidad. Era muy probable que le hubiera estropeado el jersey y parecía caro.

Sin embargo, solo encontró justificaciones. Se lo tenía merecido por no dejarla tiempo para hablar, por bloquearle la vista de la clase, por todo lo que había hecho desde la noche de la fiesta de segundo curso, cuando sus caminos se cruzaron por primera vez. Si uno se paraba a pensar, todas las decisiones que Colin había tomado en los últimos años le habían llevado a este momento, a este daño bien merecido en su guardarropa.

Allison se sentó de nuevo en su silla, con una agradable sensación de satisfacción calentándola por dentro, lo mismo que un trago de *whisky*.

La profesora Frances echó un vistazo a su reloj y se aclaró la garganta.

—Gracias por todo ese conocimiento, Colin. —Ladeó la cabeza para ver a Allison detrás de él—. Nos aseguraremos de que Allison pueda decir unas palabras el jueves a primera hora. ¿Te parece bien?

Allison asintió. Perfecto. Tendría tiempo para planear una presentación perfectamente improvisada. Y se aseguraría de demostrar que entendía la definición de «breve».

La profesora Frances dio por terminada la clase y un puñado de estudiantes se precipitó hacia su mesa. Allison cruzó las piernas y se puso cómoda. Los tres tenían programada una reunión rápida, pero estaba claro que su profesora tardaría un rato en estar lista.

Colin desplazó su peso sobre la mesa para poder ver a Allison.

—Pensaba que había ido bien.

—Claro, para los que tenemos que decir algo. —Hizo rebotar la rodilla, haciendo que la punta de la pierna cruzada golpeara la mesa una y otra vez.

—Cierto. Lo siento —dijo. Luego sonrió. ¡De oreja a oreja! Allison tuvo ganas de usar su cara como pelota de tenis. Y una sartén como raqueta.

—Espero que hayas logrado lo que sea que intentabas demostrar.

—Así es, gracias. —Su voz era plácida, pero Allison reconoció el desafío en su mirada. Ese familiar brillo en sus ojos color avellana que había sido el precursor de cada rivalidad entre ellos (y algunos de su mejor sexo)—. Quería asegurarme de que quedara claro que ambos profesores adjuntos tienen experiencia en la materia.

«Experiencia en la materia». ¡Ja! Allison no dudaba de que los conocimientos de Colin sobre literatura medieval se limitaban a lo que le habían obligado a leer en el instituto y en la universidad, más los resultados de una búsqueda cutre en Google.

Antes de que pudiera poner a prueba esa teoría, la profesora Frances dio una palmada y bajó del estrado para encaminarse hacia ellos.

—Perdón, perdón, perdón. Muchos alumnos ya tienen ideas sobre los materiales. —Se detuvo al final de la mesa—. Sé que tenéis vuestras clases en breve, así que no os entretendré demasiado. Solo quería preguntaros por vuestras primeras sesiones de recitación, por si tenéis alguna duda.

Colin abrió el portátil y pinchó en el plan de estudios. Se desplazó por él a una velocidad vertiginosa que hizo que a Allison le diera vueltas la cabeza.

—Pasar lista, responder preguntas, hacer que hablen, ¿no? —dijo.

La profesora asintió.

—También me gustaría que ambos ofrecierais una o dos horas de tutoría a la semana, sobre todo en época de exámenes y pruebas. Podéis decidir cuándo y dónde. Avisadme cuando lo hayáis decidido y publicaré las horas para los alumnos. —Dirigió su sonrisa hacia Allison—. Y aunque agradezco las planificaciones de las clases que me enviaste este fin de semana, confío en que tú decidas la manera de hacer que tus alumnos se impliquen, Allison. No tienes que consultar tus actividades de clase conmigo. Considero que las recitaciones son un espacio para aprender a participar en el debate literario sin la presión de que haya sesenta personas más mirando. Haced que estudien con atención los textos, que hablen de ellos y que hagan preguntas. Esos son vuestros objetivos. La forma de conseguirlo depende de vosotros. Es una buena oportunidad para experimentar y aprender algunas cosas sobre conducir una clase.

A Allison le ardían las mejillas. Aunque su rostro era amable y su voz alentadora, era difícil no sentir que la profesora Frances la estaba reprendiendo por su exceso de celo. Esperaba que enviarle su programa de estudios fuera indicativo de su preparación y profesionalidad, pero tal vez la profesora Frances quería a alguien más relajado.

—Si tenéis alguna otra pregunta, enviadme un correo electrónico. Por lo demás, espero veros a los dos el jueves y que me contéis qué tal vuestras primeras recitaciones la semana que viene. —Y dicho eso, salió del aula entre una nube de joyas tintineantes y de gasa de motivos florales.

La mirada de Colin se clavó en el rostro de Allison.

—¿Qué? —preguntó ella sin mirarle. En lugar de eso, se entretuvo cerrando su cuaderno, como si estuviera empaquetando el Santo Grial.

—¿Le *enviaste* los planes de estudio?

Allison apretó los dientes.

—¿Y qué?

—¿Tanto quieres destacar?

Allison enganchó con brusquedad el bolso que estaba a sus pies y lo dejó de golpe en la mesa.

—No hay nada malo en estar preparado. —Por el rabillo del ojo vio su sonrisa de oreja a oreja en todo su esplendor. Se esforzó por contener las ganas de burlarse de los garabatos en su espalda. O de agarrar su bolígrafo y añadir unos cuantos más en su frente, en su barbilla y en su pecho.

—¿Qué le has enviado?

—Un debate sobre los monstruos de *Beowulf.* ¿Cuál era el más monstruoso? —Se encogió de hombros, se levantó y se colgó el bolso. —A su modo de ver, se estaba mostrando desdeñosa. Despreocupada. Apática—. Se me ocurrió que podría hacerles pensar sobre los temas. Y los debates siempre son más fáciles cuando se argumenta.

Una nueva sonrisa se dibujó en el rostro de Colin. Más pequeña y con la boca cerrada, pero de algún modo más deslumbrante. Como si estuviera recordando todos sus debates, lo divertido que había sido exaltarse con otra persona por los libros que amabas, aunque todas sus opiniones fueran erróneas (todas las opiniones de Colin eran siempre erróneas).

Colin alcanzó su portátil y empezó a teclear. Sus largos dedos se movían a un ritmo melódico sobre las teclas.

—Es una gran idea. Puede que tenga que robártela.

Sus palabras le recordaron su pequeño discurso a la clase.

—¿De verdad? ¿Como me has robado la universidad? ¿Mi programa de doctorado? ¿Mi campo de estudio? —le reprochó. Colin se estremeció como si le hubiera golpeado y la diversión se esfumó de sus ojos—. ¿Desde cuándo quieres centrarte en la literatura medieval? ¿Qué fue de H. G. Wells, Julio Verne e Isaac Asimov?

Él estudió la superficie en blanco de la pizarra.

—Los planes cambian.

Allison se colocó delante de sus ojos y se cruzó de brazos.

—¿Qué los cambió?

Colin exhaló un suspiro.

—Tú.

Su tono vacilante, la tensión de su mandíbula y la forma en que abría y cerraba las manos de manera nerviosa sobresaltó a Allison.

—¿Qué?

—Creía que no querías hablar del pasado.

Allison apretó los dientes.

—Haremos una excepción.

Colin encogió un hombro y lo dejó caer sin fuerzas.

—¿Recuerdas que siempre estabas hablando de todas las cosas que leías en la carrera? De lo divertido y brillante que era Chaucer, de lo raros que eran los romances de Chrétien de Troyes, de lo asombroso que era leer escritos de mujeres como las hermanas Paston en una época en la que la gente ahora cree que las mujeres carecían de educación, de autoridad y de voluntad. Nunca olvidé nada de eso. —Los movimientos nerviosos fueron a más. Si no hubieran tenido que tocarse, Allison le habría tendido la mano para tranquilizarle—. Yo... durante mis dos años sabáticos antes de la escuela de posgrado, me hice con algunas de esas obras. Y tenías razón. Quiero decir que leí *Troilo y Criseida* al menos tres veces.

El calor se extendió por las extremidades de Allison. Si lo que decía era cierto, había influido en él más de lo que pensaba cuando salieron juntos.

Pero la amargura le había dejado bastante resquemor y no podía ignorar que se había pasado los últimos diez minutos intentando eclipsarla a propósito. Igual que hizo todo el tiempo que estuvieron saliendo. Justo hasta que le arrebató el premio Rising Star.

Allison se acercó unos pasos. Él seguía sentado en la mesa y, por una vez, sus ojos quedaban a la misma altura. Trató de no pensar en que estaba prácticamente de pie entre sus rodillas. O en cuántas veces se habían besado en esa misma postura. Dejó que su ira hiciera explotar esos pensamientos como si fueran granadas.

—¿De verdad te vas a interponer en mi camino cuando sabes lo duro que he trabajado para conseguir esto? ¿Cuánto significa para mí estudiar con ella? Me he pasado años hablando de hacer *justo esto.*

Colin sacudió la cabeza.

—Yo también he trabajado duro. *Necesito* esto. Llamar la atención de la profesora Frances puede abrir puertas. A veces es la única forma de conseguir un puesto fijo hoy en día. Y yo... —frunció los labios y meditó sus palabras— no puedo hacerme a un lado y dejar pasar esta oportunidad.

—Yo tampoco. —Allison se negó a parpadear mientras le miraba fijamente. Tal vez la profesora Frances los hubiera elegido a los dos como adjuntos, pero los profesores siempre tenían sus favoritos. Si Allison destacaba, tal vez sería su mentora y la ayudaría a asegurarse de que alcanzara todos sus objetivos. Eso tenía que ser lo que Colin pretendía también—. No voy a reprimirme. Cuando estuvimos juntos, todas esas cosas que dijimos, lo que sabemos el uno del otro, no me afectarán ahora. —Se obligó a no recordar que una vez le dijo que le quería y hasta qué punto hablaba en serio. O todas las cosas que él le había confiado sobre lo que era crecer con una madre adolescente y su estrecha relación con su abuelo. No iba a dejar que ensuciara sus metas ni la desviara de su camino. Otra vez no. Lo atravesaría como un ariete en la puerta de un castillo si fuera necesario. Esperaba que su expresión feroz lo demostrara.

Colin inclinó la cabeza.

—Aquí no hay espejos retrovisores.

—Bien.

Posó una palma en la mesa y se apoyó en ella.

—Que gane el mejor.

Allison se echó el pelo por encima del hombro y se irguió. Se alisó la falda de tubo y la blusa sin mangas a rayas. A diferencia de la negociación de cómo coexistir en el mismo espacio que su ex, este era un territorio en que podía desenvolverse. Competir con Colin era como respirar.

—Creo que se acabó eso de que ganen los hombres. —Casi había llegado a la puerta cuando le dirigió una sonrisa burlona—.

Por cierto, quizá quieras cambiarte el jersey antes de Literatura Postcolonial. Parece que un niño te ha usado de caballete.

Lo último que vio antes de marcharse fue a Colin girando en círculo para intentar verse la espalda, como un perro que se persigue la cola en vano.

Capítulo 5

Cuando eran novios, a Colin le gustaba celebrarlo *todo*. Su primer beso, la primera vez que se acostaron, la primera vez que Allison probó su cocina, lo que fuera, y Colin lo veía como un motivo para darse un capricho con un postre especial o regalarse un libro nuevo.

Por eso no le sorprendió que se desviviera por ella en su primer aniversario. Flores, bombones y reserva en un asador de lujo a las afueras de Boston.

Lo que ninguno de los dos sabía era que también era la noche mensual de baile en línea del restaurante y se animaba a todos los que tenían reserva a participar mientras esperaban su comida.

La recepcionista les dejó la carta y señaló el escenario, situado a unos metros de distancia, donde cuatro o cinco filas de personas (la mayoría con botas vaqueras, vaqueros y sombreros, a diferencia del vestido ajustado y los tacones de Allison) se movían como un *flashmob* al ritmo de una canción de música *country*. Daban palmadas, gritos y un montón de pisotones, justo lo contrario de la cena romántica a la luz de las velas que esperaban.

Allison miró a Colin y enarcó una ceja. Ella bailaba bien, pero él se movía con el salero de un flamenco borracho y el miedo impreso en su rostro decía que era consciente de ello.

La instructora les saludó de manera eufórica, insistiendo en que era el momento perfecto para lanzarse.

Colin y Allison sopesaron la posible humillación de intentar bailar en fila frente a la vergüenza de que todo el mundo se les quedara mirando y acabaron rindiéndose y colocándose al final del grupo.

Un segundo después, la música cambió a una nueva canción.

—Esta se llama *Cowboy hustle* y es fácil para los novatos —dijo la instructora por los altavoces y les guiñó un ojo.

Colin gimió.

—¿Qué sabrá ella lo que es fácil? Seguro que sus pies bailan el *Cowboy hustle* mientras duerme.

Allison le tomó del brazo con suavidad.

—No es tan complicado, te lo prometo. Así... —Ella se colocó a su lado para que estuvieran cadera con cadera—. Mueve el pie así. —Movió el pie derecho dos veces hacia fuera y hacia dentro. Él hizo lo mismo, pero solo consiguió darle un pisotón.

Allison trató de reprimir una carcajada. Una mezcla de concentración y frustración dominaban el rostro de Colin y ella no quería burlarse de sus esfuerzos.

—Ahora lleva el pie hacia atrás y apoya la puntera dos veces —le indicó.

—Creo que primero es llevarlo hacia delante y apoyar el talón —replicó Colin, mirando a la instructora con los ojos entrecerrados mientras volvía a hacer una demostración.

—¿De veras? —Con la música a todo volumen, la gente moviéndose a su alrededor y Colin apretado contra ella como si fuera una viga de apoyo, le era imposible prestar atención.

Le gustaba que se mostrara así, vulnerable e inseguro. Sin preocuparse por ser el mejor. Tuvo ganas de arrastrarlo a un rincón oscuro y hacerle cosas impropias de un restaurante. En su lugar, se conformó con un beso largo y apasionado, sin importarle si hacía perder el equilibrio a los demás bailarines.

Hubo muchos tropiezos e insultos, pero al final se hicieron con los pasos y bailaron el resto de la canción con los brazos entrelazados y sin parar de reír.

Habían tenido infinidad de momentos más románticos que aquella noche, pero ese era uno de los favoritos de Allison, y mientras estaba sentada en el sofá, con la vista fija en su lectura de literatura victoriana, no podía dejar de pensar en ello. Colin Benjamin era un parásito. Cuanto más intentaba olvidarle, más se le metía en la cabeza.

Por suerte, su teléfono sonó un segundo después, ahuyentándolo de sus pensamientos mientras la *pitbull* de pelo atigrado de su madre aparecía en la pantalla. La lengua le colgaba de la sonriente boca y las puntas blancas de sus orejas se agitaban al respirar.

Allison contestó a la videollamada.

—Cleo, dile a mamá que pulse el botón de la cámara frontal.

—Ya le he dado. —La voz de su madre se elevó tres octavas.

—¿Al de las flechas dentro de un círculo?

—Sí. —La imagen de Cleo temblaba mientras su madre movía el teléfono.

—Pues dale otra vez.

Oyó un suspiro y la cámara parpadeó un segundo después y ofreció a Allison una imagen de su madre.

Podrían ser gemelas, salvo por el pelo rubio y los ojos castaños de su madre. Tenían la misma cara redonda y los mismo mofletes, la misma nariz fina y las mismas cejas estrechas, la misma boca pequeña y la misma sonrisa con los labios cerrados. Hasta su piel tenía el mismo tono claro, aunque la madre de Allison pasaba mucho más tiempo al aire libre que ella, por lo que sus mejillas tenían ese saludable lustre bronceado que desaparecía de la piel de Allison en cuanto empezaban las clases.

El horror se apoderó de la cara de su madre al ver el despeinado moño y la holgada camiseta de Allison.

—Por favor, dime que no has ido así vestida en tu primer día como profesora.

Allison gimió.

—En primer lugar, *no* ha sido mi primer día como profesora. Eso no será hasta el viernes. Hoy solo he estado sentada en un rincón del aula y he tomado apuntes. En segundo lugar, pues claro que no he ido así vestida.

—Bien, porque las chicas con cuerpo en forma de pera tenemos que pensar un poco más en lo que nos ponemos.

Allison y su madre también compartían el mismo cuerpo de talla grande y la misma afección tiroidea, lo que significaba que, por muy sano que comieran o por mucho ejercicio que hicieran, siempre tendrían sobrepeso. Algo por lo que el padre de Allison les había hecho sufrir sin cesar, sermoneándoles sobre nutrición y sobre cómo cuidarse mientras les servía pollo frito y puré de patatas sin verdura para cenar, y se negaba a dejar que nadie se levantara hasta que sus platos estuvieran vacíos. Jed Avery era un auténtico príncipe azul.

Allison clavó el tacón en la alfombra, haciendo todo lo posible por canalizar su frustración hacia el suelo y alejarla de su cara.

—Mamá, sabes que odio esa descripción.

Su madre frunció el ceño.

—Pues no sé por qué. Es precisa y bonita.

—Es ridícula y perpetúa la idea de que los gordos están obsesionados con la comida.

En una ocasión, Allison analizó todas las descripciones que se le ocurrían para los cuerpos grandes y casi todas estaban relacionadas con la comida; con forma de pera, de manzana, pandero, grandes melones, etc. Era repugnante. Así que, hasta que todo el mundo empezara a referirse a las personas delgadas como «con forma de espárrago», Allison sería curvy, de talla grande o gorda, si de verdad quería ver sobresaltarse a la gente.

Su madre sacudió la cabeza.

—No voy a discutir sobre esto otra vez.

—Genial. Yo gano.

Eso era lo que más le gustaba, y después de su conversación anterior con Colin, hoy había ganado en todos los frentes. La habían seleccionado para un sorteo de libros en Twitter, el profesor Stanton había alabado las teorías de Allison sobre *Todo se desmorona* y Colin se había pasado las dos horas que duró el seminario encorvado de forma tímida en su asiento para ocultar las marcas de bolígrafo de su jersey. No levantó la mano ni una sola vez. Y ahora había conseguido que su madre cediera con su palabra menos favorita.

Ganar. Ganar. Ganar.

—Bueno, ¿qué tal estás? —preguntó Allison.

Su madre era una de esas personas que no hablan de sí mismas. Si Allison no le preguntara a bocajarro cosas como: «¿Vas al médico con regularidad?», «¿Qué tal la tensión?», «¿Vas bien de dinero?», nunca sabría nada de la vida de su madre.

—Oh, ya sabes...

—¿Qué tal el trabajo?

—Flojo. Debbie tuvo que recortarles los turnos a algunas de las chicas porque el negocio ha bajado.

—Déjame adivinar. Les has cedido los tuyos. —Su madre ofrecía hasta su último céntimo a quien se lo pidiera, aunque ella lo necesitara más.

Su madre le dedicó una sonrisa tirante.

—Las dos son madres solteras con niños pequeños y no tienen otro trabajo. Yo me saco un extra con la repostería.

Aunque deliciosas, las pequeñas tandas de magdalenas, galletas y barritas que vendía a los vecinos y ocasionalmente para eventos no iban a pagar la hipoteca, y la vergonzosa pensión alimentaria de Jed no cubriría la diferencia.

Allison hizo algunos cálculos rápidos de cabeza. Su sueldo de graduada era de treinta mil al año. Cubría el alquiler, el seguro y otras facturas, y solo le quedaba algo de calderilla, pero si reunía todo el dinero extra del mes y echaba mano de sus escasos ahorros, podría darle a su madre la mitad de la hipoteca.

Cuando se lo ofreció, su madre hizo una mueca.

—Cariño, yo soy *tu* madre, no al revés. Pagar mis facturas no es cometido tuyo.

—Lo es si no puedes hacerlo tú.

La mayor parte del tiempo le gustaba ser hija única. Le gustaba no tener que compartir nunca a su madre ni sus cosas y no tener hermanos con los que la comparasen (lo que significaba que ella siempre era la mejor). Pero en momentos como este desearía tener a alguien que la ayudara a cargar con las responsabilidades, alguien con quien compartir la preocupación porque su madre estaba sola en esa gran casa con sus elevadas facturas y se negaba a apoyarse en nadie.

—Cariño, estoy *bien*. Te lo prometo.

Allison tuvo la sensación de que alguien le pisaba el pecho. Subió a Monty a su regazo y levantó una de sus patitas para saludar a su madre. Fue un regalo de graduación, aunque en secreto pensó que era más bien un resarcimiento por la graduación para compensar el que Jed no se molestara en hacer acto de presencia para ver a su única hija graduarse con los máximos honores en una universidad de la Ivy League.

Tampoco debería haberle sorprendido, ya que abandonó la ceremonia de graduación del instituto en medio de su discurso de despedida para atender una llamada de trabajo.

Por muy bajas que fueran sus expectativas respecto a su padre, siempre la destrozaba ver que él no las cumplía. Y nunca lo haría.

—Hola mi pequeña Montesco —susurró su madre.

—Monterey, mamá. Como el queso. Monterey Jack.

Su madre frunció el ceño.

—La referencia a *Romeo y Julieta* habría sido más de tu estilo.

—¿Mi eterna obsesión con el queso no es típica de mí?

—El queso tiene mucho colesterol.

«*Yyyyy*... otra vez con el tema de la comida». Allison hacía todo lo posible por evitarlo, pero la comida parecía una parte inevitable de todas las conversaciones con su madre. Era una asidua a las dietas de moda, con un amor inagotable por los contadores de calorías y las etiquetas nutricionales, mientras que Allison se esforzaba por conseguir el equilibrio, pero se negaba a obsesionarse con los números. Si la comida se convirtiera en un problema matemático, sería mucho más probable que se volviera poco saludable al respecto.

Su madre ladeó la cabeza, frustrada, pero no insistió.

—Aparte de la nueva clase, ¿ocurre alguna otra cosa en la facultad? ¿Qué hay de Sophie?

Por un segundo, se planteó contarle a su madre lo de Colin. Lo había visto dos veces en Brown cuando él y Allison eran novios y a su madre le cayó bien, aunque nunca recordaba su nombre y se refería a él como «el chico de las gafas» o «Cody». Pero si le confesaba que Colin estaba en Claymore y que compartían clases y la plaza de profesor adjunto, le preguntaría a diario por él, y ya tenía bastantes problemas para quitárselo de la cabeza.

—Sophie está bien —optó por decir.

—¿Está en casa? ¿Puedo saludarla? —Su madre trataba a Sophie como si fuera hija suya.

—Ha salido.

—¿Otra vez?

Allison se encogió de hombros.

—Está cenando en el centro.

Su madre frunció el ceño. El collar de Cleo tintineó mientras se sacudía, fuera de la imagen.

—¿Y no te ha invitado?

Monty se retorció en el regazo de Allison, canalizando su propia incomodidad.

—Es algo de diseñadores. Me aburriría y ella lo sabe. —Ese era otro de los muchos aspectos de la vida de Sophie en los que ella no encajaba. Se obligó a suspirar—. Además, me queda un montón por leer para la clase de Literatura Victoriana de mañana —añadió.

Su madre se tiró de las puntas de su melena rubia hasta los hombros.

—Cariño, no hagas de tus tareas un lugar donde esconderte.

Allison echó la cabeza hacia atrás y cerró los ojos.

—Ya no tengo trece años. No me escondo del mundo. La universidad es mi *trabajo*. Además, mis compañeros y yo nos reuniremos este fin de semana. —Ni siquiera era mentira. Habían planeado la reunión hacía semanas, después de su primera clase con la profesora Behi.

—Así que estás haciendo amigos...

—Mamá.

Su madre levantó las manos y dejó caer el teléfono al hacerlo. Apareció la cara bobalicona de Cleo cerniéndose sobre la cámara. Luego lamió la pantalla. Para aquella perra todo era un tentempié en potencia.

Su madre la ahuyentó y su cara volvió a filmar el teléfono de Allison.

—Tienes tendencia a conformarte con las cosas y a no expandir tus horizontes. Eso es todo. Los mismos amigos, la misma ciudad, el mismo barrio...

—Nueva casa, nueva facultad, nuevas responsabilidades... —A Allison le dio un vuelco el corazón. Sophie le decía lo mismo muchas veces y, francamente, era muy irritante. Ella corría muchos riesgos. El hecho de que no siempre fueran los que su madre y sus amigos creían que debía correr no los hacía menos arriesgados.

Su madre esbozó una sonrisa irónica.

—Bueno, ahora que te he enfadado lo suficiente, debería hablarte de tu padre.

Todo el cuerpo de Allison se contrajo.

—¿Qué pasa con Jed?

—Tiene algo... de corazón.

—¿Qué significa eso?

Los labios de su madre desaparecieron en una línea recta por un momento antes de responder.

—Ha estado en Urgencias varias veces en los últimos tres meses porque su corazón sigue entrando en fibrilación auricular.

—¿Como un ataque al corazón? —Esta noticia debería haber provocado alguna emoción en Allison, pero solo había una fría indiferencia.

—Más bien un fallo cardíaco.

—¿Es malo?

—Es algo que hay que vigilar de cerca.

Allison presionó con más fuerza el pie contra la alfombra.

—¿Por qué me lo cuentas a mí?

Su madre frunció el ceño.

—Es tu padre.

—Solo en el sentido más técnico.

—La enfermedad puede cambiar eso. —Su madre pronunció las palabras con cuidado.

—¡Que le den! No tiene un pase solo porque está enfermo. En fin, y tú ¿cómo lo sabes? —preguntó y su madre desvió los ojos de la cámara. Allison gimió—. ¿En serio sigues hablando con él?

—A veces llama...

—Mamá.

—Cariño, sé que ya eres adulta y que has aprendido mucho sobre el mundo, pero el matrimonio es complicado. Una vez que te has atado a alguien, una vez que has tenido un hijo con él, que has compartido la vida, estás atado para siempre, aunque os separéis.

Un millón de palabras terribles acudieron a la lengua de Allison, pero se las tragó. En lugar de eso, su madre y ella se despidieron con un montón de «Te quiero» mientras lanzaban besos a los perros.

Allison dejó el teléfono sobre la mesita y se colocó su ejemplar de *Nicholas Nickleby* sobre las piernas. Monty le placó la mano cuando intentaba alcanzar el lápiz.

Exhaló un suspiro. Recordarle a su madre lo poco que su padre se preocupaba por ellas no iba a hacer que nadie se sintiera mejor ni a cambiar la forma en que su madre trataba a la gente. Cassandra Avery siempre sería demasiado amable, siempre regalaría pedazos de sí misma hasta que no quedara más que polvo.

Y Allison seguiría recogiendo el polvo, seguiría manteniendo a su madre unida, porque eso es lo que hacían las hijas.

Capítulo 6

La clase de repaso de Grandes Éxitos de la Literatura Británica tuvo lugar en una sala del tamaño de un armario de la biblioteca Fyler.

Una mesa de conferencias en la que apenas cabían dieciséis sillas ocupaba la mayor parte del espacio y sus respaldos y patas golpeaban contra ventanas y paredes mientras los estudiantes se acomodaban. Demasiados años de simulacros de emergencia en la escuela hicieron que Allison fuera muy consciente de la trampa mortal en la que estaría atrapada durante las próximas dos horas.

Tres sillas seguían vacías, pero su móvil decía que eran las diez, así que se volvió hacia la pizarra.

Menos mal que se había traído sus rotuladores y su goma de borrar, porque la bandeja estaba vacía. La sala ni siquiera estaba preparada para proyecciones. Lo harían a la antigua usanza, algo que, para ser sincera, disfrutaba bastante. Era la clase de persona que le gustaba escribir en papel con bolígrafo, con rotulador en la pizarra y leer libros en papel. Tenía un caro ordenador de sobremesa para escribir e investigar, pero si hubiera podido, probablemente habría escrito sus trabajos a mano y solo habría utilizado las estanterías de la biblioteca para investigar. Por supuesto, eso no era lo que se hacía hoy en día, pero le parecía anacrónico estudiar literatura medieval en Internet. No quería ver fotos del Códice Nowell (el manuscrito que contenía la versión más antigua de *Beowulf*). Quería mirarlo a través del cristal de la vitrina de la Biblioteca Británica, quería estudiar cada marca de quemadura y cada rasgadura, cada espina y cada runa escrita con tinta.

Por supuesto, cada vez que se quejaba amargamente de eso a Sophie, a esta le gustaba señalar que, según esa lógica, también debería leer a la luz de las velas y usar orinal...

Incluso ella tenía sus límites.

El rotulador chirrió con fuerza al escribir su nombre en la pizarra, acallando los murmullos de los alumnos hasta que la sala quedó en silencio. Cuando se volvió de nuevo, doce pares de ojos estaban fijos en ella. (Tendría que guardarse ese truco en el bolsillo. Consejo didáctico nº1: Los ruidos molestos llaman la atención de los alumnos.)

El calor subió como una colonia de hormigas por la nuca de Allison. Carraspeó un par de veces para intentar recuperar la voz. Había mucha gente, el ambiente se estaba volviendo sofocante y no había ninguna ventana que pudiera abrirse.

Dos semanas antes estaba sentada en un pupitre, viendo a la profesora Behi prepararse para empezar su primera clase. Ahora Allison era la que estaba al otro lado de la mesa. ¿Cómo se suponía que iba a hacer esto? No tenía ninguna formación. Y nada de ese momento encajaba con las fantasías que se había hecho en su cabeza. Nadie se reía ni tomaba notas. No había expresiones de sorpresa en ninguno de los rostros de los alumnos. La mayoría parecían más bien aburridos. Algunos habían empezado a mirar sus móviles.

Ella no era un bastión de conocimiento para cambiar la vida de estos jóvenes. Era una asustada chica de veintitrés años que apenas entendía lo que era ser adulto.

«No —se reprendió Allison, apretando el rotulador con la mano—. No les des la razón a tu madre y a Sophie. Demuéstrales que puedes hacer cosas que te incomodan».

Allison se aclaró la garganta por última vez y se obligó a hablar.

—Hola. —Cuatro estudiantes sonrieron. Lo intentó de nuevo—. ¿Cómo estáis?

Algunos se encogieron de hombros. Algunos dijeron que bien entre dientes. Después se hizo el silencio.

El peso de todo aquello presionaba a Allison, pero se obligó a seguir adelante, aunque se sintiera como si estuviera arrastrándose sobre alquitrán. Rodeó la mesa circular, entregó a cada alumno una copia de las normas de la sesión de recitación de la profesora Frances y una cartulina en blanco. Una vez que regresó a la parte delantera de la sala, les pidió que escribieran sus nombres y, si se sentían cómodos, sus pronombres, en el papel.

—Así nos aseguramos de que nos dirigimos a los demás de forma correcta —explicó.

Todos se tomaron en serio el ejercicio, excepto el chico sentado frente a ella. Miraba fijamente a Allison, con los brazos cruzados sobre el pecho y una sonrisa de satisfacción en la cara. Mostraba en alto la etiqueta con su nombre como si quisiera asegurarse de que ella la leyera.

Nombre: Bombón

Allison hizo acopio de toda la confianza que pudo reunir y se dirigió a él:

—Escribe tu nombre real, por favor.

—Bombón es como me gusta que se dirijan a mí.

Allison sacó un bolígrafo del bolso mientras rechinaba los dientes y lo hizo rodar a lo largo de la mesa de conferencias. Chocó contra su placa identificativa y se detuvo.

—Respetar cómo decide identificarse la gente es algo que me tomo muy en serio. Y espero que los demás hagáis lo mismo —dijo.

Después de lo que parecieron tres horas de desafío silencioso (aunque sin duda fuera más bien un minuto y medio), Mitchell, el chico sentado al lado de Bombón, agarró el papel amarillo y escribió: «Nombre: Colin Harcourt. Apodo: Cole» en la parte superior.

¿Cómo no iba a llamarse Colin? Allison luchó por reprimir las ganas de ponerse a gritar.

Mitchell sacudió la cabeza y miró a Cole mientras colocaba el papel delante de él.

—No seas imbécil —murmuró.

Satisfecha (y más agradecida a Mitchell de lo que jamás admitiría), dirigió la atención al resto de la clase. Le costó Dios y ayuda no sujetar sus notas delante de su cara y leerlas palabra por palabra.

—Quiero que este sea un espacio en el que podamos profundizar juntos en estos textos. Sé que el lenguaje puede parecer difícil y que la estructura de las historias es muy diferente de la de una novela moderna, pero una vez que os adaptéis a estos elementos, descubriréis que la literatura medieval y otras obras antiguas son sobrecogedoras y divertidas y exploran muchas de las mismas preguntas que nos seguimos haciendo hoy en día. Además, sin *Beowulf*, Chaucer y sir Thomas Malory, no tendríamos *El señor de los anillos* ni *Juego de tronos*. Las epopeyas inglesas antiguas y el romance medieval sentaron las bases de todo el género fantástico.

El corazón le latía desbocado en el pecho, pero esta vez no se debía a los nervios. Por un momento se sintió una experta, alguien que podía ayudar a los alumnos a aprender cosas sobre esos textos, y si se atrevía a pensarlo, tal vez incluso a aprendieran a apreciarlos.

Por desgracia, ese fue el único momento positivo de un primer día por lo demás desastroso. Durante las dos horas siguientes, Allison consiguió:

1. Dirigirse tres veces a la misma alumna por un nombre equivocado. (¿Acaso tenía la culpa de que se pareciera tanto a una chica con la que había ido al instituto?.

2. Proponer una serie de preguntas de debate que no suscitaron el más mínimo debate.

3. Que la acusaran (por supuesto Cole) de destripar un texto de más de mil años de antigüedad al mencionar la muerte de Grendel en la siguiente parte de la lectura.

4. Dar un traspiés al intentar pasearse por la sala.

5. Olvidar su propio ejemplar de *Beowulf* en el coche después de sermonear durante cinco minutos a los alumnos sobre que debían asegurarse de que llevaban el libro consigo.

6. Decir «joder» cuatro veces.

7. Limpiar accidentalmente la pizarra con la parte trasera de su vestido amarillo al apoyarse en ella. (Aunque no lo descubrió hasta que una alumna del segundo grupo de recitación se lo señaló de forma discreta al salir de clase.)

Cuando todos abandonaron el aula, Allison se dejó caer en su silla. Tenía el estómago encogido y revuelto y era un manojo de nervios.

Acababa de demostrar a sus alumnos de, al menos, una docena de maneras diferentes que no tenía ni idea de enseñar. Había fracasado. Era una sensación tan extraña que Allison no sabía cómo asimilarla. Tenía la sensación de que la piel se le despegaba de los huesos y le picaba todo. Arrastró el bolso hasta su regazo y rebuscó entre los trastos que contenía (¿por qué tenía cuatro tubos del mismo brillo de labios?) mientras luchaba con todas sus fuerzas por contener las lágrimas que le anegaban los ojos. En los deportes no se lloraba. Ni en la enseñanza.

Necesitaba a Sophie. Ese día requería una gran lista con lo peor que podía pasar. Sería completamente autorreferencial; el peor de los casos en el peor de los casos. Y una vez que hubiesen terminado, cuando hubiesen concebido todas las peores posibilidades, cuando hubiesen revelado todos los monstruos posibles de la sala, la sensación de desquiciamiento que se había apoderado de ella desaparecería.

Así funcionaba. Siempre había funcionado así.

Pero cuando encontró su teléfono, Allison se enfrentó a otra desastrosa posibilidad.

La peor de todas.

> **Número desconocido:** ¡Espero que tu primer día de clase haya ido tan bien como el mío!

Allison solo conocía a una persona que tuviera su primera sesión de recitación esa semana, y aunque le daba reparo admitirlo, aún reconocía su número de cuando salían juntos.

¡Maldito Colin Benjamin!

Allison cerró los ojos con frustración.

> **Allison Avery:** ¿Cómo has conseguido este número?

> **Número Desconocido:** He probado para ver si no los habías cambiado desde Brown.

> **Número desconocido:** Está claro que tenía razón.

> **Allison Avery:** Alguna vez tenía que pasar.

Número desconocido: 🙁

Alison dejó caer el móvil sobre la mesa de conferencias como si se hubiera quemado y frunció el ceño. Los emojis eran para los amigos y para ligar, no para él.

Número desconocido: ¿Los has impresionado? ¿Ya eres Superprofe? 😉

Alison Avery: ¿Por qué? ¿Has tirado la toalla? 😃

Número desconocido: ¡Ya te gustaría!

Alison Avery: Como si perdiera tanto tiempo pensando en ti.

Por supuesto, no había hecho otra cosa desde su pelea después de la clase de la profesora Frances a principios de semana. Discutir con él era un puto afrodisíaco y a Allison le daban ganas de estrangularlo.

Pero también la ayudaba a olvidar. Y lo único que quería ahora era borrar de su mente las dos últimas horas. Si no tenía que pensar en recitación, tampoco tenía que recordar lo mal que lo había hecho.

Colin Benjamin podría ser de alguna utilidad para variar.

Una sonrisa se dibujó en sus labios mientras empezaba a teclear. Le enseñaría a la Superprofe, aunque fuera ficción.

Allison Avery: Ya que preguntas, mis temas han sido 🔥 🔥

Allison Avery: Los alumnos se han implicado mucho. Han hecho un montón de preguntas.

> Allison Avery: Casi nos quedamos sin tiempo.

Colin tardó unos minutos en responder. Allison había hecho la maleta y había recorrido la mitad de camino del pasillo cuando le llegó un nuevo mensaje.

> Número desconocido: ¿Seguro que no es porque TÚ no dejabas de hablar?

> Allison Avery: ¡Bah! Todo el mundo sabe que es más probable que eso ocurra en TUS clases, Capitán Tortuga.

> Número desconocido: Lo siento, Superprofe. Mis alumnos no me dieron la oportunidad de hablar. Estaban demasiado ocupados dándolo todo en el análisis a fondo.

No le había preguntado qué tal habían ido sus clases. Y no le importaba. Allison no iba a dejar que la sacara de quicio. Colin jamás volvería a interponerse entre sus metas y ella. Se leería todas las guías sobre enseñanza que existieran si eso la ayudaba a mejorar. Y mientras tanto seguiría mintiendo.

El sol era débil aunque persistente cuando salió de la biblioteca y se adentró en la calle principal del campus. Encontró un muro de piedra a la sombra y se sentó a mirar la pantalla.

Claymore había arreglado el jardín justo antes del comienzo del semestre y el mantillo recién removido y las flores frescas en tonos amarillos, rosas y rojos impregnaban el fresco aire de un toque terroso. Las abejas saltaban de flor en flor detrás de ella, zumbando en sus oídos.

Las piedras que se clavaban en los muslos de Allison estaban calientes. Aunque le dolía un poco, se aposentó sobre ellas con más fuerza, como si la pequeña ráfaga de dolor pudiera despejarle la mente.

Durante algo más de un segundo, pensó en guardar el móvil en el bolso y largarse de forma literal y figurada. Nada bueno le esperaba al otro lado del chat, mientras que en casa estaba Monty, su cómoda cama y una noche de palomitas y comedias románticas cursis.

Pero si lo hacía, Colin podría sospechar que había mentido. Los detalles eran la parte más importante de cualquier historia. Ella necesitaba añadir más a la suya.

Y vaya si lo hizo. En el transcurso de los minutos siguientes, construyó una elaborada historia de complejas conversaciones entre su clase sobre lo que significaba ser un héroe. Estos alumnos imaginarios no solo ofrecieron una gran cantidad de definiciones matizadas del término, sino que aportaron una variedad de ejemplos de la cultura pop de héroes y antihéroes, que iba de Jon Snow a Deadpool, pasando por el señor Darcy, Maléfica y Elsa de Disney. Un estudiante, que ya conocía a Chaucer del instituto, mencionó incluso *La comadre de Bath*.

Colin no volvió a responder. Ni siquiera un emoji aplaudiendo.

Allison había ganado.

Debería haberse sentido mejor de lo que se sintió.

Capítulo 7

Allison contemplaba adormilada su tazón de cereales mientras se preguntaba si alguna vez alguien se había quedado dormido y se había ahogado en una taza de leche.

Las siete de la mañana era demasiado temprano para estar despierto un sábado (o cualquier otro día). Hasta Monty seguía roncando en el piso de arriba. Pero después del sueño que la había despertado, era imposible que Allison pudiera volver a pegar ojo.

Removió sus Cheerios con la cuchara e intentó quitarse las imágenes de la cabeza. Una gigantesca biblioteca llena de estanterías iluminadas por antiguos faroles de gas, una misteriosa niebla flotando alrededor de sus pies descalzos. La hermosa edición encuadernada en piel con letras doradas que no había podido leer al alcanzarla.

El libro se había convertido en una mano cuando sus dedos lo agarraron y se vio arrastrada a través de la estantería como si no fuera más que una cortina. Colin Benjamin estaba al otro lado, apoyado en una pared blanca de esa manera tan típica de él, y el mundo se amoldaba para adaptarse a él. Incluso en sueños, su postura hacía que se le pusiera la carne de gallina.

Solo al bajar la mirada se dio cuenta de que tenían los dedos entrelazados. Él la atrajo contra sí. Sus ojos color avellana la recorrieron y susurró su nombre como una plegaria. Como una súplica. Como si llevara una eternidad atrapado tras aquella estantería fantasma, esperando a que ella lo liberara.

«Es una mala idea. —Pensó al tiempo que se acercaba a él—. Debería darme la vuelta y salir corriendo —insistió mientras aferraba el doblador de su rebeca color beige con la mano libre—. Esto solo traerá problemas. —Lo comprendió cuando él amoldó la palma de la mano a su cadera».

Pero el descarnado deseo que la invadió cuando su pecho se encontró con el de él sofocó esa duda con rapidez. Era una sensación tan intensa, tan visceral, que se había aferrado a Allison mucho después de que hubiera despertado. Aun en ese momento, sentada a la mesa de la cocina, hacía que su sexo palpitara.

Ni siquiera en sus sueños podía escapar de Colin Benjamin.

Pero eso tampoco era lo peor. Cuando estuvo lo bastante cerca, él le pasó el pulgar por la mejilla y la mandíbula, trazando las curvas de su rostro. Le levantó la barbilla y volvió a susurrar su nombre. Esta vez más bajo. Con la voz ronca de deseo. La expectación hizo que su corazón latiera con fuerza contra las costillas y que se le entrecortara la respiración. Sus labios estaban tan cerca que Allison solo habría tenido que ponerse de puntillas. Todos los besos que habían compartido se repetían en su mente mientras ella esperaba, y esperaba y esperaba a que él pusiera fin a la pequeña distancia que los separaba.

Y justo cuando él se inclinó, Allison abrió los ojos de golpe.

Allison maldijo al ventilador del techo con voz fuerte y entrecortada por el sueño (y por otras cosas que se negaba a reconocer).

¿Quién podría volver a conciliar el sueño después de eso?

Maldito fuera su subconsciente traidor. Y ese estúpido intercambio de mensajes de texto de ayer. Estaba demasiado metido en su cabeza. Demasiado metido en su *mundo*.

Se suponía que no debía pensar en Colin Benjamin *en absoluto* y menos así. ¿Cómo podía olvidar su pasado si su cerebro le recordaba lo mucho que le gustaba besarle? A pesar de todos sus defectos, besaba de muerte; sabía cuándo añadir presión o cuándo aflojar, cómo deslizar su lengua con suavidad por la de ella...

¡No! ¡No! ¡No! Allison gruñó. El sonido resonó en las paredes de la cocina. No iba a pensar demasiado en la boca de Colin, ni en su lengua, excepto para recordar cada exasperante frase que esas dos partes de su cuerpo habían pronunciado alguna vez.

Metió la cuchara en una «o» de trigo y la hundió en el fondo del tazón.

Sophie entró en la cocina mientras Allison se comía su segundo Cheerio.

—¡Ay, Dios mío! ¿Se acaba el mundo? —Miró su teléfono y luego volvió a mirar a Allison. En su cara se dibujó una mueca de sorpresa.

—Eres la monda —murmuró Allison, metiéndose en la boca una cucharada colmada de cereales.

—No creía que te levantaras antes de las diez los fines de semana.

—Si hubiera sabido que me enfrentaría a la Inquisición española, no me habría molestado.

—Nadie espera a la Inquisición española.

Allison gimió.

—Y nadie necesita referencias a los Monty Python a las siete de la mañana.

Sophie le dedicó una sonrisa de satisfacción mientras agarraba un tazón vacío y se unía a Allison en la mesa.

—Mira todo lo que te he enseñado. —Vertió leche en el tazón y luego añadió cereales por encima (Sophie no hacía nada de forma convencional, por horripilante que fuera)—. Así que, en serio, ¿a qué viene eso de madrugar?

Allison hizo girar la cuchara en la leche, convirtiendo sus Cheerios en un remolino. Una parte de ella quería contarle a Sophie su sueño, solo para decirlo en voz alta. Eso solía robarle parte de su poder. Pero su mejor amiga se consideraba una Freud aficionada y querría interpretarlo. Lo último que Allison necesitaba era oír a Sophie insinuar que aún sentía algo por Colin. Y entonces tendría que admitir por qué había estado pensando en él y... no. No había suficiente espacio en la cansada cabeza de Allison para eso.

Optó por la otra razón por la que había tenido problemas para dormir.

—La clase no fue muy bien.

Sophie agitó una mano.

—Ni hablar. Seguro que estás siendo demasiado dura contigo misma. Nadie habla de libros como tú. ¿Recuerdas al chico de la librería cerca de mi casa al que enseñaste sobre la Edad Media en comparación con el Renacimiento?

—La Edad Moderna —la corrigió Allison.

—Sí. Eso mismo. Terminaron reordenando toda la sección. ¿Te lo había dicho?

—¿Qué? ¡NO! —Allison soltó una carcajada. Ese día acababa de enterarse de que había sacado un sobresaliente en un trabajo en el que se había dejado la piel y estaba muy animada—. Ese es justo el tipo de inyección de confianza que necesito ahora.

Sophie le sonrió con la boca llena de Cheerios.

—Piénsalo. Pronto inspirarás a todos tus alumnos para que reorganicen sus propias estanterías.

Allison bostezó y las dos se sumieron en un cómodo silencio. Con Monty aún dormido, el único ruido en la cocina era el que hacían al masticar. Mientras comía, Sophie alargó el brazo por la mesa hasta el lugar en el que había dejado su tableta y dejó al descubierto una pequeña pila de papeles medio escondida debajo del salvamanteles individual. El de arriba era un papel grueso y elegante en el que figuraban los datos de Sophie.

Allison lo alcanzó al tiempo que entrecerraba los ojos.

—¿Por qué sacas currículos? —Le mostró el papel a Sophie.

Sophie se encogió de hombros, con la atención puesta en el boceto con el que estaba jugueteando.

—Solo los pongo a punto.

—¿Pensaba que ibas a trabajar por tu cuenta? Ya sabes, a hacer todo eso de las ferias comerciales, no trabajar con una marca. Dijiste que no querías que te frenaran las visiones de otras personas.

La piel aceitunada de Sophie enrojeció.

—Es que no quiero descartar ninguna posibilidad. Quizá estaría bien trabajar para una gran marca algún día. Diseñadora jefe y todo eso. Imagina tener todos esos recursos a mi disposición.

—Sí, *algún día*. —Allison empezó a menear la rodilla. Ya estaba nerviosa y ahora el corazón se le había acelerado. Esto no sonaba como una puesta a punto del currículum. Sonaba como si Sophie estuviera buscando un trabajo de verdad.

—Brooks me habló de unas cuantas empresas de Nueva York y una de Boston que hace poco sacaron convocatorias para diseñadores.

Brooks. ¡Cómo no! Siempre que salía con Sophie y sus amigos diseñadores, él mencionaba a gente que ella no conocía y se reía de sus chistes internos. Era él quien animaba a Sophie a presentarse a trabajos que pillaban tan lejos que había que subirse a varios trenes.

Si su mejor amiga y ella ya se estaban distanciando en la misma habitación, ¿qué pasaría si se mudara?

Tenía la sensación de que el suelo estaba desapareciendo bajo sus pies.

—Debería irme —dijo Allison, apartando la silla—. Este fin de semana tengo que leerme una enorme novela victoriana entera para la clase.

—Espera. —Sophie le asió la muñeca—. No importa dónde estemos, siempre somos nosotras. Lo sabes, ¿verdad? —Sus ojos oscuros retuvieron a Allison—. Además, no he solicitado plaza en ningún sitio. Solo estoy evaluando mis opciones.

—Lo sé. —Allison sacudió la cabeza—. Es que me gustaba nuestro plan. Graduarnos. Conseguir un apartamento para las dos. Apoyarnos mutuamente en todos los altibajos mientras empezamos nuestras carreras y todo eso.

—Podemos seguir haciéndolo, aunque no vivamos en el mismo sitio.

No se equivocaba. Allison echó la cabeza hacia atrás.

—Lo siento. No tengo... la mejor mañana. —No podía dejar que Sophie viera hasta qué punto esta noticia la había hundido. Eso solo demostraría que su madre tenía razón sobre su miedo al cambio.

Y, además, tal y como había dicho, no había enviado nada. No había necesidad de que Allison se preocupara. Al menos, aún no.

—Es un gran día. —Sophie sonrió—. Normalmente no ves el sol hasta que alcanza su punto álgido. Todo esto debe de ser confuso para ti.

Allison le sacó el dedo corazón de ambas manos y las dos se echaron a reír.

Capítulo 8

Esa noche, el grupo de primer año de Allison se reunió en torno a la pequeña mesa de café de Kara.

En Orientación les habían animado a que empezaran a pasar tiempo juntos. «Querréis compañeros de crítica, grupos de redacción y alguien a quien llamar llorando la mañana del examen oral cuando estéis convencidos de que vais a suspender. Empezad a crear esos vínculos ahora», les dijeron. Así que, aunque Allison preferiría estar en casa jugando al tira y afloja con Monty y pasando el rato con Sophie (si por una vez estaba allí), aquí estaba, participando en lo que básicamente era establecer lazos con el grupo de forma obligatoria.

Ethan la Cotorra contuvo una mueca mientras miraba a Kara. Ella acababa de introducir en su espacio personal una bandeja en la que se bamboleaba un montón de copas de champán de plástico. Cada una estaba llena de un brebaje de color rojo intenso.

—¿Tienes *whisky*?

—Solo compré los ingredientes para los martinis Starburst. Por lo demás, el mensaje decía «Tráete tu propia priva» —le recordó.

—El *whisky* no es cerveza.

—Pero es *una bebida alcohólica* —señaló Allison mientras tomaba con suavidad una copa de la bandeja.

—Y está asquerosa —añadió Mandy, haciendo lo mismo que Allison. Chocaron los puños mientras Mandy se recostaba con su bebida.

Mandy, Alex y ella estaban apretujados en un sofá, cuya tela color cáscara de huevo crujía cada vez que se movían, en tanto que Ethan y Link ocupaban dos sillones rojos que parecía que Kara había heredado de su tatarabuela (y algunos tatara más). Tenían flecos en los brazos. ¡Flecos! Hechos de hilo dorado. ¡De hilo dorado!

Kara revoloteaba de un sitio a otro como un colibrí convertido en anfitriona (con otra camisa planchada de manera impecable), y Colin Benjamin dominaba al resto desde la chimenea, jugueteando con lo que parecía una figurita de cristal de un gato que había en la repisa. La forma en que estaba apoyado le recordaba demasiado el sueño que había tenido esa mañana, así que decidió fingir que no estaba ahí. O si se le hacía imposible soportar su postura (que le parecía irracionalmente sexi), imaginaría que era otra persona. Hal, uno de los amigos no graduados de Kara que se había unido a ellos esa noche. Eso sonaba bien. Hal era inofensivo y fácil de olvidar. No era un grano en el culo de toda su existencia.

Llevaban quince minutos quejándose del trabajo del curso, pero cuando Kara (que sin duda había buscado en Google la forma de organizar una fiesta) entró en la estancia enarbolando su característico cóctel, prohibió toda conversación escolar.

Una vez que todos, a excepción de Ethan, tenían una bebida, dejó la bandeja y dio una palmada.

—Se me ha ocurrido que podríamos jugar a dos verdades y una mentira. Será una forma divertida de conocernos.

Allison se estremeció por dentro. Era el equivalente en una fiesta a llevar fichas a una cita. A excepción de las despedidas de soltera de la familia, no había jugado a ningún juego desde que estaba en el instituto. Por lo general, lo único que se necesitaba para romper el hielo era el alcohol.

Su anfitriona se unió a Colin junto a la chimenea. La manera en que le sonrió hizo que a Allison se le retorcieran las entrañas como un globo con forma de animal, pero él seguía tan cautivado por la figurita gatuna que no se dio cuenta.

Kara se aclaró la garganta.

—Se me ha ocurrido hacer que sea temático. Para que resulte más divertido.

Le pidió a Colin que empezara, con esa sonrisa aún en los labios. Allison la estudió con más atención de lo que debía. ¿Había algo entre ellos?

Bebió un buen trago y sacudió la cabeza. Estaba haciendo el ridículo. Kara solo se limitaba a mostrarse muy amable. Y, aunque hubiera algo más, a Allison no le importaba. Nada de nada. Que Colin flirteara, o no, con quien quisiera.

Colin levantó la cabeza de golpe y miró a Kara con los ojos como platos.

—Empiezas tú —repitió Kara—. Dos verdades y una mentira sobre música.

—Mmm... —Volvió a colocar el gato de cristal en la repisa de la chimenea con tanta delicadeza como si fuera de verdad y se rascó la nuca—. Vale. Mmm..., esto... Una: nunca he ido a un concierto en directo.

«Mentira». Allison había asistido a dos con él en el Providence Performing Arts Center. Unos cuantos grupos de *rock folk*. Uno de ellos hasta contaba con uno que tocaba la tabla de lavar. Como autoproclamada amante de los trillados éxitos del top 40, a Allison le sorprendió lo mucho que había disfrutado. Todavía tenía canciones de algunos de ellos en sus listas de reproducción de Spotify.

Se bebió de un trago la otra mitad de su martini Starburst para desquitarse de la tibieza que se apoderaba de su estómago.

Ni un recuerdo más.

La bebida sabía a zumo de fresa y de naranja recién exprimidos y el ardor del vodka solo se apreciaba en el fondo de su garganta mientras nadaba en su estómago demasiado vacío. Esto iba a ser peligroso.

Colin se aclaró la garganta.

—Dos: me encantan los musicales.

«Verdad». Allison no se permitió pensar en la vez que él le cantó toda la partitura de *Querido Evan Hansen* mientras estaba postrada en su cama, hecha un ovillo por culpa del terrible dolor de la regla.

—Tres: toco el banjo.

«Verdad». Allison necesitó todo su autocontrol para no añadir: «mal» al final de la frase. Solía practicar en su dormitorio mientras ella intentaba estudiar e iba subiendo el volumen cada vez que le rogaba que parara.

Kara señaló a Ehtan la Cotorra.

—Adivina. —La exigencia en su voz hizo que todo esto pareciera menos un juego y más un ejercicio de clase.

Ethan se quedó mirando a Colin, con el ceño fruncido mientras pensaba, y sus muy atractivos bíceps se abultaron cuando se llevó un dedo a los labios.

—Está claro que la de los musicales es mentira. Los musicales son insípidos.

—¡Ay, por Dios! —soltó Allison. Esos dos martinis habían borrado su sentido de la etiqueta—. ¿Quién fue malo contigo de niño?

Ethan giró la cabeza hacia ella.

—¿Qué?

—¿Cómo pueden no gustarte los musicales? *Hamilton. Hadestown. Waitress. Mean Girls. ¡LOS MISERABLES!*

Ethan irguió la cabeza.

—El libro de Victor Hugo es muy superior.

Allison puso los ojos en blanco (una mala decisión teniendo en cuenta todo el alcohol que había bebido), y el mundo se movió un poco. Apoyó una mano en el sofá.

—El libro de Hugo es una tragedia pornográfica misógina y pomposa.

—¡Sí! —Mandy volvió a chocar los puños con Allison y rompieron a cantar a coro *La canción del pueblo*, desafinando de forma estrepitosa.

El corazón de Allison latía a un ritmo caótico propio y el alcohol corría por sus venas, envolviéndolo todo en una nebulosa gasa. Se estaba divirtiendo, con esa extraña vuelta al instituto y demás.

«¡Chúpate esa, mamá! —pensó con arrogancia—. Fíjate, estoy disfrutando con gente que no son mis compañeros de piso. Y con el puto Colin Benjamin en persona».

Colin se abrió de un tirón la chaqueta negra para mostrar la camiseta que llevaba debajo, como Superman revelando la «S» de su traje. Pero él era la antítesis de Superman, así que esta exhibición solo dejaba al descubierto una camiseta negra con una silueta blanca de las hermanas Schuyler de *Hamilton*.

—Me encantan los musicales —dijo Colin—. Y los conciertos.

—¡Ahí está la mentira! —Kara señaló a Ethan, con una ancha sonrisa en su bronceado rostro radiante.

—Tu turno. Dibujos animados.

Ethan frunció el ceño.

—No he visto dibujos animados en toda mi vida.

Allison dejó caer la cabeza contra el sofá. Este tipo era lo peor.

—¿Ni siquiera de niño? —preguntó Link. Abrió otra de sus cervezas artesanales. Su oscura piel tenía la misma capa de humedad causada por la bebida que debía de perlar las sienes de Allison.

—Prefería los documentales.

Allison se preguntó si podría convertir su vacía copa de plástico tipo flauta en un proyectil. Ojalá hubiera prestado más atención a la física en el instituto...

Kara frunció los labios y sacó una hoja de papel del bolsillo.

—Mmm. Vale, ¿qué tal aficiones?

Ethan asintió con seriedad. Mientras pensaba detenidamente sus respuestas (incluso adoptando la pose de *El pensador*), Allison hizo su propia lista mentalmente.

1. *Machoexplicar* los derechos de las mujeres a las mujeres.

2. Odiar de forma pública todo lo popular.

3. Patear cachorros.

Las respuestas reales resultaron ser mucho mejores.

—Una —dijo con gran teatralidad, levantando un dedo como si no supieran contar—. La gramática.

—Espera. —Mandy sacudió la cabeza—. ¿Cómo que la gramática es un *hobby*?

—Me gusta ayudar a la gente a aprenderla —respondió Ethan.

—¿Dando clases particulares? —Allison admiró el intento de Link de darle a Ethan el beneficio de la duda.

—En cierto modo. —Cruzó los brazos sobre el pecho—. Me gusta ayudar a la gente a que sus publicaciones en las redes sociales sean más claras indicando los problemas con la redacción.

Allison estaba decepcionada consigo misma por no haberlo adivinado antes.

—Dos —continuó Ethan—. La doma.

—¿De caballos? —preguntó Colin.

Ethan asintió. Se pasó la mano por los mechones de su largo cabello rubio que habían escapado del moño que se había recogido a la altura de la nuca.

—Y tres. —Siguió contado con los dedos—. Juego al ajedrez. Muy bien.

Kara se volvió hacia Colin.

—Adivina.

Colin se quitó las gafas y se frotó los ojos.

—Tiene que ser lo de la doma.

Ethan sonrió con suficiencia.

—Incorrecto.

—Entonces ¿cuál era la mentira? —preguntó Allison. Parecía el tipo de persona que trataría el ajedrez con la seriedad de un fanático del fútbol. Y en lo más hondo de su ser, Allison sabía que la primera era verdad.

—Yo juego a las damas, no al ajedrez. En realidad es más complicado por su simplicidad.

Allison se volvió hacia Kara y levantó sus dos copas vacías.

—¿Hay más? —Si iba a verse obligada a relacionarse con la Cotorra, necesitaba estar más borracha.

Cuando volvió con una nueva ronda de martinis, todos se habían enterado de que a Mandy le gustaba hacer motivos florales a punto de cruz, Link horneaba panes artesanales para acompañar sus cervezas y Alex hacía peluches de ganchillo para venderlos en Etsy. Cada hecho proporcionó a Allison una nueva perspectiva de estas personas con las que se sentaba durante horas cada semana en clase. Ampliaba lo que eran, los convertía en algo más que estudiantes que parecían mayores, más inteligentes y más mundanos que ella. Todos tenían cosas con las que ella podía identificarse.

Eso le gustó más de lo que esperaba.

Mientras se acomodaba de nuevo en el sofá, Kara anunció que era su turno.

—El tema son los animales.

Allison bebió un par de sorbos de su martini mientras meditaba. Se deslizó por sus dientes y su lengua con la dulzura de un caramelo.

—De acuerdo. —Dejó la copa de plástico sobre la mesita y se sentó más derecha. —Allá vamos. He nadado un par de veces con delfines. —Esa era la mentira. Solo lo había hecho una vez, cuando su tía Janice las llevó a su madre y a ella a Hawai para el cuarenta cumpleaños de su madre—. Tengo un corgi llamado Monty. —La verdad más importante—. Y en una ocasión una cabra me siguió a casa desde un zoo de mascotas.

Allison se arrepintió en cuanto las palabras salieron de su boca. Colin sabría que era verdad. Estaba presente cuando ocurrió. «¡Mierda!».

Él posó los ojos en su rostro.

«¡Mierda y mierda!».

Allison se negó a mirarle, aunque su piel se acaloró bajo el tacto de su mirada.

—Voy a adivinarlo. —Kara colocó su copa con cuidado sobre la repisa. En el tiempo que Allison había tardado en beberse tres martinis, ella se había bebido la mitad de uno.

Se mordió la uña del pulgar mientras estudiaba a Allison. Pero Colin respondió antes de que pudiera hacerlo ella.

—No tienes un corgi.

Su voz atrajo la atención de Allison hacia él, como una marioneta movida por hilos. Su tono era franco, áspero, y las palabras salían de lo más profundo de su garganta. Al mirarle vio que no se había afeitado, pues una ligera e incipiente barba rubia oscurecía su mandíbula. Estaba guapo. Muy guapo.

Su mente la arrastró de repente a todas las veces que había pasado las manos por esas ásperas mejillas y que las había sentido raspándole el cuello mientras la acariciaba.

«¡Mierda, mierda y mierda!». Allison sorbió la mitad de su copa y emitió un sonido parecido al de un timbre, tan fuerte como pudo, como si eso pudiera ahogar sus pensamientos. Necesitaba deshacerse de ellos de alguna manera.

—Mal —dijo.

Kara se aclaró la garganta.

—Creía que era...

—¿Qué le ha pasado a Cleo? —Colin había presenciado algunas videoconferencias por Facetime con Cassandra en su día y las fotos de la pitbull empapelaban las paredes de Allison durante toda la licenciatura.

—Cleo es el perro de mi madre. Monty es *mío*.

Allison inyectó toda la fuerza que pudo en sus palabras. Necesitaba frenar esta línea de interrogatorio antes de que la gente empezara a darse cuenta de que se conocían. Tener que explicar su historia a todo el mundo no haría que siguiera en el pasado.

—¡Es la cabra! —exclamó Kara—. Eso es mentira. —No dejaba de mirar el reloj como si estuvieran a punto de salirse del horario previsto.

Allison agradeció la intrusión.

—No. —Sonrió—. Solo he nadado con delfines una vez.

—Vale, venga ya. —Mandy le pinchó la pierna—. Necesito saber más sobre lo de la cabra.

Durante el segundo año de Allison en Brown, la universidad llevó un pequeño zoo de mascotas gestionado por una granja local para ayudar a controlar el estrés. Colin se ofreció a llevarla después de terminar un trabajo, pero tardó más de lo que esperaba y, cuando llegaron al zoo, los dueños se habían quedado sin comida para los animales. Desanimada, Allison se sentó en un rincón de la zona vallada y se puso a hablar con una cabra pigmea blanca y negra como si fuera a responderle. Llevaba un cascabel al cuello y le gustaba dar patadas como una loca mientras saltaba en círculos, y a Allison le había encantado.

Colin se fue y al volver le dejó una bolsa de zanahorias tiernas en el regazo.

—¿De dónde lo has sacado? —preguntó.

Él le guiñó un ojo y le dedicó una de esas sonrisas traviesas antes de insistir en que tenía recursos. Con un chillido, partió unas cuantas zanahorias en trozos pequeños para dárselas a su nueva amiga. Comió directamente de su mano y le dio un suave topetazo en el brazo con su frente cornuda para pedirle más. Allison continuó dándole hasta que llegó un grupo de estudiantes de primer año que acababan de hacer un examen de biología. Hacían mucho ruido y se apiñaban alrededor de los animales como un grupo de niños pequeños. Allison y Colin tardaron unos dos segundos en decidir escabullirse por la puerta trasera.

Bueno, uno de los dos no debió de cerrarla del todo (Allison estaba segura de que había sido Colin, pero, como era de esperar, le había echado la culpa a ella), y su amiguita blanca y negra los siguió hasta la salida. Ya estaban de vuelta en la residencia cuando oyó el característico tintineo de la campana y, al darse la vuelta, se encontró a la cabra dando brincos detrás de ellos.

Ambos entraron en pánico y cargaron contra el animal al mismo tiempo, consiguiendo que balara y emprendiera la huida. En lugar de atrapar a la cabra, Allison y Colin chocaron entre sí. Como salidos de una comedia romántica increíblemente trillada, acabaron en el suelo, con Colin encima de ella, y lo que empezó como un embarazoso ataque de risa no tardó en convertirse en su primer beso. Mientras tanto, la cabra les robó toda la bolsa de zanahorias, junto con el bolso de Allison. La encontraron deambulando por la zona común de estudiantes.

Allison omitió adrede a Colin y el beso mientras relataba la historia a su grupo. No apartó la mirada de Mandy y esbozó una sonrisa forzada en los momentos oportunos. No debería haber tenido que fingir. Era una gran anécdota. Pero la forma en que las cosas habían terminado con Colin había cubierto con un manto oscuro todo ese año. Allison no podía recordar nada de aquello sin que se le formara un doloroso nudo en el estómago.

Los ojos de Colin se le clavaban en la nuca mientras él permanecía inmóvil, apoyado contra la repisa de la chimenea. Era imposible no preguntarse qué estaría pensando. ¿Acaso aquel recuerdo también le había asaltado a él? ¿O al graduarse lo había dejado atrás junto con ella?

Se sonrojó de alivio cuando Kara gritó: «¡La comida está lista!», haciendo que todos corrieran hacia la cocina.

Allison se quedó atrás, poniendo tanta distancia como pudo entre Colin, aquellos recuerdos agridulces y ella.

Allison no se había dado cuenta de las ganas que tenía de respirar aire fresco hasta que abrió la puerta corredera de cristal y salió al balcón. Respiró hondo, ignoró el olor acre de los gases de los tubos de escape que subían de la calle y se concentró en el frescor del aire en su pecho.

El apartamento de Kara era lo bastante pequeño como para que siete personas parecieran una multitud, y mientras se servía su quinto (y se juró que último) martini Starburst, de repente se había sentido agobiada allá donde iba. Esto le ocurría mucho cuando se emborrachaba. A medida que el alcohol hacía que cuanto la rodeaba pareciera borroso, se volvía demasiado consciente de su tamaño, del espacio que ocupaba. Parecía que se volvía más perspicaz mientras todo lo demás se tornaba borroso.

Se tiró del dobladillo del vestido, se sentó sobre los listones de madera del balcón y apoyó la cabeza en los barrotes metálicos. El frío exterior le aguijoneó la piel de la sien, despejando los pensamientos de Allison mientras veía pasar los coches.

No era introvertida. No le gustaba estar sola. A veces, incluso encontraba atractivo el anonimato de las grandes multitudes, como los conciertos, los parques de atracciones o los días de playa en verano. Resultaba agradable no ser nadie durante unos minutos, y rodeada de tanta gente, el diámetro de su cuerpo mermaba. Ya no tenía la sensación de que todo el mundo se fijaba en ella solo porque era más grande que la mayoría.

Pero le resultaba más difícil manejarse en grupos más reducidos, con ese puñado de personas que conocía. No se podía desaparecer cuando todo el mundo sabía tu nombre. Mucho menos sortear además el campo de minas que era Colin Benjamin. Necesitaba un segundo para respirar y existir sin más.

Consiguió respirar hondo un par de veces más antes de oír unos pasos que se acercaban. Una sombra se cernió sobre ella cuando la persona llegó a las puertas correderas.

Colin apoyó la cabeza contra la mosquitera.

—Esos martinis me han pegado más fuerte que un luchador de artes marciales mixtas. —Su voz era tranquila, casi ahogada por el ruido de la ciudad.

—No entiendo tu referencia deportiva.

—No hay pelota en las artes marciales mixtas.

Allison levantó las manos.

—Semántica.

Colin resopló.

—¿Por qué estás sentada aquí fuera?

—Por el aire.

—Ahí dentro hay siete personas en total. —Señaló por encima del hombro con el pulgar hacia el interior del apartamento.

—Y aquí hay cuatro martinis y medio dando vueltas. —Allison se señaló el estómago—. Por eso lo del aire.

—Ah. —Los ojos color avellana de Colin cruzaron el balcón—. ¿Hay sitio para uno más?

La oscuridad que lo envolvía suavizaba su silueta, como si el mundo entero estuviera pintado a la acuarela. Allison podía sentir que el alcohol se asentaba más profundamente en ella, haciendo que sus extremidades y su boca se aflojaran.

—¿Por qué? —preguntó.

La sorpresa arrancó algo entre una tos y una carcajada de la boca de Colin.

—¿Por qué quiero sentarme contigo?

Allison se encogió de hombros, aunque en su cabeza estaba gritando esas palabras. ¿Por qué? ¿Por qué? ¿POR QUÉ?

Colin entrecerró los ojos detrás de las gafas.

—Necesitaba un descanso. A pesar de mi extensa colección, no sé lo suficiente de cómics como para seguirles el ritmo a Alex y a Link.

—No creo que nadie pueda. Ni siquiera los creadores.

Se echó a reír. Interpretó su respuesta como una invitación, por lo que acomodó su largo y delgado cuerpo en el suelo. A fin de hacerle hueco, Allison tuvo que mover las piernas para que colgaran del balcón y Colin hizo lo mismo. Se sentaron uno al lado del otro, sin apenas espacio entre los brazos como para afirmar que no se tocaban. Sus pies se balanceaban cada uno a su ritmo.

El semáforo del final de la manzana alternaba los tres colores. Allison los vio pasar del verde al amarillo y al rojo y de nuevo al verde al amarillo y al rojo. Estaba un poco mareada por el subidón y la cabeza le daba vueltas a causa de la bebida. Sus párpados habían empezado a cerrarse y la cabeza le pesaba como si fuera de plomo. Había sido una decisión inteligente compartir coche en lugar de conducir. Tenía un colocón de esos que duraban días.

Colin sacudió la cabeza a su lado.

—¿Por qué has sacado el tema de la cabra?

—¿Qué?

—La cabra. Antes. Dijiste que nada de desenterrar el pasado.

Allison suspiró.

—No estaba pensando en nuestro beso. —Mentira—. Es que es una gran historia. Y perfecta para ese juego. Ya sabes cuánto me gusta ganar.

—No me digas...

Allison hizo todo lo posible para mirarle. Era difícil determinar si había colado cuando apenas podía sentirse la cara.

—Basta.

—Hablo en serio. —Colin irguió el cuerpo para centrar toda su atención en ella—. ¿Cómo se supone que voy a olvidar el pasado? ¿Y si...? ¿Y si yo...?

—Lo haces y punto. —Allison se encogió de hombros y exhaló un suspiro—. Así. Observa. Cambias de tema. —Se sacudió el polvo de las manos y dijo—: Seguro que a Bo le va cada vez mejor—. Había olvidado hasta ese momento que había llamado Bo a la cabra.

—Esa criatura no tenía instinto de conservación. Lo más probable es que a estas alturas ya se haya metido en una autopista.

Allison soltó un gritito. Y antes de que pudiera pensarlo mejor, golpeó a Colin en el brazo. Estaba más duro de lo que recordaba y el corazón le dio un vuelco. Colin posó la mirada en el cuadrado exacto de la prenda de punto que ella había tocado como si hubiera dejado una marca.

El pulso le latía en la muñeca.

—Se las arregló para agenciarse una bolsa entera de zanahorias. A mí me parece que eso es tener un magnífico instinto de conservación.

—No si se las comió todas de una sentada.

Allison apartó la vista con un resoplido divertido y siguió con la mirada a un coche que hizo un cambio de sentido más adelante. Discutir con Colin le resultaba extraño y reconfortantemente familiar a un mismo tiempo. Así eran ellos, incluso cuando estaban en su mejor momento. En una de sus citas más divertidas estuvieron discutiendo tanto tiempo sobre cuáles eran los mejores dulces del cine que se perdieron la función. Colin insistió en que eran las pasas cubiertas de chocolate. Pero las pasas no eran dulces. Eran uvas zombis. Allison solía creer que Colin y ella se retaban mutuamente a ser más listos, más rápidos y mejores. Por eso funcionaban tan bien. Ahora se preguntaba si las discusiones eran una señal de que estaban condenados desde el principio.

La estentórea carcajada de Mandy resonó en el interior del apartamento interrumpiendo las cavilaciones de Allison. Colin y ella miraron por encima del hombro, moviéndose a la par. El grupo parecía estar a más de dos habitaciones de distancia.

—¿Alguna vez...? —A Colin se le quebró la voz—. ¿Alguna vez sientes que no encajas aquí?

Allison entrecerró los ojos.

—¿De qué estás hablando? Eres Colin Benjamin. Tú encajas en todas partes. —Esa forma que tenía de adaptarse sin problemas a cualquier situación era una de las cosas que más le habían gustado de él.

Él sonrió con suavidad, como si pensara que le estaba tomando el pelo.

—Ahora en serio. Estas últimas semanas en la facultad han sido intensas, ¿verdad? —Sus ojos la recorrieron, buscando algo en su expresión—. Al menos para mí.

—Para mí también. —El ligero temblor de su voz hizo que le resultara más fácil confesar ese hecho.

—Y nosotros... —Sacudió la cabeza y pareció cambiar lo que iba a decir—. A lo mejor podríamos... ¿darnos un respiro? No ayudarnos, ya sé que eso es un sacrilegio —dijo con una sonrisa burlona—. Pero a lo mejor podríamos darnos una tregua moderada.

La Allison sin filtros atacó de nuevo gracias a todos los martinis afrutados.

—¿Qué demonios es una tregua moderada?

Colin dejó escapar una de esas espantosas y fantásticas risas.

—Una tregua en la que estamos de acuerdo en que ambos somos increíbles y no necesitamos superar al otro. No hay ninguna regla que diga que la clase de Frances no puede tener a dos excelentes profesores adjuntos.

Fue una sorpresa. Colin rara vez era tan franco y directo. Las pocas veces que lo había sido seguían siendo algunos de los mejores recuerdos de Allison. Aquellos pequeños y efímeros vistazos que le había ofrecido a otras facetas suyas eran como tener un adelanto del siguiente libro de una serie antes que nadie.

—Supongo que estaría bien emplear en otra cosa la energía que gastaría en machacarte. —Le dedicó lo que esperaba que fuera una sonrisa juguetona. Apenas la longitud entre los barrotes del balcón separaba sus rostros. En su aliento se apreciaba un cierto dulzor de los martinis y el intenso y limpio aroma de la gomina invadió el interior de la nariz de Allison.

La altura del balcón no le ayudó con su mareo e inclinó la cabeza un poco más hacia delante cuando se le revolvió el estómago. Todos los martinis del mundo se agitaban en su cráneo.

—Podríamos incluso...

—¿Sí? —Colin habló despacio y con cuidado, perdiendo su habitual rigor. Aunque tal vez se lo estuviera imaginando, parecía que él se estaba acercando más a ella.

Y más.

Y...

—Podríamos incluso ser... ¡Uf! —La cabeza de Allison resbaló de la fría barra de metal y su sien chocó contra las gafas de Colin y de su garganta escapó un extraño sonido. Incluso desde tan cerca que parecían tan grandes como planetas y giraban igual de rápido, Allison vio que sus ojos color avellana se abrían como platos. El corazón le dio un vuelco en respuesta y, animada por su estado de embriaguez, dijo palabras que no creía que fuera a lamentar—. Incluso podríamos formar un buen equipo. —Como aquella vez que bailaron en línea. O esos raros momentos en Teoría de la Literatura en Brown en los que trabajaron juntos para interpretar un texto en lugar de intentar demostrar que el otro estaba equivocado.

No sabía si Colin la oyó.

Su rostro adquirió un pálido tono verdoso, como si se hubiera puesto de acuerdo con el semáforo, y un doloroso gorgoteo sonó en su garganta. Tragó saliva una vez con fuerza y su abultada nuez se movió.

Allison tuvo tiempo de levantarse de un salto antes de que Colin vomitara por todo el balcón. El rápido movimiento la hizo recuperar la sobriedad, como si todo el alcohol hubiera desaparecido de sus venas. Apartó los ojos del desastre que había a su lado y se centró en Colin, que gemía.

—Te traeré un poco de agua y... —Señaló al suelo—. Y supongo que un cubo. —Casi había salido por la puerta corredera.

Se volvió hacia ella con torpeza y las gafas estuvieron a punto de caer en el charco.

—No tienes que cuidar de mí.

—Claro que sí. Ahora tenemos una tregua moderada, ¿recuerdas?

Se inclinó para ayudarle a desplazarse hacia atrás para que apoyara bien la espalda contra la puerta de cristal. Cuando se dio la vuelta para marcharse, Colin le asió la mano y le dio un apretón.

El contacto no pudo durar más de un segundo. Cuando miró hacia atrás, tenía los dedos doblados sobre el regazo y la cabeza inclinada hacia la calle. Pero la sensación de su piel sobre la de ella le calentó la palma de la mano mientras atravesaba el apartamento de Kara, haciendo que a Allison se le revolviera el estómago.

Ya empezaba a preocuparle que la promesa que Colin y ella se habían hecho fuera imposible de cumplir. ¿Cómo podrían borrar su pasado cuando estaba tan entrelazado con su presente?

Capítulo 9

El móvil de Allison vibró a su lado mientras miraba los techos abovedados del comedor Edelman, pensando qué iba a contarle a la profesora Frances sobre sus dos primeras semanas de docencia.

Suponiendo que era Sophie o su madre, echó un vistazo para mirar la notificación.

> Número desconocido: ¡Llego tarde! Enseguida estoy ahí.

Colin.

Sin duda Allison debería haber añadido su nombre a sus contactos, pero lo de «Número desconocido» tenía algo que le atraía. Sugería que no ocupaba un lugar lo bastante firme en su mundo como para ganarse un nombre. A pesar de que la cadena de mensajes que habían compartido desde la fiesta de Kara contradijera eso.

Tocó la pantalla con el dedo para mostrar algunos textos antiguos.

> Número Desconocido: No puedo creer que potara en el balcón de Kara.

Allison Avery: Y yo no puedo creer que uses la palabra «potar».

Número desconocido: ¿Fue tan malo como lo recuerdo?

Allison Avery: Fue bastante impresionante.

Allison Avery: Technicolor, como el abrigo de Joseph.

Allison Avery: Rojo, amarillo, verde y marrón..., escarlata, negro, ocre y melocotón...

Número desconocido: Para o volveré a echar la papilla (¿Regurgitar? ¿Devolver? ¿Arrojar? ¿Te gusta más alguna de esas?

Allison Avery: Y rubí y oliva y violeta y leonado...

Número desconocido: ¡PARA! ¡POR FAVORRR!

A Allison le dio un vuelco el corazón y se le encogió el estómago. Lo mismo le pasó cuando le envió los primeros mensajes.

No deberían estar bromeando así. Y Colin *no* debería haberle tocado la mano en el balcón de Kara de la forma en que lo hizo. Con tregua o sin ella, no eran amigos. Ni ninguna otra cosa. Cada interacción con él empezaba a parecer demasiado peligrosa, como reabrir una herida que no había cicatrizado.

Necesitaban distancia. Y espacio. Dos metros y dos años de silencio entre ellos en todo momento. Allison puso el móvil en silencio y lo colocó boca abajo sobre la mesa. Eso al menos era un comienzo.

Oyó el tintineo de las numerosas pulseras cuando su profesora rodeó la mesa y se sentó frente a ella. Vestía de un modo mucho más informal, con unos vaqueros pitillo oscuros y una blusa entallada de manga dolmán. La tela lavanda estaba salpicada de bicicletas plateadas. En el brazo izquierdo llevaba un brazalete de cuero trenzado negro con un ornamentado cierre y una hilera de pulseras blancas y negras. El pelo rubio ceniza le enmarcaba el rostro con suaves ondas.

La profesora Frances esbozó una cálida sonrisa mientras se sentaba.

—Allison, gracias por reunirte conmigo con tan poca antelación. —Sus ojos azules recorrieron los otros asientos vacíos—. ¿Aún no ha llegado Colin?

Allison apoyó la mano sobre su teléfono. Debería explicarle que la había avisado de que llegaba tarde. Pero su parte competitiva se resistió. No era su ayudante ni su secretaria. No era su trabajo excusarle por su paradero.

Sin embargo, no pudo evitar que su mente recordara la expresión de su rostro cuando le pidió aquella tregua. Cuánta inseguridad en sus llorosos ojos color avellana. Lo había dicho en serio. Y ella había aceptado.

Además, tenía razón. No necesitaban rivalizar por conseguir la aprobación de la profesora Frances. Los había elegido a los dos como adjuntos, así que los consideraba igualmente prometedores.

—Lo tenía en silencio. Déjame ver si ha contactado. —Allison hurgó en la pantalla de su teléfono, fingiendo revisar sus mensajes.

Justo cuando estaba a punto de confirmarle que llegaba tarde, Colin apareció en la mesa. El sudor le perlaba las sienes y la frente y tenía los cristales de sus gafas granates empañados. Respiraba de manera agitada, como si hubiera venido corriendo.

La profesora Frances miró su reloj y luego a él.

—Aquí estás. —No había ni rastro de crítica en su tono y estaba sonriendo, pero eso no impidió que Colin se estremeciera. Allison habría hecho lo mismo. Llegar tarde era un pecado mortal para los triunfadores.

—Lo siento mucho. No me arrancaba el coche y he tenido que venir en bici. —Colin tragó aire mientras sus ojos se dirigían a Allison—. He avisado a Allison.

—Estaba a punto de decírselo. —Allison le mostró su teléfono con su texto bien visible en la pantalla.

La sorpresa hizo que Colin arqueara las cejas, que desaparecieron bajo su cabello. Sin la habitual capa de gomina, se le veía suelto y despeinado, y básicamente pedía a gritos que alguien enroscara los dedos en él.

Maldito fuera por ser un auténtico desastre (en todos los sentidos de la palabra). Y por dudar de su compromiso con la tregua. A Allison no le habría costado nada desautorizarlo en ese momento, pero no lo hizo. Le había costado un esfuerzo hercúleo y mucho autocontrol.

Estaba claro que iba ganando en lo de no competir.

Además, ¿podía estar segura de que él haría lo mismo por ella? Hacía un par de años habría dicho con certeza que no. Pero este Colin parecía diferente del chico que había conocido en Brown. Entonces era demasiado arrogante y estaba decidido a demostrar a todo el mundo que era el mejor en todo. Sin embargo, a pesar de todas sus fanfarronadas aquel primer día en la clase de la profesora Frances, el Colin Benjamin de Claymore (el Colin 2.0, por así decirlo) dudaba antes de hablar. En la fiesta de Kara, quiso escuchar lo que Allison decía en lugar de interrumpirla (al menos antes de que se pusiera a parlotear como un papagayo). Si era sincera consigo misma, era ella la que había estado a tope con la competición estas últimas semanas.

«Pero nada de eso importa», se dijo. No podía importar. Él seguía siendo Colin Benjamin, el hombre que le había robado el premio Rising Star y la había abandonado días después, sin tan siquiera disculparse. De no haber sido como era, *aquello habría podido* marcar el final de toda su carrera universitaria antes incluso de que hubiera empezado. Y él seguía siendo el tipo que representaba un obstáculo para conseguir lo que deseaba.

El recordatorio le hizo un agujero en el estómago. Era justo lo que necesitaba.

La profesora Frances rebuscó en su bolso y por fin sacó una cartera en la mano.

—¿Preferís que hablemos antes o después de comer?

—Antes —dijo Allison.

—Después —la contradijo Colin.

Se miraron y ambos hicieron una mueca.

La profesora Frances observó las zonas de restauración detrás de ella.

—Vamos a por algo antes de que haya más cola.

La cafetería era pequeña pero estaba bien surtida. Tenían toda una barra de desayuno todavía en servicio, así como una sección de charcutería, una de pasta, una barra de ensaladas y un plato principal del día. Parecía una especie de pollo a la crema. Allison pasó de largo sin detenerse. El desayuno era siempre su primera opción, sin importar la hora del día.

Pidió un gofre con un buen copete de fresas con nata, beicon de pavo y un batido de col rizada, se apoyó en la bandeja y miró hacia el puesto de bebidas. Colin y la profesora Frances se estaban sirviendo café en sus jarras reutilizables. Estaba demasiado lejos para leerles los labios, pero Colin dijo algo y los dos se rieron.

Allison cerró los puños a los lados. Una vez más estaba derrochando su carisma como si fuera un aspersor. A quienquiera que apuntara quedaría atrapado en su hechizo. Sin duda también lo había hecho en sus clases de repaso. No necesitaba conocimientos de literatura medieval. Le bastaba con sonreír y gastar una broma para que sus alumnos le adoraran.

Allison regresó a su asiento, haciendo todo lo posible para sujetar la bandeja con firmeza. La profesora Frances les había invitado a comer para hablar de sus clases. Eso significaba que Allison iba a tener que sentarse ahí y escuchar lo increíblemente bien que iban las clases de Colin. Y luego, en contra de su buen juicio, iba a tener que mentir. Otra vez. O arriesgarse a exponer que era una profesora malísima. Y ningún pacto, moderado o no, obligaría a Allison a mostrar ese tipo de debilidad.

No a Wendy Frances.

Y desde luego no a Colin.

Cuando volvieron a la mesa, Allison había cortado su gofre en cuadrados individuales. En cada uno había colocado una fresa y una porción de nata montada. La homogeneidad resultaba reconfortante. Demostraba control. Orden. El mundo en el plato de Allison poseía una lógica de la que su mundo real siempre carecería, sobre todo con Colin alrededor, provocando el caos sin fin.

Cuando era estudiante universitaria, siempre que no estaba segura de qué forma interpretar un texto, hacía frente a su confusión participando la primera en clase. Siempre se le hacía más fácil lidiar con las cosas que la angustiaban si no dejaba que escaparan a su control. Pensó que no estaría de más probar ese método en este caso.

—Profesora Frances —dijo en cuanto su profesora se sentó.

—Llámame Wendy.

—Wendy. Lo siento. —Maldita sea. ¿Llegaría el día en que entendiera bien el protocolo de ese lugar?—. Tras una conversación que tuve con mis grupos de recitación, he estado pensando mucho en la madre de Grendel y en la relevancia de que el principal personaje femenino de *Beowulf* sea a la vez un monstruo y una madre. Muy a menudo, a las madres se las caracteriza como monstruos en los textos medievales y de principios de la Edad Moderna, e incluso la literatura médica hace que sus cuerpos parezcan antinaturales.

La expresión de Wendy se iluminó.

—¿Tus alumnos ya están interesados en la madre de Grendel?

Allison asintió. Estaba exagerando tanto que no le extrañaría que empezara a crecerle la nariz.

—Estaban todos muy comprometidos, habían avanzado de más en la lectura y tenían un montón de opiniones. —«¡Mentira! ¡Mentira! ¡Mentira!».

—Es impresionante. Deben de haberse sentido muy cómodos para atreverse a hablar de una parte del texto que aún no he analizado con ellos.

Colin observaba su conversación en silencio mientras en su rostro se dibujaba una amplia sonrisa. Parecía..., ¡ay, mierda!, parecía orgulloso de Allison. Como si no esperara menos de ella. Una oleada de emociones contradictorias se apoderó de ella; vergüenza por mentir, arrepentimiento por competir cuando no debería hacerlo y algo demasiado parecido al afecto para su gusto.

Wendy dirigió la mirada hacia él.

—¿Y tú, Colin? ¿Cómo han ido las clases esta semana?

—Está claro que no tan genial como las de Allison —dijo con un guiño. (Un guiño, ¿en serio? Allison tuvo ganas lanzarle un trozo de su gofre y atizarle justo entre los cristales de sus gafas)—. Pero creo que mis alumnos han hecho buenas preguntas sobre la lectura y se han adaptado bien al formato de las sesiones de recitación.

La profesora Frances (no, Wendy; tenía que empezar a pensar en ella de ese modo) asintió con aire pensativo y les animó a compartir algunos momentos concretos de sus clases. Allison hizo todo lo posible por dejar que Colin tomara la iniciativa para evitar cavar ella misma un pozo más profundo de engaños, pero era imposible escuchar la sinceridad con la que relataba las opiniones y las preguntas de sus alumnos sin sentir la necesidad de brillar un poco más.

Una vez que ambos tuvieron ocasión de hablar, Wendy juntó las manos e irguió un poco más la espalda.

—Espero que sepáis lo encantada que estoy de trabajar con vosotros —dijo—. Y lo impresionada que estoy con los progresos que ya habéis hecho con vuestros alumnos.

Allison se removió mientras los remordimientos se deslizaban como arañas por sus hombros. Qué poco impresionada estaría Wendy si hubiera presenciado los primeros días de Allison como profesora.

—Me gustaría poder decir que he pedido este almuerzo únicamente para hablar de pedagogía. Por desgracia, tengo una pésima noticia.

Los músculos de Allison se tensaron al instante. Cuando miró a Colin, este le devolvió la mirada con los ojos llenos de preguntas. ¿Estaba Wendy a punto de prescindir de uno de ellos como adjunto? ¿Le habían asignado demasiados por accidente? ¿Con quién se quedaría? ¿Y qué haría Allison si no era ella?

—Me temo que no voy a poder quedarme con los dos como adjuntos como en un principio era mi intención. —Wendy apartó su bandeja para inclinarse hacia ellos—. Me tomo muy en serio mis responsabilidades de tutoría y es vital estar presente con los nuevos estudiantes de posgrado. Cuando aceptamos a dos estudiantes de estudios medievales este año, pensé que tendría tiempo. Pero la financiación de mi investigación y mi año sabático se han juntado y no voy a poder prestaros a los dos la atención que merecéis.

Esto no podía estar pasando. Allison se retorció las manos en el regazo con tanta fuerza que la sangre abandonó sus nudillos. Trabajar con Wendy Frances fue lo que la motivó a solicitar el ingreso en Claymore. ¿Qué se suponía que debía hacer si eso no era una opción?

A su lado, Colin asentía con los brazos cruzados. Le dolía la mejilla izquierda mientras se la mordisqueaba entre los dientes.

—¿Qué pasa con la persona que no sea elegida? —preguntó Allison.

—Por supuesto, les ayudaré a encontrar un tutor adecuado y les apoyaré en todo lo que pueda.

Allison había trabajado toda la vida para esto. No podía elegir un nuevo campo de estudio como quien juega al *Pito, pito, gorgorito*.

—¿Se puede ser medievalista sin un tutor en la materia?

—Encontraremos la manera de que funcione —prometió Wendy.

Colin se aclaró la garganta, su primer ruido desde hacía un rato.

—Agradezco tu generosidad y estaría encantado de trabajar contigo en cualquier puesto.

Si disparar veneno por los ojos fuera posible, Allison estaría acribillando a Colin en ese mismo momento. ¿Qué había pasado con lo de no tratar de superar al otro? Su odiosamente ecuánime respuesta había hecho que Allison pareciera una niña petulante.

—Lo mismo digo —murmuró, intentando disimular su expresión ceñuda.

Wendy se llevó la jarra de café a los labios y sopló un poco, haciendo que una nubecilla de vapor recorriera la mesa.

—Sé que es un inconveniente y lo siento mucho. Tengo la esperanza de aprovechar el semestre para conoceros a los dos y poder tomar una decisión bien fundamentada, pero os prometo que pase lo que pase, recibiréis la mejor orientación y preparación posibles, así que no dejéis que esto os preocupe.

—¿Cuándo tomarás una decisión? —preguntó Colin.

—Antes de las vacaciones de Acción de Gracias.

Dos meses. Allison se preparó. Tenía sesenta días para asegurarse de que Wendy la eligiera a ella. Vio el mismo pensamiento reflejado en la acerada mirada de Colin cuando sus ojos se cruzaron.

—Dejemos esto a un lado por ahora. Me gustaría que apartarais todo esto de vuestra mente y que os centrarais en vuestro trabajo de curso y en vuestras recitaciones lo mejor que podáis.

Allison y Colin se sostuvieron la mirada mientras Wendy bajaba la cabeza para tomar un delicado bocado de pollo a la crema que tenía en el plato. Allison estaba sentada tan tiesa que parecía que su columna vertebral fuera a doblarse en la dirección equivocada. Colin estaba encorvado y tenía los dientes apretados. Sus expresiones decían todo lo que sus bocas no podían decir. La tregua que habían mantenido en los últimos días había terminado.

Ahora debía velar por sí misma. Allison ganaría este puesto de adjunta aunque tuviera que pisar a Colin para conseguirlo.

Capítulo 10

A mitad del primer semestre de Allison en Brown, su profesora de Introducción a los Estudios Literarios le puso un folleto sobre la mesa.

El papel era grueso y de color crema, con las letras grabadas en dorado. Parecía más una invitación de boda que un anuncio académico; algo especial, distintivo, importante. A Allison le empezaron a sudar las manos mientras lo agarraba con los dedos.

En la parte superior ponía: PREMIO RISING STAR, UNIVERSIDAD DE BROWN. Debajo se hacía un llamamiento: «A todos los estudiantes, de segundo a último curso, interesados en obtener títulos de posgrado, con el objetivo de unirse a la universidad». Bien podría haberse dirigido directamente a ella. Incluso a los dieciocho años, Allison sabía que lo que quería era una vida en el ámbito académico.

Su profesora dio unos golpecitos en el centro de la hoja y una sonrisa iluminó su rostro.

—Ten esto en cuenta —le dijo—. Creo que será pan comido para ti.

Allison no pudo evitar darse cuenta de que no le dio una copia a nadie más en el aula. Metió la hoja con cuidado en su carpeta, y cuando volvió a su dormitorio, la colgó en su tablón de aspiraciones. Durante el resto del curso, lo leyó todas las mañanas, memorizando los requisitos. Guardando en lo más profundo de su corazón las distinciones que lo acompañaban.

Cada año, el galardonado con el Rising Star viajaba al Simposio de Estudiantes de Pregrado como representante de Brown para presentar un ensayo que luego se publicaba en la revista académica del simposio. Esas dos cosas bastarían de por sí para catapultar a Allison a la lista de admitidos de cualquier universidad de posgrado en la que pidiera el ingreso, pero también había un premio en metálico de diez mil dólares. Jed acababa de mudarse y el abogado del divorcio le estaba costando una fortuna a la madre de Allison. Diez mil dólares les habrían dado a ambas un respiro. Y le habrían ahorrado a Allison la necesidad de buscar un empleo en el campus, permitiéndole canalizar toda su energía en los estudios.

Era cuanto podía esperar de un galardón perfecto.

En cuanto empezó el segundo año, Allison se puso manos a la obra con la solicitud. El proceso era intenso y requería no solo una declaración personal y un ensayo de muestra, sino también un escrito original sobre el tema de ese año. Entre enero y marzo apenas hizo otra cosa que escribir, revisar y repasar de manera obsesiva sus materiales. Iba retrasada en todas las asignaturas, pero confiaba en ponerse al día una vez hubiera presentado la solicitud.

Desde el principio de su relación, Colin no había mostrado ningún interés por el premio, un hecho tan sorprendente que Allison seguía preguntándole por él una semana antes de la fecha límite.

Estaban sentados en el comedor, un poco atontados por haber dormido poco, y él agitó una de sus largas manos sobre el plato de tostadas mientras negaba con la cabeza de forma categórica.

—Lo último que necesito después de redactar diez solicitudes para programas de doctorado es otro proceso de presentación exigente. Este te lo dejo a ti.

Como si quisiera demostrar que lo decía en serio, se convirtió en un inquebrantable apoyo en esos últimos días, proporcionándole interminables rondas de comentarios sobre sus materiales, haciéndose cargo de los tentempiés y cafés nocturnos, y ofreciéndole un cómodo (aunque huesudo) hombro sobre el que echarse un sueñecito. Por una vez, parecían de verdad un equipo comprometido con el mismo objetivo: su éxito.

Allison nunca se había sentido tan segura como cuando envió la solicitud. Era lo mejor que había escrito y, más importante aún, lo mejor que había pensado. Su estudio de Beatrice de *El paraíso* de Dante era sin duda un análisis de nivel de postgrado. Por parte de una estudiante de segundo año.

¿Qué era sino una estrella emergente?

El día en que se anunciaron el ganador y el finalista fue más estresante para ella que el día de la decisión sobre la universidad. Su futuro, sus sueños, parecían balancearse en el filo de un cuchillo. ¿Qué pasaría si no ganaba? ¿Si no tenía la publicación en la que apoyarse? ¿Si no conseguía el dinero para ayudar a su madre? Este premio parecía el mejor camino, tal vez el único, para ella.

Al final, el nombre de Allison sí apareció en el anuncio. Pero en segundo lugar.

Encima estaba el galardonado de ese año.

Colin Benjamin.

Nunca tuvo intención de apartarse de su camino. En lugar de eso, había sido un iceberg que surgía del océano justo a tiempo para que el *Titanic* chocara contra él.

Y ahora lo estaba haciendo de nuevo.

Allison no podía pensar en otra cosa mientras estaba en clase de Grandes Éxitos de la Literatura Británica el día después de su almuerzo con Wendy. Por segunda vez, Colin estaba tramando robarle algo por lo que no había trabajado y que no se merecía. La ira se agitaba como un pozo de ácido en sus entrañas.

A su lado, Colin escribía notas en su libro como si las grabara en piedra. Los márgenes de su antología se rasgaron bajo la fuerza de su pluma en más de una ocasión. No era de extrañar que todos los libros que le había prestado cuando eran novios se los devolviera con pinta de haber sobrevivido a un apocalipsis. No respetaba el legado de Johannes Gutenberg.

«Ris ras. Ris ras. Ris ras». El sonido ascendió por su espalda como dedos que se arrastran con lentitud.

Arrimó más la silla a la mesa.

—¿Dónde está tu portátil? —susurró.

Los ojos de Colin recorrieron las estrofas de *Beowulf* que tenía ante sí.

—Me gusta escribir al lado de los pasajes cuando analizamos textos.

Los libros de Allison estaban demasiado garabateados con sus propias ideas como para añadir nada nuevo durante la clase. Los apuntes del curso requerían su propia carpeta. Lo cual era preferible, sinceramente. Le gustaba conservar sus interpretaciones por separado para asegurarse de que sus argumentos eran originales. Pero quizá Colin no leyera con la suficiente atención como para inspirar sus propios análisis. La sola idea la llenó de orgullo. Otra razón más por la que estaba destinada a ganar el puesto de adjunta.

En el atril frente a ellos, Wendy miró su reloj.

—Nos quedan unos veinte minutos y ya he hablado bastante por hoy. Quiero escucharos a todos. —Levantó las manos hacia los alumnos e hizo que tintinearan sus pulseras, que ese día eran rosas y doradas.

Allison echó un vistazo a los asientos de las gradas. Cada vez le resultaban más familiares los rostros de los alumnos gracias a sus clases de repaso y todos los que reconocía estaban sentados en silencio como cada viernes en su clase. Quizá ella no fuera la causa después de todo (o al menos no del todo).

Pasaron otros diez segundos de silencio y luego levantó la mano. Era hora de enseñarle a Wendy su iniciativa (y de ganar unos puntos extra en la columna de *victorias*).

Su profesora le brindó una sonrisa y asintió.

—Me ha impresionado mucho las diversas formas en que la autora sitúa tanto a Grendel como a su madre fuera del mundo de los hombres por medio de sus descripciones. —Allison hojeó las páginas de su libro, buscando un buen pasaje—. Por supuesto, el ejemplo más obvio es el hecho de que Beowulf y los gautas tienen que salir del salón de Hrothgar para buscar a la madre de Grendel. Ella está literalmente *fuera*. Para mí, esto muestra con claridad hasta qué punto el texto se empeña en establecer definiciones normativas de la masculinidad.

Allison vio por el rabillo del ojo que los alumnos agarraban un bolígrafo y empezaban a escribir. Otros habían abierto sus portátiles y estaban tecleando. Le dio un vuelco el corazón. Nunca nadie había tomado apuntes de lo que ella decía (ni siquiera en sus sesiones de recitación). El orgullo corría por sus venas, caliente como un rayo de sol.

El calor se desvaneció un segundo después, cuando Colin carraspeó y levantó la mano. Tenía el libro abierto y apretado contra el pecho, como si intentara contenerse, aunque se inclinó hacia delante sobre la mesa para asegurarse de que Wendy pudiera verle.

—¿Sí, Colin? —Había una pizca de diversión en la voz de su profesora. Debido casi con toda seguridad a que Colin estaba a dos segundos de ponerse a roer el borde de su libro como un cachorro demasiado entusiasta (Allison tenía suficientes marcas de mordiscos de Monty en sus libros de clase como para saber que eso era así).

—Allison tiene razón, pero creo que es más importante considerar las diferencias entre Grendel y su madre y la forma en que se tratan en el texto que lo que nos muestran de forma colectiva.

Allison tenía ganas de golpearle en la cara con el objeto más pesado que encontrara, que sin duda sería su propio ego. Pero si mostraba su irritación, él sabría que había conseguido cabrearla al contradecirla. No pensaba darle esa satisfacción.

—Eso crees, ¿eh? —Le brindó una sonrisa afilada.

Él imitó su sonrisa mientras se relajaba contra su silla.

—Me he dado cuenta de que mientras a Grendel se le suele describir en términos atribuibles a los humanos, a la madre de Grendel se la llama a menudo «cosa». Una criatura. Me recordó lo que decías ayer sobre que los cuerpos de las madres en estas obras literarias son inadecuados o antinaturales.

Oírle desarrollar sus ideas hizo que se le acelerara el corazón. ¿No se daba cuenta de que le estaba otorgando un mayor reconocimiento? Enderezó los hombros y echó un vistazo al auditorio. Todos los miraban. Y no con frustración o aburrimiento. Los alumnos seguían tomando apuntes y algunos incluso imitaron a Colin, inclinados sobre sus pupitres. Todos saldrían de allí con *sus* ideas en la cabeza.

Eso era lo que ella quería de sus clases. Ojalá no necesitara a Colin para llegar a ello. No quería necesitar a Colin para nada.

Se aclaró la garganta. Seguían escuchándola a ella. Tenía que recordarlo.

—El discurso sobre el cuerpo de las madres es importante, pero no creo que sea tan relevante para este poema, ya que al autor no parecen interesarle demasiado las mujeres.

Él levantó una mano.

—Si pudiera jugar a hacer de abogado del diablo...

Una de esas palabras era certera, y no era «abogado».

—¿Cuándo no? —Allison desafió.

A Colin se le iluminó la cara como si ella acabara de decirle lo guapo que estaba.

—¿Y si el poema se preocupa demasiado por las mujeres? ¿Y si el autor siente la necesidad de vilipendiar más a la madre de Grendel porque una mujer con poder es demasiado problemática? «¡Qué cabrón!». Era un buen alegato.

Wendy salió de detrás de su escritorio y congregó la atención de todos antes de que Allison pudiera encontrar la forma de socavar su interpretación.

—Y eso es lo que llamamos «un debate» —dijo la profesora con una sonrisa—. Este es el tipo de trabajo que quiero veros hacer a todos en vuestras sesiones de recitación y aquí, cuando tengamos ocasión. —Levantó los brazos para incluir a toda la clase.

Allison se concentró en su cuaderno y apuntó un montón de ideas que había tenido mientras ella y Colin debatían. El calor inundó su piel y su corazón palpitó como si hubiera completado una dura carrera. Una parte de ella deseaba que la discusión hubiera ido más lejos. Aunque Colin estuviera al otro lado, cuestionando sus ideas, había sido emocionante profundizar tanto en la literatura que tanto le interesaba. Allison participaba en un montón de charlas sobre Literatura Poscolonial, Familias Victorianas y Teoría Literaria, pero no era lo mismo porque los libros de esos cursos no penetraban en su psique como lo hacían los de su especialidad. ¿Tenía ideas sobre eso? Claro, pero se le olvidaban en cuanto dejaban de serle necesarias.

Eso no ocurría con la literatura medieval. Grendel y la madre de Grendel y todos esos extractos del texto que había citado la habían hecho gritar en alto mientras leía y se le habían quedado grabados mucho después de que la clase hubiera pasado a Chaucer, a Gower y a Shakespeare.

Wendy despidió a todos, invitando al habitual alboroto mientras los estudiantes recogían sus cosas. Allison hizo lo mismo y se levantó para dejar su bolso sobre la mesa.

Colin la observó con aquellos perspicaces ojos de color avellana.

—Ha sido asombroso.

De repente, su bolso necesitaba que lo organizara con extrema urgencia. Que moviera las carpetas hacia un lado, el cuaderno hacia otro. Que probara a guardar los bolígrafos en otro bolsillo. Cualquier cosa con tal de ignorar la punzada que su mirada provocaba en su interior.

—Sí. Has hecho un trabajo excelente basándote en ideas que ya tenía. ¡Bravo!

—¿¡Qué!? —exclamó Colin y Allison levantó la vista a tiempo de ver que se le desencajaba la mandíbula. Esperaba que una mosca se le colara en la boca. Tal vez que le martilleara en la garganta o le golpeara la úvula—. ¿No has visto lo que acabamos de hacer? —Señaló con la mano los asientos vacíos detrás de ellos—. Estaban embelesados. Lo hemos hecho juntos explorando algunas cosas que habías pasado por alto.

El cuaderno de Allison golpeó la mesa con un sonoro estruendo.

—En primer lugar —con un gesto propio de Ethan la Cotorra, levantó un dedo para ir contando—, no se me había pasado nada por alto. No me has dado la ocasión de terminar mi pensamiento antes de entrometerte.

—Sí, pero...

Le miró con el ceño fruncido y él cerró la boca de golpe, casi como si se la hubiera cerrado ella misma.

—En segundo lugar —esta vez levantó dos dedos en el aire—, no hemos hecho nada juntos. Has intentado ponerme en evidencia y has fracasado. —Claro que había sido genial sentirse una profesora de verdad durante un minuto, pero esto del trabajo en equipo era absurdo. Colin no había hecho nada de esto por ella. Nunca había hecho nada por ella. La debacle del premio Rising Star lo demostró—. Ambos sabemos que esa tregua nuestra murió en el momento en que Wendy dijo que solo podía aceptar a uno de nosotros como adjunto, así que no finjamos que aquí pasa algo más.

Colin suspiró tan alto como para hacer que callara.

—¿Ya puedo hablar?

Allison se cruzó de brazos.

—Tal vez.

Oyó un carraspeo a su espalda.

—¿Todo bien por aquí? —preguntó Wendy con cuidado.

Allison se volvió; más que una sonrisa, su expresión era una mueca de espanto.

—Por supuesto. —Lanzó una mirada a Colin—. Estamos terminando nuestra discusión de clase. Teníamos que..., mmm..., aclarar algunas cosas.

—Me alegra ver que creáis camaradería en lugar de rivalidad. —Había mucho que leer entre líneas en las palabras de Wendy—. Estoy muy agradecida de teneros a los dos aquí. Ha sido un debate fantástico y un gran ejemplo de lo que puede ser participar y dialogar en una clase de literatura. Puede que la próxima vez dirija la discusión a los estudiantes y vea si podéis meterlos en el debate.

Traducción: dejaos de gilipolleces escénicas.

Allison y Colin asintieron al unísono.

—Genial. —Dio una palmada—. Una cosa más antes de irnos. El viernes por la tarde hay una conferencia en la Escuela de Diseño de Rhode Island sobre arquitectura medieval. Dado que ambos tenéis un interés personal en este período, he pensado que podríamos asistir.

—Termino la recitación al mediodía —dijo Allison.

—Yo estoy libre todo el día —señaló Colin.

—Perfecto. La charla no es hasta las dos. Podemos almorzar primero. Quizá fuera del campus para variar.

Una vez que ambos estuvieron de acuerdo, la profesora se colgó el bolso al hombro y salió del aula, dejando a Allison y Colin en un silencio denso como el barro.

Allison estaba cerrando su bolso cuando él se aclaró la garganta.

—No intentaba... —Se interrumpió con tanta brusquedad que ella le miró a la cara. Sus dedos danzaban sobre la mesa como si estuviera tocando el piano—. No intentaba desautorizarte.

—Claro. —Allison trató de mantenerse fría mientras se encogía de hombros, pero la vacilación en su voz estaba derritiendo esa resolución con rapidez.

Siempre hacía lo mismo. Atravesaba su armadura y la dejaba desarmada. Allison cruzó los brazos como si eso pudiera impedir que lo hiciera.

Colin exhaló un suspiro mientras se pasaba una mano por el pelo engominado y a continuación agarró el bolso de la mesa.

—Sé que es más fácil para ti verme como un villano después de... —agitó una mano—, bueno..., de todo. Y lo entiendo. Pero ojalá... —Sacudió la cabeza.

—¿Qué? —Allison no pudo retener la palabra en su lengua. Sin darse cuenta, se le había escapado. Se sentía como si estuvieran ante un precipicio, peligrosamente cerca de un implacable borde. Si se inclinaba hacia el lado equivocado, ambos caerían.

Un segundo después, Colin hizo que ambos se precipitaran al vacío.

Sus ojos le recorrieron el rostro, tan suaves como el roce de la yema de un dedo, aunque su boca formaba una apretada línea.

—Tienes razón. Es el pasado. Nada de mirar atrás.

Excepto que todo en su tono sugería lo contrario.

Capítulo 11

Allison:

Tu madre me dice que has vuelto a estudiar. ¿Algo sobre un doctorado? No tenía mucho sentido para mí, pero ya sabes lo que pienso de la universidad.

El trabajo sigue igual. Es un no parar. Paula está bien, aunque decidimos que vivir juntos no nos convenía, así que ha vuelto a su casa. Sé que tu madre te contó lo de mi corazón, pero no es algo de lo que haya que preocuparse. Es solo una cosilla de nada. Está haciendo una montaña de un grano de arena como de costumbre.

Buena suerte con tus estudios. Si no hablamos antes, dime si vas a venir por Acción de Gracias para que pueda organizarlo. Lo último que necesito es comprar comida extra para nada. Sabemos que tienes buen apetito.

Jed

Allison se paseaba por la habitación con el teléfono en la mano, agarrándolo con tanta fuerza que los nudillos se le habían puesto blancos. Era la tercera vez que leía el correo electrónico de Jed desde que lo había recibido hacía una hora, pero en lugar de calmarla, su ira se desbordaba cada vez que lo leía.

Por mucho que despreciara su mayor logro (entrar en un programa de doctorado con la erudita con la que quería estudiar), no le había preguntado cómo estaba. En cambio, había insultado a su madre, menospreciado sus objetivos y, para colmo de males, la había llamado glotona. Todo en tres párrafos. Tenía que ser un récord.

Monty bailaba a los pies de Allison, intentando seguir sus pasos rápidos. Estuvo a punto de pisarle la pata cuando giró de repente y él gritó y se escabulló debajo de la cama. Allison rompió a llorar al verlo agazapado bajo el edredón, con sus largas orejas gachas.

¡Que le dieran por el culo a Jed por hacerle esto! Otra vez.

Era su padre. Se suponía que debía apoyarla. Debería estar ayudándola a ganar confianza, haciéndola sentir fuerte, poderosa y capaz. Se suponía que era un referente para su futura pareja. Sin embargo, Jed no era más que una gran señal de advertencia que gritaba en letras de neón: PROBLEMAS AL FRENTE. Allison estaba muy harta de eso.

Se arrodilló en la alfombra, tomó a Monty en brazos y salió corriendo por el pasillo. Necesitaba a Sophie. Y pensar en qué era lo peor que podía pasar. Cualquier cosa para dejar de llorar.

Su padre no debería tener sus lágrimas. No se las merecía. Algún día dejaría de derramarlas por él.

Allison llamó a la puerta a pesar de que estaba abierta. Sophie la invitó a pasar, con la voz amortiguada por los tres alfileres que llevaba en la boca. Delante de ella había un maniquí cuya parte inferior estaba envuelta en una sedosa tela negra, entretejida con hilos plateados que captaban la luz de la lámpara de su mesa y centelleaban como estrellas en un cielo nocturno.

Llevaba el pelo negro rizado recogido en la parte superior de la cabeza con dos lápices de colores y un pañuelo atado alrededor para sujetarse el flequillo. Le había cortado el cuello a una vieja camiseta de Batman para que se le deslizara por el hombro al estilo de los años ochenta y las mallas grises tenían un entramado que serpenteaba desde el tobillo hasta el muslo. Solo Sophie podía estar estupenda con la ropa de estar por casa.

—¿Qué pasa? —Al oír la voz de Sophie, Monty se zafó de los brazos de Allison y se zambulló en el montón de tela más cercano. Giró en círculos sin parar hasta que se acomodó en algodón a rayas azul marino y blancas, como si de un nido se tratara, lo bastante cerca de Sophie como para lamerle el tobillo. Sophie le acarició la cabeza con aire distraído.

—Necesito hacer una lista con lo peor que puede pasar si no vuelvo a hablar jamás con mi padre. —Allison se dejó caer en el enorme sillón junto a la puerta.

—Oh, oh. —Sophie clavó los alfileres en el corazón de su maniquí y se sentó para prestarle toda su atención a Allison.

—Sí. —Allison lanzó su teléfono al otro lado de la habitación.

Sophie se puso a leer apenas lo tuvo en las manos. Sus ojos cobrizos se entrecerraban aún más con cada palabra que leía.

—¿Lo dice en serio? Dos líneas sobre esa otomana con boca llamada Paula, ¿y nada sobre ti? ¿Ni una pregunta sobre ti?

—De ahí la lista. —A Allison le escocían las mejillas por las lágrimas que se le secaban en la cara. Se las enjugó con los nudillos. Aunque todo lo demás estaba cambiando entre ellas, Sophie *siempre* estaba de su lado cuando se trataba de Jed.

—Chica, necesita más que una lista con lo peor que puede pasar.

Allison ladeó la cabeza. Monty hizo lo mismo en el suelo, como si formara parte de la conversación.

—¿El qué?

—No lo sé, pero este imbécil lo necesita. —Sophie se desplazó por el correo electrónico de nuevo y meneó la cabeza de forma violenta con cada movimiento de su dedo—. Uno: que no te lleve al altar en tu boda.

—¡A la mierda con eso! No soy propiedad de nadie. Iré yo solita, ya siga hablando con él o no.

En el suelo había un cuaderno de bocetos junto a los pies de Allison, abierto por un dibujo de un vestido por debajo de la rodilla con un escote marinero modificado, que dejaba al descubierto los hombros. Allison lo alcanzó y hojeó las demás imágenes. Sophie tenía mucho talento. Y siempre imaginaba sus diseños en cuerpos de tallas grandes. Como mujer gorda que era, entendía bien lo mucho que costaba encontrar ropa cómoda y con estilo en el mundo en que vivían. Quería diseñar para los cuerpos en los que se pensaba en último lugar. Su objetivo final era asociarse con diseñadores discapacitados, no binarios y trans para crear una línea de ropa totalmente inclusiva.

Allison levantó el bloc de dibujo y señaló el maniquí con la cabeza.

—Parece que tus diseños van bien. —Odiaba que hiciera tanto tiempo desde la última vez que le había preguntado. Apoyaba a su mejor amiga. Quería que sus sueños respecto al mundo de la moda se hicieran realidad. Ojalá esos mismos sueños no fueran los que alejaran a Sophie de ella. ¿Por qué ambas no podían tener todo lo que querían y quedarse aquí? ¿Juntas?

Sophie señaló con el pulgar la puerta de su armario.

—Algún progreso he hecho. —Tres prendas colgaban del exterior. Una era el vestido marinero del cuaderno de dibujo. Las otras dos eran chaquetas, un chaquetón de estilo militar y una americana a cuadros con coderas.

—¡Guau! —Allison pasó por encima de Monty y de otros montones de tela para ir a echar un vistazo más de cerca.

A Sophie le gustaba decir que se crecía en el caos. Se había esforzado mucho para tenerlo todo relativamente ordenado mientras Allison y ella compartían habitación (ordenado significaba mantener la explosión de telas, lápices de colores, papel y herramientas de costura dentro de su mitad del dormitorio), pero ahora, en un espacio completamente propio, había adoptado plenamente el término «desorden» como concepto y como estilo de vida.

Allison pasó la suave tela del vestido marinero entre sus dedos.

—Y ahora ¿qué?

—Termino mis piezas de muestra y con suerte las llevo a la próxima feria de Nueva York para encontrar compradores.

Allison abrió los ojos como platos.

—Es un gran paso.

Sophie asintió.

—Te gusta ese, ¿eh?

—Es precioso. —La tela era tan suave que debía parecer que llevaras puesta una tormenta de verano.

—Bien. Porque fuiste mi inspiración.

—¿Qué? —Allison se giró—. ¿Me miras y piensas en algo marinero?

Sophie se rio.

—No. Te miro y pienso en algo clásico con un cierto toque arriesgado.

Allison se sonrojó. Siempre resultaba chocante ver las versiones de sí misma que surgían a través de los ojos de los demás. Ni su estilo ni su vida parecían tener nada de arriesgado. ¿No era a eso a lo que se refería su madre cuando hablaba de que se sentía demasiado cómoda con lo conocido?

Aun así, sonrió.

—Ohhhh. Eso me gusta.

Sophie se echó a reír.

—Claro que sí. Ahora siéntate y deja de cambiar de tema. Nos quedan otras dos posibilidades nefastas para Jed. —Allison exhaló un suspiro y volvió al sillón. Ni siquiera se había sentado del todo cuando Sophie añadió—: Dos: seguro que te excluye de su testamento, y ya sabemos lo tacaño que es ese hombre, así que debe de tener dinero de sobra.

—No necesito su dinero. A mi madre y a mí nos va bien.

—Seguro que Cassandra se enfadará contigo. Ya sabes el empeño que tiene con que tengas una relación con tu padre.

—No tengo un plan para eso —murmuró Allison.

Se suponía que ser adulto significaba dirigir tu propia vida, actuar con independencia de las personas que te habían criado. Entonces, ¿por qué parecía que, a excepción de los estudios de posgrado, todas las decisiones que tomaba estaban influenciadas por uno o por ambos progenitores?

Sophie puso a Monty en su regazo y le acarició la cabeza.

—Oye, sé que soy la menos indicada para dar consejos sobre esto, ya que mi familia es muy funcional, pero no creo que nadie pueda culparte por no responder. O por no volver a acercarte a él.

Allison echó la cabeza hacia atrás con un gemido.

—No me parece suficiente. Seguro que olvidará que no hemos hablado. Quiero que sepa que estoy disgustada. —Hundió los dedos en los brazos del sillón—. No. No estoy disgustada. Estoy cabreada.

Ahora que lo había dicho en voz alta, sentía que era verdad. Durante la mayor parte de su vida había lidiado con su padre minimizando el contacto. Si no lo veía ni hablaba con él, no podía machacarla por su peso ni recordarle el despilfarro de dinero que suponían sus colegios privados. No podía denigrar las decisiones que tomaba en su vida si no le hablaba de ellas. Dichas tácticas las había aprendido de su madre, cuya vida adulta había girado en torno a calmar a Jed y sus insultos.

Pero todo lo que hizo fue protegerlo. Y lo último que merecía era que le protegieran.

—Entonces, ¿qué quieres hacer? —preguntó Sophie y le devolvió el móvil.

Allison lo abrió y se metió de nuevo en el correo electrónico.

—Creo que tengo que responder y decirle exactamente lo que siento.

Capítulo 12

Un aroma especiado inundó de forma agradable la nariz de Allison cuando abrió la puerta del restaurante tailandés.

Aunque ya llegaba tarde, se detuvo a inspirar, dejando que el aire permaneciera en sus pulmones durante cinco segundos antes de volver a exhalar. Sintió que su corazón empezaba a latir más despacio. Lo último que necesitaba era llegar agotada a la comida con Wendy y con Colin.

En los últimos días, no había podido pensar en otra cosa que no fuera ese correo electrónico de su padre y eso la había alterado mucho. Iba retrasada en todas sus tareas y sus últimas clases habían sido peor que las primeras. Tenía que contestar a Jed, cerrar la puerta como le había dicho a Sophie que haría, pero no sabía qué decirle.

¿Cómo narices iba a brillar en el presente y a asegurarse su futuro cuando su pasado no dejaba de irrumpir para arruinarlo todo?

En ese preciso momento, sus ojos se posaron en la pieza más problemática de su historia, sentada en una mesa para cuatro cerca de la ventana principal. La luz del sol acariciaba sus rasgos, resaltando los matices dorados de su cabello y las pecas que cubrían sus mejillas y su nariz. Una vez, Colin dejó que Allison las uniera usando un delineador de ojos en un tono claro. Era muy tarde y estaban despiertos en su cama, un poco aturdidos por el estrés de los exámenes finales. Tenía su cabeza en el regazo y había estado siguiéndolas con un dedo por sus mejillas de forma perezosa.

—Me pregunto si formarán algún dibujo —musitó. El dejó escapar un sonido evasivo, medio dormido—. Como las constelaciones.

—Averígualo —murmuró.

Allison no estaba segura de lo que él esperaba que hiciera, pero abrió los ojos como platos con una expresión alarmada cuando ella regresó con el delineador.

—Se quita con agua —le prometió.

En su mejilla izquierda descubrió un reloj de arena; en la derecha, un corazón.

Estaban de pie uno al lado del otro en el espejo que había encima de su tocador mientras Colin inspeccionaba su trabajo. Sus dedos jugaban ligeramente sobre los dibujos, aunque sus ojos, del amarillo verdoso de las hojas listas para el otoño, estaban clavados en ella.

—Tiempo y amor —susurró y ella esbozó una sonrisa.

En ese momento creían que tenían de ambos en abundancia.

Sin embargo, ahora sabía que era todo lo contrario. Cada segundo que pasaban juntos los iba acercando más a que Colin los partiera por la mitad.

Tragó con fuerza a pesar del nudo que se le había formado en la garganta. Cuanto más decidida estaba a olvidar su pasado con Colin, más obstinadamente se aferraba a ella.

Se pasó las manos por la cara, irguió los hombros y cruzó el restaurante.

«Céntrate en tu objetivo, Avery».

Ahora mismo, su vida giraba en torno a ese puesto de adjunta. Nada más. Abrió dos cajas imaginarias en su mente. Metió a Colin en una, cerró la tapa de golpe y la colocó en el estante más alto. Acto seguido metió a Jed en la otra y la dejó a un lado para ocuparse de ella más tarde.

Compartimentar era un don. Y la única razón por la que fue capaz de fingir una sonrisa serena mientras retiraba la silla frente a Colin.

Él siguió sus movimientos con los ojos.

—Empezaba a preguntarme si ibas a venir.

—¿Por qué? No llego *tan* tarde. —Se habría arrastrado hasta aquí sangrando si hubiera sido necesario. No pensaba regalarle a Colin una tarde entera a solas con su profesora.

—¿No has visto el *email* de Wendy?

Allison negó con la cabeza.

—He estado en recitación toda la mañana.

Colin le dio la vuelta al teléfono y pasó el dedo por la pantalla en blanco.

—Ha tenido una emergencia con un gato y no va a venir. Quiere que vayamos sin ella.

Allison rebuscó su propio teléfono móvil. Tenía que estar de coña. El universo no era tan cruel. Pero ahí estaba, en la parte superior de su bandeja de entrada; un breve correo electrónico de Wendy en el que se disculpaba y los animaba a Colin y a ella a asistir a la conferencia e informar sobre las partes interesantes.

Lo primero que le vino a la cabeza fue salir corriendo, pues no podía pasarse toda una tarde a solas con el puñetero Colin Benjamin, como si estuvieran en una cita o algo así. Pero conociéndole, iría a la conferencia sin ella y le enviaría a Wendy un informe de cincuenta páginas. Dejar que pareciera más comprometido que ella no era una opción.

Abrió la carta con una mano mientras con la otra seguía agarrando el teléfono con tanta fuerza que tenía los nudillos blancos. Colin la había estado observando con atención y se relajó cuando la vio estudiando los entrantes.

—Iba a pedir para los dos, pero no estaba seguro... —Su voz se quebró de la misma manera que lo había hecho el otro día después de la clase de Wendy. Con inseguridad y nerviosismo.

Allison odiaba que se le encogiera el estómago al oír su tono. Esta nueva versión de Colin era como una bomba alquímica para su cuerpo. ¿Por qué su vulnerabilidad resultaba tan condenadamente seductora? Lo que necesitaba era una de sus sonrisas burlonas o que le dijera un «pero, en realidad» seguido de una buena dosis de *machoexplicaciones*. Eso devolvería su equilibrio al modo «empujar a Colin Benjamin por un acantilado».

Bebió dos grandes tragos de agua.

—¿Seguro de qué?

Sus dedos golpearon el borde de la mesa.

—No sabía si el *pad thai* de gambas seguía siendo tu plato favorito.

Cuando eran novios frecuentaban un restaurante tailandés y Allison *siempre* elegía el *pad thai*. Una vez que encuentras un plato que te gusta, ¿por qué ampliar horizontes? Eso solo conducía a arrepentimientos. Miedo a perderse algo en cuestión de comida, por así decirlo.

Pero, por insignificante que fuera, pedir su comida favorita sería admitir que no había cambiado. Allison necesitaba que Colin supiera que no era la misma chica a la que trató de un modo tan cruel hacía dos años. También necesitaba recordárselo a sí misma.

—Últimamente me gustan los fideos borrachos —anunció, leyendo lo primero que vio en el menú.

Colin enarcó una ceja.

—Ahora te gusta el picante, ¿eh?

Había un tono juguetón en su voz que Allison no se esperaba y no pudo evitar reaccionar a él, ya que se apoderó de ella el constante impulso de tener con él un tira y afloja.

—No tienes ni idea.

Entrecerró los ojos con aire pícaro.

A Allison le ardían las mejillas. Intentó ocultarlo bajo su larga melena mientras estudiaba la carta como si fuera un examen de acceso a los estudios de posgrado. No podía hacer esto con él. No podía coquetear. Hacer alusiones al sexo como si aún estuviera en el menú. Como si su pasado no existiera.

Como si no se cerniera sobre su presente, presto a atacar de nuevo.

Allison se aclaró la garganta mientras con la mirada buscaba en la mesa un tema más inocuo. Tenía un libro de bolsillo junto a su brazo, con una cuchara metida entre las páginas. «Perfecto».

—¿Qué es esto? —preguntó, alcanzándolo.

Las esquinas de la descolorida tapa estaban arrufaldadas hacia dentro y el lomo se había doblado tanto por el uso repetido como para ocultar el título. Le recordaba a sus viejos ejemplares de la serie *Los juegos del hambre*, tan deteriorados que el pegamento del lomo se había despegado. Estaba segura de que las páginas crujían más que susurraban y de que olía a antiguo, a tinta y a papel viejo.

La luz se atenuó en los ojos de Colin cuando atrapó la cubierta bajo su palma. Se acercó el libro a su regazo como si fuera algo de incalculable valor.

—Es el ejemplar de *Sir Gawain y el caballero verde* de mi abuelo. Le encantan estas cosas.

—¿Estás adelantando lectura? —No le sorprendería.

—No. Solo intento sentirme más cerca de él.

Colin se había criado con su abuelo y su madre. Después de tenerlo a los diecisiete años, su madre había ido a la universidad mientras trabajaba a jornada completa, dejando a Colin con su abuelo después del colegio y los fines de semana. Había disfrutado contándole anécdotas de sus trastadas; estuvieron a punto de derribar el gran arce del patio trasero cuando intentaban construir un fuerte, competían para ver quién leía los libros más deprisa hasta que los dos tenían jaqueca, experimentaban con cualquier cosa que hubiera en la cocina como si fuera un caótico *reality show*. Colin y su abuelo eran grandes amigos, igual que Allison y su madre.

Era algo que solía pasar con los traumas familiares. Hacían que crearas un vínculo fuerte con la persona que parecía más fiable. Menos propensa a desaparecer.

Las ocasiones en que Colin le había confiado cosas sobre su familia fueron algunos de los momentos en los que Allison se había sentido más cerca de él. Quizá por eso le preguntó:

—¿Va todo bien?

Colin deslizó un dedo por el libro que tenía en el regazo.

—Está... —Si un segundo antes su cara era un libro abierto, ahora estaba cerrado. Cerrado con llave—. Se está haciendo viejo —murmuró.

El camarero apareció un momento después para tomarles nota. Mientras Allison se resignaba y se arriesgaba con los fideos borrachos con ternera, descubrió que los hábitos alimentarios de Colin no habían cambiado. Como siempre, pidió tres aperitivos en lugar de un plato principal. Afirmaba que le gustaba la variedad, pero Allison había pasado suficiente tiempo con él como para reconocer que era muy quisquilloso con la comida y que los aperitivos solían ser «menos arriesgados».

Además, siempre estaba dispuesto a compartir, lo que hacía de esta su manía menos odiosa. Esbozó una sonrisa cuando él entregó la carta, contenta por esta pequeña sensación de familiaridad que no se había teñido con la amargura de su ruptura.

Sus mejillas enrojecieron y empezó a limpiar la condensación de su vaso de agua con meticulosa atención, como si fuera un asunto de seguridad nacional.

—¿Qué tal la recitación?

Los músculos de Allison se tensaron. Ambos grupos habían sido un desastre. Una vez más, nadie se había ofrecido a hablar, y aunque tenía una clase preparada para dicha fatalidad, no había parado de perder el hilo porque el correo electrónico de su padre le impedía concentrarse. Estaba bastante segura de que lo único que alguien había aprendido hoy era que no tenía ni idea de lo que estaba haciendo.

Además, Cole se había asegurado de pasar por su mesa a la salida para informarle de lo bien que se lo estaban pasando sus amigos en la clase de *Colin*.

—Dicen que es muy gracioso e inteligente y que hace hablar a toda la clase. —Su tono era del todo indiferente, como si hubiera estado comentando el tiempo, pero cada sílaba era una estaca que se clavaba muy hondo en su corazón.

Aguardó con la esperanza de que Colin desviara la conversación para repetir el informe de Cole, pero por una vez parecía más interesado en ella que en el sonido de su propia voz.

Sería capaz de volverse considerado en el momento menos oportuno.

Allison intentó relajarse contra el asiento.

—Ha ido fenomenal. No han parado de hablar de la madre de Grendel. Creo que todos los alumnos dijeron al menos una cosa. Incluso he hecho algunos chistes. Y después dos alumnos se han acercado a decirme que nuestra clase era su clase favorita.

El nudo en sus entrañas se apretaba más con cada palabra. Sus mentiras seguían creciendo de manera más descontrolada que la nariz de Pinocho. Parecía incapaz de contenerse. Aunque eso significara robar los momentos de Colin y hacerlos suyos.

Una sonrisa asomó a la comisura derecha de la boca de Colin.

—¡Vaya! Toda una Superprofe.

Allison se encogió de hombros, aplastando con los dedos el dobladillo de la falda. No quería seguir hablando de esto. En la expresión de Colin se apreciaba una ternura que cinceló sus mentiras hasta convertirlas en afiladas espadas. Hoy ya no podía blandirlas. No con el peso de Jed en su mente y con Colin tan empeñado en resucitar todas esas cosas que una vez había amado de él.

Miró hacia la ventana. Al otro lado de la calle había un pequeño cine independiente. En su pequeña marquesina podía leerse en grandes letras negras:

Viernes de sesión doble

JEEPERS CREEPERS

JEEPERS CREEPERS 2

—¡Dios mío! —Golpeó el cristal de la ventana con el dedo, señalando el cartel.

Colin siguió sus movimientos y gimió.

Allison no pudo evitarlo. Se echó a reír. Entonces rompió su propia regla de no recordar el pasado.

—¿Recuerdas cuando vimos la segunda?

Colin se rascó la nuca, con expresión tímida.

—Sí..., pero se supone que no debemos recordar cosas.

Ella le ignoró.

—*Lloraste* al final. Como una Magdalena. Usaste todos mis pañuelos.

—Si...

—Era una película de terror.

—Las películas... —Colin exhaló un fuerte suspiro—. Siempre terminan de manera muy simple. Todo arreglado y perfecto.

Allison se cruzó de brazos y se echó hacia atrás.

—Más de la mitad del reparto había muerto al final de esa película. El recuento de cadáveres era de unos trece.

—Sí, pero atrapan al monstruo. Hay un final claro. Las cosas se resuelven.

Las películas de terror eran famosas porque ocurría justo lo contrario, pero se abstuvo de corregirle. Ella no era Ethan la Cotorra. No pensaba empezar con aquello de «Bueno, Colin, en realidad...», mucho menos cuando él estaba a punto de compartir algo de lo que se había negado a hablar hacía dos años.

—¿No te gustan los finales felices?

Colin se quitó las gafas y se frotó los ojos. Sus estrechos hombros se encorvaron hacia delante.

—Creo que el problema es más bien que me gustan demasiado. Nadie consigue eso en la vida real.

Algo en su tono hizo que se le encogiera el estómago.

—Pero me parece que esa es la cuestión, ¿no? ¿Has leído *La Cenicienta* de Anne Sexton? Al final, habla de que los finales felices no son la vida. Que el «felices para siempre» no deja espacio para vivir. La vida continúa. Sigue cambiando. Siempre me ha gustado eso. La idea de que el verdadero final feliz es el que no se detiene.

Colin apretó los labios. Dobló la servilleta sobre su regazo, una, dos, tres veces.

—La gente merece finales felices y no tienen los suficientes. A eso me refería.

La llegada de la comida puso fin a la conversación. Allison observó a Colin organizar sus platos de aperitivos, decepcionada por no haber podido presionarle más. Aunque odiaba admitirlo, le habría gustado saber qué quería decir con su último comentario. ¿Quién no tuvo el final feliz que se merecía?

No podía estar hablando de ellos, ¿verdad?

Por fortuna, los deliciosos aromas que emanaban de su plato supusieron una grata distracción. Agarró su tenedor, lo hundió y enseguida descubrió que había hecho una excelente elección. La salsa de los fideos borrachos tenía ese equilibrio perfecto de picante, dulce y salado, los tallarines estaban tiernos y había muchas verduras (incluidas esas tiernas minimazorcas que tanto le gustaban).

Con su segundo bocado, gimió sin querer de placer, y Colin levantó la cabeza.

—Parece que estás disfrutando de esa comida que dices que sueles comer a menudo.

—Cierra el pico.

Colin resopló. Luego alargó el brazo por encima de la mesa para ponerle un rollito de primavera en el plato.

La mirada de Allison saltó de su plato a su cara.

—¿Qué estás haciendo? —Bien podría haberle tomado la mano y habérsela llevado a los labios por la forma en que le latía el corazón.

—Te encantan los rollitos de primavera.

Así era. Y mucho. Y, cuando salían, él nunca le había dado uno a menos que ella se lo pidiera.

Parecía que sus huesos se estaban desmoronando. *Esto* era lo que no podía hacer. Por eso necesitaban distancia, por eso no debían salir a compartir una comida como si fuera una cita y reírse de los viejos tiempos como si fueran recuerdos agradables. Pasar tiempo con Colin eran arenas movedizas. Aguas revueltas. Un tornado. La engulliría. Y se llevaría todo lo que Allison quería, todo por lo que había trabajado, y lo haría pedazos.

Era más fácil y *más seguro* para su corazón (y su futuro) que Colin siguiera siendo un villano. De lo contrario, se arriesgaba a repetir lo ocurrido en su segundo año de universidad. Excepto que en Claymore no había segundas oportunidades.

—Colin.

Él exhaló un suspiro. Hizo girar una taza de salsa de ciruela con los dedos.

—Lo sé. No podemos volver atrás. —Cuando levantó la vista, sus ojos se clavaron en los de ella. Su mesa era lo bastante estrecha como para que tuvieran que concentrarse para no chocarse las rodillas y estaba tan cerca que Allison podía ver cada destello bronce y verde en sus iris. Un cofre de monedas y esmeraldas. Una trampa como el tesoro del hombre muerto—. Pero, a veces, yo... —tuvo que arrimarse para oírle porque hablaba en susurros— desearía que pudiéramos avanzar.

«Yo también».

Las silenciosas palabras fueron como una bomba en su pecho. No podía querer esto. Tenía que irse. Era peligroso estar cerca de Colin sin que hubiera de por medio protecciones, una gruesa pared de titanio y, al menos, tres trajes para materiales peligrosos.

Miró su teléfono y se decidió por su típica vía de escape para las malas citas y otras emergencias sociales. Abrió un mensaje de hacía tres días de Sophie.

—¡Mierda! —murmuró—. Sophie me necesita. Me tengo que ir.

—¿Qué? —Colin la miró boquiabierto.

Buscó dinero en el bolso y lo arrojó sobre la mesa.

—Quédate con mis sobras. —Apenas había comido tres bocados.

—¿Qué pasa con la charla?

—Ve tú. —Y, dicho eso, se fue.

Resultó que un efecto secundario positivo de aquel horrible almuerzo con Colin fue que el deseo de Allison de no pensar en él pudo más que su deseo de evitar a su padre y su correo electrónico.

Durante todo el trayecto de vuelta a casa tuvo que esforzarse para no pensar en las palabras de Colin. Aparecían una y otra vez, igual que un juego de *Golpea al topo*, obligándola a aplastarlas con un martillo.

«¿Y si pudiéramos avanzar?».

«Ojalá algunas personas tuvieran los finales felices que se merecen».

No. No. ¡NO! Ahuyentó todos los recuerdos. ¿Qué estaba haciendo Colin? ¿Estaba intentando que volvieran a estar juntos? ¿No recordaba lo mucho que discutían? ¿O de qué forma habían terminado las cosas? ¿Que la había dejado de buenas a primeras?

Habían terminado. No quedaba nada entre ellos excepto la clase de Wendy. Y el puesto de adjunto por el que competían.

Mientras Allison subía las escaleras hacia su habitación, sacó su móvil del bolsillo y abrió el correo electrónico de Jed. Necesitaba algo grande para aplastar estos pensamientos sobre Colin.

Leyó las despectivas palabras de su padre una vez y luego dos, dejando que la ira bullera en sus venas. Se sentó en su escritorio con las piernas encogidas debajo de la silla y encendió el monitor. Se acabó el agonizar por esto. Jed se merecía todo lo que le dijera.

—Lo que escribas, envíalo —se dijo. Hoy tenía que zanjar *alguna* cosa. No iba a ser el asunto de sus clases y desde luego tampoco iba a ser lo de Colin, así que tendría que conformarse con lo de su padre.

Monty emitió un gruñido de acuerdo a sus pies, donde estaba forcejeando con uno de sus huesos.

Se arrimó el teclado, apretó los dientes y empezó a escribir. Cada letra sonaba más fuerte cuando sus dedos daban con ella.

Jed:

Sé que hablar no ha sido lo nuestro, pero si te soy sincera, el último correo que me has enviado me ha dolido. Parece que todas las decisiones que he tomado en la vida te decepcionan. Aunque a ti no te importe la universidad, a mí sí, y me gustaría que eso fuera suficiente para que lo intentaras. Este es mi sueño y lo estoy viviendo, y he llegado hasta aquí sin absolutamente ninguna ayuda o apoyo por tu parte. ¿Por qué crees que voy a necesitarlo ahora?

Y, para que conste, este título no va a costarnos ni un céntimo ni a mi madre ni a mí. La facultad me paga a MÍ por estar aquí.

Después de pensarlo mucho, he decidido que no pasaré Acción de Gracias contigo y con Paula. Tampoco voy a escribir durante una temporada. Una parte de mí siente que cuando dejaste a mamá, también me dejaste a mí, aunque eso no puede ser cierto, ya que en realidad nunca estuviste a mi lado para poder irte. Nunca has formado parte de mi vida.

Puede que algún día cambie lo que siento. Pero por ahora quiero espacio. Así tú podrás tomar tus decisiones y yo las mías y ninguno de los dos tendrá que sentirse mal por ello.

Cuídate,

Allison

Capítulo 13

Otro sábado. Otra noche forjando vínculos de manera obligatoria.

En esta ocasión, el grupo de primer año de Allison estaba tomando unas copas y unos aperitivos en la terraza trasera de la casa de una sola planta de Mandy en Pawtucket. La edificación contaba con espacio suficiente para dos juegos de mesas y sillas y un sofá cama y daba a una piscina al nivel del suelo que, según explicó Mandy, acababan de cerrar por el invierno.

—¿Cómo puedes permitirte esto? —preguntó Ethan, con su típico estilo grosero.

—Era la casa de mis padres. Crecí aquí. Me la dieron cuando me gradué en Columbia y se jubilaron y se mudaron a una nueva casa en Florida. —Mandy echó una mirada melancólica al amplio patio trasero—. Sé que es mucha casa para una sola persona. Pero mi hermana se queda conmigo cuando está de vacaciones o necesita escapar de la vida de la residencia universitaria, y me gusta demasiado como para deshacerme de ella. Me imagino formando aquí mi propia familia, ¿sabéis? —Se rio, como si la idea fuera el fantástico final de un chiste—. Algún día. Suponiendo que sobreviva a la universidad.

Después (probablemente para evitar más interrogatorios) los metió a todos dentro para que empezara la fiesta, como dijo ella.

Al otro lado de las puertas correderas de cristal se extendía el pasillo que conducía a tres dormitorios. Era un auténtico homenaje a las labores de punto de cruz de Mandy. Bastidores de madera de distintos tamaños colgaban en zigzag de la pared azul claro, cada uno con un hermoso diseño floral. Y cuanto más intrincado era el diseño, más profanas eran las palabras. Los mensajes iban desde el sencillo «Cómete una verga» con una floritura shakesperiana, hasta el encantador «Yo no digo blasfemias, las pronuncio con claridad como una jodida dama». Pero el favorito de Allison estaba colgado al final del pasillo, en el centro de una pared que, por lo demás, estaba vacía. Había pequeñas violetas y peonías bordadas en las cuatro esquinas, creando un cuadrado dentro del marco circular. En el centro había un elaborado bolso Coach y, alrededor, en letras que hacían juego con la marca, se leía: «No seas un saco de mierda».

Allison se acercó para admirarlo.

—Tienes que enseñarme a hacer esto —le dijo a Mandy.

Los ojos color café de Mandy se iluminaron.

—En realidad es muy fácil pillarle el tranquillo.

—Tal vez si eres mañosa. Yo casi no sé usar un libro de colorear. Y tejer hacía que me entraran ganas de empalarme con las agujas.

—Las agujas para hacer punto de cruz son más pequeñas.

Ambas rieron.

—¿Qué es tan gracioso? —La cara de Colin asomó por encima del hombro de Mandy.

Allison empezó a sudar y reprimió un suspiro. Había hecho todo lo posible por evitarlo desde que llegó, pero él seguía apareciendo y tratando de hablar con ella. Como si no hubiera dejado bien claro en el almuerzo del día anterior que la conversación que él había estado tratando de mantener había terminado. Había acabado. De entrada, jamás sucedió. *No* estaban avanzando, sin importar qué diablos significara eso.

Se escabulló antes de que él pudiera intentar abordar el tema de nuevo.

Y si por casualidad se contoneaba un poco era porque llevaba sus vaqueros ajustados favoritos. (Creía a pies juntillas que a las mujeres de talla grande les quedaban tan bien los vaqueros pitillo como a las demás y tendrían que arrancarle sus siete pares de sus manos frías y muertas para que dejara de ponérselos.)

Todos los demás habían vuelto a la cocina para tomarse otra ronda. Allison sacó su tercera sidra de frambuesa de la nevera y se prometió que sería la última. No iba a repetirse uno de esos momentos a corazón abierto inducido por el alcohol como el que había tenido con Colin en la fiesta de Kara. Se limitaría a poner distancia y a eludirle por todos los medios posibles.

Mandy entró desde el pasillo y les indicó que pasaran al salón. El espacio ocupaba la mayor parte de la fachada de la casa, con una serie de ventanales que daban a la calle. El sillón, el sofá de dos plazas, la mesa de centro y la butaca estaban arrimados a las paredes color crema. En el centro habían agrupado las sillas de comedor alrededor de unas mesitas plegables, a razón de dos sillas por mesita. En cada mesita había un artilugio ruidoso; un juguete con pito, una bocina de bicicleta o un sonajero para bebés. Debajo del televisor de pantalla plana montado en la pared orientada al este había una pizarra blanca.

Mandy sonrió de oreja a oreja.

—Bienvenidos a la noche de trivial.

Al parecer Kara había iniciado una tendencia y todas las reuniones iban a incluir una actividad.

Alex levantó su copa en alto. El *bourbon* de color rojizo chapoteó mientras el hielo tintineaba contra los lados.

—Me pido a Link de compañero.

—Lo siento. Ya he formado los equipos —repuso Mandy—. Así nadie sale elegido el último. Todavía tengo pesadillas con eso de la clase de gimnasia. —Señaló la mesa con la vaca blanca y negra que pitaba—. Kara y Link. Sois el Equipo Vaca. —A continuación señaló la mesa central con un sonajero en forma del escudo del Capitán América—. Alex y Ethan son el Equipo Marvel.

Allison reprimió un gemido. Mandy era sin duda un agente del universo, empeñado en obligarlos a Colin y a ella a estar juntos. Se llevó la botella a los labios, bebió el trago de sidra más largo que pudo sin ahogarse y se sentó en una de las dos sillas libres. Agarró la bocina de bicicleta y apretó el rojo extremo bulboso para lanzar un buen bocinazo.

—Eso nos convierte en el Equipo Bocina. —Apuntó a Colin y volvió a tocar la bocina, apretando la bola de goma de forma lenta y metódica para molestar lo máximo posible.

Él se encogió y se la arrebató.

—No se te puede confiar esto.

Allison entrecerró los ojos y bebió más sidra. Al cuerno con el plan original. Tendría que estar muy, muy borracha si iba a tener que formar equipo con Colin Benjamin.

Mandy dio una palmada.

—Vamos a empezar, gente. La comida llegará dentro de una hora y media, así que deberíamos tener tiempo suficiente para una buena partida. Soy Mandy García y esta noche seré vuestra anfitriona. —Hizo una reverencia, aunque llevaba unos vaqueros de cintura alta y una camiseta corta de rayas amarillas y blancas. Se había recogido el espeso cabello negro en un moño alto, que se meneaba con el movimiento—. Las reglas son sencillas. Leeré una pregunta y tendréis un minuto para consultar con vuestro compañero. Utilizad vuestro cachivache cuando creáis que tenéis la respuesta. Cada pregunta vale un punto. El primer equipo que llegue a veinticinco gana.

—¿Qué ganamos? —preguntó Ethan.

Una sonrisa de puro placer asomó a la pequeña boca de Mandy.

—¡Es una sorpresa!

Ganar. La palabra favorita de Allison. Bebió un último trago, dejó la sidra y encogió las piernas, lista para la acción.

—Voy a barrer el suelo contigo —le susurró a Colin.

Competitividad; la antítesis perfecta de las incómodas y casi románticas medio confesiones.

A juzgar por la forma en que Colin entrecerró los ojos y se le curvaron las comisuras de la boca, estaba de acuerdo.

—No si yo te aplasto bajo mis botas.

Allison se burló. Nunca llevaba botas. Solo ajadas Converse y Doc Martens, como si quisiera unirse a una banda *grunge* de los noventa. Colin le compró un par de zapatillas rojas y blancas cuando estaban en Brown, como si ella debiera emular su estilo. Contuvo un estremecimiento.

Mandy se tapó la boca de manera cómplice.

—Vosotros formáis equipo.

—Solo en el sentido más técnico —señaló Allison.

Colin dejó la bocina en su regazo en lugar de encima de la mesa, como si quisiera demostrarle lo contrario.

—No pienso pillar eso de ahí.

—Genial. Tampoco tenía muchas ganas de esquivarte. —Sus ojos estudiaron las columnas vacías de la pizarra blanca como si contuvieran todas las respuestas.

—Deja la bocina encima de la mesa.

—No, gracias.

Mandy se aclaró la garganta para llamar su atención.

—Vamos a empezar con algo fácil. Ya sabéis, para entrar en calor —dijo. Luego procedió a enumerar una serie de preguntas que solo los estudiantes de un doctorado en literatura considerarían fáciles. Colin las acertó todas, sin molestarse en consultarle.

Después de su tercera respuesta correcta, le dedicó una sonrisa chulesca.

—¡Bah! Pues tampoco me estás pisando demasiado fuerte. —Allison se negó a morder el anzuelo. Volvió a sentarse en su silla, cruzó las piernas y compuso una expresión un tanto aburrida—. Agarras la bocina con tanta fuerza que parece que sabes bien lo que pasaría si me dieras la más mínima oportunidad.

Colin soltó un bufido.

—¿*Cuándo* me has ganado tú al trivial?

Nunca. Solían ir a los eventos organizados por Brown dos veces al mes y él respondía a cada pregunta como si fuera un buscador de Google andante.

La frialdad de Allison flaqueó. Y otra vez volvía a sacar a relucir su pasado, como si fuera una compulsión que no podía controlar.

—No sabría decirte, ya que es la primera vez que jugamos. —Casi se atragantó con el mensaje subyacente. Le golpeó la pantorrilla con el botín por debajo de la mesa y la satisfacción le recorrió las venas.

Colin dejó la bocina sobre la mesa y se frotó la espinilla. Su mirada esquivó la de ella con el empeño de un niño de tercero que huye de alguien que está decidido a atraparlo.

—Pues veamos quién es el mejor jugador.

Mandy anunció la siguiente pregunta.

—¿Cuál es el término técnico del símbolo *hashtag*?

Allison era la *reina* de los datos misteriosos. Chilló a todo pulmón mientras se abalanzaba sobre la bocina. Pero al mismo tiempo que sus dedos apretujaban la parte de goma, la mano de Colin rodeó la suya. Ambos apretaron con todas *sus fuerzas*. ¡Piii! ¡Piii! ¡Piiiiiii!

Mandy le dio la palabra con la cabeza.

—Equipo Bocina, otra vez.

—¡Esto es una mierda! —gritó Ethan.

—¡El símbolo numeral! —vociferó Colin a la vez.

—Almohadilla —soltó Allison.

Mandy enarcó una ceja.

—¿Con qué respuesta os quedáis?

—El signo numeral —insistió Colin.

Allison se revolvió en su silla para mirarle.

—¡Y una mierda! Sé al ciento cincuenta por ciento que tengo razón.

—No es un porcentaje real.

Ella frunció el ceño.

—¿Subsistes a base de tecnicismos?

Los dedos de Colin se tensaron sobre su mano mientras reía. Solo entonces Allison se dio cuenta de que ninguno de los dos había soltado la bocina ni la mano del otro.

Aun así, se mantuvo firme. ¿De qué otra forma iba a asegurarse de ganar?

—Definitivamente es el signo numeral —dijo Colin—. Así se llamaba en los teléfonos fijos.

—Pero no es el nombre técnico. —Allison tuvo que morderse la lengua para no recordarle que buscaba en Google los signos de puntuación para divertirse. Él solía burlarse de ella sin piedad por ello. En cambio, le clavó la mirada—. Confía en mí. —Su voz tenía un tono sensual (totalmente involuntario).

La boca de Colin se curvó.

—¿Qué me llevo yo cuando te equivoques?

—Lo que tú quieras, porque no voy a equivocarme.

Su sonrisa se ensanchó, encendiendo ese brillo inteligente en sus ojos. A Allison se le revolvió algo por dentro que se negó a reconocer.

Con un guiño (un puto *guiño*), se volvió hacia su anfitriona.

—Nos quedamos con almohadilla —dijo.

—Correcto. —Mandy anotó otro punto en su columna.

Allison irguió la cabeza en señal de triunfo y retiró la mano de debajo de la suya antes de que Colin lo malinterpretara como algo más que un gesto irreflexivo propio de la competición.

Mandy les lanzó preguntas durante la siguiente media hora. Los otros dos equipos se las arreglaron para dar algunas respuestas, pero Colin y Allison casi siempre eran los más rápidos con su bocina y apenas se equivocaban. Titubearon en algunas preguntas de baloncesto y ni siquiera intentaron responder a las de cocina (hacía tiempo que Allison había acordado con Sophie que ella lavaría los platos si Sophie se ocupaba de las comidas), y por algún motivo, ni Allison ni Colin sabían nada de la Comedia de la Restauración. Pero, por lo demás, dominaron.

Colin continuó con su rivalidad, se abalanzaba a por la bocina y sonreía cada vez que respondía primero, pero la tensión había desaparecido de su sonrisa. Y siguió llenando sus silencios de formas que nunca antes se había molestado en hacerlo. Burlándose en voz baja de Ethan, felicitándola a ella, comentando las diversas mundanidades de la casa de Mandy (Allison no tenía ni idea de lo que eran los guardasillas, pero él los mencionó dos veces). En varias ocasiones le golpeó el pie con el suyo bajo la mesa y sus dedos encontraron por accidente la suave piel de su muñeca. Y la miraba fijamente, con expresión afectuosa y sincera en los ojos, tan insondables como un lago turbio. En algún momento había resurgido la misma energía que el día anterior crepitaba entre ellos, antes de que Allison huyera. Su conexión era tan natural, magnética e imposible de controlar que parecía que no podían evitar volver a gravitar el uno hacia el otro.

Allison no sabía cómo romperla. Pero tenía que hacerlo.

Los premios del trivial resultaron ser labores de punto de cruz. Allison eligió un intrincado diseño floral con la frase «Soy una delicada y jodida flor» bordada en cursiva. Colin eligió una con la imagen de una adorable ballena sonriente, con agua saliendo de su espiráculo. Encima, en letras sencillas, ponía «Chúpamela».

Allison se sentó en un sillón bajo la ventana y sacó el móvil del bolsillo. Una foto de Monty, patas arriba y muerto de sueño con un hueso colgando de la boca, llenaba su pantalla.

Sin nadie más a quien enseñárselo, le mostró el teléfono a Colin.

—Mira a este tontorrón.

Se unió a ella para ver mejor la foto. En el sillón había espacio más que suficiente para los dos y, sin embargo, Colin apretó la cadera contra la suya. Allison se deslizó hacia el brazo, pero sus vaqueros resbalaron por el cuero hasta que volvió a quedar aprisionada contra Colin. Habría que descuartizar al que inventó los sofás de cuero, decidió. Le dolían los músculos por la incómoda postura para dejar espacio entre ellos.

—¿Es este el famoso corgi?

—Sí. Ese es Monty. Sophie sale con él esta noche.

—¿Todavía vives con Sophie?

Allison asintió.

Al no tener ya que arrimarse tanto para ver el móvil, cambiaron de postura. Colin se sentó en el brazo, apoyando los codos en sus enjutas rodillas. Allison exhaló despacio. Aunque apenas se habían tocado, parecía que hubiera estado tumbado encima de ella.

—Ojalá hubiera mantenido el contacto con más gente de Brown. —Pasó un dedo por las costuras color crema de la tela—. Todos nos distanciamos después de la graduación.

—Bueno, estuviste viajando un montón.

—Claro. —Algo pétreo endureció su sonrisa. Quizás aquellas aventuras europeas de las que había alardeado no habían sido tan grandiosas como había dejado entrever—. Pero habría estado bien tener gente con quien ponerse al día.

—Por si te sirve de consuelo, Sophie nunca está en casa —repuso—. Tiene una increíble vida nueva. —Se retorció las manos—. A veces parece que no hay lugar para mí en ella.

Quería creer que había reconocido eso solo para que él le confesara algo, pero había sido por la expresión en sus ojos. Su dulzura había arrancado palabras de sus labios del mismo modo que el Flautista de Hamelín atraía con su instrumento a las ratas y a los niños.

Le dio un golpecito en la cadera con la puntera de un pie.

—Oye, tú también tienes una nueva vida bastante alucinante. Sé que no nos conocemos bien —le guiñó un ojo (otro *puto* guiño, ¿en serio?)—, pero algo me dice que no solías salir los sábados por la noche a menos que te arrastrara una de tus amigas. Y aquí estás. Por voluntad propia.

—Estoy bastante segura de que estas reuniones son obligatorias. —Sonrió, con la esperanza de ocultar lo mucho que le dolían sus palabras. No quería que la vieran así, como una ermitaña conforme con no aventurarse nunca en el mundo. Pero le gustaba lo que tenía. Su vida tenía sentido.

—Simplemente no entiendo por qué las cosas tienen que cambiar.

Colin meneó su vaso vacío ante ella.

—Es hora de rellenarlo. —Le puso una mano en la rodilla mientras se levantaba—. ¿Sabes? Que las cosas parezcan diferentes no significa que hayan desaparecido.

Mientras observaba su larguirucho cuerpo meterse en la cocina, Allison se preguntó si estaría hablando de algo más que de sus amistades.

Capítulo 14

—No veo la hora de que empecemos a enseñar Literatura Inglesa de primer año y tengamos despacho propio —dijo Link, arrugando la nariz—. Este lugar huele a burritos de hace una semana.

—He encontrado al culpable. —Colin golpeó con la puntera del zapato la papelera que había en el rincón más lejano de la sala de estudio.

Allison agarró el borde del cubo de plástico gris, conteniendo la respiración, y lo sacó a la puerta. No se atrevió a mirar dentro.

—Seguiremos teniendo que soportar los olores de otras personas —señaló Ethan mientras cerraba la puerta de una patada—. Seguro que vamos a ser el doble y el triple.

Colin se encogió de hombros.

—Más vale lo malo conocido...

Era martes por la noche y los cuatro habían quedado para ultimar su presentación de Teoría de la Literatura de la semana siguiente. A Allison no le había pasado desapercibido lo irónico que resultaba que la hubieran emparejado con tres hombres (uno de ellos, el mayor machito teórico del campus) para presentar la teoría feminista.

En cuanto se acomodaron alrededor de la mesa cuadrada en el centro de la sala, Allison desdobló un papel de su carpeta y lo alisó sobre la astillada fórmica.

—Bien. Parece que tenemos veinte minutos para hacer dos cosas: definir la teoría feminista e identificar sus puntos polémicos.

—Para ser sincero, esto es tan simple que da risa. —Ethan no se había molestado en deshacer la maleta. Lo único que tenía delante era su botella de agua y su teléfono móvil, que miraba sin levantar la vista—. La teoría feminista no es nada sofisticada, puede que por eso atraiga a tanta gente. —Agitó un puño en el aire—. Las mujeres molan. ¡Yuju!

—¡Anda! —Allison miró a Colin y a Link, sin poder reprimir el desprecio en su voz o en su cara—. Parece que Ethan no nos necesita para esto.

Él encogió sus anchos hombros.

—Lo ha dicho ella. No yo.

Entonces bostezó. *¡Bostezó!*

—Bueno, ¿cuál es tu brillante plan? Dudo que Behi acepte lo de «¡Yuju, las mujeres molan!» como presentación. —Imitó su gesto anterior con toda la mala leche que pudo.

—Hablamos de Butler, de Irigaray, de De Beauvoir y ya está.

—Tío, esa lista cojea un poco, ¿no te parece? —Link sacudió la cabeza.

—¿Y qué pasa con Roxane Gay, Kimberlé Crenshaw y Julia Serano? —Allison fue contando cada nombre con los dedos.

—Haremos teoría racial más tarde. Y también teoría *queer*. —Miró a Link, el único negro *gay* de la sala.

Link merecía un Premio Nobel de la Paz por no pegarle un buen puñetazo a Ethan en su ya torcida nariz. Ella no habría podido contenerse si él le hubiera echado una mirada en la que podían leerse tantas cosas entre líneas.

Golpeó la mesa con la palma de la mano para atravesar el exoesqueleto de titanio que era su ego y llamar su atención.

—En primer lugar, deberías revisar tu blanca masculinidad. Chorrea por todas partes. En segundo lugar, por supuesto que Butler, Irigaray y De Beauvoir son importantes, pero no se puede hablar de feminismo sin tener en cuenta la importancia de la discriminación interseccional.

Ethan levantó las manos de la mesa.

—¿Y a ti qué te importa? De todos modos, no te interesan las complejidades de la teoría. Lo tuyo es la literatura.

—El propósito de la teoría *literaria* es aplicarla a las obras *literarias* —adujo Colin—. ¿No?

—Tal vez para un literato. —Cada vez que Ethan decía la palabra «literatura» sonaba más grotesco. Como si hubiera comido algo podrido y se lo hubiera tragado sin querer—. A mí me interesa más la teoría pura. Sus muchos entresijos.

—Pero ¿no es precisamente eso lo que alguien como Roxane Gay explora? —preguntó Allison.

Ethan puso los ojos en blanco.

—Tú solo quieres hablar de Roxane Gay porque escribe sobre la gordura.

Allison tuvo que sentarse sobre sus manos para no hacer algo de lo que se arrepentiría.

—¿Qué significa *eso*?

Ethan la miró con indiferencia.

—Bueno, estás gor...

—*Ni se te ocurra* terminar esa frase. —Colin se puso de pie y apoyó las manos en la mesa. Su altura envolvió en sombras a Ethan y su expresión indolente.

Allison le puso una mano en el brazo a Colin para tranquilizarlo. Sus ojos llenos de furia recorrieron su rostro, haciendo que su corazón latiera a toda velocidad. Nunca lo había visto reaccionar con tanta virulencia ante..., bueno..., ante nada.

La última vez que alguien la había insultado por su peso en su presencia, Colin rehuyó la confrontación como un ratoncillo asustadizo. Estaban esperando mesa en su restaurante favorito cerca de Brown y un tipo la empujó al tiempo que le decía de forma nada sutil: «Muévete, gorda».

Allison respondió señalando su (obviamente) pequeña hombría, lo que hizo que se diera la vuelta con la cara como un tomate.

—¿Qué? —exigió él.

Allison ladeó la cabeza.

—¿A que es una mierda que alguien haga comentarios gratuitos sobre tu cuerpo?

Antes de que llegara a oír su réplica, Colin la sacó a rastras por la puerta mientras la campanilla resonaba en sus oídos.

—Tienes que ignorar esa mierda —le dijo, con los ojos como platos y los puños cerrados—. Reaccionar solo trae más problemas. Me acosaron lo suficiente de niño como para aprenderlo por las malas.

—No tengo que hacer tal cosa. No voy a esconderme de la gente como si no se me permitiera existir en el mundo tal y como soy —replicó.

Allison no era una damisela en apuros. No necesitaba que nadie la defendiera. Pero ver que Colin se acobardaba ante la idea de decir lo que pensaba dejó un amargo poso de decepción en su estómago. Solía ser el primero en opinar. ¿Por qué no quiso apoyarla?

Sin embargo, ahora apenas podía mantenerlo en su asiento.

Dirigió de nuevo su atención hacia Ethan.

—¿Estoy gorda? Es eso lo que ibas a decir, ¿verdad? —Mantuvo un tono suave. Este tipo no iba a tener la satisfacción de ser el receptor de su ira.

Ethan volvió a encogerse de hombros. Se las arregló para parecer aún más arrogante.

Link y Colin protestaron, pero Allison negó con la cabeza. «Gorda» solo era un insulto si uno lo permitía.

A pesar de que le temblaban las rodillas y un grito primitivo se abría paso en su vientre, miró a Ethan con serenidad.

—Sí, agradezco que Roxane Gay aborde la experiencia vivida de la gordura como parte de su feminismo. Pero lo más importante es que escritoras como ella esclarecen los límites del feminismo blanco. El feminismo *tiene* que incluir a las mujeres de color, a las *queer* y a las transexuales. —Empujó su silla hacia atrás, haciendo que chirriara con fuerza contra el falso suelo de madera—. Los tres podéis hacer lo que queráis para esta presentación. Yo voy a terminar hablando de Gay, de Crenshaw y de Serano.

Eso significaba que era muy posible que perdiera el veinte por ciento de su nota, pero a pesar de ser una alumna sobresaliente, ese destino le parecía más aceptable que tener que dedicar un solo segundo más a intentar analizar el feminismo con un cretino misógino.

Se colgó el bolso al hombro y salió de la habitación. Por mucho que aceptara..., no, abrazara..., su gordura, jamás le parecería bien que alguien utilizara esa palabra como un arma. Y ni muerta pensaba participar en la visión del mundo de un tío blanco cisgénero y heterosexual.

Al estar tan próxima la hora de la cena, la biblioteca estaba tranquila, por lo que Allison pudo encontrar un discreto rincón bajo una ventana. Dejó su ejemplar de *The Riverside Chaucer* sobre la mesa mientras parpadeaba para contener las lágrimas que fingía que no estaban ahí. Además de la presentación en la clase de Behi, Wendy le había encargado que dirigiera un breve debate en clase sobre un extracto de *El cuento del caballero*. Había advertido tanto a Allison como a Colin que esperaba que hicieran algunas de estas presentaciones como preludio de sus conferencias antes de las vacaciones de Acción de Gracias. Parecía seguro de que el desempeño de ambos sería un factor determinante en la decisión sobre su nuevo adjunto, así que Allison estaba decidida a aprovechar cada minuto que tuviera la palabra en Grandes Éxitos de la Literatura Británica.

Acababa de encontrar los versos con los que quería trabajar, cuando su teléfono sonó al recibir un mensaje entrante.

Número desconocido: ¿Te has ido?

Allison Avery: No. Estoy a la vuelta de la esquina cerca de la ventana.

¿Por qué le había dicho eso?

Las cosas con Colin se enredaban un poco más cada día. Desde la fiesta de Mandy, se había sentado a su lado en todas las clases y su silla en la conferencia de Wendy parecía arrimarse a la suya en cada reunión. El jueves pasado, sus codos habían estado pegados durante toda la clase y ninguno de los dos se había movido. Además le enviaba mensajes de texto con regularidad y, una vez, en un ataque de pánico, se había puesto en contacto con él cuando oyó a Sophie al teléfono haciendo lo que parecía una entrevista. Sus dedos buscaron su número como si fuera un acto reflejo y escribieron un mensaje. Como si siempre hubiera sido su contacto de apoyo emocional. El mensaje estaba a medio camino antes de que se diera cuenta de lo que había hecho.

Las cosas se habían vuelto tan fáciles, tan amistosas, se atrevería a decir, que a menudo olvidaba que se suponía que le estaba evitando. Colin se interponía entre ella y otra oportunidad única en la vida. Permitirse acercarse de nuevo a él solo haría que el dolor fuera más profundo si perdía. Podría ser el segundo año 2.0, pero con mayores consecuencias. Y aun sabiendo todo eso no podía mantenerse alejada.

El móvil sonó en cuanto volvió a dejarlo sobre la mesa. Se encogió de forma avergonzada, como si los ocupantes fantasma de las sillas vacías a su alrededor fueran a reprenderla, y respondió a la llamada.

—Te he dicho que estaba a la vuelta de la esquina.

—¿Allison?

¡Uy!

—Hola, mamá. Recibiste mi mensaje sobre cambiar nuestro Facetime, ¿verdad? Tengo que preparar una presentación. En realidad todavía estoy en la biblioteca.

—Esto no puede esperar.

Allison se enderezó.

—¿Qué pasa? —En su cabeza se agolparon un sinfín de catastróficas posibilidades.

1. Su madre estaba enferma.

2. Su madre no podía pagar las facturas e iba a perder la casa.

3. Su madre había perdido el trabajo.

Colin dobló la esquina con una media sonrisa en los labios, pero se puso serio al ver su expresión y se sentó en silencio frente a ella.

—Tu padre y yo hemos hablado hoy.

Allison se tapó la boca con una mano para evitar que escapara el gemido que se abría paso por su garganta. El correo electrónico que le envió a Jed había tenido justo el efecto deseado. Él no le había respondido y desde que pulsó enviar hacía más de dos semanas no había pensado en él.

—Mamá, no puedo hacer esto ahora.

—Allison, me ha hablado del correo electrónico. ¿Cómo has podido enviarle algo así?

—¿Que cómo..., que cómo he podido...? —Allison estrujó en su puño la hoja del cuaderno que tenía delante. Casi le gustó que los bordes se le clavaran en la palma—. ¿Por casualidad te ha mencionado el que me envió a mí? ¿En el que ni una sola vez me preguntaba qué tal estaba y me llamaba «gorda»?

Su tendencia a ser impulsiva hizo que las palabras salieran de su boca antes de recordar que Colin estaba sentado ahí. Estaba haciendo todo lo posible por fingir que no se estaba enterando, con la cara hundida en el teléfono y los Airpods en las orejas, pero vio su expresión ceñuda y la tensión en su cuello, que revelaban lo mucho que se estaba esforzando para no levantar la vista.

El suspiro de su madre le golpeó los tímpanos.

—Ya sabes cómo es.

—Sí, lo sé. Y no tengo por qué aguantarlo.

—Es tu padre.

—Lo sé, mamá. —Allison apoyó la mano vacía sobre la mesa, pero seguía temblando. No podía seguir así. Por mucho que quisiera a su madre, no podía mantener a Jed en su vida por ella. Cuando volvió a hablar, la voz le temblaba tanto como sus manos—. Y si tú tienes algún tipo de vínculo con él que anula lo mal que te ha tratado, pues vale. Pero... —Allison cerró los ojos y se concentró en encontrar las palabras adecuadas, en formar cada sílaba con precisión en su lengua. Temía que, de lo contrario, no le cabrían por los labios.

Una piel fría le apretó la mano. Abrió los ojos y vio los dedos de Colin entre los suyos. Se le encogió el corazón. No recordaba la última vez que la había consolado. Si es que alguna vez lo había hecho. Y su expresión no denotaba que fuera a ofrecerle consejo ni a explicarle que sabía bien cómo se sentía en ese momento; era tierna, afectuosa. Como si reconociera una fuente de dolor que no podía cuestionar ni superar.

—Pero... —repitió—. Es mi padre. Tengo que decidir qué significa eso para mí. Y, ahora mismo, no puedo soportar sus mediocres intentos de estar en mi vida. Me duelen demasiado. —Su voz sonaba tan tensa, tan cerca de un borde del que no quería precipitarse, que no la reconocía.

Colin rodeó la mesa y se sentó sin hacer ruido en la silla de al lado. Se arrimó hasta que las esquinas de sus sillas se tocaron.

Sus largas piernas sobresalían a ambos lados de la silla. Para ser tan delgado, Colin podía ocupar un espacio increíble, y su presencia arropó a Allison de una forma que ella deseaba odiar.

Se le escapó una sola lágrima, que practicó un ardiente sendero al rodar por su mejilla. Levantó los nudillos para enjugársela, pero la mano de Colin se le adelantó y su pulgar secó con suavidad la humedad.

—No sabes cuánto tiempo más estará aquí —dijo su madre.

Allison resopló y apoyó de nuevo la espalda contra el respaldo.

—Dice que estás exagerando con lo de su corazón.

—Y él nunca se toma las cosas en serio. —Su madre exhaló con brusquedad—. Sé que no ha sido el mejor padre. —De los labios de Allison escapó una risita que su madre ignoró—. Pero no querrás tener remordimientos. Cuando se haya ido...

—No seré yo quien tenga remordimientos. —Otra lágrima traicionó a Allison, desprendiéndose de sus pestañas—. No debería dejar que me haga daño solo porque es mi padre, mamá.

—Creo que te equivocas en esto.

—Y yo creo que eres tú la que te equivocas. Ya no tengo dieciséis años. No puedes obligarme a sentarme frente a él en una mesa solo porque tú lo digas.

Su madre se quedó en silencio. Cada vez que tomaba aire se escuchaba a través de la línea telefónica. Colin no movió un músculo, como si hubiera visto a Medusa y se hubiera convertido en piedra.

—No te crie para que fueras incapaz de perdonar —susurró su madre.

—Pero me educaste para que fuera fuerte y me defendiera.

—Allison...

—Lo siento, pero no puedo hablar de esto ahora, mamá. Tengo mucho trabajo. Hablaremos más tarde, ¿de acuerdo?

—Estoy muy decepcionada con la decisión que estás tomando.

—Lo sé. —Parecía que le hubieran ensartado el corazón y se lo hubieran arrancado de la caja torácica. Podría tener setenta años y la culpa seguiría carcomiéndola cuando de su madre se trataba. Pero en algún lugar debajo de todo eso, sabía que estaba tomando la decisión correcta. Y a veces, la decisión correcta duele mucho más que la incorrecta—. Saluda a Cleo de mi parte, ¿vale? —Colgó y dejó el teléfono sobre la mesa. En cuanto lo soltó, sucumbió al llanto que le oprimía el pecho.

Colin tenía los labios apretados. Sus manos se agitaban, como pájaros perdidos sin saber adónde ir.

Su madre y Ethan la habían dejado sin fuerzas. No quedaba nada que le impidiera apoyar la frente en el pecho de Colin. Nada que le advirtiera que no se aferrara con las manos a su camisa. La cadencia de su respiración la arrullaba como el ritmo de una mecedora. Le acarició el oscuro cabello con una mano y posó la otra en la parte baja de su espalda. Sus lágrimas le empaparon la pechera de la camisa.

Se concedió un par de minutos. Ciento veinte segundos, cada uno contado por el tictac del reloj de Colin. Luego se incorporó y se limpió la cara.

Sorbió por la nariz y señaló la mancha azul oscuro en su pecho.

—He ahogado a Aquaman.

Colin se miró la camisa.

—Qué ironía.

Ambos se rieron y para Allison fue igual que respirar hondo después de estar demasiado tiempo bajo el agua.

—Siento haber montado semejante escena —murmuró.

Él sacudió la cabeza.

—¿Quieres hablar de ello? —Sus manos se flexionaban como si luchara contra las ganas de tocarla.

Colin sabía lo de Jed. Una noche, no mucho después de que empezaran a salir, se estaban enrollando en la habitación de la residencia de Colin mientras veían episodios repetidos de *Friends* (otra de las favoritas de su madre que la había perseguido en la infancia), cuando Allison vio el traje de gorda de Monica Gellar. A horcajadas sobre Colin, con los tirantes del sujetador por los codos y los pantalones desabrochados, había emprendido una perorata de diez minutos sobre las representaciones de la gordura en la cultura popular que había acabado desembocando en una confesión sobre lo mal que Jed se lo había hecho pasar con el tema de su peso (y con todo lo demás) y lo duro que era que su madre siguiera presionándola para que mantuviera una relación con él, como si ninguna de sus hirientes palabras importara.

Para no ser menos (por supuesto), Colin le contó que, por su culpa, su madre no había podido estudiar Derecho ni ser profesora, lo cual había sido su sueño, y que su abuelo había renunciado a jubilarse de forma anticipada para mantenerlos. Colin les había prometido que él sería profesor. Era lo único en lo que pensaba la mayoría de los días. En compensarles por haberle elegido.

Estaba claro que Colin sabía bien lo que era la presión familiar, pero no había nada que decir. Allison les había dicho a su madre y a Jed lo que necesitaba.

Y aunque hubiera querido hablar, no podía hacerlo con Colin. Su relación no podía volverse más estrecha. Había demasiado en juego si implosionaban por segunda vez.

Apartó su silla unos centímetros hacia la izquierda y puso su libro de Chaucer sobre la mesa. Acto seguido clavó el dedo en la tapa con tanta fuerza que le dolió.

—Quiero hablar de esto —dijo.

Fingió no ver la decepción en los ojos de Colin cuando los posó en la página abierta.

Capítulo 15

Allison se dejó llevar por el ritmo del pentámetro yámbico ante la clase, golpeando con tanto entusiasmo como se atrevió cada una de las vocales y consonantes fuertes que daban al inglés medieval su sonido germánico.

Querido primo Palamón, prosiguió,
en este caso saliste ganando.
¡Con qué felicidad sigues en la cárcel!
¿Qué digo? ¿Cárcel? ¡Paraíso!

Cuando llegó a la última vocal de «paraíso», le dolía la mandíbula por la tensión nerviosa.

Levantó la vista hacia la sala y respiró; se podía cortar el silencio. Se escuchaba el suave susurro de la ropa cuando algunos estudiantes se removieron en sus asientos y el sonido de las teclas de algunos portátiles.

Era el momento. Su oportunidad de demostrarle a Wendy que en algún lugar dentro de ella habitaba la profesora que fingía ser cada vez que se mencionaba las palabras «sesión de recitación».

Desvió la mirada hacia Colin, que le hizo un gesto de aprobación con los dedos pulgares. Antes de que Wendy la llamara al atril, había apuntado algunas afirmaciones positivas en la esquina superior de las notas para la presentación. Bobadas como «Te los vas a comer con patatas» y «Que no te quite el sueño». ¿Quién diría que las frases motivacionales malas podrían ser un bálsamo para la ansiedad?

Al parecer, Colin.

Le devolvió la sonrisa, irguió los hombros y centró la atención en la clase.

—He elegido este pasaje por el lenguaje. En vista del amor de Arcite por Emilia, las palabras empiezan a perder su significado. Ser libre de su prisión se convierte en una prisión en sí mismo porque estará privado de verla. En cambio, considera que su primo, aún encerrado en la torre sobre el jardín de Emilia, no solo está libre, sino que se encuentra en el paraíso. Esta es una forma sutil en la que el narrador de Chaucer describe el amor, y a las mujeres que incitan a este amor, como algo peligroso e inquietante. —Echó un vistazo a los rostros que tenía delante—. ¿Veis algo más en este pasaje que pueda apoyar mis ideas? ¿Algún verso o incluso alguna palabra?

Pasaron minutos enteros sin que nadie respondiera. El sudor se acumulaba en sus sienes y le empapaba las corvas. Si se movía de detrás del atril, todos lo verían correr por sus pantorrillas.

No cabía la más mínima duda de que aquello jamás se le daría bien. Se había equivocado de carrera. Qué ingenua al creer que sus sueños del colegio eran objetivos de vida.

Puso el dedo en la segunda línea del pasaje, dispuesta a empezar a hablar si nadie lo hacía. Pero entonces vio una mano que se levantaba despacio en una de las filas superiores. Reconoció a la alumna. Jackie DeLuca, de su segundo grupo de recitación. Cuando le dio la palabra, los músculos de Allison se licuaron de alivio.

Jackie se apartó un rizo rubio de la cara.

—«Tú disfrutas de la presencia de Emilia, yo sufro su ausencia...». —Le costaba trabajo pronunciar por el lenguaje, pero cada sílaba era una sinfonía para los oídos de Allison—. Esta frase no parece muy coherente. Le dice que disfruta... cuando está en una cárcel. Pero «disfrutar» suena a algo agradable. Me ha recordado a lo que estabas diciendo. ¿El significado..., no sé..., deja de significar algo?

Allison sonrió mientras parpadeaba para contener una lágrima que se había colado entre sus pestañas.

—Es un gran ejemplo. Hay muchas contradicciones en este verso, ¿verdad?

Otras manos se alzaron y pronto la clase se puso a analizar versos no solo del pasaje que Allison había presentado, sino también de otras partes del texto. Wendy incluso propuso una. A Allison no le cabía el corazón en el pecho y le estaba costando Dios y ayuda contener la sonrisa. Esto era lo que había soñado al imaginarse de profesora; alumnos atentos, activos, pisándose unos a otros para sugerir ejemplos. Una cálida y eléctrica sensación vibraba por todo su ser.

Colin levantó la mano en la primera pausa de la conversación.

Allison se puso rígida de inmediato y una respuesta cortante acudió presta a su lengua.

Se contuvo. Su reacción no era justa. Últimamente había un alto el fuego tácito entre ellos. Aunque no había habido cambios en el asunto del adjunto, él se había vuelto más comprensivo, se mostraba entusiasmado por entender y desarrollar sus ideas, como si juntos pudieran sacar a la luz la interpretación más profunda de cualquier texto. Incluso esa mañana, cuando le comentó que necesitaba una traducción para leer a Chaucer, Colin se había reído al reconocer que el comentario era un acto reflejo, que competir era algo tan natural para ella que no siempre lo hacía de forma intencionada.

—Sí. ¿Colin? —Hizo cuanto pudo para suavizar el tonillo mordaz de su voz.

Él pasó los dedos por las estrofas de su texto.

—¿De verdad es así como interpretas esto? —Su expresión era amable cuando alzó la vista de la página a la cara de Allison. Nada en su tono sugería un desafío. Más bien parecía curioso.

¿Adónde iba a parar esto?

—Así es.

—¿Crees que Chaucer es tan cínico sobre el amor?

—No, creo que era realista. El amor puede aniquilarte. —Colin se lo había enseñado. Ojalá lo hubiera aprendido antes de Chaucer. Le habría ahorrado mucho sufrimiento—. Eso es más o menos de lo que trata *El cuento del caballero*.

Colin frunció el ceño y se quitó las gafas para limpiar los cristales. Su lenguaje corporal parecía indicar que no estaba de acuerdo, pero Wendy había vuelto a su sitio en el atril.

—Son unos argumentos estupendos —dijo, atrayendo la atención de la clase hacia ella—. Demos las gracias a Allison por un debate fantástico y una práctica excelente del análisis en profundidad.

Allison asintió, recogió sus cosas y volvió a su asiento. Colin recorrió su rostro con los ojos, pero ella eludió su mirada. Por fin había tenido un buen día de clase y quería disfrutarlo, no enfrascarse en un debate filosófico sobre la definición del amor o el feminismo de Chaucer. Por suerte, parecía que Wendy tenía otra cosa de la que hablar antes de dar por terminada la clase, lo que significaba que Allison estaba libre durante unos minutos más.

La profesora agarró un montón de folios y empezó a repartirlos entre los alumnos. Cuando volvió a su mesa, colocó en el atril un ejemplar de un libro en blanco y negro. Los ojos de Allison se fijaron en el título.

Mabinogion.

—Mi próximo proyecto consistirá en estudiar en profundidad el mito artúrico galés —explicó Wendy—. Estoy muy interesada en explorar el origen de algunas de las leyendas más modernas y reconocibles en torno a Arturo. A tal efecto, no hace mucho he obtenido los permisos necesarios para ver en persona el manuscrito del *Libro blanco* de Rhydderch, que es una parte de este —señaló el libro—, en la Biblioteca Nacional de Gales, y me han concedido la subvención para el viaje. Tengo plazas disponibles para unos cuantos ayudantes de investigación y espero que algunos sean estudiantes de posgrado.

El corazón palpitaba con fuerza en sus oídos, tornando la voz de su profesora lejana y confusa. Un viaje de investigación. A *Gales*. Vería un manuscrito medieval en vivo y en directo. Palabras escritas hace casi un milenio, dispuestas ante sus ojos.

Tenía que ser una de esas ayudantes de investigación. Pero no estaba familiarizada con el *Mabinogion*. Si Wendy les pedía que aportaran algo, no tendría nada que decir, nada que demostrara que merecía un lugar en ese viaje. Un pensamiento más horrible se apoderó de su mente. ¿Y si Colin sí lo tenía?

Sin su móvil, que estaba en su bolso debajo de la silla, Allison no tenía forma de prever qué era lo peor que podía pasar en referencia a este asunto.

Posó la mirada en el portátil de Colin, que estaba al lado de su codo. Una brillante solución cromada y negra a su problema. Mientras veía a Wendy hablar, con los nudillos blancos por apretar un bolígrafo con la misma intensidad que sentía Allison, se acercó más la máquina.

—¿Me lo prestas? —susurró, ya tecleando.

Colin la miró sin comprender durante un segundo y luego frunció el ceño cuando cayó en la cuenta.

—En realidad... —El resto de la frase se perdió porque estaba concentrado en pasar las manos por debajo y entre las de Allison para alcanzar el teclado.

Las teclas eran pequeñas y la alfombrilla del ratón tenía el tamaño de una nota adhesiva. Los nudillos, los pulgares y los codos de los dos chocaban y se rozaban mientras luchaban por hacerse con el control. Allison ignoró los pequeños fuegos que prendían en su piel. Lo único que le importaba era encontrar algún dato sobre ese texto que la congraciara con Wendy.

Colin colocó su huesudo cuerpo delante de la pantalla para impedir que viera igual que hizo el primer día de clase. Allison pensó por un instante en agarrar el bolígrafo y cometer un segundo acto de vandalismo contra la moda, pero prefirió actuar con decisión. Le empujó con el hombro para apartarlo, estiró la cabeza para colocar la cara frente a la pantalla y, por si no bastaba con eso, se echó su larga melena por encima del hombro para taparle la vista. Con los pocos segundos que ganó, se hizo con el control de la barra de búsqueda.

Sus mejillas se rozaron cuando Colin se acercó para ver el navegador. Estiró su larga pierna por debajo de la rodilla de Allison, por su pantalón le hacía cosquillas en la sensible piel cada vez que se movía.

Allison intensificó la lucha por el teclado para evitar que su mente catalogara todas las formas en que sus cuerpos se enredaban. Mientras ambos intentaban escribir a la vez, sus pulgares golpeaban el ratón, y cuando Colin hizo clic en el siguiente resultado de búsqueda, apareció una ventana emergente de publicidad mientras la página web empezaba a cargarse.

De los altavoces emergió un profundo gemido de placer a todo volumen. Allison y Colin se quedaron paralizados, con la cara colorada por la vergüenza. Un anuncio de una página porno llenó la pantalla de extremidades retorciéndose y primeros planos de labios carnosos entreabiertos, escotes y culos. Una combinación de música mala, gritos guturales de «sí, sí, sí» y exagerados gemidos de placer lo envolvió.

Toda la clase se quedó en silencio, y mientras el anuncio se reproducía en bucle, el volumen parecía subir con cada repetición. Sexo escénico con sonido envolvente.

—¡Por Dios, apágalo! —dijo Allison entre dientes. ¿Por qué cada momento en presencia de Colin se convertía en un caos? Sus dedos jugueteaban con el panel del ratón en tanto que los de Colin revoloteaban con nerviosismo a su alrededor. Tenía las mejillas del color de su bolígrafo rojo favorito.

Cuando Allison cerró por fin la ventana, el repentino y dichoso silencio arrancó un suspiro de sus labios. La embargó el alivio y le sobrevino un involuntario ataque de risa. ¿Qué otra cosa podía hacer después de ver porno a todo volumen en medio de una clase?

Todos los demás se unieron al cabo de un segundo.

Se rodeó con los brazos, ya que le dolían los costados. La silla de Colin seguía pegada a la suya.

—Somos una amenaza —le susurró mientras apoyaba la frente sobre su hombro. La potente mezcla de adrenalina y regocijo que corría por sus venas embriagaba su cabeza como si fuera alcohol, sin dejarle espacio para sopesar las consecuencias.

—O tal vez somos mágicos.

Su aliento revoloteó en su pelo, tan tenue como el roce de las semillas de un diente de león. La emoción de su voz alcanzó algo tierno y a flor de piel dentro de Allison, una parte de sí misma a la que no había dejado que nadie se acercara desde su ruptura. Se rodeó la cintura con más fuerza.

Cuando Colin se giró para mirar a su profesora, Allison deseó no darse cuenta del cuidado con el que se movía, como si no quisiera apartarla.

—Hemos debido de desactivar el bloqueo de ventanas emergentes. Lo siento mucho —le dijo a Wendy.

La profesora sonrió.

—Creo que Chaucer lo habría entendido.

Allison irguió la espalda y recuperó cierta distancia de Colin.

—O te habría pedido que subieras el volumen —bromeó.

Eso provocó otro coro de risitas.

Tras eso, Wendy dio por terminada la clase. Todavía sonreía cuando se reunió con sus ayudantes en la mesa.

—Ha sido una aventura. Sois un gran equipo.

Allison y Colin compartieron una mirada demasiado larga, pero ninguno de los dos respondió.

—Una vez más, lo sentimos mucho —repitió Allison en su lugar—. Estábamos intentando buscar información sobre *el Mabinogion* y nos hemos pasado un poco pulsando teclas.

—No pasa nada. Un poco de frivolidad es siempre un buen complemento a una clase. —Wendy mostró su ejemplar del libro—. ¿Alguno de vosotros lo ha leído? —preguntó.

Allison esperó a que Colin negara con la cabeza para hacer lo mismo.

La profesora exhaló un suspiro. Los músculos de Allison se tensaron al ver su expresión ceñuda. ¿Más malas noticias? ¿No se permitían estudiantes de posgrado en su viaje? ¿O ya había elegido a otros más adelantados?

—Es una obra realmente fascinante y el manuscrito es algo digno de ver. Ojalá tuviera más fondos. —Wendy apoyó la palma de la mano en la mesa y sus pulseras sonaron al deslizarse por su brazo—. Por mucho que quiera...

—No puedes llevarnos —concluyó Colin.

Wendy sacudió la cabeza.

—No puedo llevaros a los dos —aclaró—. Lo que me da mucha pena.

Sus palabras fueron como el choque de unos platillos entre los oídos de Allison.

—¿Quién... te acompañará?

—Mi adjunto. Intento coescribir al menos un artículo con cada estudiante de posgrado del que soy tutora y este viaje es la ocasión perfecta.

Allison se apretó los dedos alrededor de las rodillas. Una publicación con alguien de tanto renombre como Wendy Frances era la oportunidad de su vida.

Volvía a ser el premio Rising Star. Solo que esta vez Allison tenía mucho más que perder. El puesto de adjunta, el viaje y el artículo al que daría lugar podrían ayudarle a conseguir uno de los escasos puestos de titular en literatura medieval que podrían estar disponibles cuando terminara la carrera.

Necesitaba esto.

Se lo *merecía*.

Y nadie se lo iba a arrebatar, mucho menos Colin Benjamin.

El afecto que Allison había cultivado accidentalmente por él durante las últimas semanas se desvaneció como las hojas otoñales de un árbol muerto. Le clavó la mirada, dispuesta a luchar por su puesto, costara lo que costase. Sospechaba que cuando esto terminara, cualquier atisbo de buena voluntad que quedara entre ellos habría desaparecido.

Wendy golpeó la mesa con los nudillos.

—Os recomiendo que lo leáis cuando tengáis tiempo. Y de nuevo os ruego que intentéis que estas cosas no os agobien. Lo bueno de Claymore es que abundan las oportunidades. Da igual a quién elija porque los dos tendréis muchas más.

Allison estudió a Colin mientras veía a su profesora salir de la habitación. Tenía la boca apretada y los músculos de la mandíbula se crispaban de tanto rechinar los dientes.

—¡Vaya!

—Ya has terminado con esto, ¿verdad?

Colin la miró al fin.

—¿Qué?

—Después de lo que pasó en Brown..., no, de lo que *hiciste* en Brown..., no creerás que está bien que compitas conmigo por esto. —Se levantó de golpe.

El dolor demudó su rostro.

—Allison —tuvo la audacia de intentar agarrarla, así que rodeó la mesa—, tengo que hacerlo —susurró.

Clavó los ojos en los suyos. La cólera dominaba todo su ser. Estaba ocurriendo de nuevo. Había intentado hacerlo todo diferente esta vez y sin embargo aquí estaba, atrapada en un cruel bucle temporal del que jamás escaparía. Que jamás la dejaría ganar. El segundo curso la arrastraba sin cesar al pasado. La golpeaba.

—No, no es verdad.

—Allison —dijo con cuidado.

—¡Vete a la mierda! —Las palabras salieron de su boca como un susurro.

Colin se echó hacia atrás, actuando como si le hubiera tirado una olla de agua hirviendo.

Tuvo que echar mano de un enorme autocontrol para no golpearle la cara con su antología mientras la guardaba en el bolso. El lomo de uno de sus cuadernos se dobló mal y notó que algo se rasgaba. Nada de eso importaba.

La ira la invadió con tanta fuerza que sintió náuseas mientras salía de la sala de conferencias.

Después del anuncio del Rising Star estuvo dos días sin salir de su habitación. Colin la llamó, intentó ir a verla, le metió notas por debajo de la puerta, pero ella se negó a hablar con él. Sí, estaba enfadada, «más cabreada que una mona», como diría su abuela, pero también se había sentido muy derrotada. Nunca había perdido nada y menos algo por lo que había trabajado tan duro. No sabía de qué forma asimilar ese sentimiento de fracaso. Todo parecía inútil. Le parecía que nunca alcanzaría sus sueños sin el Rising Star. Y que Colin fuera quien se los había arrebatado solo había hecho que el cuchillo se le clavara más hondo.

Ahora le estaba clavando el mismo puñal en la espalda. Se estaba asegurando de que esta vez se clavara bien y para siempre.

Con las prisas por salir, se equivocó de camino al abandonar el aula y se quedó atrapada en un hueco. Y allí estaba él, justo detrás. Siempre allí. Como una sombra de la que no podía librarse. Apretó la espalda contra la pared. Esta vez sería ella la que iba a apoyarse.

Solo que el muy cabrón le siguió el juego, se arrimó a la ventana y se apoyó en el alféizar. Se había subido las mangas de la chaqueta gris, lo que acentuaba los músculos de su delgado antebrazo, y su postura hacía que sus hombros parecieran más anchos. La luz del sol arrancaba reflejos rojizos a su cabello rubio y destellos dorados a sus ojos verdes.

¡A la mierda el sol! ¡A la mierda la naturaleza! ¿Dónde había un pálido tubo fluorescente cuando Allison lo necesitaba?

Colin clavó los ojos en ella.

—Tienes que entenderlo.

—Yo no tengo que entender nada. Me robaste lo único que quería en Brown. Ahora vas a intentar hacerlo de nuevo.

Él exhaló un suspiro y se frotó la frente con el pulpejo de la mano.

—¿Se te ha ocurrido pensar que tal vez necesitaba el Rising Star? ¿Que tal vez necesite esto?

—Eras prácticamente una celebridad en esa facultad. Todo el mundo te quería. Tenías las mejores recomendaciones, las mejores notas, un ensayo aprobado por el jefe de departamento. ¡Y una mierda que necesitabas el Rising Star! —Se colgó mejor el bolso y se apartó de la pared. Le inmovilizó con la mirada como si fueran sus manos. Deseó que una sola mirada pudiera magullar. Lastimar. Herir—. Y no necesitas este puesto de adjunto ni este viaje. No es más que otra oportunidad para alimentar tu ego. Otro trofeo para tu pared. El año que viene por estas fechas te habrá llamado la atención alguna otra cosa superimportante y te olvidarás de la literatura medieval. Como si nunca hubiera importado.

De la misma manera que la había dejado a ella.

—Allison.

—No. —Levantó una mano—. He terminado. Hemos terminado.

Allison no pensaba volver a pasar por lo mismo que en Brown. Iba a romper el bucle temporal. Iba a buscar un final diferente.

No. ¡A la mierda con eso! Iba a crearlo ella.

Capítulo 16

Colin rompió con Allison con la alegre melodía de *Jingle Bell Rock*.

Era finales de marzo, pero la cafetería Christmas hacía honor a su nombre y celebraba las fiestas durante todo el año. Guirnaldas y adornos colgaban del techo y relucían en los marcos de las ventanas, la carta siempre incluía chocolate caliente y galletas de jengibre y cada mesa contaba con su propio arbolito de Navidad mientras por los altavoces sonaba música festiva sin parar.

Por lo general, a Allison le encantaba semejante cursilería (las vacaciones de invierno eran sus favoritas y, para ser francos, algunas de esas canciones eran éxitos), pero aquel día, poco más de una semana después de que Colin le hubiera arrebatado de las manos el premio Rising Star, la chabacanería le resultaba repulsiva. O tal vez fuera solo el ver a Colin encaminarse hacia ella.

No le había visto desde la noche anterior al anuncio. Habían estado despiertos hasta tarde en su apartamento, metiéndose mano mientras fingían estudiar para los parciales. Acurrucados en la tranquilidad de su habitación, sus dedos le acariciaban la piel del hueso de la cadera por debajo del jersey granate, la palma de Colin le recorría el estómago mientras deambulaba en dirección a sus pechos. Todo había resultado acogedor. Cómodo. Seguro. La había apoyado mucho mientras trabajaba en la solicitud, e incluso después de terminada, se había mostrado más elogioso y atento que nunca. Como si entre ellos hubiera cambiado algo importante. Algo que les había permitido acercarse.

Ahora veía aquellos días como lo que eran. Una mentira. Darse cuenta de aquello hizo que viera a Colin bajo una luz severa, de modo que parecía frío y calculador, y los rasgos de su cara afilados como cuchillas mientras cruzaba los últimos cuadrados de linóleo blanco y negro que los separaban.

Incluso la pequeña sonrisa que le brindó mientras se sentaba en el lado opuesto del reservado parecía vacía. Un escalofrío recorrió la espalda de Allison.

Él la vio estremecerse y de inmediato se encogió de hombros para quitarse la chaqueta color gris oscuro.

—¿Tienes frío?

Allison hizo un gesto para restarle importancia. No quería que la tocara nada suyo hasta que obtuviera algunas respuestas. Apenas le dejó terminar de pedir (nachos de pollo con salsa búfalo, lo de siempre, como si fuera una tarde normal) antes de espetarle:

—¿Qué pasó con lo de no solicitar el Rising Star?

La dureza de su voz chocaba con el alegre coro que exigía que todos bailasen y brincasen en la plaza Jingle Bell.

Colin se estremeció.

—No lo tenía previsto. —Se inclinó hacia delante, apoyó sus huesudos codos en el borde de la mesa y rodeó con ambas manos su vaso de agua—. Mi tutora insistió. Dijo que sería una buena manera de consolidar mi solicitud de doctorado. —Se llevó el vaso a los labios y bebió un largo trago con movimientos metódicos, casi robóticos—. Ya sabes lo competitivos que son los buenos programas.

Todas esas palabras y ni una disculpa. Allison cruzó los brazos sobre el pecho. ¿De verdad pensaba que estaba libre de culpa?

—¿Y no se te ocurrió pensar que debías contármelo?

Colin frunció los labios.

—Fue una decisión de última hora. Y jamás pensé que ganaría.

«Mentiras». Colin no hacía nada a menos que estuviera seguro de que iba a ganar.

—¿O tenías más miedo de que yo pudiera ganar? —le cuestionó.

Era la única explicación que se le ocurría. Si ella hubiera ganado, habría alterado su equilibrio. Tendría algo que él no tenía. Eso nunca le habría sentado bien.

—¿Qué significa eso?

—Todos sabemos que a Colin Benjamin no le gusta que le eclipsen. —Había veneno en la lengua de Allison. No estaba segura de lo que esperaba de esa conversación, pero teniendo en cuenta todas las veces que había intentado ponerse en contacto con ella, esperaba que se arrastrara o al menos le diera una explicación que arreglara las cosas entre ellos. En cambio, parecía resignado. Distante. Como si no tuviera el más mínimo interés en la discusión.

Ni en *ellos*.

Temía eso lo suficiente como para ponerse a la defensiva.

Colin no movió un músculo, excepto para llevarse el vaso de agua a los labios una vez más. Allison anhelaba ver sus manos agitarse de forma errática. Alguna señal de que estaba nervioso o dolido. Cualquier cosa.

—No sé lo que quieres de mí, Allison —dijo.

—¿Una disculpa? ¿Que me prometas que no volverá a ocurrir? ¿Alguna razón que haga que todo esto esté bien? —Prácticamente le estaba suplicando algo que él debería haberle ofrecido por voluntad propia. Para calmar su propia ansiedad, alargó la mano y giró la pajita de su taza.

Colin se movió con rigidez y se aclaró la garganta.

—Escucha. —La pajita se dobló entre los dedos repentinamente agarrotados de Allison—. Estos últimos días he tenido mucho tiempo para pensar. —El plástico se partió por la mitad y una afilada esquina se le clavó en el nudillo. Allison estaba demasiado nerviosa por su tono y sus palabras para darse cuenta. Podrían pasarle por encima con un camión en este reservado y casi con toda seguridad no lo sentiría—. Todo esto del Rising Star ha hecho que me enfrentara a algo que no quería. Estuve a punto de no presentarme por tu culpa... —Carraspeó de nuevo cuando Allison objetó—. Por culpa de lo nuestro —aclaró—. ¿Y si no lo hubiera hecho? ¿Y si no hubiera ganado? —Allison negó con la cabeza. No tenía ni idea de lo que quería decir, pero no parecía nada de lo que le había pedido—. El Rising Star ni siquiera es la decisión más importante que tengo que tomar este año. Me esperan grandes cosas. Cosas importantes. Cosas que te cambian la vida. —Sus ojos color avellana estaban serenos. Había practicado esto. Lo que significaba que había pensado en ello lo suficiente como para redactar un guion—. Mi vida está a punto de empezar de verdad, ¿sabes? No puedo dejar que nada me detenga. Tengo que tomar las decisiones correctas para mí. Solo para mí. —A Allison se le partió el corazón. Creía que se estaban acercando, cuando en realidad Colin estaba planeando que se separaran. No esperó a que ella respondiera antes de pronunciar el puñado de palabras que desgarró su mundo en dos—. Necesito tomar esas decisiones por mi cuenta —dijo—. Necesito estar a mi aire. Solo.

Allison creyó que se trataba de una pelea, algo que debían superar y de lo que debían aprender.

Para Colin, era el fin.

«A mi aire. Solo».

Fueron las últimas palabras que se dijeron hasta pasados dos años, durante la sesión de Orientación de Claymore. Porque ese día, después de que él le hubiera roto el corazón, Allison le dio justo lo que quería.

Se levantó sin articular una sola palabra, le dio la espalda y se dirigió a la puerta.

Capítulo 17

—¿Quién es el chico más guapo? ¿Quién? —Allison arrulló a Monty por encima del estruendo de su música.

Le alisó la pajarita, asombrada de que no la mordisqueara como hacía con todo lo demás. En cuanto lo soltó, se puso a brincar de un extremo a otro de la cama, levantando bien las patas, como si supiera bien lo elegante que estaba.

Allison se miró al espejo. Llevaba un vestido azul marino con pequeños detalles de ganchillo en las mangas caídas, una rebeca de color crema, unas botas marrones hasta la rodilla y el collar con la media luna que Sophie le había regalado las Navidades pasadas. Perfeccionar el desordenado moño en que se había recogido el cabello le había llevado media hora y en las orejas lucía unos pequeños pendientes con forma de luna. Se había aplicado una pizca de rímel y el tono frambuesa de los labios hacía que pareciera que acababa de beberse una copa de vino tinto.

Cualquier otro día, la moderna chica que veía en el espejo la habría llenado de confianza, pero la pelea del día anterior con Colin y su trastorno disfórico premenstrual se habían aliado para hundirla. Tenía el pelo demasiado aplastado. Las mangas japonesas acentuaban la flacidez de sus brazos (de ahí la chaqueta). La tela de algodón de su vestido se pegaba a cada bulto de su abdomen. El sujetador le juntaba tanto los pechos que parecía que solo tenía uno. Sus muslos parecían bloques de celulitis. Casi deseaba que le bajara la regla para que desapareciera la dismorfia corporal y los pensamientos negativos que acompañaban a su síndrome premenstrual. Era un deseo del que sabía que se arrepentiría en cuanto los primeros dolores le desgarraran las entrañas.

Tener un cuerpo menstruante era a veces un verdadero parque de atracciones de la infelicidad.

Sacudió la cabeza y cruzó la habitación para recoger su escritorio. Volvió a colocar los bolígrafos en las tazas que les habían asignado (a los buenos de gel les tocó la taza de las hermanas Schuyler y el resto fue a parar a la que tenía un sencillo diseño floral), ordenó los montones de papeles y apiló los libros de la biblioteca por orden alfabético. Luego enderezó la labor de punto de cruz de Mandy encima de su monitor. A saber por qué estaba limpiando si nadie iba a subir arriba, pero Allison no podía estarse quieta.

Junto a su ratón estaba su propio proyecto de punto de cruz. Mandy había traído los materiales a clase la semana pasada y Allison no podía estar más agradecida. Había pasado la mayor parte de la noche clavando la aguja en los agujeros de la tela mientras imaginaba que cada uno de ellos era la cara de Colin. Había sido bastante catártico. Y mucho menos sangriento.

Se moría de ganas de enseñarle a Mandy sus progresos cuando llegara junto con el resto del grupo.

Era el segundo fin de semana de octubre, la semana que a Allison le tocaba organizar la reunión y, en aras de la espontaneidad (y también porque Link tenía planes), habían optado por un encuentro el viernes por la noche. A pesar de sus esfuerzos por mantener la apatía, había comprado demasiados aperitivos congelados, preparado dos cócteles exclusivos e ideado un complicado juego de misterio basado en famosos casos sin resolver que había encontrado en Internet. Estaba claro que su necesidad de ser la mejor iba mucho más allá de su vida académica.

Enganchó a Monty bajo el brazo, apagó el altavoz y agarró sus fichas (diez, escritas por delante y por detrás con notas para el juego). Mientras dejaba al corgi en la alfombra del pasillo, se dio cuenta de que la puerta de Sophie estaba cerrada con un cartel que rezaba: «Por favor, no entre», colgado de un imperdible. Era el protocolo habitual de las fiestas (como no podía ser de otra manera, el cartel de Allison decía: «Abandonad toda esperanza, quienes aquí entréis»), pero parecía una exageración con solo seis invitados. Con suerte, Colin no haría acto de presencia. Por demasiadas razones como para contarlas, era lo último con lo que Allison quería lidiar esa noche.

Se le revolvió el estómago al pensar en su nombre. Las noticias de Wendy sobre el viaje a Gales habían desenterrado muchos malos sentimientos de su pasado; que no había sido lo bastante buena para ganar el Rising Star, que no había merecido la pena seguir con ella cuando Colin se graduó, que había sido un lastre para él. La depresión en la que cayó cuando no fue capaz de volver a subir sus notas y estuvo a punto de suspender dos asignaturas. Esos opresivos pensamientos aplastaron la confianza en sí misma que pudo ganar con su presentación e impartir las dos clases de recitación de ese día había sido brutal. Estaba segura de que la duda nublaba las miradas de sus alumnos cada vez que ella hablaba y solo unos pocos se habían molestado en tomar apuntes.

¡Uf! Necesitaba un trago. Y rápido.

La música subía por las escaleras y la puerta principal se abrió y cerró dos veces seguidas, haciendo que Monty soltase un pequeño aullido antes de dirigirse hacia el vestíbulo.

Allison se sobresaltó. ¿Todo el mundo había llegado pronto? Apenas eran las siete. Llegar media hora antes de lo previsto parecía descabellado incluso para su manada de empollones.

Recogió a Monty del suelo cuando la puerta principal volvió a abrirse. La irritación le recorrió las venas mientras esbozaba una sonrisa. ¿Quién entra en una casa sin ser invitado? ¿Con qué clase de vampiros invertidos iba a clase?

Resultó que el tipo alto que la miraba no parecía tanto transilvano como un vikingo moderno. Llevaba el pelo aclarado por el sol sujeto en la nuca con una goma y vestía unos vaqueros desgastados con una holgada camisa de lino blanco que se ataba con unos cordones a la altura del pecho desnudo y cuyas mangas tres cuartos ceñían sus bíceps. Algo que a Allison le recordaba a un símbolo wiccano colgaba de una cadena de plata alrededor de su cuello y unos brazaletes de cuero adornaban ambos brazos. Una incipiente barba rubia perfilaba su mandíbula. En realidad, solo le faltaba un hacha para completar el *look*.

—Hola —la saludó. Acto seguido, aún situado en el umbral de la puerta (y dando la bienvenida al aire frío de la noche), gritó el nombre de Sophie tan fuerte que las sílabas retumbaron en el cuerpo de Allison. Llevaba un paquete de doce cervezas Bud Light debajo de cada uno de sus fornidos brazos.

Sophie salió de la cocina con la cara enrojecida.

—¡Eric! —gritó (porque, si no se llamaba Leif, *tenía* que ser Eric)—. ¡Gracias a Dios! Nos estábamos quedando sin alcohol. —Se tiró de la parte delantera de su mono de escote tipo halter. Sus pechos de copa C tenían la mala costumbre de intentar escaparse de su sujetador cuando estaba borracha. En la mano libre sujetaba una copa de plástico llena de un líquido rosa que se parecía demasiado a la sangría de sandía que Allison había estado preparando toda la tarde.

Abrazó a Monty contra su pecho.

—¿Quién se queda sin alcohol?

—¡Allison ha salido! —Sophie levantó los brazos. Su bebida rosa se derramó sobre su hombro cuando abrazó a Allison—. Temía que te escondieras en tu habitación toda la noche —balbuceó.

Sus exagerados movimientos causaron estragos en su escote y esta vez Allison tuvo que agarrarle la pechera y subírsela. El vikingo se lamió los labios como si ella hubiera hecho algo muy sexi y Allison reprimió las ganas de vomitarle las relucientes botas negras. La invadió una perversa sensación de satisfacción solo de imaginar sus cordones flojos arrastrando entre el vómito.

Hizo que Sophie se diera la vuelta y se centró en ajustarle los tirantes a su amiga. Allison nunca había entendido cómo podía salir con mujeres increíbles, pero con tíos que eran auténticos cavernícolas. Su última novia había sido *poetisa* en tanto que Leif Erickson, aquí presente, bebía Bud Light.

¿Y qué hacía en la casa?

Sophie hizo un gesto en dirección a la cocina.

—Están todos ahí.

—¿Todos?

—Janie, Sarah y Brooks, y unos diez amigos suyos del trabajo. Supongo que algunos amigos de Eric vienen de camino.

—¡Genial! El nivel del coeficiente intelectual en el lugar bajará a veinte.

Sophie sonrió con satisfacción.

—Oye, vamos a necesitar algún tipo de entretenimiento. Ya nos hemos fundido todas tus provisiones.

Allison se quedó boquiabierta.

—¿Todo? —Los ingredientes de las sangrías le habían costado fácilmente ochenta pavos, por no hablar de toda la comida.

—Solo había unas diminutas jarritas y estaba *taaaan* bueno.

Monty comenzó a retorcerse entre los brazos de Allison.

—Eso era para esta noche. —¿Cómo iba a organizar la mejor reunión sin un cóctel exclusivo? Mandy todavía se ponía en plan poético con los martinis Starburst de Kara.

—¡Sí, para nuestra fiesta! —Sophie levantó las manos y casi golpeó al vikingo. Él dejó su Bud Light en las escaleras para poder rodearle la cintura con los brazos. Le dio un golpecito en un lado de la cara, pero hizo caso omiso de sus carantoñas—. Me alegro mucho de que lo propusieras. Hacía demasiado tiempo que no hacíamos algo así.

Habían celebrado unas cuantas fiestas al principio del verano, pero eran de *Sophie*, llenas de sus compañeros de trabajo y otros diseñadores.

Esta noche era de Allison. Se suponía que iba a ser una reunión íntima con sus compañeros, no una fiesta.

—Te dije que iba a invitar a gente.

Sophie enarcó las cejas.

—Cierto. Se me ocurrió invitar también a alguna gente. Cuantos más, mejor, ¿no?

Mal. Aquello estaba muy mal. Esto no tenía nada de divertido. El asesinato misterioso de Allison no era adecuado para más de ocho personas, y aunque lo fuera, las amigas de Sophie eran elegantes y sofisticadas. No les interesaría un juego casero para fiestas y, de todos modos, no tenía ningún interés en representarlo ante lo que sin duda sería un público hostil.

Ella negó con la cabeza.

—Claro. Vale.

Sophie entrecerró los ojos.

—No. Conozco ese tono. ¿Qué?

No valía la pena discutir mientras estaba borracha. La conversación no iba a ninguna parte, Sophie se pondría a llorar y a la mañana siguiente no recordaría nada.

—Reservaba la sangría y la comida para mis amigos de clase, eso es todo —explicó Allison.

—No pasa nada. —Sophie sonrió y le dio una palmada en el brazo al vikingo—. Eric ha traído cerveza. Y podemos pedir *pizza*.

A Allison casi se le escapa una sonrisa al imaginarse ofreciéndole una Bud Light a Link, el rey de la cerveza artesanal. Pero esa pequeña chispa de humor no tardó en apagarse.

Primero la pelea con su madre. Después el viaje a Gales. Ahora su bien planeada reunión se había ido al garete. Apretó los dientes y se volvió hacia Eric.

—¿Me das unas cuantas? —Era hora de borrar esta desastrosa semana.

Él abrió la caja y se la ofreció.

—Están calientes.

Allison estaba bastante segura de que sus ojos recorrieron sus pechos de copa D mientras metía la mano.

—Me importa una mierda.

—¡Qué cañera!

—Puedes estar seguro. —Como si necesitara la confirmación del equivalente nórdico de un cavernícola.

Sacó cuatro cervezas de la caja, se metió una en cada bolsillo y otra bajo el brazo. La cuarta la abrió con una mano y se la bebió de un solo trago. Hizo lo posible por ignorar su sabor a levadura, que le recordaba al olor de la cocina cada vez que Sophie hacía pan.

Aplastó la lata vacía contra la mesita auxiliar, lo que le valió otro murmullo de admiración del vikingo. Sin dudarlo, abrió la cerveza número dos y se la bebió. Iba a necesitar un océano de esta basura para apagar su ira.

Sophie la tomó del brazo, con el ceño fruncido.

—Más despacio. Tenemos toda la noche.

—Estoy bien —mintió Allison.

Un tibio reguero de líquido ambarino resbaló por la comisura de sus labios hasta caer sobre su vestido mientras bebía un trago. La mancha que dejó tenía la forma exacta de la cabeza grande y tonta de Colin.

«¡Qué oportuno!», pensó Allison mientras tiraba de la lengüeta de su tercera cerveza.

Si alguien del grupo de Allison se sintió decepcionado por su fiesta, nunca lo habría imaginado.

A medida que iban llegando, recogían las bebidas y los aperitivos disponibles y se ponían a charlar con el resto de los invitados. La última vez que Allison vio a Mandy, estaba flirteando con uno de los amigos del vikingo. Todos los demás se habían reunido con Sophie y con los diseñadores en el salón para ver un *reality show* malísimo.

Allison era la única antisocial. Se había pasado la última media hora sentada fuera, en la entrada principal, con el pretexto de que Monty disfrutara de un muy necesario rato de tranquilidad, ya que tanta gente había hecho que se sobreexcitara demasiado.

Pero, en realidad, estaba fumando y bebiendo, dos de sus pasatiempos favoritos, sobre todo cuando los practicaba al mismo tiempo.

A pesar de todo lo que había planeado, pensado y repensado, la semana entera se había echado a perder. Cada una de las decisiones acertadas de Allison parecía provocar algún tipo de caos. La decisión de cortar toda relación con Jed había llevado a su madre a no llamarla durante días. Todos sus preparativos para la fiesta se habían venido abajo y le habían recordado sin demasiada sutileza lo distanciadas que estaban Sophie y ella. Y, bueno, Colin era... Colin. Por supuesto que había pasado por encima de su semana con una apisonadora. Eso había hecho.

Allison abrió su sexta Bud Light y se la bebió. Qué gran noche podría haber sido si Sophie no lo hubiera estropeado. Ahora mismo estaría ejerciendo de maestra de ceremonias para un grupo de perplejos académicos en uno de los juegos de misterio más difíciles que jamás hubiera visto, como si fuera la directora de una película de cine negro. Todos estarían riendo y gritando, borrachos de deliciosa sangría, y el martes, Colin habría tenido que enterarse de todo de oídas. Habría sido increíble. Y un punto más en su columna de victorias.

En lugar de eso, estaba fuera, sin chaqueta ni mallas, a poco más de cuatro grados y con solo unas Bud Light para calentarse por dentro. Más de una vez pensó en volver a entrar, pero sus pies se negaban a cooperar. Su frustración se había acumulado a su alrededor igual que un muro, grueso como el hormigón y el acero, que alejaba a todo el mundo. Si entraba de nuevo y se encontraba fuera de su propia fiesta, se rompería en pedazos. Sin Sophie para elaborar con ella una lista de lo peor que podía pasar con respecto a la ansiedad y a la etiqueta de la fiesta, era más fácil no intentarlo. Nada de lo que evitara podría hacerle daño.

Aun así, cuando otra carcajada se coló por la ventana abierta, se le clavó como una estaca en el corazón.

Solo podía hacer una cosa. Abrió otra cerveza. En ese momento, ya hacía rato que había dejado de estar achispada y ahora estaba completamente borracha, lo que significaba que las Bud Light ya no le sabían a nada (¡bien!), pero su estómago era un mar de náuseas (¡bu!). Tragó, haciendo todo lo posible para que el líquido no le tocara la lengua. Le resbalaba más por la barbilla que por la garganta.

Como la dama que era, utilizó la parte trasera de su jersey para limpiarse la cara y el cuello. En algún lugar de su interior sabía que se arrepentiría de esa decisión por la mañana, pero la nube de cerveza que inundaba de espuma su cerebro no dejó que le importara.

Monty gruñó y su larga cola se enroscó en señal de alerta. Allison tensó más la correa y siguió con la mirada al perro por la acera mientras bebía otro trago de cerveza.

La mayor parte acabó empapando la delantera de su vestido. No le dio tiempo a llevarse la mano a los labios.

Colin estaba de pie bajo la mortecina luz que arrojaba la farola más cercana a menos de una manzana de distancia, su altura rivalizaba con su sombra. Sujetaba el móvil con sus largos dedos como si fuera una brújula, pero tenía la mirada clavada en ella.

Justo lo que necesitaba esa noche; Colin Benjamin. Sus dedos apretaron la lata de cerveza vacía hasta que se arrugó contra su palma.

Se arriesgó a acercarse un poco más, de modo que solo quedaba una baldosa de hormigón entre Monty y él. El perro seguía observándole con atención, pero había empezado a mover el trasero. ¡Menudo traidor!

Allison se cruzó de brazos.

—¿Por qué estás aquí? —Dirigió la vista hacia la ventana, esperando que nadie estuviera mirando afuera. *No* era el momento de que Sophie descubriera que Colin había vuelto a su vida. Allison carecía de la capacidad mental para lidiar con eso y menos estando borracha. Además, tenía toda la intención de hacer cuanto estuviera en su mano para expulsarlo de nuevo, por lo que no sería un problema.

—Es nuestra reunión semanal.

Allison puso los ojos en blanco.

—No estabas invitado.

Él ladeó la cabeza.

—¿Desde cuándo?

—Desde que has decidido intentar joderme la vida otra vez yendo tras este viaje a Gales.

La risa inconfundible de Link se coló por la ventana y atrajo la mirada de Colin hacia la casa.

—¿Qué haces aquí fuera si están todos dentro?

—Monty y yo estamos tomando un poco de aire fresco. —Allison tiró de la lengüeta de su cerveza. En algún momento tendría que entrar a por más. O tal vez continuaría su retiro y pediría un poco de sidra de Büzer en su lugar. Costaba un ojo de la cara, pero la misantropía no tenía precio.

—¿Puedo acompañaros? —Colin señaló hacia los escalones.

—No.

—Allison.

—Esto de estar sola lo tengo dominado.

—Allison.

—Colin.

—Llevo todo el día intentando mandarte un mensaje.

De ahí la razón por la que Allison había silenciado su teléfono hacía horas.

Ladeó la cabeza y el mundo entero se inclinó.

—¿Se te ha ocurrido pensar que quizá no quiera hablar contigo? —Se permitió alzar la mirada a su cara, pero era difícil concentrarse en algo más allá de sus labios. Estaban fruncidos y rojos como el ponche de frutas, y su ebria mente no dejaba de intentar recordarle lo que era sentirlos en su piel hacía años.

Mariposas. Plumas. Pétalos de flores. Seda. Cosas suaves y sugerentes que le producían escalofríos.

—Puedo explicarlo.

—Me da igual. —Allison no quería escuchar sus razones acerca de por qué esta situación era diferente del asunto del Rising Star o por qué él merecía una oportunidad tanto como ella. Ese premio había sido muy importante para ella y él no lo necesitaba, pero aun así había competido contra ella solo por el placer de ganar. Solo para reforzar su ya enorme ego. Lo que ahora estaba en juego era aún más importante; era su carrera, su futuro. Había dedicado años de su vida a aprender todo lo posible sobre su campo de estudio. Y él estaba dispuesto a quitárselo todo de nuevo.

¿Cómo había podido pensar que le importaba?

Colin tuvo el descaro de cruzar ese último trozo de acera. Allison estaba al pie de la escaleras de entrada, por lo que él la superaba en altura y se sintió pequeña, algo que no le había ocurrido demasiadas veces en su vida.

Lo odiaba. Se agarró con las manos al último escalón y subió como pudo al porche. Monty tiró de la correa para pasar entre las piernas de Colin.

—Sé lo que debe de parecerte todo esto...

Allison dejó caer la cabeza hacia atrás y gimió con fuerza. Se quedaría aquí toda la noche, todo el semestre si fuera necesario. Tal era el empeño de Colin de tener la última palabra. Cuanto más rápido dejara que terminara con esto, antes podría volver a su existencia libre de Colin.

Sacó su teléfono del bolsillo.

—Voy a necesitar mucho más alcohol para esto.

Ya estaba haciendo una lista mental del Büzer mientras encendía la pantalla. La multitud de notificaciones que aparecieron fueron como un jarro de agua helada. El mundo pasó de borroso a cristalino en un abrir y cerrar de ojos.

Había cinco llamadas perdidas, un buzón de voz y siete mensajes de texto. Todos de su madre, de la que no sabía nada desde el martes. Los mensajes decían: LLÁMAME YA.

Colin se había detenido en medio de lo que fuera que le estaba soltando y la miró boquiabierto.

—¿Te encuentras bien? Estás blanca como el papel.

Allison le hizo callar, con las manos temblorosas, mientras marcaba el número de su madre.

Descolgó al primer tono.

—Allison.

—Mamá, ¿qué pasa?

—Estoy en el hospital. Tienes que venir.

A Allison le dio un vuelco el corazón y tragó con fuerza para intentar no ahogarse con el nudo que se le había formado en la garganta.

—¿Por qué? ¿Qué pasa? ¿Estás...?

—Es tu padre.

Las palabras fueron un nuevo jarro de agua fría, que esta vez dejó helada a Allison.

—Me has dado un susto de muerte. Creía que *tú* estabas enferma.

Su madre le había dicho que Jed había estado varias veces en el hospital con fibrilación auricular. Allison lo había investigado después de su pelea. Aunque técnicamente se consideraba insuficiencia cardíaca, era llevadero y la gente podía vivir mucho tiempo con ello. Montar semejante drama era innecesario.

El alcohol aún presente en su organismo había preparado a Allison para decir justo eso, pero entonces su madre continuó:

—Es grave, cariño. Ni siquiera está consciente. —Allison se acercó el teléfono a la oreja, con los nudillos blancos, y miró a Colin. Tenía los labios apretados y movía las manos con nerviosismo, pero no se acercó a ella—. Deberías venir —prosiguió su madre—. Ahora. Puede que no pase de esta noche.

Allison estaba paralizada por completo, pero bajo todo eso algo doloroso y afilado la lanceó. Asintió en vano.

—Me las arreglaré.

Un par de pitidos y una voz apagada se colaron por la línea antes de que su madre volviera a hablar.

—Cariño, tengo que dejarte. Estamos en el Northern Light. —Luego, un suave clic y un crepitante silencio reemplazaron a la voz de su madre.

A Allison se le cayó el móvil sobre su regazo. Se llevó una mano a la boca. Se le revolvió el estómago y toda la cerveza que llevaba dentro ardía como si fuera lava.

—Mi padre... ha tenido un infarto o algo así. Tengo que irme. —Tuvo que decirlo en voz alta para que fuera real. Y Colin era el único lo bastante cerca para oírla.

Se tambaleó al ponerse en pie. Cuando Colin la agarró del codo, ella le apartó la mano con tanta fuerza que cayó de rodillas sobre el porche con un gruñido. Un montón de latas vacías de Bud Light se desparramaron por el suelo.

—¿Cuántas de esas te has bebido? —preguntó.

—No empieces. —Allison tenía que llegar a casa. No tenía tiempo para un sermón. Cuando se puso de pie de nuevo, logró mantenerse erguida. Pero tuvo que reprimir una, dos, tres arcadas.

Los perspicaces ojos de Colin captaron cada momento. Miró hacia la casa.

—Alguien te llevará. ¿Sophie? ¿Quizás alguien de nuestro grupo?

Allison negó con la cabeza.

—Llevan horas bebiendo y tengo que irme a casa ya. —Jamás se pondría al volante estando borracha, pero odiaba dejar que Colin ganara terreno.

—Allison.

Se inclinó despacio, con un brazo extendido para guardar el equilibrio, y alcanzó su teléfono del escalón de abajo.

—Seguro que hay un autobús o un coche compartido. —Aquello le pareció una concesión menor. Pulsó la pantalla con dedos temblorosos.

—¿No vives en el norte de Maine? Te saldría por un ojo.

Allison levantó la cabeza de golpe.

—Tengo que irme *ya*, Colin. Mi madre ha dicho que podría morir. No tengo tiempo para pensar opciones contigo.

Él exhaló un suspiro, que cortó el aire.

—Vámonos.

—¿Perdón?

—Yo te llevo.

—Stonington está a unas cuatro horas.

Colin tomó a Monty en brazos.

—¿Quién más va a llevarte?

Él era su única opción. Le odió por eso. Y aún más por tener razón.

—Esto no arregla las cosas.

—Soy muy consciente. —Colin acarició las orejas de Monty con sus muy suaves dedos. Allison odiaba esos dedos. Y al mismo tiempo deseaba que la agarraran.

Colin echó a andar, sin esperar su respuesta, con pasos largos y urgentes. Se lo estaba tomando en serio.

Allison también le odió por eso. Y se odió a sí misma por necesitar todo lo que él le estaba dando. Le siguió tambaleándose, negándose a soltar la correa de Monty.

—Entonces, ¿por qué estás haciendo esto?

Colin miró hacia atrás por encima del hombro. Tenía la boca apretada por la preocupación y los ojos color avellana muy abiertos.

—Porque no soy el monstruo que quieres que sea.

Capítulo 18

Había situaciones que ni siquiera los donuts podían arreglar.

La docena que había en el salpicadero del viejo Honda Civic de Colin era una prueba de lo mucho que se esforzaba por demostrar que esta teoría era errónea.

Allison mordisqueó un bollo con glaseado de vainilla mientras se apretujaba contra la puerta del acompañante. El coche era tan pequeño que resultaba complicado dejar espacio entre ellos. Y necesitaba espacio, porque no importaba que él estuviera llevando su culo borracho de Rhode Island a Maine en mitad de la noche. Ayudarla porque era, moralmente hablando, lo correcto no borraría de un plumazo todo lo que él había hecho.

—Los donuts son la mejor comida para antes de la resaca, ¿o me equivoco? —Sus ojos pasaron de la carretera vacía a la cara de ella. Solo llevaban media hora de camino, pero parecía una eternidad.

—No. Los bocadillos. —Allison miró a través del parabrisas, viendo los faros abrirse paso en la oscuridad.

—Pues entonces deberías haberte pedido uno.

Allison frunció el ceño.

—Yo no quería nada. Fuiste tú quien pidió un surtido. —Agitó una mano en dirección a la caja de donuts.

—Tienes que comer algo.

—Vale, papá.

Allison se arrepintió en cuanto la palabra salió de su boca y se estremeció al sentir esas sílabas en sus labios. Que ella recordara, nunca había llamado «papá» a Jed, y ahora..., bueno, tal vez no tuviera ocasión de hacerlo. Con el estómago revuelto, miró el teléfono que tenía en el regazo. No había noticias de su madre.

Con suerte, eso significaba que aún tenía tiempo.

Los ojos de Colin fijos en su rostro eran demasiado perspicaces, demasiado indiscretos. De un puñetazo le habría tirado las gafas de la nariz si con ello no causara su inevitable muerte en un accidente de coche.

—Allison —dijo con voz queda.

La suavidad de su voz resultaba dolorosa. Con todo su ser lleno de grietas, era justo el tono que necesitaba, y detestó desearlo. No era una chica que se derrumbara en las emergencias. Cuando la abuela de Sophie perdió la batalla contra el cáncer en su tercer año, ella fue su roca. Mantuvo a su mejor amiga a flote. Ahora ella se estaba ahogando y solo estaba Colin para sacarla a flote.

No quería aferrarse a él.

—¿Qué? —espetó.

—Hueles igual que una cervecería.

Era un comentario tan franco, tan absurdo, que se le escapó una sonora carcajada.

—Gracias —repuso como pudo.

—Una cervecería pésima, que Sanidad está a punto de cerrar. —Tenía la vista puesta en la carretera, pero a sus labios se asomó una sonrisa.

—Ya lo pillo.

—Es que.... ¿Bud Light? ¿En serio?

Allison se giró hacia él, olvidándose por completo de la cuidada distancia que había puesto entre los dos. Sin pararse a pensar en las repercusiones (como que él estaba conduciendo y que los benditos donuts eran deliciosos), le lanzó su donut glaseado a la cara. Le dio de lleno en la mejilla y la azucarada masa frita se adhirió a su barba incipiente un instante antes de resbalar con dolorosa lentitud por su cara hasta caer en su regazo. Parecía algo propio de los dibujos animados. Se le escapó otra carcajada; el alivio de soltarla fue casi doloroso.

—Eso es violencia pura y dura contra los donuts —murmuró mientras recogía el bollo de su regazo y se lo metía entero en la boca.

Allison se cruzó de brazos.

—Pues deja de avergonzarme por haber bebido.

—Lo que ocurre es que creía que nuestros gustos mejoraban con la edad.

—¡Ay, por Dios! Yo no compré la Bud Light. Preparé unas sangrías increíbles y Sophie y sus amigos se las acabaron en dos minutos, así que no he tenido más remedio que beber cerveza barata.

—Yo me habría abstenido.

Allison ladeó la cabeza, despacio y de manera mordaz, o eso esperaba.

—Bueno, estaba cabreada con alguien y necesitaba ahogar la ira.

—¿Con Monty? —Colin señaló con la cabeza al cachorro dormido en el asiento trasero.

—No, con otro ocupante de este coche.

—No deberías albergar ira hacia ti misma... —Su mirada fulminante bastó para silenciarlo. Acto seguido exhaló un suspiró—. ¿Vas a dejarme hablar ahora?

Allison agitó las manos en el interior del coche.

—Tampoco me queda otra. —Se inclinó hacia delante, abrió a hurtadillas la caja de donuts y pilló uno recubierto de chocolate. Su estómago protestó, pero Allison le dio un buen mordisco y se lo tragó, ayudándose con un trago de la botella de agua (una de cinco) que Colin también había comprado. Él tenía razón. No podía presentarse borracha en el hospital.

Colin le lanzó una rápida mirada antes de centrar su atención en la carretera.

—Lamento que sintieras...

—No —Allison masticó el montón glaseado que llenaba sus mejillas.

Colin se quedó con la boca abierta.

—No he dicho una frase completa. ¿Cómo es que ya estás en desacuerdo?

—No te estás disculpando bien.

¿Quién iba a imaginar que Colin podía abrir aún más la boca? Le entraron ganas de meterle algo asqueroso en ella.

—¿Cómo puede alguien no disculparse bien?

Allison cruzó los brazos.

—Es súper pasivo-agresivo que te disculpes por lo que yo siento en vez de disculparte por lo que hiciste y que podría haber suscitado esos sentimientos.

Colin exhaló un suspiro bastante atribulado.

—Entendido.

—Inténtalo de nuevo.

Colin se humedeció los labios mientras meditaba sus palabras.

—Siento volver a competir contigo por algo que te importa mucho. —Se encogió de hombros; un gesto decaído, derrotado—. Aún estoy aprendiendo a tener en cuenta a los demás en mis decisiones.

Al ver que no añadía nada más durante un minuto entero, Allison le dio un golpecito en el brazo.

—Espero que no pienses que has terminado.

Reconocer que sus decisiones la afectaban apenas era un comienzo. Se chupó los dedos uno a uno, saboreando la ganache, y luego se metió el último trozo de donut en la boca. «Haz tu trabajo, donut —rezó—. Quítame la borrachera».

Colin apretó los dientes y los músculos de su cara se crisparon debido a la tensión.

—No lo creo. Es que... es complicado y no sé cómo explicarme sin revelar cosas de las que no estoy orgulloso.

Allison frunció los labios y se recostó en el asiento. Le costaba imaginar que tuviera algún secreto tan embarazoso, pero claro, ¿acaso no le había estado mintiendo sobre lo bien que iban sus clases de repaso? La rivalidad con un ex hacía que la gente actuara de forma extraña.

Lo peor que podía pasar con Colin Benjamin

1. No ha estado al día con la lectura.

2. Es peor traductor de inglés medieval de lo que ha dejado entrever.

3. Pagó en secreto su admisión en el programa, al estilo de las celebridades de Hollywood.

Colin se aclaró la garganta. No en plan estoy a punto de darte una paliza con mi paternalismo, sino con más nerviosismo, como un carraspeo a medias.

—En realidad... —Los nudillos se le pusieron blancos mientras apretaba el volante con las manos—. En realidad no me tomé dos años sabáticos.

—¿Qué quieres decir?

—Pasé una semana en Reino Unido el verano que me licencié, pero aparte de eso, volví a vivir con mi abuelo y a trabajar como empleado de correos en su antigua empresa.

—No hay nada malo en tomarse tiempo libre para trabajar. —Allison eligió sus palabras con cuidado. Incluso sin entender lo que él trataba de decirle, reconocía un campo minado cuando se metía en uno—. ¿Aplazaste las admisiones? ¿Por eso empiezas ahora en Claymore?

Su cuerpo se tensó.

—Ojalá.

Allison esperó a que continuara. Los interminables tramos de oscura autopista y los números blancos del reloj del coche marcaban los minutos: uno, dos, tres.

—Me encanta un buen misterio como al que más, pero ¿puedes dejar de ser tan enigmático? —farfulló al final.

Colin aflojaba y apretaba los dedos contra el volante.

—Tuve que tomarme dos años sabáticos porque no me aceptaron en ningún programa de doctorado. —Se estremeció con cada palabra, como si le dolieran físicamente.

Tal vez fuera así. A Allison no le cabía en la cabeza semejante destino. A ella la habían admitido en tres de los ocho programas que había solicitado y las estadísticas le parecieron desalentadoras.

La cabeza le daba vueltas. Había roto con ella (y había trastornado toda su vida) porque no quería estar atado cuando la suya empezara de verdad. Siempre supuso que había entrado en varios sitios y que por eso se había empeñado tanto en que ella no formara parte de la decisión.

—¿Sabías que no ibas a entrar en ningún lado cuando cortaste conmigo?

—Pensé que no íbamos a hablar del pasado.

—Colin. —Su nombre salió de sus labios como una esquirla de cristal. Aunque habían pasado más de dos años, su respuesta a esta pregunta era crucial. Necesitaba saber si se lo había arrebatado todo (el Rising Star, la confianza en sí misma, su relación) para nada.

—Sí.

¿Quién iba a imaginar que una palabra podría partir en dos a una persona? Allison se atragantó.

—¿Qué demonios pasaba? ¿Estabas cansado de mí y pensaste que decirme que no querías que lastrara tus planes de futuro sería menos doloroso?

—No. —Soltó una mano del volante el tiempo suficiente para restregarse la cara.

—Entonces, ¿qué?

—No podía... —Exhaló con fuerza—. No podía decirte que era un fracasado.

Ni en un millón de años habría esperado que dijera eso.

—No me habría importado.

—No se trataba de ti.

—Ahora estoy aún más confusa.

Sus largos dedos sacaron la taza de café del soporte y se la llevó a los labios. El amargo aroma llenó el coche mientras bebía. Allison trató de no estremecerse. Colin nunca le ponía suficiente leche o azúcar a su café. Si no sabía a helado caliente, no valía la pena beberlo.

Sus largas y rubias pestañas parpadearon con la ligereza de las alas de una polilla contra los cristales de sus gafas.

—¿Recuerdas cuando presentaste aquel trabajo en la conferencia de licenciatura de Brown?

Allison asintió.

A pesar de que había pasado las semanas anteriores al evento con el estómago revuelto ante la sola idea de levantarse a leer su trabajo delante de una gran multitud de desconocidos, fue esa conferencia lo que al final hizo que cristalizara su decisión de hacer un doctorado. Fue el primer momento en el que realmente se vio como una académica, y después de responder a un puñado de preguntas sobre su análisis del consentimiento en *Troilo y Criseida* con una destreza que no había pensado que poseía, descubrió que tenía hambre de más.

Colin estuvo allí, sentado en primera fila, con un tobillo apoyado en la rodilla para que se le vieran los calcetines (naranjas con gatos negros arqueando la espalda). Mientras ella leía, él asentía con la cabeza, como si fuera la primera vez que escuchaba esas ideas, y no la décima. Pero lo que más recordaba era la expresión de su cara. Radiante, como si nunca hubiera estado tan orgulloso de nadie en su vida. Cuando se reunió con él al terminar su debate, la estrechó en sus brazos y le susurró al oído: «Has estado brillante». Tenía la voz ronca como nunca antes la había oído. Por aquel entonces, le fascinaba tanto su inteligencia que le emocionó mucho oírle decir que era brillante. Pero fue más que eso. Fue como si de repente hubiera descubierto una faceta de sí misma que temía que jamás nadie notara.

Colin se rascó la nuca.

—Siempre supe que eras inteligente, capaz y decidida. Pero aquel día me di cuenta de que ibas a hacer esto que los dos queríamos. Sin la menor duda. Programa de doctorado, un puesto con posibilidad de permanencia, todo eso. Así que, cuando no entré en ningún lado..., cuando ese futuro parecía mucho más lejano para mí, yo..., simplemente..., no podía perder en todo.

Allison entrecerró los ojos.

—No era un concurso.

—¡Venga ya! Todo era un concurso entre nosotros por entonces. Él había tenido la culpa de eso, no ella.

—¿Por eso fuiste a por el Rising Star?

—Pensé que, si ganaba, alguna de las facultades lo reconsideraría. —Suspiró—. No lo hicieron.

—¿Tu tutor no te sugirió que te presentaras? —preguntó, a lo que Colin negó con la cabeza—. ¿Y ya te habían rechazado en todas partes? —Él asintió—. ¿Así que arruinaste mi duro trabajo y luego me rompiste el corazón para preservar tu ego? —La voz de Allison sonaba tan desanimada y agotada como se sentía.

Colin se estremeció y soltó una mano del volante para pasársela por la cara.

—Esa es la cuestión. Lo de romperte el corazón... Lo hice por ti.

Allison no pudo contener su grito estrangulado de asombro. Aquello era una auténtica acrobacia mental. Se cruzó de brazos.

—¿Rompiste conmigo por mí? No estoy muy segura de cómo funciona eso.

—Quería asegurarme de que ganabas.

Colin estaba hablando en código. Estaba tentada de sacarle la verdad a palos. O quizá solo quería sacudirle para dejar de sentir los aleteos que seguían invadiendo su corazón cada vez que se le quebraba la voz o que sus ojos se movían de forma tan errática como sus manos nerviosas solían hacerlo.

—¿El qué?

—Todo. Quería que lo tuvieras todo. —Sacudió la cabeza—. No, quería que lo consiguieras todo. Que lo lograras como debías. Como te merecías. Y tenía miedo... Tenía miedo de que no pudieras hacerlo si yo estaba ahí. Que tal vez mi fracaso fuera contagioso. No quería contagiarte.

A Allison se le cortó la respiración. ¿Todo este tiempo había tenido miedo de ser un lastre para ella? ¿Cómo era posible? No encajaba con todo lo que ella creía saber sobre Colin Benjamin. Con todo lo que creía saber de aquella tarde en la cafetería Christmas.

—Colin...

—Imaginaba que en el penúltimo año, ya libre de mí, libre de todo, podrías presentarte de nuevo al Rising Star y ganar de calle.

Allison cerró los puños en su regazo, pues la ira que sus anteriores palabras habían adormecido regresó.

—Sí, bueno, pues no lo hice.

La sorpresa, y algo más suave, se encendió en su mirada.

—¿Por qué?

—No lo hice y punto. —Perderle a él y la posterior ruptura la habían herido tanto como para no querer intentarlo, pero no podía decírselo. O, como mínimo, no quería.

Él pareció percibir su cautela.

—Si te sirve de ayuda, el año después de la graduación, me presenté a otras cuantas universidades. Y tampoco entré en ninguna. Ni siquiera en Brown.

—¡Guau! —Dos rondas de rechazos tuvieron que ser brutales.

—Sí. —Colin se encogió de hombros—. Cuando me puse en contacto con una de las facultades para que me dieran su opinión, la jefa del departamento dijo que mi solicitud era demasiado anticuada. Se parecía a cualquier otra solicitud de un tipo blanco, heterosexual y de clase media; mis palabras, no las suyas. Mis calificaciones y recomendaciones eran buenas, mi ensayo escrito y mi carta de presentación estaban bien, pero nada me hacía destacar. Y la narrativa de género se está convirtiendo en un campo demasiado popular hoy en día. —Se mordió el labio y tragó saliva, haciendo que su nuez se moviera de forma violenta. Los comentarios constructivos nunca eran fáciles, sobre todo cuando uno tenía mucha confianza en sí mismo. Y por aquel entonces, la de Colin llegaba a la luna. Debió de sentirse muy perdido.

Allison empezó a sentir compasión. Deseó poder ahuyentarla, pero se fue propagando como si fueran gusanos. Como la putrefacción. Como una infección que sabía que no tendría cura.

Colin se aclaró la garganta.

—Mi tía es prácticamente una celebridad en el mundo de las admisiones universitarias y se ofreció a hacer valer su influencia para que anularan uno de esos rechazos...

Allison hizo una mueca.

—Hola, privilegio de los blancos.

—Exacto. Le dije que no. Si no podía entrar por mi cuenta, ¿qué sentido tenía? No significaba nada. Pero estaba claro que tenía que hacer algo diferente porque mi solicitud no me hacía destacar. Tuve que volver a imaginarme como estudiante. Empezar de cero. Y esa certeza hizo que durante mucho tiempo careciera de rumbo. Por suerte, la casa del abuelo está llena de libros. —Una chispa brilló bajo la tensión de su rostro.

—Es carpintero de profesión, pero historiador de corazón. Su casa es básicamente una biblioteca. Está repleta de estanterías de caoba que él mismo construyó. Y todas están a rebosar de libros de tapa dura. El abuelo no es partidario de la tapa blanda.

—Un hombre sabio, sin duda —bromeó Allison.

—Y hay globos terráqueos y mapas por todas partes y reproducciones de artefactos históricos. Hasta tiene una armadura.

El corazón medievalista de Allison dio un vuelco. Su sueño era tener algún día una de esas, escondida en un rincón de su despacho. Le pondría un nombre absurdamente mundano como Steve o Ethel.

—Se llama Ned. —Colin esbozó una sonrisa.

¡Maldita sea! Era perfecto.

—¿Es Ned lo que suscitó esta repentina pasión por la literatura medieval?

La respiración entrecortada de Colin sugirió que había captado su sarcasmo.

—El primer texto que pillé de sus estanterías fue *Brut* de Layamon. El abuelo me encontró un día absorto en él y sacó *La historia de los reyes de Britania*, de Geoffrey de Monmouth, e insistió en que empezara por ahí... Cuanto más leía, más tiempo pasábamos hablando. Lo que más le gustaba eran las partes sobre el rey Arturo. Le fascinaba que este célebre personaje de ficción pudiera haber tenido un equivalente en la vida real. Así que le introduje a él y a mí en todos esos romances artúricos de los que solías hablar. ¿Recuerdas que ibas a esa clase?

Allison asintió.

—El rey Arturo en la ficción y en el cine. —Ese curso fue el culpable de que se enamorara de todas las cosas de caballería—. Y yo recuerdo que tú lo despreciabas sin cesar como los banales orígenes de las obras maestras de Tolkien. Lo cual, para que conste, ni siquiera es exacto, ya que Tolkien...

—Estudió inglés antiguo, no literatura medieval, lo sé. —Colin se frotó la barba incipiente de la mandíbula—. Siento no haber confiado más en ti entonces. —Le recorrió el rostro con los ojos—.

Ahora lo entiendo —dijo suavemente—. El abuelo leyó a Malory al menos cuatro veces. Todas las discusiones que tuvimos me hicieron pensar: «Espera, quizá este sea mi campo». Gracias a él ya había pasado bastantes horas pensando en literatura medieval, y me pareció bien estudiar algo que era importante para las personas que me importaban a mí. —Se le crispó un músculo de la mandíbula.

A Allison se le encogió el estómago como si hubieran subido la pendiente más alta de una montaña rusa.

—¿Personas?

—El abuelo, por supuesto, pero tú también. —Colin susurró las palabras al parabrisas—. No mentía al decir que me inspiraste.

—De acuerdo. —Con el corazón aporreándole el pecho y ahogando sus pensamientos, fue lo único que a Allison se le ocurrió decir.

Colin sacudió la cabeza como si quisiera despejarla. Fijó la mirada con más atención en la carretera.

—Escribí un ensayo de quince páginas sobre la interpretación de Arturo por Malory, y elaboré una nueva declaración de intenciones. Y volví a intentarlo. —Sus manos estrangularon el volante—. Una vez más, todo rechazos...

—Excepto Claymore.

—Excepto Claymore. —Su garganta tembló al tragar saliva. Parecía tan difícil que resultaba doloroso—. Por una vez, alguien en el comité de graduación vio algo en mí.

Se pasó los dedos por el pelo. Hacía tiempo que había desaparecido la cantidad de gomina que se ponía cada día y el cabello le caía en suaves mechones alrededor de los ojos y las orejas. Allison tuvo que sentarse sobre sus manos para evitar retirárselo de la cara. Para no perderse en su sedosa textura.

Malditos fueran su pelo, sus brazos y su perpetua necesidad de apoyarse en las cosas. Era como si Allison estuviera condenada a verse siempre atraída hacia ellos.

—Así que, ¿has estado intentando demostrar tu valía todo este tiempo?

—Es posible. Es decir, yo no soy realmente un medievalista, ¿verdad? No como lo eres tú. Y es lo que hay. Esta es la única facultad que me quería. Por eso no puedo rechazar esta tutoría. Ni el viaje de investigación. Esta es mi única oportunidad.

No tuvo que explicar lo que quería decir. Siempre había comprendido bien la necesidad de Colin de demostrar a su madre y a su abuelo que sus sacrificios por él habían merecido la pena. Era igual que su deseo de demostrarle a Jed que no había necesitado nada de lo que él no estaba dispuesto a sacrificar.

Eran iguales, en eso y en muchas otras cosas.

Otro ataque de pánico le atenazó el corazón al pensar en Jed y apoyó la cabeza contra el asiento. Estaba demasiado cansada para enfadarse con Colin y preocuparse por su padre. Bajó un poco la ventanilla y dejó que el aire fresco refrescara sus sentimientos al tiempo que le secaba el sudor de las sienes.

Colin le había contado algo aterrador, algo que Allison se habría resistido a confesar ante cualquiera si le hubiera ocurrido a ella. Nunca antes se había mostrado tan vulnerable ante ella. Quizá debería hacer lo mismo. Confesar sus mentiras sobre lo bien que le estaba yendo como docente y liberar esa carga de su pecho.

Pero entonces él carraspeó. Su claro toque de condescendencia hizo que se le erizara el vello de la nuca y borró de su mente toda idea de hacer una confesión.

—¿Sabes? Todavía pienso en tu interpretación de ese pasaje de *El cuento del caballero*. Creo que lo estás interpretando mal.

Al parecer estaban volviendo a un terreno familiar en el que Colin discrepaba de cada palabra que ella decía.

Allison puso los ojos en blanco.

—Sí, ya me he dado cuenta de eso.

Colin apretó los labios mientras la palma de su mano izquierda recorría la curva del volante con agitación.

—Creo que hay ahí algo más complejo. Creo que el caballero, o Chaucer, está explorando, o incluso celebrando, el caos del amor, no criticándolo. El amor es confuso e imprevisible, va y viene. Puedes pensar que lo has superado y de repente, ¡zas!, tu mundo se vuelve del revés. El cielo es el infierno y el infierno el cielo. El paraíso es una prisión y viceversa...

Su voz era demasiado seria, su rostro demasiado ojeroso y tenso. El corazón de Allison latía desbocado en su pecho. Pero estaba demasiado agotada y tenían demasiada noche por delante como para intentar descifrar lo que significaba todo aquello.

—Tal vez tengas razón —admitió.

—¿Sí?

Apoyó el codo en el reposabrazos y su brazo rozó el de él.

—La literatura medieval se te da mejor de lo que crees, Colin. Así que, ¿tendrías la bondad de dejar de utilizarme para demostrártelo a ti mismo?

Colin levantó un dedo meñique, sin apartar los ojos de la carretera.

—Te lo prometo.

Ella enganchó su dedo con el de él.

Ninguno de los dos se soltó.

Capítulo 19

El silencio se apoderó del vehículo a medida que el reloj se acercaba a la medianoche.

Allison y Colin habían charlado de cosas triviales durante un rato, pero ahora ambos veían pasar la oscuridad. De fondo sonaba una lista de reproducción de melodías de musicales.

Allison se miró las manos. Sus meñiques seguían entrelazados. No tenía ni idea de lo que significaba, pero sabía que no quería soltarse. En cierto modo, la mano de Colin era lo único que la sostenía en ese momento.

Le apretó el dedo un poco más. En menos de una hora estaría en el hospital. ¿Qué se suponía que debía hacer? ¿Qué iba a decir? Por supuesto, no había dudado en acudir cuando su madre le contó lo sucedido, pero sus sentimientos hacia Jed no habían cambiado. Era un pésimo padre y se había portado de un modo deplorable con ella durante demasiado tiempo. Ya no lo quería en su vida. Pero tampoco deseaba su muerte.

Era una situación imposible. Tal vez por eso Allison se sorprendió cambiando la posición de su mano para que no solo su dedo meñique, sino todos, se entrelazaran con los de Colin. Su piel siempre estaba fría, pero de algún modo le infundió calor cuando sus palmas se juntaron.

Le vio mover la cabeza hacia ella a causa de la sorpresa, pero no apartó la vista de la carretera.

—¿Estás bien? —preguntó en voz baja.

—Creo que los donuts y el agua me han venido bien.

—No me refería físicamente.

Allison exhaló, dejando que el aire silbara entre sus dientes.

—No, no estoy bien.

—¿Quieres hablar de ello? —Le dio un apretón en la mano.

—No sé qué decir.

—No pienses. Limítate a soltar lo que tengas en la cabeza. Eso es lo que mi terapeuta me hace hacer cuando me desbordan las emociones.

—¿Vas a un loquero? —Como de costumbre, las palabras tenían más control sobre su boca que ella.

Colin resopló.

—Jack diría que no tiene la titulación adecuada para que le llamen «psiquiatra» con todas las de la ley, pero sí. Empecé a ir este verano después de que la demencia del abuelo empeorara lo suficiente como para que tuviéramos que trasladarlo a un centro.

—¿Demencia? —¿Era a eso a lo que se refería al decir que su abuelo estaba envejeciendo? Se le encogió el corazón—. Lo siento mucho.

Colin esbozó una sonrisa triste.

—Le diagnosticaron la enfermedad hace años, pero durante mucho tiempo fue leve. A veces no se le ocurría la palabra adecuada para algo o se olvidaba de lo que había hecho hacía una hora, cosas así. El primer año que viví con él después de la graduación no estaba tan mal. Tenía que vigilarle más por la noche porque la confusión solía aparecer después de cenar. Lo llaman «el síndrome del ocaso». —Resopló y parpadeó con fuerza—. Pero las cosas empeoraron deprisa el invierno pasado. Entonces supimos que ya no podía vivir en casa. —Allison apoyó la mano libre sobre los nudillos de Colin. El gesto parecía más útil que cualquier palabra que se le pudiera ocurrir—. No siempre sabe quién soy. Pero nunca olvida los libros. Cada vez que voy a verle dice al menos una cosa lúcida sobre la época medieval. —Una pequeña sonrisa se dibujó en la boca de Colin—. Las enfermeras dicen que las visitas ayudan, así que mi tía, mi madre y yo procuramos que uno de nosotros vaya a verle todos los días.

Allison le apretó con fuerza.

—Estoy segura de que hasta en los días malos, en algún lugar dentro de él, sabe que estás ahí.

—Tal vez. La demencia puede corroer a una persona hasta que no queda nada de ella. —Colin movió la boca, arriba y abajo, como si le doliera a causa de la tensión. O tal vez por las palabras que salieron de su boca a continuación—. A veces me pregunto si lo hago más por mí que por él.

—¿Qué quieres decir?

Colin parpadeó mientras miraba la carretera. Le brillaban un poco los ojos detrás de sus gafas y utilizó su rodilla para sujetar el volante durante un breve instante mientras se los restregaba con los nudillos. Allison aflojó la mano por si acaso él quería soltarla, pero Colin la asió con más fuerza y colocó sus manos entrelazadas sobre su regazo como si quisiera protegerlas.

—Por los remordimientos, ya sabes. De ese modo, cuando ya no esté, podré sentirme mejor sabiendo que fui a verlo, aunque no hiciera nada por él.

Las palabras atravesaron a Allison. Eran demasiado reales. Demasiado ciertas. Era igual que oír hablar en tu lengua materna en medio de un mar de palabras en otro idioma.

¿De eso trataba este viaje también para ella? ¿Estaba tratando de apaciguar su propia conciencia? Porque no ir a ver a su padre cuando estaba tan enfermo sería algo horrible. ¿O no? Desde luego su madre sí lo pensaría. Y Allison no quería que pensaran eso de ella. Tampoco quería sentirse así consigo misma.

¿Acaso no era egoísmo puro y duro?

—Lo entiendo. Demasiado bien.

Consideró durante un instante si hacer que Colin diera la vuelta al coche. Pero contuvo las ganas. Era tarde y los dos estaban agotados. Le parecía injusto que hubiera recorrido todo ese camino para nada.

Se alisó el dobladillo del vestido contra las rodillas. Debería haberse cambiado antes de salir. O haber recogido algunas cosas. A saber qué ropa rechazada le esperaba en casa de su madre.

—¿De veras? —Colin le deslizó el pulgar por la palma con tanta delicadeza que hizo que su cuerpo vibrara.

—Es muy probable que esa sea la razón exacta de que estemos en este coche en este momento. El sentimiento de culpa. Porque no quiero ser esa persona que no va a visitar a su padre enfermo. —Allison apoyó la cabeza en el reposacabezas—. Pero, si te soy sincera, no se lo merece. No se merece que abandone mi propia fiesta, que haga un viaje de cuatro horas en plena noche para estar a su lado ni que tenga que pedirle a mi amigo que me lleve porque he bebido demasiado en dicha fiesta...

—¿Tu amigo? —repuso como un graznido. Como si fuera la última palabra que esperaba oír de sus labios.

Allison miró sus manos, todavía entrelazadas en su regazo.

—¿No somos amigos?

—Espero que sí. Él le brindó una pequeña sonrisa para animarla a continuar.

—Hace unas semanas, le envié un correo electrónico a mi padre y le dije que no lo quería en mi vida en este momento.

—Vaya. Eso es muy fuerte.

—Sí. Y mis sentimientos al respecto no han cambiado.

Colin se mordió el labio inferior durante un momento.

—Recuerdo que cuando estábamos en Brown me contaste que él era bastante malo.

Allison asintió.

—Cuando se fue de casa, desapareció de mi vida. De vez en cuando llamaba, mandaba un correo electrónico o hacía una visita esporádica en vacaciones, y todas las veces hacía algo molesto. En el último correo electrónico que recibí de él decía que necesitaba saber si pensaba ir en Acción de Gracias para poder hacer las compras adecuadamente, ya que..., y cito: «Sabemos que tienes buen apetito».

—¿Me tomas el pelo? —El coche dio un pequeño volantazo.

Allison se agarró al reposabrazos.

—No. Eso fue lo que motivó mi decisión de apartarlo de mi vida. Me gusta quién soy, me gusta mi aspecto y no necesito esa mierda. A mi madre no le ha hecho mucha gracia, que es de lo que iba la llamada del otro día en la biblioteca. —Colin movió la cabeza mientras ataba cabos—. Me echó toda la culpa a mí. Así que ¿es por eso por lo que he salido pitando esta noche? ¿Para hacerla feliz? ¿Para que desaparezcan los remordimientos? Por supuesto que no quiero que muera, pero tampoco lo quiero en mi vida, con o sin infarto, así que ¿qué estoy haciendo?

El apretón de la mano de Colin la reconfortó como un abrazo. Allison tuvo ganas de acurrucarse en sus brazos.

—Lo estás haciendo lo mejor que puedes.

—Supongo que sí. —Allison cerró los ojos, deseando con todas sus fuerzas que su mente se vaciara.

Ojalá existiera un botón de avance rápido para la vida, para que pudiera pasar los próximos días y todas sus incógnitas a toda velocidad. ¿Viviría Jed? ¿Qué le diría cuando despertara? ¿Estaría muy enfadada su madre? ¿De qué forma reaccionaría ella misma? ¿Qué cambiaría todo esto, en caso de que algo cambiara? Ahora mismo, su vida parecía un episodio de una serie de televisión que odias pero que tienes que soportar para disfrutar de los mejores.

O, mejor aún, esas primeras páginas de *La comunidad del anillo* que repasan el linaje hobbit hasta la saciedad.

Pero pasar rápido por esto era vivir a toda velocidad lo que fuera que estuviera pasando en el coche de Colin. Significaría borrar el cosquilleo que le recorría la piel cada vez que él movía los dedos contra los suyos. No sentiría los vuelcos que el corazón le daba con cada una de sus miradas furtivas. Se perdería el débil temblor de la mano de Colin temblar contra la suya.

Allison quería todo eso. No solo experimentarlo, sino también saborearlo. Deseaba sumergirse en esos sentimientos como si fueran una piscina de oro.

Aunque hacía unas horas él habría sido su última opción, se alegraba de que fuera Colin quien la llevara a Maine. No solo porque era lo correcto o porque no era un monstruo, como había afirmado. Allison quería que fuera él porque algo había persistido entre ellos. Algo que una mala ruptura y dos años de silencio no habían podido borrar. Algo de lo que Allison no había podido deshacerse en todo este tiempo, a pesar de lo mucho que lo había intentado.

Perdida en una niebla de dolor y de miedo, ya no tenía fuerzas para mentirse a sí misma.

Colin Benjamin no era su némesis. No era su rival. Ni siquiera era su amigo.

Era algo más.

O las Bud Light no habían salido del todo de su organismo o estaba más agotada a nivel emocional de lo que pensaba, porque parecía que habían transcurrido solo unos segundos desde que se quedó frita cuando cerró los ojos para pensar, hasta que Colin le dio un suave golpecito en el codo (aunque resultó que habían pasado unos cuarenta minutos).

Cuando Allison despertó se encontró con la casa de su infancia ante sus ojos. La puerta azul aciano brillaba como un faro bajo la lámpara exterior incluso en medio de la oscuridad.

Todo en la casa era grande, pero estaba envejecido. El agua del mar que azotaba la costa a unas manzanas de distancia había descolorido las tejas de madera natural hasta volverlas grises y la amplia terraza blanca en la que Allison se sentaba a leer todo el verano desde que salía el sol hasta que los mosquitos pululaban al anochecer estaba desconchada y torcida.

Se le alegró el corazón. Su casa era una grata visión, familiar y desgastada, ese lugar en el que siempre estaría a salvo.

A Colin le costó tres bromas sobre su forma de dormir (al parecer sonaba como un zombi con el tabique desviado) y tres intentos de atar la correa de Monty mientras se revolcaba perezosamente sobre su espalda, antes de que consiguieran meterlo en casa. Después de instalar al cachorro en la antigua habitación de Allison y de ver cómo estaba Cleo, recorrieron los últimos kilómetros hasta el hospital.

Ahora estaban sentados en el Honda frente a la entrada de visitantes de Northern Light, con el motor al ralentí en medio de la ventosa y fría noche.

Aunque debería estar pensando solo en acudir con rapidez al lado de Jed, un millón de pensamientos le nublaban la mente. Por ejemplo, de qué manera se las arreglaba Colin para seguir teniendo tan buen aspecto a pesar de la cara de sueño y de no llevar gomina. Las potentes luces de seguridad junto a las puertas de la entrada realzaban su anguloso rostro y hacía que sus pómulos y su mandíbula parecieran tallados en pálida piedra pulida. Las pecas, de las que se había olvidado, salpicaban su frente y se deslizaban por debajo de las gafas colocadas en su recta nariz. Si bien a veces su cuerpo parecía huesudo y desmañado, la luz de la luna y la oscuridad (y sin duda las hormonas y el persistente pedo de Allison) lo pintaban elegante y refinado, como una estoica figura élfica que salía de un bosque de fantasía para habitar el coche.

Había tantas cosas que debería decirle. Por ejemplo, «Gracias por traerme», «Te agradezco que hagas esto por mí» o «¿Estás bien para volver a Providence?».

Pero lo único en lo que podía pensar era en él con su abuelo (se los imaginaba vestidos con enormes chaquetas de punto debajo de sendos batines, sentados junto a una chimenea encendida, con pantuflas de raso cubriendo sus pies mientras Ned, la armadura de caballero, montaba guardia como un centinela) discutiendo sobre sus textos favoritos. Su corazón perdía el rumbo todas las veces. Latía desbocado.

Le miró en silencio mientras se preguntaba qué haría que él volviera a asirle la mano. Como si su silencio pudiera mantenerlos congelados ahí e impedir que el tiempo avanzara.

Colin rompió el hechizo.

—¿Quieres que vaya contigo?

El Colin Benjamin que una vez conoció jamás le habría hecho semejante ofrecimiento y estuvo a punto de aceptar. Pero en lugar de eso, negó con la cabeza.

—Estaré bien. Mi madre está aquí. —Se retorció las manos en el regazo para dejar de pensar en tomar las suyas. Colin tenía que irse a casa y volver a su vida y ella necesitaba espacio para recordar por qué él era un grano en el culo, no una rosa en su mano. Dejar de negar sus sentimientos hacia él no cambiaba el hecho de que seguía siendo una amenaza para el puesto de adjunto de Wendy y la plaza en su viaje de investigación.

—¿Quieres que te espere? ¿Que te lleve a casa?

—Colin —Allison le sostuvo la mirada—, ya has hecho bastante. Te lo agradezco. Vete a casa. O puedes quedarte en casa de mi madre si estás muy cansado. —Empezó a buscar las llaves en el bolsillo.

Colin negó con la cabeza.

—Estoy bien. —Puso la mano sobre la de ella para frenar sus movimientos—. Pero quiero asegurarme de que tú también lo estás.

«No lo estoy», pensó Allison.

—Lo estoy —dijo en voz alta.

Él alcanzó el móvil de Allison del salpicadero.

—Tienes mi número, ¿verdad? ¿No lo has borrado?

—Lo tengo.

—¿Estás segura? No lo veo. —Su dedo se desplazó por la pantalla.

Allison tenía que poner un código de seguridad en ese trasto.

—Prueba con... Número desconocido. —Sintió que le ardían las mejillas en medio del frío aire nocturno.

Colin siguió buscando con el ceño fruncido y luego se detuvo de golpe. Y soltó una de esas risas tan poco atractivas.

Allison se encogió de hombros.

—Puedes cambiarlo si quieres.

—De eso nada. —Él le brindó una amplia sonrisa, con cierto aire travieso. Su picardía le provocó cosas inconfesables en su interior—. Esto es mucho mejor. Aunque suene irónico, el anonimato es más personal.

—Dame eso. —Se dispuso a arrebatarle el teléfono, pero en lugar de eso le asió la mano y la funda de silicona quedó atrapada entre sus palmas como si fuera una carabina.

Este contacto era diferente al anterior. Su piel desprendía una inesperada tibieza, como si sus dedos y sus nudillos se sonrojaran, y su pulso palpitaba en el interior de la muñeca, contra el pulgar de Allison. Todo su cuerpo palpitaba al mismo tiempo.

Los dos empezaron a acercarse, a prepararse como siempre, pero la energía que había entre ellos estaba impregnada de algo nuevo. Menos punzante y más... desenfrenado; el cálido aliento de Colin en sus frías mejillas, su largo cabello esparcido sobre la piel de su antebrazo.

Allison tenía que salir del coche, quitarle el teléfono o al menos apoyarse en el respaldo del asiento, pero Colin era como un rayo láser sacado de uno de esos viejos libros de ciencia ficción, y ella estaba atrapada por él, incapaz de moverse, de pensar, de hacer nada excepto quedarse así de cerca.

Sus ojos color avellana le recorrieron el rostro, tan perspicaces como siempre, catalogando cada parpadeo, cada movimiento, cada profunda respiración. Olía a cerveza añeja, tenía ojeras y se percibía un tufo a donut rancio en su aliento, pero nada de eso impidió que sacase la lengua para humedecerse los labios.

Estaban sentados a las puertas de un hospital. Jed estaba allí, inconsciente, mientras el corazón le fallaba. Su madre la estaba esperando. Sin embargo, ella estaba muy interesada en la boca de Colin. Era una mala persona. Tal vez él fuera su castigo por ser la peor hija en el momento más inoportuno.

Tras un ingente esfuerzo mental y físico, le quitó el teléfono de las manos y abrió la puerta del coche. El aire gélido fue un bálsamo para su acalorada piel.

—Debo irme. Gracias de nuevo. —Lo decía en serio, aunque eso era todo lo que podía darle.

Colin dijo su nombre antes de que se apeara del vehículo. Su dulce y ronca voz se entrecortó, como si pronunciara un conjuro o una palabra sagrada. Nadie más lo decía así, transformando tres sílabas en algo digno de admiración. En algo especial.

Como si ella fuera algo especial.

Todo su ser vibraba.

Para tratarse de alguien que a menudo le costaba actuar sin tener en cuenta (y planificar) los peores escenarios posibles, también podía ser extrañamente impulsiva.

Lo que explicaba por qué en lugar de salir del coche, de llamar a su madre para avisarle de que había llegado, en vez de despedirse, de aclararse la garganta y tener cualquier tipo de respuesta mundana y racional, ahuecó la mano sobre la mejilla de Colin. Su barba incipiente le rozó la palma cuando él giró la cara hacia ella para darle un ligero beso en la piel.

—¿Colin? —Su voz se había tornado ronca y sentía que tenía la garganta llena de papel de lija.

¿De verdad estaba haciendo esto? ¿Ahí mismo? ¿En ese preciso momento? ¿Con su padre en el hospital y su madre esperándola? ¿Con todo lo que ya sabía sobre Colin Benjamin y su tendencia a partirle el corazón? ¿Y si esta vez no sobrevivía? ¿Y si eso arruinaba todos los planes que tenía?

Colin tomó su mano entre las suyas y expuso con suavidad el interior de su muñeca. A continuación acercó la cabeza. Allison se estremeció cuando sus labios rozaron la pequeña cicatriz en forma de medialuna que tenía junto a las venas. Su boca era tan suave, tan ligera sobre ese sensible retazo de piel, que resultaba difícil estar segura de que era real.

Cuando levantó la cabeza para mirarla, sus ojos eran puro fuego. También encendió algo en ella.

Se abalanzaron el uno sobre el otro.

Habían pasado más de dos años desde la última vez que besó a Colin y cada uno de esos momentos estaba empañado por la forma en que habían terminado las cosas entre ellos. Sin embargo, esperaba que este primer beso le resultara familiar. Como un viejo libro que hacía tiempo que no leía y cuya historia volvía al leer de nuevo.

En cambio, su beso tenía la energía de algo nuevo y sorprendente, y un poco prohibido. La boca de Colin se movía sobre la de ella hambrienta y apremiante a la vez que enredaba las manos en sus suaves rizos. Allison le agarró del cuello de la camiseta. Ojalá se arrimara más, ojalá se apretara contra ella. Sabía a donut glaseado y olía a café y a gomina, y era como besar a un desconocido con el que Allison llevaba soñando demasiado tiempo.

Se apartó con la respiración entrecortada. Su corazón latía con fuerza. Sus pulmones pedían aire.

La boca de Colin se movió en silencio durante un momento antes de que su nombre saliera de sus labios.

—Tengo que irme —respondió.

Luego se bajó deprisa del coche y cerró de un portazo antes de que pudiera añadir otro error a los muchos que había cometido esa noche.

Capítulo 20

A Allison los hospitales ya le parecían inquietantes de día. En mitad de la noche, rozaban lo espeluznante.

Un escalofrío le recorrió la espalda mientras avanzaba por los asépticos pasillos vacíos hacia la UCI. Las enfermeras sonreían de forma pesimista detrás de las mascarillas quirúrgicas a su paso y estuvo a punto de meter la mano en el bolso para pillar la suya por costumbre. (Desde la pandemia, todas las personas que conocía llevaban una consigo por si acaso, como una cicatriz rezagada de aquellos horribles años.)

Al llegar a las esterilizadas puertas blancas de la unidad de cuidados intensivos, Allison dijo su nombre por el altavoz y esperó a que la dejaran entrar.

Sonó un zumbido como el de su lavadora secadora de Providence y las puertas se abrieron. Dentro, las intensas luces del pasillo brillaban como focos el blanco puesto cuadrado de enfermeras situado en el centro de la estancia. Tras las puertas correderas de cristal que recorrían los márgenes se ocultaban habitaciones oscuras con portapapeles y letras blancas. Las máquinas emitían pitidos desde todos los rincones, como una sinfonía electrónica, y cuando las puertas se cerraron a su espalda, sonó una alarma en una habitación cercana. Se apartó de un salto cuando una enfermera con cara seria se acercó corriendo.

La mujer rubia de treinta y tantos años sentada detrás del mostrador levantó la vista con ojos cansados.

—¿A quién busca?

—A mi padre.

La mujer apretó los labios, pero su voz permaneció tranquila.

—¿Nombre?

—Allison.

Un sonoro suspiro salió de los labios de la mujer, que se levantó con los ojos cerrados.

—El nombre de tu padre, cariño.

A Allison le temblaban las manos y agarró la correa del bolso para tranquilizarse. Se sentía insignificante e infantil bajo la severa mirada de aquella mujer, como una niña de cinco años perdida en un lugar en el que no debía estar.

—Jed. Jed Avery —balbuceó.

La enfermera sonrió.

—Eres la hija de Cassandra. Debería haberlo sabido. Podríais ser gemelas. —Allison compuso una mueca vagamente cordial—. Segunda puerta a la derecha.

Allison le dio las gracias y avanzó con paso titubeante. De repente deseó que la enfermera hubiera estado más interesada en hablar. Cualquier cosa con tal de conseguir más tiempo para decidir la forma de abordar lo que viniera a continuación.

Pero después de cinco lentos pasos, estaba de pie frente a la puerta de cristal. A través de su gruesa cortina color crema, vio una forma postrada en la cama y la silueta de alguien en una silla junto a ella, que solo podía ser la de su madre.

El cristal se abrió de golpe al captar su presencia y Allison se obligó a avanzar.

Aunque de estatura y peso medios, Jed y sus gratuitas opiniones siempre habían ocupado tanto espacio en la vida de Allison que parecía mucho más grande. Pero en aquella cama de hospital, con sus sábanas blancas y su almohada plana, con monitores flanqueándole los hombros y cables por encima y por debajo de las sábanas, la cara pálida y con un tubo respiratorio en su laxa boca, parecía indefenso. Decrépito. Débil. Incapaz de causar el sufrimiento que había infligido a Allison a lo largo de los años.

Un gemido escapó de su boca.

Su madre sostenía una de las manos de Jed entre las suyas, con la cabeza agachada sobre sus dedos. Al oír el desdichado sonido que hizo Allison, su mirada se desvió hacia su hija.

—Estás aquí. —Depositó la mano de Jed sobre la sábana con suavidad, como si aquel hombre, que había sido tan cruel con ambas, de repente estuviera forjado de un cristal fino y frágil. Allison reprimió las ganas de arrojarle algo y verlo romperse en pedazos.

Por enésima vez desde que había subido al coche de Colin, se preguntó qué hacía ahí.

Su madre la abrazó y apretó la cabeza de su hija contra su hombro.

—Me alegro de que hayas venido, aunque huelas como si hubieras estado nadando en un barril —susurró.

¿Cuántas duchas y litros de colonia iba a necesitar para eliminar de su piel la vergüenza de esas Bud Light?

—Estábamos celebrando una fiesta.

Su madre la mantuvo a distancia.

—No habrás venido conduciendo hasta aquí, ¿verdad?

—Me han traído.

—Claro. Claro. —Le puso el brazo alrededor del hombro. Le acarició con la mano libre algunos de los aplastados rizos—. Siempre has sido una chica lista.

Si en el puesto de enfermeras se había sentido insignificante e infantil de forma equivocada, ahora parecía lo correcto. Rodeada por los brazos de su madre, no pasaba nada por tener miedo. Por no saber qué hacer, de qué forma sentirse ni qué iba a pasar. Su madre se ocuparía de todo eso. Siempre lo hacía, sin importar la edad de Allison. Nadie era adulto de verdad cuando su madre estaba cerca.

Allison desvió la mirada hacia la cama de su padre.

—¿Cómo está...? Quiero decir, ¿qué ocurre?

—Estaba despierto hace un rato, pero su ritmo cardíaco era extremadamente alto. —Su madre señaló con la cabeza un monitor situado sobre el lado izquierdo de la cama—. Le han dormido mientras intentan estabilizar su ritmo.

Los números verdes del monitor parpadeaban: «140, 142, 139».

—¿Cuál se supone que tiene que ser su ritmo cardíaco? —Parecía una de esas cosas que Allison debía saber ahora que ya no era una niña, como la tensión arterial normal, su grupo sanguíneo o qué hacer cuando uno de tus padres estaba enfermo.

—Entre sesenta y cien en reposo. Tenía casi doscientos cuando lo trajeron.

—¡Oh, Dios mío!

Su madre le besó la sien.

—Lo sé.

—Entonces, ¿está mejor? —Señaló el monitor. «142, 141, 141, 140, 142».

—Mejor, sí, pero aún no está bien.

«142, 143, 140».

—¿Qué están haciendo para solucionarlo? —A Allison le sorprendió la ferocidad de su propia pregunta. No pensó que le importara lo suficiente como para querer saberlo. Enfermo o no, Jed seguía siendo Jed. Pero, de pie ante él, viendo a una máquina controlar sus irregulares latidos mientras otra monitorizaba sus niveles de oxígeno y unas agujas le inyectaban medicamentos y fluidos en las venas, descubrió que estaba desesperada por conocer los detalles.

—Han probado con algunos medicamentos. Mañana puede que tengan que darle una descarga para que recupere el ritmo...

—¿Como hacen con esas palas en los programas de televisión?

Su madre asintió.

Allison se llevó la mano a la boca.

—¡Oh, Dios mío!

—Es más rutinario de lo que parece. —Estrechó a Allison con más fuerza.

—¿Y si eso no funciona?

—Hay cosas más invasivas que pueden probar.

Esa palabra dio vueltas por su cerebro. Invasivas. Agresivas. Peligrosas. ¿Y si tenían que abrirle? ¿Cómo iba a manejar eso en este extraño purgatorio emocional en el que la habían metido? ¿Dónde estaba Virgilio para guiarla?

—¡Oh, cariño! —Su madre la apretó más contra sí—. No hay nada que podamos hacer en este momento excepto estar aquí. El doctor Friedman parece optimista respecto a que las descargas funcionen.

—¿Y hasta entonces?

Su madre le alborotó el pelo y le enderezó los hombros del vestido.

—Hasta entonces, te dejaré con tu padre un momento y luego te llevaremos a casa. Pareces agotada.

—Acabo de llegar.

—Y estarás cerca si te necesita. Pero no hay mucho que hacer casi a las dos de la madrugada mientras está inconsciente.

Después de darle un último beso en la sien, su madre se escabulló de la habitación y abandonó a su hija a un silencio solo roto por el zumbido constante de las máquinas.

Los ojos de Allison se desviaron hacia su padre y a los cables y tubos que recorrían su cuerpo. Unido a alguien a quien conocía, el equipo parecía de algún modo extraño y amenazador. Los dedos le cosquilleaban de ganas de arrancar los cables y romper los monitores.

En lugar de eso, se mantuvo totalmente inmóvil. Se negó a pestañear y dejó que su mente trazara un mapa de su padre en aquella cama, siendo testigo de su enfermedad. Preparándose para cualquier cosa que fuera a ocurrir. Aunque su lengua estaba cargada de palabras, ninguna de ellas estaba destinada a ser susurrada en la oscuridad. Eran palabras para gargantas en carne viva, para que las lágrimas las embarullaran. Exigían que las escucharan, que las aceptaran, que las tuvieran en cuenta. Cuando por fin hablara, Jed estaría plenamente consciente.

Por eso, cuando su madre regresó diez minutos después, Allison aún no había dicho nada.

—Prométeme que dormirás cuando llegues a casa —le dijo su madre, dándole una palmadita en la mano que estaba enganchada en el pliegue de su codo.

Ahora que la expectación por ver a Jed había pasado, el cansancio se había abatido sobre ella.

—Es una promesa que puedo cumplir —murmuró entre bostezos.

Salieron del ascensor a la planta principal, caminando a la par, igual que siempre habían sido sus vidas. Aunque hacía casi cinco años que Allison no vivía en casa, seguían siendo un equipo, una unidad; las dos estaban unidas para siempre.

El pasillo que conducía al vestíbulo estaba oscuro y vacío y el eco de sus pasos resonaba en el silencio.

—Después de dejarte, me vuelvo aquí. Te llamaré si hay algún cambio, pero su ritmo cardíaco está disminuyendo lo suficiente como para pensar que la gravedad de su estado ha dejado de ser crítica.

Allison asintió. El alivio, el pesar y la apatía habían formado un doloroso nudo en su pecho. Su madre esperaría que volviera al hospital dentro de unas horas y también el domingo y el lunes, haciendo de hija obediente. Pero si Jed iba a ponerse bien, Allison estaba dispuesta a marcharse. No podía fingir que los últimos veintitrés años de su vida no habían pasado porque el corazón de Jed hubiera decidido funcionar mal durate un breve espacio de tiempo.

La cafetería y la tienda de regalos aparecieron ante sus ojos al doblar la esquina, las rejas metálicas bloqueaban las entradas. Al otro lado del pasillo había hileras y más hileras de sillas de color beige flanqueadas por máquinas expendedoras de café y mesas auxiliares con revistas amontonadas a la espera de distraer a una nueva tanda de gente.

Solo que una de las sillas no estaba vacía y su ocupante estaba encorvado cerca de la salida con un teléfono móvil cerca de la cara. La luz azul teñía las monturas granates de sus gafas de un rojo encendido y su huesudo tobillo, apoyado sobre una rodilla igual de huesuda de forma que dejaba ver un par de calcetines blancos con estampado de gatos, se meneaba de forma nerviosa.

A Allison se le heló el corazón. Llevaba al menos una hora arriba con su madre. ¿Por qué estaba todavía aquí?

—¿Colin?

Él se puso de pie en un abrir y cerrar de ojos.

—Hola.

—¿Qué haces aquí?

Colin esbozó una tímida sonrisa.

—Quería saber qué tal estaba tu padre.

—Te dije que te tendría al corriente...

Él levantó un dedo para interrumpirla.

—Esa es la cuestión; en realidad no lo has hecho. Te largaste del coche... —se humedeció los labios con nerviosismo y su mirada saltó a su madre, que estaba detrás de ella— después de..., ya sabes..., de que llegáramos aquí.

Por suerte, no mencionó el beso. Estaba claro que solo había sido una respuesta instintiva a una letal combinación de estrés agudo y demasiadas cervezas malas, y Allison carecía de la fortaleza mental para explicárselo a su madre en esos momentos.

Su madre. Se dio la vuelta.

—Mamá, ¿te acuerdas de...?

Su madre ya estaba estrechándole la mano a Colin.

—¡Cody!

—Colin —la corrigió.

—Cierto. El chico de las gafas.

Allison sacudió la cabeza.

—Claro.

Arqueó una ceja en señal de disculpa, pero Colin estaba demasiado concentrado en su madre para darse cuenta.

—Con gusto atenderé a cualquiera de los dos nombres.

—Entonces a partir de ahora te llamaré Cody —declaró Allison.

Él agitó la mano.

—Solo tu madre puede ponerme apodos.

Si apuñalaban a una persona en un hospital, ¿seguía considerándose asesinato? Probablemente le salvarían a tiempo, ¿no? Allison se puso a pensar en qué era lo peor que podía pasar si acababa con Colin ahí mismo, en el vestíbulo del Northern Light, pero su madre interrumpió su lista.

—¿Te ha traído él?

—Sí.

—No sabía que seguíais en contacto. —Se dirigía a Allison, pero aún tenía agarrada la mano de Colin. Al parecer era una especie de manía de las mujeres Avery.

—Colin está en mi programa en Claymore.

La diversión inundó el rostro de su madre.

—Qué casualidad.

—Pues sí —murmuró Allison.

Colin clavó la mirada en la suya.

—¿Tienes forma de volver a casa? Podría llevarte yo. —Colin, que por fin había logrado zafarse de su madre, apoyó un hombro en el umbral de la puerta de esa forma relajada que, muy a su pesar, hacía bailar su corazón.

¡Malditos fueran él y su postura desenfadada!

—Todo un caballero. —Su madre sonrió—. Esto me ahorra un paseo.

—Perfecto. —Colin se enderezó y se puso al lado de Allison—. Puedo dejarte a ti primero y luego irme a casa.

Su madre se resistió.

—¿Dónde vives?

—A las afueras de Providence.

—No. —Sacudió la cabeza—. No vas a conducir cuatro horas a las dos de la madrugada. Estoy segura de que Allison agradecerá la compañía, ya que yo voy a estar aquí casi todo el tiempo.

Allison ignoró las repercusiones de esta invitación para centrarse en su madre.

—¿Y el trabajo?

—Es mi fin de semana libre. —La amplia sonrisa de su madre no pudo ocultar la mentira. Los fines de semana se ganaban las mejores propinas y ella necesitaba el dinero. Nunca se tomaba un fin de semana libre.

—Yo vendré a verle mañana, mamá. Tú ve a trabajar. —Las palabras ardían al salir de sus labios.

Su madre la estrechó en un fuerte abrazo.

—¿Y si por el momento te vas a dormir y nos peleamos por esto por la mañana?

Ceder estaba a un paso de aceptar, pero Allison estaba demasiado cansada.

—Está bien —murmuró.

Después de darle otro fuerte abrazo, su madre se dirigió de nuevo al ascensor mientras por encima del hombro le decía que tenía sábanas en el armario y bollitos en el congelador.

Allison se quedó sola para afrontar la idea de que Colin iba a quedarse en su casa. A pasar la noche. Después de que se hubieran besado.

De repente, Jed ya no era el único con el corazón acelerado.

Capítulo 21

La noche en que Allison se acostó por primera vez con Colin podrían haberla arrancado de las páginas del guion de una película.

Había pétalos de rosa, una suave luz de velas y una lujosa habitación de hotel en Newport. Y aún vestían de etiqueta después de asistir a la elegante fiesta de Navidad organizada por el padre de uno de los compañeros de habitación de Colin.

El balcón del hotel daba al mar y Allison aún recordaba la cortante sensación del aire invernal en las mejillas y en los hombros desnudos mientras contemplaba la costa, bañada por la plateada luz de la luna, y las olas de espuma blanca danzando más allá.

Cuando Colin se reunió con ella fuera, apoyó la espalda contra la puerta de cristal y la atrajo contra sí, con la boca suspendida sobre la suya. Le agarró la cintura con las manos y le separó las piernas con la suya mientras ella aferraba los extremos de su corbata, cuyo nudo había deshecho, para acercarlo más. Permanecieron en el pequeño balcón durante lo que parecieron siglos; cada beso más largo y profundo, cada caricia más apremiante.

Aquella noche se tomaron su tiempo para conocer el cuerpo del otro de forma pausada y minuciosa. Allison no era virgen, pero cuando Colin le quitó el vestido sin dejar de besarla, deslizando la boca por cada centímetro de su cuerpo hasta que la tuvo ante él sin nada más que las braguitas de seda roja y el calor tiñendo sus mejillas de un tono similar, cuando le bajó la prenda y colocó la boca entre sus piernas, fue una primera vez para ella.

Allison se frotó las sienes, tratando de ahuyentar el recuerdo. Desde que había besado a Colin delante del hospital, no podía dejar de pensar en todas las otras veces que se habían besado. Y en todo lo demás que habían hecho.

Y en cómo sería ahora, después de tanto tiempo.

Era algo terrible. Estaba en la casa en la que había crecido. Su padre, del que estaba distanciada, estaba en el hospital. Era tarde. Debería irse a la cama y no estar sentada en el salón pensando en el sexo con Colin. Era el hombre que le había roto el corazón. El hombre que una vez estuvo a punto de dar al traste con sus planes académicos. Y que ahora volvía a ser un obstáculo para conseguir todo lo que quería. Lo último que necesitaba era acostarse con él.

Lo ocurrido en su coche había sido algo fortuito. Fin de la historia.

Allison miró a su alrededor buscando una distracción. Algo que le despejara la mente. En el estante inferior de la mesita, bajo algunos viejos álbumes de fotos y los interminables montones de crucigramas de su madre, asomaba la caja de su viejo juego de Scrabble.

Perfecto. Una manera de ocupar su mente y darle una paliza a Colin. Un dos por uno.

Él estaba sentado en el suelo frente al sofá, todavía secándose la cara por la calurosa bienvenida que le habían dado Monty y Cleo. Allison dejó caer la caja delante de él, haciendo sonar las fichas de su interior.

Colin enarcó una ceja.

—No estoy seguro de que el Scrabble sea un juego para las tres de la madrugada.

—El Scrabble es un juego para cualquier hora. —Allison sonrió—. A menos que tengas miedo de que te gane.

—No le temo a nada. —Quitó la tapa de la caja y la dejó a un lado con cuidado, como si las esquinas rajadas pudieran hacer que el cartón se desintegrara.

Acto seguido se sentó frente a él y sacudió la bolsa de terciopelo para sacar las fichas con letras mientras Colin hacía lo propio con el tablero y los soportes para las fichas. Tenía una rodilla doblada para apoyar el codo y la otra larga pierna estirada. Por el rabillo del ojo vio que meneaba la punta de sus calcetines blancos de gatos.

Le señaló el pie con la cabeza.

—¿Conseguiste ese gato?

—¿Eh?

—Siempre decías que lo primero que ibas a hacer después de graduarte era adoptar un gato. Preferiblemente naranja.

La mano de Colin dejó de juguetear con el soporte de las fichas cuando levantó la vista hacia ella. La fragilidad que vio en su mirada hizo palpitar su corazón.

—No puedo creer que te acuerdes de eso.

Lo recordaba todo, como si su historia completa se le hubiera grabado en los huesos.

Allison se encogió de hombros.

—Me parecía muy tierno.

—¿Te lo parecía? —replicó y ella puso los ojos en blanco—. Se llama Capitán Pepper Jack. —Colin sacó el móvil del bolsillo.

—¿Cómo dices?

Tras tocar la pantalla con el dedo índice, la giró hacia ella para enseñarle la foto de un rechoncho gato atigrado de color naranja al que le faltaba un ojo.

—Pasé por un refugio justo después de graduarme y lo adopté.

—¿En serio? —Allison no sabía por qué estaba susurrando. Ni por qué tenía la sensación de que su cuerpo se había derretido.

—Fue la única buena decisión que tomé ese semestre.

Su voz era demasiado suave y sus palabras estaban demasiado cargadas de significado. Allison se concentró en ordenar alfabéticamente sus fichas.

—Así que Capitán Jack, ¿eh?

—Allison...

No. Se negó a oír lo que había hecho que la voz se le entrecortara de esa manera, lo que había provocado el ligero temblor de sus dedos.

—¿Es porque solo tiene un ojo? —Cambió la «G» y la «I» en su hilera de letras. De repente no recordaba cuál iba primero.

Algunas de las fichas de Colin tintinearon y luego suspiró, pero cuando contestó, la mayor parte de la pesadumbre había abandonado su voz.

—Capitán porque solo tiene un ojo. Pepper Jack porque es el mejor queso.

Su mirada voló a la cara de él. En la universidad, la mitad de su relación había girado en torno a discutir sobre qué comer porque Colin no podía consumir lácteos y Allison siempre tenía ganas de *pizza* y de queso a la parrilla.

—Eres intolerante a la lactosa. Desprecias el queso.

—Desde entonces he descubierto Lactaid, el néctar de los dioses.

Asimiló este hecho, aferrándose a él con fuerza. Era más fácil de digerir que todo lo que no se habían dicho a propósito hacía un momento. O, mejor dicho, lo que ella no le había dejado decir.

—No sé si has sido un verdadero amante del queso el tiempo suficiente como para ponerle ese nombre a tu mascota. Eres prácticamente un aficionado.

Colin se echó a reír.

—Si te soy sincero, me sorprende que *tú* no le hayas puesto el nombre de un queso a tu mascota.

Señaló con la mano al cachorro que dormitaba en el sofá detrás de él.

—Te presento a Monterey Jack.

Colin miró a Monty.

—Ah, sí. El segundo mejor Jack.

La estaba provocando. Allison golpeó con el dedo la estrella en el centro del tablero.

—Deja de dar largas. Empecemos con esta masacre lingüística. —Le lanzó su sonrisa más despiadada—. Hasta voy a dejar que empieces tú.

Colin sacudió la cabeza y se dio unos golpecitos en las gafas mientras estudiaba sus fichas. Mantuvo el soporte pegado al cuerpo, como si creyera que Allison pudiera hacer trampas.

Como si lo necesitara.

Después de lo que parecieron tres años, eligió algunas letras y colocó cada una en el tablero con una precisión metódica que hizo que Allison se estremeciera.

L
A
M
E
N
T
A
R

Unos escasos diez puntos. Quiso burlarse de él por ello, pero su corazón latía con demasiada fuerza. ¿Eran simplemente las fichas que tenía? ¿O estaba intentando decirle algo?

Allison se concentró en su propia respiración (inspirar y exhalar, inspirar y exhalar) mientras colocaba las letras en horizontal utilizando la «R» de él.

F
U
E
R
T
E

Era la mejor combinación teniendo en cuenta la forma en que había comenzado el tablero, con una palabra que puntuaba el doble y la llevaba a veintidós puntos. Pero ahora parecía una especie de respuesta a una pregunta que él podría o no haber hecho. Le observó mientras estudiaba sus fichas, con el cuerpo latiéndole como un reloj.

Estaba tan concentrado en crear una palabra que era imposible leer nada más en su rostro. Sus respiraciones (y los ronquidos de los perros) eran los únicos sonidos de la habitación. Allison tuvo que meterse las manos bajo las piernas para ocultar sus temblores mientras Colin recogía unas cuantas fichas para volver a colocarlas de nuevo en el soporte.

Cerró los ojos y trató de recalibrarse. Estaban jugando, no pasándose mensajes clandestinos como si fueran miembros de los templarios. Aun así, no pudo evitar la sensación de que lo que él pusiera en el tablero lo cambiaría todo.

La expectación la invadió, corrió por sus venas, cuando él se acercó con sus letras.

L
E
A
R

A Allison se le encogió el estómago y le ardían los ojos de tanto mirar las fichas de color marfil. Por supuesto que no estaba usando el Scrabble para confesar sus sentimientos. Nada de lo que había pasado esta noche demostraba nada, excepto que Colin Benjamin se había vuelto mejor persona en los últimos años.

Allison rebuscó en su interior para recuperar su espíritu competitivo y le miró, sacudiendo la cabeza.

—L-E-A-R no es una palabra.

—Claro que lo es. Es lo que se hace con un libro. —Enarcó una ceja y movió los ojos de un lado a otro sobre las letras—. Así.

Ella puso los ojos en blanco, haciendo que el gesto fuera el doble de burlón.

—Eso es l-e-e-r.

—Ah, claro. —Colin se cruzó de brazos. Se mordisqueó el labio inferior y Allison tuvo que hacer un gran esfuerzo para no acordarse de lo que había sido sentir aquella boca contra la suya en el coche—. Es evidente que me refería a Lear, el rey Lear.

—De eso nada. Aunque no estuvieras mintiendo, no se permiten nombres propios en el Scrabble.

—¿Ni siquiera en honor al mismísimo Bardo?

—Ni siquiera por él.

Colin la miró boquiabierto.

—¿Qué clase de estudiante de literatura eres?

—De las que conoce las auténticas reglas del Scrabble. —Allison colocó el pulgar y el índice detrás de las tres últimas letras y las lanzó hacia él una tras otra—. Inténtalo... otra... vez. —Sentaba genial bombardearlo con algo, de la misma manera que él la había abrumado con sentimientos sin darse cuenta.

Las dos primeras fichas aterrizaron en su regazo, con toda puntería. La «A», sin embargo, salió volando y rebotó contra su barbilla.

Colin gritó por la sorpresa y se llevó la mano a la cara.

—¡Mierda! —A pesar de todo, Allison no lo había hecho adrede. Él hizo una mueca.

—La próxima vez que juguemos a esto, me pondré armadura.

—Supongo que todavía soy un poco competitiva.

—¿Solo un poco? —murmuró.

Allison no podía negarlo. Ni siquiera lo intentó.

—Lo siento. Esa parece ser mi forma normal de tratar contigo. —Alargó la mano por encima del tablero y le rozó la mandíbula con los dedos. No estaba sangrando ni nada (aunque tampoco habría podido hacer mucho en caso contrario); solo... quería tocarlo. Y no pensó en detenerse. El cosquilleo de su barba contra la yema de su dedo índice la hizo estremecer.

Colin se quedó completamente inmóvil, como si la mano de Allison fuera una mariposa que podría espantar si se movía. Ninguno de los dos respiró durante todo un minuto.

Cuando Allison volvió a colocar la mano en su regazo, la tensión se palpaba en el ambiente, como en esos embriagadores segundos que preceden a una tormenta eléctrica.

—Lo intentaré de nuevo. —Esta vez tomó cuatro fichas y las depositó en la palma de la mano como si tuvieran un valor incalculable. Con una parsimonia que contrastaba con sus dedos siempre inquietos, Colin las colocó en el tablero.

Cada pieza de plástico encajó con un sonoro clic, provocando una sacudida en el corazón de Allison.

B
E
S
O

Capítulo 22

No todo el mundo miraría a Colin Benjamin y se quedaría embelesado.

Era alto y desgarbado, lleno de marcados ángulos como un triángulo isósceles, vestía camisas de empollón, holgados jerséis de punto y pasaba mucho tiempo peinándose el pelo para que le quedara perfecto. Pero desde el momento en que Allison apretó de forma bochornosa el culo contra él en aquella fiesta, quedó cautivada por sus largos y esbeltos músculos y por su rostro anguloso, que le hacía parecer una especie de príncipe de las hadas.

Ahora miraba esa cara mientras su corazón palpitaba con fuerza contra su pecho. Hizo rodar una ficha «S» y una ficha «I» una y otra vez en la mano.

Ya se habían besado esta noche, pero usar esas letras para deletrear «sí» parecía mucho más definitivo. Una elección más que un impulso. A Allison le latía el pulso en los oídos y una película de sudor perlaba su piel, pero nada de eso le impidió colocar las fichas.

Imitó la cuidadosa precisión de Colin en cada movimiento.

Decía en serio cada letra.

Las fichas volaron por la alfombra cuando Colin desparramó el tablero. Se acercó a ella de rodillas y se detuvo justo antes de que se rozaran. Luego se quedó quieto, cerniéndose sobre ella con las manos apoyadas en el suelo, tan cerca que Allison casi podía sentirlas sobre su piel. Aunque no dijo nada, su mirada era tan expresiva como cualquier poesía.

Colin lo deseaba. *La deseaba.*

Allison había sido coleccionista de palabras toda su vida. En su primer año de instituto, empezó a empapelar todos los rincones de su dormitorio con notas adhesivas que mostraban los nuevos términos que descubría mientras leía. Hasta el día de hoy, cuando escribía un trabajo, revisaba cada frase una, dos y tres veces antes de seguir, segura de que existía la combinación perfecta de palabras para plasmar sus ideas en papel.

Pero mientras se contemplaban el uno al otro, inmóviles excepto por la agitada respiración en sus pechos, con el silencio reinando a su alrededor, Allison se dio cuenta de que algunas palabras tenían significados que resultaba imposible expresar. Ahora sabía que el anhelo era una sensación que las meras letras o una serie de frases jamás podrían englobar de forma adecuada.

Fue aumentando en su pecho hasta que casi pudo abrirla en canal. Hasta que no pudo reprimir el pequeño gemido de alivio cuando Colin se apoderó de su boca, poniendo así fin de forma misericordiosa al espacio que los separaba.

Allison le agarró de la chaqueta con las manos y tiró de él, clavándose los botones en las palmas. Sus labios eran suaves y flexibles y aún conservaban algo del dulzor de los donuts que se habían comido antes. Cuando abrió la boca contra la de Colin, su olor le colmó los sentidos y ahogó todo lo que les rodeaba de forma que no existía nada más que él y solo él.

A los dos les costaba respirar cuando se apartaron. El deseo estremecía el cuerpo de Allison, como si de un chute de adrenalina se tratara, y el espacio que había entre ellos, apenas del largo de sus brazos, parecía lúgubre.

—¿Qué estamos haciendo?

Su pregunta fue una tormenta de nieve en julio, un *shock* para el organismo de Allison. No quería hablar ni tener que darle sentido a esto. No estaba segura de poder hacerlo. Si presionaba demasiado, si hacía demasiadas preguntas, era probable que la noche acabara reducida a polvo entre sus manos.

Se puso en pie y fue hacia el sofá que los perros no habían ocupado todavía, para poner cierta distancia entre ellos.

—No lo sé. ¿Por qué estás aquí? —preguntó—. ¿Por qué me has traído a casa?

La culpa de lo que estaba ocurriendo la tenía todo el tiempo seguido que habían pasado en el coche. Todas esas ventanas abiertas hacia él, obligándola a enfrentarse a las nuevas facetas de Colin Benjamin que se había esforzado por ignorar durante semanas. Si era el mismo Colin de siempre, tenía sentido resistirse a esas... *cosas*... que estaba sintiendo. Pero si había cambiado... ¿Y si había cambiado?

Allison sacudió la cabeza para dispersar esos pensamientos.

Colin exhaló un suspiro.

—No podía dejar que pasaras por esto tú sola.

—¿Por qué?

—Porque... —Se atusó el despeinado cabello con sus largos dedos y empezó a pasearse delante de ella.

Allison no deseaba otra cosa que ser ella la que peinara esos sedosos mechones. La que enroscara los dedos en ellos. Se retorció las manos en el regazo.

—¿Porque nadie más podía? ¿Porque era lo correcto?

Colin se detuvo y la miró.

—Porque eres tú —confesó con la mirada firme tras sus gafas de montura granate. Segura. Sabía lo que hacía. Lo que decía—. Allison... —se sentó en el otro extremo del sofá—, pienso en ti a todas horas.

El corazón le dio un vuelco.

—Yo también pienso en ti —confesó sin poder evitarlo.

Colin le tomó la mano.

—No me refiero a que piense la forma de derrotarte en clase, de ganar el puesto de adjunto o de demostrar que soy el más acérrimo medievalista. —Su pulgar dibujó un ardiente sendero en el interior de su muñeca—. Pienso en las ganas que tengo de enroscar los dedos en tu pelo. Y en cada mirada que me diriges, que analizo para ver si hay algo más que animadversión en ella. Pienso en la interminable retahíla de cosas brillantes que dices y en lo que era abrazarte, besarte, hacer *esto*... —levantó las manos unidas de los dos— y en que lo jodí todo. Y sobre todo pienso en lo mucho que perdí cuando rompí contigo. Cuánto más ganaría si ahora encontráramos la manera de volver.

El sofá en el que se sentaba Allison estaba desgastado, lleno de bultos y grietas debido a las maratones de fin de semana y a los atracones de *reality shows* de los jueves por la noche que su madre y ella habían compartido durante años. Sentarse en él era hundirse de inmediato hasta los muelles. Y, sin embargo, cada una de las palabras de Colin cayeron sobre ella hasta que sintió que se hundía aún más. Hasta que no estuvo segura de que pudiera levantarse de ahí.

—¿Qué quieres decir?

Colin cerró los ojos.

—Si hace dos años me hubieras dicho que ahora serías más inteligente, más elocuente y más guapa, no lo habría creído posible. Pero cada día te las arreglas para decir algo que... —Se pasó la mano libre por la sien en un gesto que simulaba que le explotaba la cabeza.

El corazón de Allison martilleaba contra su pecho. Era cierto que estaba confesando sus remordimientos en el tablero de Scrabble.

—¿Y tú quieres eso?

Colin la miró de inmediato.

—Sí.

«Él no es el mismo —se dijo—. Yo no soy la misma. Eso significa que el resultado tampoco lo será».

Lo más seguro era que se estuviera engañando. Debería haber elaborado veinticinco listas diferentes con lo peor que podía pasar antes de montarse en el coche con Colin esa noche. Pero estaba agotada y deseaba aquello lo suficiente como para no darle más vueltas.

Le quitó las gafas de la cara, las dejó sobre la mesita auxiliar y le rodeó el cuello con los brazos. Él cedió a su suave tirón y se arrodilló sobre ella mientras se recostaba contra el brazo del sofá.

Sus labios parecían buscar los de ella. Su confianza, su ego, habían desaparecido, desplazados por un tímido deseo que hizo que Allison se mostrara más audaz. Fue su boca la que se abrió para acoger la suave invasión de la lengua de Colin. Fueron sus manos las primeras en ascender por debajo de la chaqueta y de la camiseta que llevaba para explorar la suave piel y los marcados huesos de la espalda, las pequeñas zonas de vello del vientre y del pecho.

Cuando los dedos de ella empezaron a juguetear con la cinturilla de sus vaqueros, él se echó hacia atrás con una urgencia que hizo que se le acelerara el pulso. Su pecho subía y bajaba al mismo ritmo que palpitaba el sexo de Allison mientras luchaba con el dobladillo de la camiseta.

Pareció olvidarse por completo de su holgada chaqueta de lana cuando intentó sacarse la camiseta por la cintura y acabó todo enredado. Con todo enrollado alrededor de su cabeza, cayó del sofá, se golpeó contra la mesa de café y aterrizó de culo.

—Uf, qué embarazoso. —Su voz sonaba amortiguada por las capas de tela.

Allison se partió de risa.

—Ha sido muy sexi.

Puede que fuera una broma, pero había algo de verdad en ello. Esa torpe y vulnerable versión de Colin la embriagaba. Se sentía segura estando cerca de él, abriéndose de la misma manera.

—¿Un poco de ayuda? —se quejó.

Allison se levantó del sofá, tiró para ayudarle a ponerse en pie y le bajó la chaqueta en lugar de quitársela. Los perros seguían durmiendo en el sofá, y si algo había aprendido de Cleo mientras iba al instituto, era que los perros se las apañaban de forma inevitable para participar en algún *coitus interruptus* en el momento menos oportuno. Señaló con la cabeza hacia las escaleras.

—Deberíamos irnos con la música a otra parte.

Colin tenía los ojos oscuros y las pupilas dilatadas como una noches sin estrellas. Su voz era grave y gutural cuando la instó a que le guiara.

Apenas habían llegado al piso de arriba, cuando apoyó a Allison contra la pared y le dio un beso voraz en los labios. Amoldó su alto y delgado cuerpo al de ella, como si ella fuera una fuerza magnética que lo atrajera, y sus tibias manos rozaron la parte posterior de sus piernas. Cuando palpó el borde de encaje de su ropa interior, Allison se pegó más a él, hasta que pudo sentir su dureza presionándole la cadera. Fue incapaz de contener el suspiro que le arrancó.

Fueron dando tumbos hasta su antiguo dormitorio y tiraron primero uno de sus galardones de la pared de los premios y después otro. A Allison le pareció oír el crujido de un marco bajo el pie de Colin, pero la lujuria le nublaba demasiado el cerebro como para darle importancia. Le hizo entrar por la puerta con el cartel que hizo en quinto curso pegado en el centro, el que ponía: BIBLIO-TECA DE ALLISON, CHIS, mientras le quitaba la chaqueta y le sacaba la camiseta por la cabeza.

Tenía los hombros pálidos y suaves, salpicados de unas cuantas pecas que Allison no recordaba. Pasó las manos por ellas como si quisiera grabárselas en las palmas.

Colin se sentó en el borde del pequeño colchón de dos plazas y le besó con suavidad la mandíbula mientras le subía la mano por el vestido para rozar con delicadeza la tela del sujetador.

El corazón de Allison latía con fuerza y su cuerpo palpitaba de deseo, pero en el fondo estaba nerviosa. Como todo lo demás entre ellos, su tacto le resultaba familiar y extraño a la vez. Tejía senderos que ya había recorrido y le ofrecía nuevos viajes que aún estaban por llegar.

Podría volver a hacerle daño. Pero también podrían convertirse en mucho más de lo que eran antes; su pasado sería una sombra que se encogía al sol.

Quería tener la oportunidad de ser lo que una vez había fingido que eran. Y deseaba esto. Los largos dedos de Colin hallando sus partes más sensibles. Sus suaves labios explorándole la piel como si fuera un objeto de culto.

Se echó hacia atrás para mirarle a la cara mientras él le quitaba el jersey de los brazos.

—Hola —susurró.

—Hola. —La palabra fue apenas un murmullo en sus labios.

—¿Sí? —preguntó mientras empezaba a recoger el dobladillo de su vestido con las manos.

Allison asintió, sin más espacio para las palabras. La tela era de suave punto de algodón y le producía un cosquilleo en la piel a medida que Colin la iba subiendo por su cuerpo centímetro a centímetro. Ya estaba a punto de estallar cuando la prenda quedó por fin olvidada en el suelo.

Le echó los brazos al cuello y le besó de forma apasionada mientras se unía a él en la cama y le ceñía las caderas con las piernas. Colin enganchó los dedos a ambos lados de sus bragas de encaje y tiró de ellas, pues eran un obstáculo que tenía que eliminar. Allison se apretó contra él en respuesta. Era demasiado consciente de las innumerables capas que actuaban como barrera entre ellos. Esas bragas. Sus vaqueros. Lo que hubiera debajo de los vaqueros. Bajó las manos al cinturón y se afanó con la hebilla.

Colin ahuecó una mano sobre su rostro y capturó su boca en un beso tan pausado y profundo como el ritmo al que el cuerpo de Allison se movía en su regazo. Le desabrochó el sujetador con la mano libre, haciendo que los sentidos de Allison se agudizaran al sentir la fría caricia del aire en su pecho.

Su deseo ardía como una fiebre que se propagó por su cuerpo y se apoderó de él. El sonido de la hebilla de Colin al caer y el de su cremallera al bajar fueron una especie de liberación que la invadió y le recordó lo que iba a pasar.

—Deja que vaya a por un condón —resopló mientras sus bocas se separaban y ambos respiraban con dificultad.

Se mecieron juntos una vez más con dolorosa lentitud antes de que Allison se apartara para dejar que se levantara. Los dos segundos que tardó en quitarse los pantalones y pillar el preservativo le parecieron una eternidad.

Colin volvió a besarla al tiempo que se subía de nuevo a la cama. Le bajó la ropa interior por las caderas mientras movía la lengua contra la suya. Allison se apresuró a ayudarle. Nunca había necesitado con tanta urgencia estar desnuda, dejar que alguien tuviera acceso a todo su ser.

Colin se apoyó en un brazo y deslizó un dedo por la curva de su mandíbula, por su cuello y por la elevación de sus pechos. Aunque gimió, prácticamente rogándole que profundizara el contacto, su mano prosiguió con su recorrido; vagó por su vientre, exploró sus muslos, sin acercarse en ningún momento a su entrepierna, por mucho que ella se retorciera. Mantuvo el contacto visual en todo momento, como si disfrutara viéndola desearle.

Pero ahora no era el momento de bromas. Allison necesitaba que la llenara, que presionara todas las partes de ella que palpitaban y las liberara.

Atrajo el rostro de Colin hacia el suyo, haciendo todo lo posible por comunicarle aquello a través del beso. Sus bocas danzaron como hacían siempre sus palabras, en un tira y afloja, sin que ninguno de los dos quisiera ceder, hasta que Allison le apremió a que se tumbara y se colocó a horcajadas sobre él.

Ambos gimieron cuando Colin estuvo dentro de ella por entero.

Buscó la forma de su oreja con la boca cuando empezaron a moverse el uno contra el otro y susurró su nombre de aquella forma reverente.

Allison le puso un dedo en los labios. Si había un buen momento para que Colin Benjamin guardara silencio, era ese.

Estaban frente a frente, con sus manos en el cabello, después guiando sus caderas y acto seguido acariciándole los pechos. Cada roce era una pequeña explosión que avivaba el calor que crecía y crecía en su sexo.

Los dedos de Allison subieron por su espalda y hundió la cara en su cuello. Se habían acostado muchas veces cuando eran novios, y siempre había sido bueno, pero nunca así. Como si él hubiera encontrado algo en ella que Allison no sabía que existía.

Le estrechó con más fuerza y sumergió primero en sus cuerpos entrelazados, en los gruñidos que emergían de sus labios. Luego, en el orgasmo que alcanzó minutos después, tan intenso que sintió como si fuera a partirse en dos.

Capítulo 23

Gracias a la afición de Cleo a observar a las ardillas, las persianas del dormitorio de la infancia de Allison tenían un agujero con forma de perro en la esquina y el sol de la mañana lo atravesaba, urgiéndola a despertarse.

Allison dejó escapar un gruñido mientras apartaba la cabeza del pecho desnudo de Colin y empezó a levantarse del colchón.

—Nooo —gimió él. Le rodeó la cintura con el brazo y apretó con fuerza contra sí—. Quédate. —El ronco y soñoliento sonido de su voz la calentó por dentro.

Allison dejó que la abrazara. En algún momento se habían vestido (Colin se había puesto los calzoncillos de gatos y ella una camiseta holgada y algo de ropa interior), pero con su cálido aliento danzando entre su pelo revuelto y sus dedos colándose bajo su camiseta para acariciarle el vientre, se sentía tan cerca de él como durante el sexo.

Desde que perdió la virginidad en el instituto, el sexo había sido una de esas cosas que hacían que se sintiera demasiado *consciente* de su cuerpo. Por mucho que se quisiera, no le resultaba nada fácil disipar las preocupaciones por su tamaño cuando tenía las manos y la boca de alguien encima o cuando recordaba lo raro que era encontrarse con que a alguien con su figura se la considerara bella o atractiva. ¿La estaba comparando con chicas más delgadas? ¿Le era imposible abarcar su cintura, su culo, su pecho con las manos? ¿No era lo bastante buena? ¿Era demasiado? A veces, esos pensamientos se volvían tan grandes que se agolpaban en su cabeza y hacían que le fuera imposible alcanzar el clímax.

Sin embargo con Colin, mientras el sol se deslizaba por el horizonte, en la cama estaban solo él y ella y la sensación de sus cuerpos entrelazados una vez más. Dejarse llevar había sido tan fácil, tan natural, como respirar.

Sus labios le rozaron el hombro con tanta suavidad que un escalofrío le recorrió todo el cuerpo.

—Me alegro de que lo de anoche no fuera un sueño.

A Allison se le agitó el corazón.

—Yo también.

Colin le sujetó los rizos detrás de la oreja con sus suaves dedos mientras le recorría el cuello con la boca, hasta llegar a los labios. Acababan de sumergirse en un beso lento y profundo, cuando Monty soltó un ladrido en el piso de abajo.

Allison rompió el abrazo con un pesaroso suspiro y se levantó de la cama. Adiós a un segundo asalto.

Colin se levantó para acompañarla, pero ella le hizo un gesto para que volviera a tumbarse.

—Voy a sacar a los perros. —Le tapó la cabeza con la manta. Apenas eran las ocho de la mañana. No tenía sentido que ambos perdieran más horas de sueño.

Recogió del suelo la chaqueta de Colin de camino a la puerta y se la puso. Hacía demasiado frío en Maine hasta que el sol encontraba el lugar que le correspondía en el cielo. Se cerró la chaqueta sobre el pecho mientras farfullaba obscenidades y metió las manos en los puños, que eran demasiado largos. Allison respiró hondo, pues el tejido marrón y tostado había absorbido el olor de su gomina.

Los entusiasmados saludos de los perros se interrumpieron en cuanto abrió la puerta del patio trasero. Al instante, Cleo estaba en el césped haciendo sus necesidades y Monty describiendo círculos a su alrededor.

Allison se sirvió un vaso de zumo de naranja, agarró su móvil y se acomodó en la barra del desayuno. Dos facturas con un AVISO DE DEMORA estampado en rojo en la parte delantera asomaban debajo de un montón de sobres de correo apilados en la encimera. Para el caso bien podrían habérselo pintado en la cabeza a su madre como una letra escarlata. A Allison le desconcertaba que las empresas tuvieran que avergonzar públicamente a la gente por tener problemas de dinero. No servía de nada para agilizar los pagos.

Apretó los dientes mientras abría los sobres. El primero era una factura de doscientos dólares de la tarjeta de crédito; el otro, una factura de la luz con tres meses de retraso. Agarró su teléfono, descartó un montón de mensajes de texto y abrió su aplicación bancaria. Con unas pocas pulsaciones, pagó las dos facturas y estableció pagos automáticos para que su madre no tuviera que preocuparse por ellas durante un tiempo.

Tendría que tener cuidado con lo que gastaba (no más batidos de cinco dólares cada vez que iba al campus y desde luego adiós a las cenas caras), pero podría permitírselo. Y, aunque no pudiera, lo haría solo para que su madre se preocupara un poco menos.

Metió las facturas en el fondo de la papelera de reciclaje; Allison abrió sus mensajes. Uno era de su madre, de hacía unas horas, haciéndole saber que el estado de Jed no había cambiado. Otros eran de Sophie. No se había dado cuenta de que Allison se había ido hasta las tres de la madrugada. Se le encogió el estómago, pero hizo todo lo posible por no pensar en ello. Todos estaban borrachos. Seguro que fue un descuido sin mala fe.

Los últimos mensajes eran de Mandy. Eran tres, uno cada hora desde las seis de la mañana, como si estuviera muy pendiente de su teléfono.

Allison envió la misma respuesta a todos menos a su madre.

> Allison Avery: ¡Hola! Siento mucho haber desaparecido. Mi madre llamó para decirme que mi padre estaba en el hospital, me asusté y me fui.

Apenas se había llevado el vaso de zumo a los labios cuando empezaron a llegar las respuestas.

> Sophie Andrade: ¡Ay, por Dios! ¿Estás bien? ¿Por qué no me has llamado? ¿Cómo has vuelto a casa? ¿Qué puedo hacer?

> Allison Avery: Estoy agotada, pero bien. Tuvo algún tipo de ataque al corazón o insuficiencia cardíaca. Supongo que ahora está mejor.

Lo más fácil sería ignorar su pregunta sobre cómo había llegado a casa. Pero cuando pensó en el largo y delgado cuerpo de Colin tendido sobre su cama, no se atrevió a hacerlo. Lo de anoche parecía una especie de cambio monumental. No quería empezar esta nueva..., lo que quiera que fuera..., con secretos y mentiras.

Y menos a Sophie. Ocultarle cosas a su mejor amiga no la ayudaba a reparar la brecha que sentía que se estaba abriendo entre ellas.

> Allison Avery: Colin me llevó a casa.

> Sophie Andrade: ¿Qué Colin?

> Allison Avery: Colin Benjamin

> **Sophie Andrade:** ¿Desde cuándo vuelves a estar en contacto con él? ¿Ha contactado él contigo? ¿¿¿Cuándo???

> **Allison Avery:** Está en mi programa en Claymore.

Puntos suspensivos.

Puntos suspensivos.

Puntos suspensivos.

Allison se preparó para la perorata tan larga como una novela que Sophie estaba redactando, pero cuando llegó su mensaje, solo eran unas pocas palabras.

> **Sophie Andrade:** ¿Por qué no me lo dijiste?

«Porque no creí que te interesaría». El corazón de Allison martilleaba contra sus costillas. Era una respuesta sencilla, pero muy complicada al mismo tiempo.

Seguía con la mirada perdida en el último mensaje de Sophie, cuando sonó el teléfono en su mano. En la pantalla se leía «La reina del punto de cruz».

Mandy.

Volvió a pensar en Colin. El corazón se le aceleró y el rubor le tiñó las mejillas cuando le vinieron a la cabeza algunas imágenes de la noche anterior. ¿Cómo podría explicarle en unos pocos mensajes lo de Colin, o lo que había ocurrido entre ellos, a alguien que solo conocía al Colin 1.0?

Pero con Mandy no había nada que ocultar. Nada que necesitara explicación. Con ella solo existía el Colin 2.0.

Allison salió de su aplicación de mensajes, pulsó el botón verde y saludó.

—Tu padre. Allison. Lo siento mucho. ¿Qué puedo hacer?

Allison le explicó lo sucedido mientras preparaba unos panecillos ingleses. Incluso le contó a Mandy un poco de su historia.

—Y entonces..., espera. ¿Cómo volviste a casa? Estabas bastante pedo la última vez que te vi.

Allison respiró hondo. Y dio un gran salto. Aún no sabía qué había entre Colin y ella, pero no quería fingir que no había sucedido.

—Me trajo Colin —admitió.

—Oh, ¿sí? —Allison prácticamente podía ver la sonrisa cómplice de su amiga incluso a través del teléfono.

Capítulo 24

La nueva habitación de Jed en el hospital era más grande que la de la UCI, pero al estar él despierto y mirándola fijamente, Allison sentía que apenas tenía espacio suficiente para poder respirar.

Agarró la correa del bolso como si de un ancla se tratara e hizo todo lo posible por disimular la respiración profunda y tranquilizadora que le salió del pecho.

—¿Dónde está tu madre? —preguntó Jed de forma brusca.

—Trabajando medio turno. —Las proezas verbales que Allison había tenido que realizar para conseguir que su madre accediera a ir a la cafetería por la tarde eran prácticamente olímpicas. Había suplicado, había razonado y, por último, cuando todo eso había fallado, admitió que había encontrado las facturas atrasadas y que las había pagado. A Allison no le importaba el dinero; cuando inevitablemente su madre intentara devolvérselo, lo rechazaría. Pero su madre necesitaba alejarse de la cama de un hombre que nunca habría mostrado tanto cariño por ella.

—Entonces, ¿voy a estar solo todo el día? —Jed se rascó la canosa barba.

La ira hizo que le hirviera la sangre. ¿Cómo era posible que ayer tuviera ganas de llorar por este hombre?

—¿Acaso estás solo ahora? —Miró el monitor de la frecuencia cardíaca, dejando que su ritmo irregular tranquilizara su propio pulso: «120, 117, 119».

Su padre levantó la vista al techo.

—No. —Escupió la palabra como un niño malhumorado que se negaba a admitir que se había equivocado.

Allison avanzó por la habitación. Dejó el abrigo sobre una de las sillas para las visitas y se sentó con cuidado en el borde. Aún tenía el bolso agarrado como si fuera a salir corriendo en cualquier momento.

—Sabes que no eres su responsabilidad, ¿verdad? La abandonaste.

Por mucho que Allison hubiera aceptado con agrado el tan necesario divorcio de sus padres, odiaba que al final hubiera sido Jed, y no su madre, quien se hubiera marchado. Y lo había hecho por otra mujer, lo que no sorprendió a nadie. Una mujer delgada, cuyo enjuto hijo adulto trabajaba en su compañía eléctrica. Por lo que Allison pudo averiguar, así fue como su padre conoció a Paula. Ella había llevado galletas a la oficina, o había tenido otro gesto doméstico igual de anticuado, y Jed se había acostado con ella durante meses antes de molestarse en dejar a su mujer.

El monitor junto a su cama emitió un pitido y las lecturas aumentaron: «135, 131, 132».

—En fin, ¿dónde está Paula?

—En casa. —Su padre gruñó y hundió más la cabeza en la plana almohada del hospital. Si Allison fuera su madre, ya estaría buscando una nueva. En lugar de eso, se preguntaba cómo conseguir una sustituta más plana y menos cómoda. Tal vez unas sábanas hechas con los cilicios que los monjes medievales usaban como penitencia, además. Unas buenas sábanas deberían ser un lujo solo al alcance de los puros de corazón.

—¡Mira por dónde! —Paula no era precisamente muy servicial.

«137. 135. 138». El monitor cardíaco saltó con el temperamento de Jed.

—No empieces. —Le apuntó con un dedo. Los tubos salían de sus muñecas hasta las vías intravenosas que tenía detrás como si fueran venas extracorpóreas y Allison tuvo que contener un escalofrío.

—¿Ha venido siquiera?

Jed alcanzó el mando de la tele y subió el volumen.

—¡Ha llamado! —gritó por encima del ruido.

Allison se lo arrebató y apagó el televisor. Nunca había conocido a un hombre más infantil que el que le había proporcionado la mitad de su ADN, y teniendo en cuenta que la mayoría de los tíos se comportaban como niños de cinco años por norma general, eso era mucho decir.

—Debería estar aquí.

Cuando las dejó por Paula, Jed debería haberse convertido en su responsabilidad. Pero, de alguna manera, ella parecía que solo asomaba en los buenos momentos, sobre todo si tenían que ver con la cuenta bancaria de Jed. En su tercer año de universidad, mientras su madre y ella pedían préstamos estudiantiles para pagar Brown, Jed le había dado al hijo de Paula, Shawn, la entrada para una casa. Por supuesto, Allison nunca había querido el dinero de su padre, ya que eso habría significado aceptar su forma de hacer las cosas, pero le resultaba muy doloroso ver que se lo daba a otra persona. La mayoría de los días, parecía que Jed consideraba a Shawn más hijo suyo que a ella.

Entonces, ¿por qué estaba ella aquí en lugar de ellos? Estaba claro que su madre le había pegado su extrema generosidad.

—Me sorprende que *tú* estés aquí —dijo Jed. Su padre entrecerró sus ojos azules, que tenían la misma forma y tono que los de ella—. Después del berrinche que te dio en tu último correo electrónico.

Allison inspiró por la nariz con tanta brusquedad que le dolió. «Berrinche». La palabra le enfureció. Jed estaba muy de acuerdo con la idea victoriana de que en el fondo todas las mujeres estaban al borde de la histeria. Cualquier muestra de emoción, ya fuera rabia, risa o llanto, era una prueba de lo excesivamente emocionales que eran tanto Allison como su madre, y para Jed, la emoción desacreditaba de inmediato cualquier cosa que dijeran, por válida que fuera.

Pero hoy no. Allison estaba demasiado resacosa, demasiado cansada y demasiado..., bueno..., feliz (gracias a Colin) para tomar parte de la tóxica masculinidad de su padre. Y eso significaba no morder el anzuelo. Porque Jed entendía lo suficiente la forma que Allison tenía de ver el mundo (o al menos la versión superficial que le proporcionaban los medios de derechas) como para emplear a propósito palabras como «berrinche» con el fin de asegurarse de que tuviera uno y así confirmar de nuevo su misoginia. ¿No era genial el sesgo confirmatorio?

—Has tenido un ataque al corazón. Pues claro que estoy aquí. —Lo dijo con la misma naturalidad con la que leería un pasaje en voz alta durante la clase de Teoría de la Literatura.

—Tuve un fallo cardíaco —la corrigió.

Allison contuvo un grito de frustración. A veces hablar con su padre era como pedirle a un hámster que corriera en sentido contrario en su rueda.

—Te das cuenta de que suena peor, ¿verdad?

—Pues no. Mi corazón latía a un ritmo irregular. No pasa nada.

«135, 139, 137». Allison señaló el monitor detrás de él.

—El ritmo sigue siendo irregular.

Le hizo un gesto para restarle importancia a sus palabras.

—Está mejor. Me darán una descarga más tarde y estará bien.

—Mamá dijo que podrías haber tenido un derrame cerebral.

—Tu madre exag...

—El médico también lo dijo.

—El doctor está exagerando. Es como todos los demás cuando había la gripe esa. Es demasiado cautelosa y pone patas arriba la vida de todo el mundo. —Sacudió la cabeza, con el pelo oscuro enmarañado y pegado a las orejas. Hacía tiempo que la barba le había encanecido, pero las canas de las sienes eran nuevas. Parte de la piel de los brazos, cubierta de tatuajes de su época militar, tenía un aspecto más fláccido, como si hubiera adelgazado.

Parecía enfermo a pesar de que juraba que no lo estaba.

—Es tu vida. ¿No deberíamos tener cuidado?

—Para. Solo quiero irme a casa a beberme una cerveza y ver el partido.

Allison suspiró.

—Lo más seguro es que ya no puedas beber cerveza...

Su padre levantó una mano. Temblaba de una forma que nunca había visto. Eso no podía ser bueno para un electricista. Él observó los temblores durante un momento, como si también estuviera sorprendido. Luego se golpeó la mano contra la pierna.

—No.

—Jed...

—Eres la menos indicada para hablarme de dietas. —Le dirigió la misma mirada que le dirigía en las comidas cuando le daba un plato. La que decía que toda su existencia le parecía detestable.

Allison se esperaba al menos un comentario sobre su cuerpo, pero prever un golpe nunca hacía que doliera menos.

—No soy yo la que está en el hospital con insuficiencia cardíaca...

—No. Si te empeñas en quedarte aquí, habla de otra cosa.

«Si te empeñas en quedarte...». Como si le estuviera imponiendo su presencia. Como si su cuerpo, que él tanto odiaba, ocupara demasiado espacio. Allison miró fijamente a su padre. Podría tener cien bocas y aun así no sería capaz de gritar lo suficiente para desahogar su frustración.

—¿De qué quieres hablar?

Las arrugas de la frente de su padre se le marcaron más.

—Aún no me has explicado por qué estás aquí.

—Estás *enfermo*. Soy tu *hija*. —La irritación se filtró en su voz. Tenía un sabor amargo, como si tuviera demasiado jengibre en la lengua—. Pensé que querrías que estuviera aquí.

Jed se encogió de hombros. ¡Se encogió de hombros!

¿Por qué no era suficiente o por qué era demasiado? ¿Qué tenía que hacía que le importara tan poco? Sentía que se le rompían los huesos bajo ese peso. O tal vez era que estaba encogiendo. Porque sentada en aquella silla junto a él, apretando el bolso contra su regazo, contemplando el anodino rostro de Jed, Allison podría haber sido una niña pequeña perdida en el centro comercial.

Ya no podía reprimir todo lo que estaba sintiendo.

—¿Por qué no te importo?

—Allison, no empieces. —Jed volvió a agarrar el mando, pero ella lo rechazó.

—¿Qué? ¿Que no empiece a decir cómo me siento? ¿Cómo me has hecho sentir durante los últimos veintitrés años de mi vida?

Jed soltó el aire por la nariz con brusquedad y gruñó.

—Ah, sí. Qué vida tan dura has tenido. Con un techo sobre tu cabeza, ropa que ponerte y comida en abundancia en tu mesa. —La señaló con un gesto que decía «Fíjate cuánta comida».

Allison tuvo ganas de entrar en erupción igual que un volcán o tal vez convertirlo en un árbol, igual que Nimue hizo con Merlín, para castigarle por toda su existencia. Pero Jed no respondía a las emociones. En su lugar, probó con la burla.

—Felicidades por cumplir con el mínimo indispensable como padre. Espera aquí mientras te traigo tu trofeo por participar.

—No sé muy bien qué quieres de mí.

Allison cerró los ojos. Se imaginó el pulsómetro de su padre danzando sin cesar: «132, 139, 134».

—Que te importe. Algo, lo que sea —susurró. Entonces abrió los ojos de golpe. Estaba cansada de guardarse las cosas dentro, de mentir, de fingir. Por fin había dejado de hacerlo con Colin y mira adónde la había llevado. Quizá también había llegado el momento de dejar de hacerlo con Jed. En persona, no por correo electrónico—. Quiero que te interese el hecho de que estoy en un importante programa de doctorado, que voy a ser profesora universitaria algún día, que estoy haciendo *exactamente* lo que os prometí a mamá y a ti que haría. No todo el mundo hace eso. No todo el mundo es capaz de poner sus sueños en la palma y hacerlos realidad. Algunos lo intentan con todas sus fuerzas y lo único que consiguen es polvo. Pero yo lo estoy consiguiendo. Yo, tu hija. Quiero que eso te importe. —Allison estaba de pie, agarrada al extremo de la cama de hospital de su padre como si así fuera a conseguir que la mirara a los ojos. En lugar de eso, se dedicó a morderse las uñas. Movió la boca como si quisiera decir algo, pero no lo hizo—. Quiero que te importe todo el daño que me has hecho.

Jed dio un respingo al oír eso.

—¿Que yo te he hecho daño? Te he dado una buena vida.

Allison no sabía que la rabia pudiera ser dolorosa, pero sus huesos parecieron crujir.

—Mamá me dio una buena vida. Tú intentaste que me odiara a mí misma.

Jed frunció los labios.

—Otra vez te está dando un berrinche.

—Esto no es un berrinche. Es la pura verdad. ¿Sabes lo que era vivir contigo? Hacías constantes comentarios sobre mi peso. Había impresos con dietas por todas partes. Comprabas comida basura y llenabas la casa de aperitivos y luego me avergonzabas por comer lo que había. Ninguneabas todo lo que me importaba. —Le dolían los dedos por la fuerza con la que aferraba el marco de la cama—. Supongo que debería agradecértelo, ya que tu desinterés me motivaba. Pero siempre ha habido una parte de mí que estaba vacía, un hueco que no podía llenar porque era tuyo.

A veces, cuando estaba de humor para reflexionar sobre sí misma, Allison se preguntaba si el no haber tenido relaciones en los últimos años tenía menos que ver con Colin y más con Jed. O al menos con las cicatrices que él le había dejado. Cuando Colin rompió con ella, abrió algo que su padre había dejado supurando. La idea de que ella no era lo bastante buena, que no valía la pena quedarse con ella. ¿A cuántos hombres había rechazado después de una cita, de una aventura? Allison se había convencido de que ninguno de ellos era adecuado para ella, pero tal vez tenía demasiado miedo de que fuera al contrario. Que hubiera demasiados agujeros en ella como para que encajara en algún sitio.

Incluso cuando había intentado apartar a Jed de su vida, él se había aferrado como los percebes. Como el moho. Como los trazos errantes de la pluma en los manuscritos ilustrados que habían dejado imperfecciones permanentes.

Su padre la miró fijamente. Levantó la mano y Allison pensó de manera fugaz que iba a tomar la suya, pero lo único que hizo fue agarrar el mando de la tele.

—No sé qué esperas que te diga.

Allison levantó las manos. Se sentía vacía. Ahora que había dicho todo lo que había estado reprimiendo durante años, tal vez esa sensación sería permanente. Tal vez nunca se sentiría llena de nuevo.

Era una idea agotadora, y cuando exhaló con dificultad, sus ganas de luchar se fueron con esa bocanada. Jed era una roca infranqueable. Una superficie no porosa. Jamás dejaría que sus palabras le calasen. Si Colin le había demostrado que la gente podía cambiar, su padre era un recordatorio de que eso no era cierto en todos los casos. Algunas personas nacen grabadas en piedra.

Dejó caer las manos a los lados mientras el pulso le palpitaba en los dedos.

—Quiero que me digas que me escuchas. Que lo entiendes. Que lo sientes. —Pero su boca era una línea recta e inmóvil. Su ritmo cardíaco la imitó: «130, 130, 129, 128»—. Quiero que me digas que me quieres, papá. —Su voz era frágil y la última palabra apenas se formó en sus labios. Era como algo en otro idioma, cuyo significado no acababa de comprender. Si aún tuviera su mural de palabras, estaría subrayado con signos de interrogación.

Jed siguió sin decir nada. Se limitó a mirarla, como si tampoco entendiera su significado.

Un momento después, su médica se acercó de golpe y su penetrante perfume cítrico invadió la congestionada nariz de Allison. No se había dado cuenta de que estaba llorando hasta que la doctora Friedman puso una mano en el hombro de Allison y le dijo:

—No hace falta que llores. Se va a recuperar. Los medicamentos han hecho un buen trabajo bajando su ritmo cardíaco y las analíticas salen bien. Una pequeña descarga esta tarde y debería latir a la velocidad adecuada.

Allison asintió mientras se secaba las húmedas mejillas. Las palabras de la doctora Friedman fueron un alivio, pero probablemente no en el sentido que ella pretendía.

Si Jed iba a ponerse bien, entonces no había necesidad de que se quedara.

Cuando la médica salió de la habitación, Allison dirigió la mirada a los ojos azules de Jed. Lo único que en realidad compartían.

—Aquí he terminado—dijo. Acto seguido dejó la habitación y a su padre.

Capítulo 25

Si el viaje a Maine con Colin el viernes le había parecido eterno, su regreso a casa el domingo por la mañana pasó en un abrir y cerrar de ojos.

Hacía diez minutos que había aparcado su Honda en la entrada de la casa de Providence y los dos seguían sentados en silencio, mirando por el parabrisas. La pintura de la casa resplandecía de un blanco glacial que contrastaba con las nubes grises y las contraventanas negras.

Allison se rodeó con los brazos a pesar de que el coche aún estaba caliente. No quería bajarse.

Colin y ella habían existido en otro mundo los últimos días. Solo ellos dos y los perros, protegidos por la querida casa de su infancia del frío aire de Maine y del estrés de su drama familiar. Después de dejar a Jed (y de soportar una interminable y tortuosa conversación con su madre sobre por qué se iba), volvió y descubrió que Colin había pedido comida china y desenterrado todas las películas basadas en textos medievales que pudo encontrar. En algún momento entre los rollitos de huevo y un horrible intento de convertir *El Decamerón* en una película de sexo (protagonizada nada menos que por el actor que había interpretado de forma chapucera a Anakin Skywalker en las precuelas de *La guerra de las galaxias*, un hecho sobre el que Colin no podía parar de hablar) se desmoronó y le habló de su encuentro con su padre en el hospital. Él le tomó la mano en silencio todo el tiempo, enjugándole las lágrimas que resbalaban por su rostro mientras relataba lo apático que Jed se había mostrado.

Confiar en Colin abrió algo dentro de ella. Después de eso, no pudo dejar de tocarle, de arrimarse a él o de apoyar la cabeza en su regazo mientras hacían una guerra de citas de *Los caballeros de la mesa cuadrada* de Monty Python con un pésimo acento británico.

Más tarde acabaron enredados una vez más entre las sábanas de la vieja cama de Allison, después en su ducha rosa y, por último, a las dos de la madrugada, cuando Monty gimoteó para que le sacara, contra la puerta trasera de la casa. Se sonrojaba solo de pensar en ello.

Pero ahora que habían vuelto, el mundo real estaba a punto de invadir su pequeña y perfecta burbuja. Los dos seguían en el mismo programa de posgrado, seguían compitiendo por el mismo puesto de adjunto y por el mismo viaje de investigación, y Allison aún no se lo había explicado a Sophie.

No tenía ni idea de cómo debía manejar todo esto, pues no sabía qué había entre Colin y ella. ¿Este fin de semana había sido simplemente una vuelta al pasado? ¿Una aventura de fin de semana? ¿O Colin quería que esto fuera algo más? ¿Lo quería ella? (Sí, la respuesta era «sí», aunque Allison se negara a admitirlo en voz alta hasta que Colin lo hiciera.)

No tenía respuestas. No era una situación que le gustara. A pesar de todas las confesiones, de todos los besos y del sexo de los últimos días, habían dedicado muy poco tiempo a solucionar las cosas.

Colin soltó una tos ronca que la hizo salir de sus pensamientos.

—Y ahora ¿qué? —Su voz apenas se oía con el ruido de la calefacción.

—¿Eh? —A Allison se le encogió el corazón. Quizá no era la única que se preguntaba a qué atenerse.

—¿Vas a... entrar?

¿Qué más daba?

Allison agarró el tirador de la puerta con las manos. En parte para no temblar y en parte para..., bueno..., para apearse.

—O...

Se giró de golpe hacia él.

—¿O?

Colin esbozó una sonrisa y le asió la mano.

—Voy a visitar a mi abuelo. Podrías venir. —A Allison le dio un vuelco el corazón cuando él entrelazó sus dedos y se llevó sus nudillos a los labios—. Así no tenemos que despedirnos todavía.

Ella disfrutó de su tacto.

—¿Y Monty? —El cachorro seguía dormitando tranquilamente en el asiento trasero.

Colin se encogió de hombros.

—Le encantan los perros.

Todo se calmó menos el desbocado corazón de Allison. Sus palabras eran como una cuerda mientras ella colgaba de un acantilado. El abuelo de Colin era muy importante para él. Que la llevara a conocerlo significaba mucho.

Allison asintió.

Era un paso hacia una respuesta. Una que Allison esperaba más de lo que quería admitir.

Monty agitaba el rabito delante de Allison, sacudiendo su pequeño cuerpo bajo el brazo de Colin. Se detuvieron frente a la habitación 135 y Colin se limpió la palma de la mano en los vaqueros antes de llamar a la puerta.

Una voz quebradiza por la edad les invitó a pasar.

—Mira, Janey, vuelve el nieto pródigo —anunció la misma voz cuando Colin asomó por la puerta.

Él sacudió la cabeza. Una sonrisa bonachona llenó su rostro.

—Vine hace dos días.

—Demasiado tiempo. Demasiado tiempo —respondió el anciano.

Colin lanzó una mirada a Allison mientras le tomaba la mano y la conducía a la habitación.

—Tiene un buen día —articuló en silencio.

El cuarto de su abuelo tenía el tamaño de una habitación de hotel; una mitad dedicada a zona de dormitorio y en la otra había un sofá y un sillón reclinable de cuero orientados hacia un televisor de pantalla plana en la pared. Sobre la cama había un escudo de armas y encima de la cómoda colgaba un mapa de Inglaterra. Amplios sectores del país estaban coloreados de rojo, divididos por manchas azules, sobre todo en el extremo occidental.

Allison reconoció el patrón. Era una representación de los territorios de los Lancaster y de los York durante la Guerra de las Dos Rosas.

Colin no bromeaba sobre la afición de su abuelo por la historia medieval. O por los libros. Los había amontonado por todas partes: en el suelo, en las mesillas, en la cómoda. Las puntiagudas esquinas de algunos asomaban por el armario medio cerrado como si quisieran escapar.

Este anciano aún no le había dirigido una sola palabra y Allison ya le quería.

Su cuerpo rivalizaba con el de Colin por el título del más delgado de la historia y apenas ocupaba espacio en el sillón reclinable. El corto cabello plateado le sobresalía en todas direcciones de la parte superior de la cabeza, como si no parara de mesárselo, y tenía las mejillas hundidas y cetrinas. Sin embargo, la sonrisa que esbozó era tan brillante y encantadora como la de su nieto.

—Tía Jane. —Colin saludó a la mujer sentada en el sofá. Parecía tener unos cuarenta y tantos años, con expresión seria y un atuendo elegante a la par que discreto. Se acomodó los mechones de su lisa melena castaña detrás de la oreja mientras su sobrino se inclinaba para darle un beso en la mejilla.

Allison se sobresaltó al darse cuenta de que reconocía a la mujer de los folletos promocionales de Claymore. Jane Evans, la decana de la Facultad de Posgrado de Artes y Ciencias.

Agarró con fuerza el dobladillo de su jersey. ¿Era la tía de Colin? ¿La que había estado dispuesta a jugar una emocionante partida de la Rueda del Nepotismo por él? ¿Trabajaba en Claymore? ¿Era el programa en el que estaba en el que habría colado a Colin?

No era de extrañar que hubiera sido tan reservado al respecto. Por injusto que fuera, el cerebro de Allison ya estaba ideando un millón de escenarios en los que Jane obligaba a su sobrino a entrar en la escuela de posgrado sin su conocimiento o consentimiento. No quería ni imaginar lo que Ethan la Cotorra haría con ese tipo de información. Pondría a Colin en la picota en el patio, a pesar de lo mucho que merecía estar en este programa.

Allison se sintió agradecida cuando el abuelo de Colin preguntó: «¿Quién es esta joven?», interrumpiendo sus pensamientos. Se acercó a Colin y le tendió la mano.

—Soy Allison.

—Y este es Monty. —Colin bajó la cadera para que el cachorro que llevaba en brazos quedara a la vista. Luego presentó rápidamente a su abuelo y a su tía como «el abuelo y Jane».

El anciano resopló.

—¿Es que yo no tengo un nombre?

Colin se rio.

—Usted disculpe. Allison, te presento a Charlie.

Pero Charlie estaba demasiado distraído con Monty para oír la corrección. Las arrugas surcaban su enjuto rostro mientras murmuraba y lanzaba sonoros besos.

—¿Dónde está el chico bueno? —Su voz era aguda, igual que la de todo el mundo cuando le habla a los perros y a los bebés—. ¿Eres tú? ¿Es posible que seas tú? —El corgi se puso a darle lametones en la cara a Charlie antes de que lo tuviera bien instalado en su regazo.

—¿De qué os conocéis? —Jane les indicó que se sentaran en el sofá.

Allison se acomodó a su lado y Colin se apoyó en el brazo.

—Fuimos juntos a Brown —dijo Allison—. Y ahora estamos en el mismo grupo en Claymore.

Los ojos marrones de Jane brillaron.

—Allison... ¿Avery?

Allison asintió, aunque sus pensamientos empezaron a acelerarse.

El peor escenario posible cuando la decana de tu
facultad te reconocía apenas seis semanas después
de haber empezado las clases:

1. La Administración la tenía en una lista de vigilancia secreta por las búsquedas en Internet que había hecho en el campus.

2. La habían admitido en el programa por error y nadie supo cómo decírselo.

3. Uno de sus alumnos de las clases de recitación se había quejado de su clase a la Administración.

Sintió pánico al pensar en esto último hasta que la tía Jane dijo: «Wendy Frances habla *maravillas* de ti», lo que hizo que a Allison se le acelerara el corazón por un motivo totalmente nuevo.

—¿De veras? —Allison y Colin preguntaron al unísono. Le tenía agarrada la mano, pero ahora parecía que se la estaba estrujando.

Jane asintió con la cabeza.

—Está muy impresionada por los conocimientos que ya tienes y por tu capacidad analítica. Cree que tienes una gran carrera por delante.

Allison sintió que caía. Que caía y caía sin parar. Persiguiendo a Alicia hasta el País de las Maravillas.

¿Era posible que todo lo que quería, todo por lo que tanto había trabajado, estuviera ya a su alcance? ¿Que Wendy viera ya su potencial a pesar de que solo había transcurrido medio semestre?

No. ¡Al la mierda con eso! Su potencial no. Su *valor*. Ella creía que Allison podría tener una carrera en el mundo académico. En su campo de estudio sí que existía un agujero con su forma. Lo único que tenía que hacer era entrar en él.

El orgullo le calentó la cara cuando miró a Colin. Su sonrisa era falsa.

Oír que tu profesora hablaba maravillas de tu rival directo tenía que ser tan agradable como una colonoscopia. Le dio un golpecito en la rodilla.

—¿Sabes? Colin también es adjunto de Wendy. Y sus alumnos le adoran.

A Jane se le iluminó la cara.

—¿De veras?

Allison asintió.

—Uno de mis propios alumnos me paró el otro día después de clase para decirme lo mucho que le gusta a su amigo la clase de Colin.

Tuvo que hacer un gran esfuerzo para que no se le cayera la cara de vergüenza. Allison acababa de admitir que sus clases eran tan malas que sus alumnos tenían que felicitar a otras personas en su lugar.

Si Colin se había percatado, su expresión no lo demostraba. Era sincera, amable e insegura, e hizo que a ella se le encogiera el corazón.

—¿De verdad? —Colin le rozó el interior de la muñeca con tanta suavidad que casi dolía.

—De verdad. —Apenas pudo pronunciar las palabras.

Colin relajó los hombros y se recostó en el cojín del sofá.

—Seguro que fue esa actividad de preguntas de debate que probé. A todos les encantó.

—¿El qué?

—A mis alumnos les costaba hablar de *Beowulf* porque les preocupaba no entenderlo. Así que les pedí hace unas semanas que escribieran todas las preguntas que tuvieran sobre el poema, por muy estúpidas que temieran que fueran. Luego las leí todas de forma anónima. Empezando por la mía: «¿Por qué solo hay una criatura como Grendel?» —Sonrió con timidez—. Pareció romper la tensión. Desde entonces, están mucho más dispuestos a hacer las preguntas que se les ocurre.

—Vaya. —A Allison se le hizo un nudo en la garganta. A ella le costaba horrores incluso pensar las preguntas para el debate, más aún encontrar buenas maneras de utilizarlas. ¿Cómo lo hacía Colin?

¿Y por qué ella no era capaz?

—Puedo compartir mi informe de la actividad si quieres. —Tenía una expresión radiante, entusiasmada. Se le hizo un nudo en el estómago.

—Por suerte, mis alumnos no parecen tener miedo de hacer preguntas. La mayoría de las veces tienen tantas que no nos da tiempo a hacer otra cosa. —¡Dios! No podía dejar de mentir sobre su clase. Aun cuando eso significara hacer quedar mal a Colin delante de su tía. Intentó sonreír mientras daba marcha atrás—. Pero gracias. Suena genial.

Jane juntó las manos.

—Siempre supe que serías un excelente profesor, Colin.

—¡Sí, sí, sí! —Charlie giró a Monty en su regazo para poder acariciar mejor las orejas del perro—. Allison, este chico me enseñó mucho cuando vivíamos juntos. Todo sobre los romances artúricos franceses y el *Ciclo de la Vulgata* y los libros de Lancelot. —Tenía los ojos del mismo color que los de Colin, aunque mucho más pequeños y más juntos, y brillaban con cada palabra—. Es un baluarte del conocimiento. Y esos conocimientos nunca le abandonan. Como si él fuera la Torre de Londres. —Había tanta admiración en su voz que se le entrecortaba. Charlie tosió para aclarársela y le pidió disculpas a Monty con cada sacudida de su cuerpo.

—Papá —intervino Jane—, ¿recuerdas cuando era pequeño y nos daba clase después de la cena del domingo?

—Espera, *¿qué?* —Allison se retorcía las manos de placer. Las historias embarazosas de la infancia eran la mejor munición.

Colin gimió mientras intentaba taparle los oídos. Ella le apartó de un manotazo.

—Tenía una vieja pizarra en mi estudio —dijo Charlie—. Tenía ruedas y este chico la sacaba todos los domingos por la noche y la colocaba en la cabecera de la mesa. Luego nos enseñaba algo de lo que había leído esa semana.

—Llevaba unas gafas de culo de botella que no paraban de caérsele y tenía un puntero —añadió Jane.

Charlie esbozó una sonrisa de oreja a oreja que hizo que se le marcaran más las arrugas de los ojos.

—Y golpeaba la pizarra con él. —Hizo un gesto con la mano para demostrarlo—. Toc, toc, toc, y carraspeaba igual un viejo y malhumorado maestro de escuela.

Allison miró a Colin de nuevo. Tenía los labios apretados y las cejas arqueadas. Su cara era prácticamente del color de sus gafas.

—Espero que tus métodos hayan mejorado —bromeó.

Eso arrancó una carcajada a todos, incluido Colin, que apoyó la cabeza contra la sien de Allison como si ella pudiera esconderle del recuerdo.

Era muy fácil imaginar al pequeño Colin Benjamin, tan orgulloso de su propio conocimiento, exigiendo la atención de sus alumnos adultos. Pero a medida que la imagen caldeaba el corazón de Allison, también abría una grieta justo en el centro.

Porque eso era el otro problema de su acogedora burbuja de Maine. No habían hablado de la facultad. La clase de Wendy, el puesto de adjunto y sus carreras de posgrado parecían estar a un millón de kilómetros de distancia. Parecían un problema para una versión alternativa de ellos.

Pero cuando Jane sacó su móvil del bolso y le preguntó a Colin si podía compartir su planificación para la clase en su próximo taller de desarrollo docente, trajo de nuevo esas realidades a la habitación. Rondaron por los rincones igual que fantasmas, helándole la piel a Allison.

Echó un vistazo al reloj colgado en la pared de Charlie.

—Debería irme a casa —dijo de repente al tiempo que se ponía en pie.

Por mucho que no quisiera enfrentarse a Sophie, Allison tenía aún menos ganas de escuchar más elogios a las habilidades docentes de Colin.

Daba igual lo bien que se hubiera sentido cerca de él este fin de semana ni lo mucho que la había ayudado. Colin quería ese puesto de adjunto con Wendy tanto como ella, y si no se andaba con cuidado, muy bien podría arrebatárselo de las manos.

Capítulo 26

MAMÁ: Volví a ver a tu padre después de que te fueras. Acabo de llegar a casa. Le sometieron a ese procedimiento de descargas y todo parece ir bien.

MAMÁ: MAMÁ te ha enviado una foto

MAMÁ: ¿Ves el color en sus mejillas?

MAMÁ: Y ya está molestando a las enfermeras para que le lleven un perrito caliente. ¡Ja! ¡Está claro que ha vuelto a ser el de siempre!

Allison frunció el ceño. Hacía horas que Colin la había dejado en casa y desde entonces no había estado contemplando un artículo sobre la infancia victoriana. No podía asimilar ni una palabra. En su cabeza bullían demasiados pensamientos sobre Colin, el puesto de adjunto, Sophie y lo que debía hacer al respecto.

Y los interminables mensajes de su madre *no* ayudaban.

No quería saber nada de Jed. Después de su conversación de ayer en el hospital, se había terminado. No pensaba atender a alguien que le había causado tanto dolor. Daba igual que fuera su padre.

Si bien su madre tampoco estaba dispuesta a oír eso.

Exhaló un suspiro, metió el teléfono en el cajón del escritorio y lo cerró de golpe. No era el momento de reanudar el tiovivo de la culpa. Tenía que ponerse con los deberes y eso requería silencio.

Así que, como no podía ser de otro modo, Sophie llamó a la puerta un segundo después. Su oscura mata rizada saludó primero a Allison cuando asomó su cara de sonrosadas mejillas por la puerta.

—Has vuelto.

—Sí.

—¿Tienes un segundo para hablar? —Su mano giró alrededor del pomo de la puerta como si lo estuviera puliendo.

Allison no lo tenía (o, mejor dicho, no quería), pero no podía seguir evitando esta conversación.

El perfume con olor a canela de Sophie impregnó el aire mientras cruzaba la habitación y se dejaba caer sobre la cama de Allison. Enganchó los talones en los peldaños y abrazó la almohada de Allison contra su pecho, como hacía en Brown cada vez que tenían una conversación seria.

Parte de la tensión de sus músculos se alivió. Habían congeniado desde el primer día que se sentó detrás de Sophie en Inglés. Aún recordaba como si hubiera sido ayer las primeras palabras que le dirigió la que pronto sería su mejor amiga: «Qué pasada de camiseta». Nadie le había hecho nunca un cumplido sobre la ropa.

Las dos se entendían a la perfección. Eran gemelas de pensamiento. ¿Por qué estaba convencida de que eso cambiaría si cambiaban otras cosas? Sophie seguía siendo Sophie, incluso en la distancia.

—¿Qué noticias hay de Jed? —Sophie apoyó la barbilla en el borde de la almohada con forma de donut. Allison intentó no fijarse en que era de glaseado de chocolate con virutas, igual que el que había comido el viernes durante el viaje en coche con Colin.

Se encogió de hombros. No estaba nada bien dadas las circunstancias, pero así se sentía. Apática, distante, indiferente.

—¿Supongo que está bien? Hoy le han sometido a una especie de tratamiento con el que han recuperado el ritmo normal de su corazón. Y, según mi madre, está mucho mejor.

—Tiene que haber sido raro verlo después de todo.

—Yo..., esto..., —Allison levantó la mirada al techo—, discutí con él. O todo lo que se puede discutir con alguien a quien no le importa una mierda lo que dices.

—¿En serio?

—Me dijo que estaba siendo dramática.

Sophie soltó una larga bocanada con los dientes apretados.

—*Odio* esa palabra.

—Ya. —Ojalá Dante siguiera vivo para crearle un bonito rincón en medio del infierno—. No quiero tener nada que ver con él. Aunque mi madre siga mandándome mensajes para informarme como si me hubiera inscrito en una lista de correo electrónico. —Las manos le temblaban un poco y se las metió debajo de los muslos. Muchas era las emociones extrañas que podrían invadirla en este momento, pero Allison estaba nerviosa. Como si Sophie fuera a juzgarla.

—Por si te sirve de algo, creo que estás tomando la decisión correcta.

Sus palabras fueron un soplo de aire fresco. Allison inspiró hondo mientras las asimilaba.

—Repudiar a un padre parece algo antinatural. Como si fuera un pecado mortal. Él es mi *padre*.

—Y es un hijo de puta. Que nos hayan parido no les da a nuestros padres vía libre para maltratarnos. Y eso es justo lo que te ha hecho siempre. Todo eso de tu peso, de la comida y que desprecie todos tus logros, es abuso. No es necesario que deje moratones para que duela.

Allison se estremeció. La palabra «abuso» tenía una connotación muy fuerte. No le gustaba imaginarse como alguien de quien se pudiera abusar. Pero eso era una gilipollez. La idea de que esto solo le ocurría a cierto tipo de personas era culpabilizar a las víctimas. Más gilipolleces patriarcales que habían calado en ella sin que se diera cuenta. Se propuso leer un nuevo libro de teoría feminista esta semana.

Sophie apretó los lados de la almohada hasta que se pareció más a un buñuelo.

—Me vas a matar por decir esto, pero a veces me pregunto si no habrá una conexión directa entre Jed y Colin.

Allison se sobresaltó.

—Colin *no* es como mi padre.

—Puede que no, pero a veces era muy egocéntrico. Recuerda que, cada vez que veíamos una película de misterio o de suspense, intentaba adivinar lo que pasaba y cuando se equivocaba le echaba la culpa a un mal guion. —A Sophie se le cayó la almohada al suelo mientras gesticulaba como una loca. Monty se arrojó al hueco del centro y se quedó dormido de inmediato—. O que nos corregía cada vez que usábamos «menos» o «menos aún», como si fuera el puto Stannis Baratheon. —Allison no tenía manera de defenderle de eso. La admiración de Colin 1.0 por uno de los peores personajes de *Juego de tronos* siempre había sido una manzana de la discordia entre ellos. Seguro que Ethan la Cotorra y él hubieran sido grandes amigos, dedicados a rescatar a Internet de los errores gramaticales con un comentario pedante tras otro—. O que corregía tus trabajos de literatura con boli rojo en vez de darte su opinión. —Sophie sacudió la cabeza.

—Ha cambiado. —Lo que la atraía de Colin 2.0 eran todas las cosas de las que antes carecía: la empatía, la vulnerabilidad, que estuviera dispuesto a dejar que otra persona influyera en sus opiniones. Seguro que hacía tres años hubiera intentado decirle cómo tenía que tratar con su padre en lugar de ofrecerle un espacio para hablar, como había hecho durante todo el fin de semana. Era como una casa vieja que habían derribado para reformarla; igual por fuera, pero casi irreconocible por dentro.

Sophie apretó los labios.

—Cuesta creer eso cuando me has estado ocultando vuestra relación.

—No la estaba ocultando. Nos acostamos unas cuatro horas antes de decirte que estábamos juntos.

«Y ni siquiera sé si de verdad estamos juntos», se recordó.

—Sí, pero lleva cosa de dos meses en tu programa. —Las palabras de su amiga dieron en el clavo.

A Allison se le encogió el estómago. Era mucho peor oírlo en voz alta. Todo este tiempo había estado ocultándole secretos a Sophie, reprimiendo sentimientos que podría haber expresado en voz alta. ¿Y por qué? ¿Porque temía que Sophie hubiera cambiado demasiado? Odiaba la idea de que su madre tuviera razón sobre su predilección por lo que le era familiar.

—No hubo nada entre nosotros durante casi todo ese tiempo. Discutíamos o nos ignorábamos. Literalmente huí de él en Orientación.

Sophie esbozó una sonrisa.

—Cuánta labia.

—Como siempre. —Allison esbozó una pequeña reverencia desde su silla—. Tropecé con el bordillo al hacerlo.

Sophie rio por la nariz, pero la diversión desapareció enseguida de sus ojos de color café.

—¿Y la facultad?

—¿Qué pasa con eso? —La tensión recorrió los hombros de Allison.

—Te desmoronaste cuando te robó el Rising Star. Todo dejó de importarte. Casi no terminas las clases. Y estabas convencida de que jamás entrarías en la facultad de posgrado solo porque no habías ganado. Si tu madre y yo no te hubiéramos convencido de que lo retomaras todo en verano, quizá no estarías aquí ahora.

Allison hundió los dedos de los pies en la alfombra, sin apartar los ojos de la cara de Sophie. Durante los últimos años, había hecho todo lo posible por olvidar las consecuencias de la ruptura con Colin, dejando que su rabia hacia él acabara con el resto de los recuerdos. Se había sentido una fracasada. Había tenido en sus manos todo lo que deseaba y las había abierto para dejar que el viento se lo llevara todo. Esa sensación la había carcomido por dentro hasta que no pudo soportar el más mínimo comentario sin venirse abajo.

Nunca se lo había confesado a nadie, pero ese verano empezó un nuevo mural de palabras y lo escondió a un lado de la cama de su dormitorio. Cada palabra era sinónimo de fracaso.

Agarró el asiento de su silla con mucha fuerza.

—He superado todo eso. —Ella ya no era aquella chica. Y Colin no era el chico que la había hecho así.

Sophie torció el gesto.

—Pero ahora estás en un programa muy importante. Tu carrera está en juego. Si hace que pierdas la concentración...

—No lo hará —replicó, y la incredulidad se apoderó de la cara de Sophie—. No pienso volver a derrumbarme así otra vez. Ahora soy más fuerte —repuso.

No parecía que Sophie hubiera terminado, pero algo en la expresión de Allison pareció hacer que se lo pensara dos veces.

—¿Por qué no me lo dijiste? —preguntó en su lugar.

Allison suspiró. «Allá vamos». Se pasó su larga melena por encima del hombro y la retorció entre los dedos. Era hora de sacarlo todo a la luz. Por lo menos, se quitaría un peso de encima.

Aunque tenía ganas de mirar a otra parte, se obligó a mantener el contacto visual con Sophie.

—No creí que te importara.

Sophie se estremeció.

—¿Qué?

—Nunca estás aquí y, cuando estás, estás muy ocupada con tus bocetos y tus telas. Apenas nos vemos y menos aún salimos. Cuando firmamos el contrato de alquiler de este lugar pensé que nada cambiaría. Que sería igual que en Brown.

—Allison —Sophie tenía sus ojos marrones abiertos como platos—, ya no estamos en la universidad. —Su tono era demasiado cauto—. Nuestros horarios son polos opuestos. Yo estoy fuera todo el día y tú estás en clase o estudiando toda la tarde y toda la noche. Ya no tenemos tiempo libre como antes.

—Lo sé. No soy estúpida.

—Entonces, ¿a qué viene eso de que «no me importaría»?

Allison enroscó los rizos en su dedo con más fuerza.

—Parece que tu nueva vida es más importante que la que teníamos antes.

La ira no era la expresión que esperaba ver en el rostro de su amiga. Pero ahí estaba, tensando las mejillas de Sophie y oscureciendo su mirada.

—No soy la única que no está aquí, Allison.

—¿Qué?

—¿Y todas las salidas con tus compañeros, las sesiones de estudio, las conferencias, etcétera? ¿Crees que no me preocupa estar perdiendo a mi mejor amiga por gente que la entiende mejor que yo?

Allison tuvo la sensación de que su silla se volcaba con ella encima.

—Imposible. Eres mi gemela de cabeza. Mi media naranja. Sabes lo que es esto. —Allison señaló su cuerpo. Antes de conocer a Sophie, Allison nunca había tenido a nadie en su vida que entendiera lo que era tener una talla grande, aparte de su madre. Tener una amiga que compartiera de verdad la experiencia vital era un regalo. Hacía que el mundo fuera mucho menos solitario.

—Aun así. Ellos conocen todas esas palabras tan cultas que salen de tu boca. Y aman los libros como tú y han leído lo mismo. —Sophie levantó una mano para acallar sus protestas—. Y aunque no fuera así, no puedes negarme una vida y una carrera porque tengas miedo al cambio. Providence no es una ciudad propicia para el mundo de la moda. Aquí no puedo conseguir unas prácticas adecuadas. Necesito ir a ferias. Puede que tenga que buscar empleo en otro lugar. Eso tiene que estar bien. No puedo joder mi futuro por miedo a herir tus sentimientos. —Sophie se puso en pie y se agachó para darle a Monty una palmadita en la cabeza—. Sobre todo si vas a ocultarme cosas.

Las palabras golpearon con fuerza a Allison.

—No lo he hecho —mintió. Últimamente le salía con demasiada naturalidad—. No lo haré. Ya no.

Cuando Sophie salió al pasillo, una sonrisa triste se dibujó en su rostro.

—Es que no entiendo por qué quieres pasar otra vez por esto. Nada más. Hay mucho más en juego.

Se fue antes de que pudiera responderle.

Capítulo 27

Allison revisó el correo electrónico de Wendy por quinta vez desde que se había sentado, como si fuera posible que las palabras hubieran podido reorganizarse en su ausencia.

Llevaba haciendo lo mismo sin parar desde que lo recibió la tarde anterior.

Su profesora había programado sus presentaciones para Grandes Éxitos de la Literatura Británica. Dentro de tres semanas tendría que demostrarle a Wendy, a la clase, a Colin y, lo que era más importante, a sí misma, que podía dar una clase y captar la atención de los estudiantes.

Los murmullos procedentes de los asientos del aula le recordaron que tenía público. Dejó el teléfono en el suelo y adoptó una expresión indiferente.

Al menos le tocaba hablar la segunda. Eso le daría un fin de semana extra para prepararse. Y la oportunidad de hacer algunos cambios en su propia presentación a partir de lo bien que le fuera a Colin.

Tenía la sartén por el mango. Le iría bien. Incluso genial.

Cuando hablaron por teléfono la noche anterior, Allison se aseguró de que Colin sintiera esa confianza.

—Voy a darte una lección —insistió.

La carcajada que oyó a través del teléfono hizo que le zumbaran los oídos.

—Supongo que habrá que verlo —le susurró Colin después, con voz cálida y sensual como una buena taza de chocolate. El suave chasquido al colgar le había provocado un escalofrío.

Si estaba intentando utilizar el rollo que estaban teniendo para desconcertarla, estaba funcionando. Después de aquello, el sueño la acosó durante más de una hora mientras intentaba ahuyentar la imagen mental de Colin apoyado con indolencia contra la pared de su dormitorio mientras le susurraba al teléfono.

¡Maldito sea!

Allison sacudió la cabeza y vio que el reloj pasaba de las 10:55 a las 10:56. El atril de Wendy en la parte frontal del aula seguía vacío.

La silla de Colin junto a Allison también permaneció así.

«¿Dónde estaban?». Como si fuera un acto reflejo, empezó a imaginar situaciones en las que Colin y Wendy estrechaban lazos sin ella. Se retorció las manos por debajo de la mesa. Estaba claro que esto de salir con un rival iba a ser un asunto muy complicado de sobrellevar.

Los estudiantes posaban los ojos en ella mientras esperaban con impaciencia, algunos con las bolsas en el regazo, listos para salir disparados. Cole se había vuelto a poner el abrigo.

Tal vez debería darles permiso para que se fueran. Sería la mejor forma de evitar un desastre del nivel de la peste negra que asoló la Europa medieval. ¿Qué iba a hacer con un aula llena con sesenta alumnos si no podía dar clase ni a quince? Y no tenía nada preparado.

Las 10:59.

Se aclaró la garganta, dispuesta a dejar que se fueran. Era probable que así les cayera mejor. ¿Y qué eran las evaluaciones de los alumnos, sino un concurso de popularidad? Aun siendo la alumna con las mejores notas, que siempre había estado muy interesada en su propia educación, solía dar puntuaciones más altas a los profesores que le parecían divertidos o simpáticos, sin importar si la desafiaban o la ayudaban a aprender.

Asunto zanjado. Una hora libre para todos.

Cuando se puso en pie, su mirada se vio atraída por algunos garabatos del cuaderno abierto. Había llenado páginas con ideas sobre el cuento de *La comadre de Bath* (su lectura del día) y su potencial feminismo. Los destellos del bolígrafo de gel morado (Allison creía firmemente que las cosas «femeninas» tenían su propio sentido del poder y no era mutuamente excluyente del feminismo) centellearon bajo las luces fluorescentes.

Puede que no tuviera una clase preparada, pero tenía mucho que decir. Y, en su sentido más literal, como profesora adjunta, su trabajo consistía en ayudar en la docencia. ¿Qué más ayuda que hacerse cargo de la clase si la profesora Frances no podía estar presente? Se haría un flaco favor a sí misma y a los estudiantes si tomaba el camino más fácil.

Así que irguió los hombros e hizo todo lo posible para actuar como si no le sorprendiera que el atril estuviera vacío.

—Bien. Vale..., uh..., sacad los libros y dedicad unos minutos a repasar la lectura de hoy. Buscad cinco frases que creáis que son significativas. —Eso le daría unos minutos para ordenar sus pensamientos.

Su antología cayó sobre la mesa con un ruido sordo que esperaba que sonara sobrecogedor y no que diera la impresión de que se le había resbalado de las manos temblorosas.

Una de las cosas más interesantes del prólogo y del cuento de *La comadre de Bath* era la forma en que dialogaban en torno a la idea de la mujer y del conocimiento. Allison podría centrarse en ello y tal vez utilizar *El cuento de Melibeo* como contraposición. *El cuento de Melibeo* no era un texto asignado, pero eso significaba que Allison podía enseñar algo nuevo a los alumnos. Tal vez Wendy quedara impresionada.

Ahí estaba. Ya tenía un plan. Se tragó la bilis que le subía por el estómago y se preparó para dirigirse a la clase. «Puedes hacerlo —se dijo—. Lo vas a conseguir».

No tuvo ocasión de averiguar si eso era cierto.

Colin entró derrapando por la puerta; su chaqueta azul brillante parecía un borrón contra las paredes blancas. Sus Converse chirriaron lo bastante fuerte en el linóleo como para captar la atención del aula.

—Estoy aquí, estoy aquí —anunció. Apoyó las manos en las rodillas, respiró hondo y se echó el pelo hacia atrás. Aunque no se le había descolocado ni uno solo—. Acabo de hablar con la profesora Frances. Por desgracia, está bastante indispuesta, así que Allison y yo nos encargaremos de la clase de hoy.

Sus ojos se cruzaron. Detrás de la desenfadada compostura de Colin centelleaba el pánico. Verlo ayudó a calmar el de Allison. El miedo compartido siempre hacía que fuera más fácil de soportar. Por eso existía el compañerismo.

Además, Colin no lo sabía, pero ella ya tenía un plan. Y los planes lo hacían todo llevadero.

—Muy bien. —Dio una palmada—. Ya habéis oído a Colin. Formad grupos de cuatro y..., mmm, haced lo siguiente. —Sacó de su bolso el rotulador, se acercó a la pizarra blanca y anotó las instrucciones que les ayudarían a comparar el cuento de *La comadre de Bath* con su prólogo. Volvió a mirar a la sala—. Tenéis veinte minutos. Adelante.

Una cacofonía de voces y movimientos cobró vida con un gesto de su mano, como si fuera una especie de director de orquesta. El orgullo le llenó el pecho.

Al bajar del atril, Allison se reunió con Colin en su mesa. Él estaba mirando su antología y comparándola con sus notas abiertas. Tenía los brazos en jarra, de modo que los codos sobresalían como un par de huesudas alas.

En cuanto sintió su presencia, Colin se acercó de forma que sus brazos se rozaron, como si no pudiera evitar tocarla. Allison se sonrojó. Se inclinó hacia la página abierta para que su pelo la ocultara a los estudiantes.

—Buena idea lo del trabajo en grupo —dijo—. Y las preguntas.

Allison se encogió de hombros.

—Solo he imitado lo que hace Wendy cuando empezamos con un nuevo texto. Y el trabajo en grupo siempre da resultado en la clase de recitación.

Colin se rascó la barbilla, sin apartar los ojos del libro.

—Debería intentarlo más a menudo. Hablan tanto que me preocupa que no haya tiempo. —Su tono no era en absoluto jactancioso, pero aun así se le clavó a Allison.

Fingió estudiar los versos del poema.

—Entonces, ¿te ha llamado Wendy? —preguntó de manera informal. «No preguntes por qué. No preguntes por qué»—. ¿Por qué?

Su boca no conocía más autoridad que la suya propia.

Colin arqueó una ceja.

—¿Quieres decir por qué me ha llamado a mí en vez de a ti? —Allison se encogió de hombros, pero su sonrisa traviesa era el centro de atención. Se quitó las gafas y limpió los cristales con el dobladillo de su camiseta, en la que ponía «Gotham es para villanos». (Este chico no le tenía ninguna lealtad a DC/Marvel; ¡qué asco!)

—No me buscaba a mí en concreto. Ha llamado al despacho central mientras yo estaba allí y Mei me ha pasado el teléfono.

La tensión que agarrotaba los músculos de Allison se relajó. Podría haber mentido y haberse dado aires delante de ella, pero había antepuesto sus sentimientos a quedar por encima. Le ardían las mejillas y presionó más su brazo contra el de él.

—Reconócelo —bromeó—. Estabas merodeando por la oficina con la esperanza de que llamara.

Colin miró por encima del hombro a la clase y arrimó la cabeza a la de ella.

—Eso solo lo hago por ti. —Su aliento, suave como una pluma, le rozó la oreja. Acto seguido se fue con la misma rapidez con la que se había arrimado a ella y comenzó a pasearse por la parte delantera del aula con su libro entre los brazos.

Su repentina ausencia hizo que le diera vueltas la cabeza y tenía el cuerpo en llamas. Necesitaba sentarse, pero le pareció que la silla estaba demasiado lejos, así que se arrastró hasta la superficie de la mesa.

Juraría que algunos de los alumnos la miraban fijamente, como si pudieran verle el pulso palpitando en las venas. Tenía que concentrarse de nuevo. Estaban dando una clase. «Ten un poco de maldito decoro, Avery».

—Bien. —Se le quebró la voz y se vio obligada a aclararse la garganta para disimularlo—. Supongo que Wendy te dio instrucciones.

Colin rio.

—Me dijo, y cito: «Es cosa vuestra».

—Mierda. —Allison se mordió el labio.

Los ojos color avellana de Colin captaron el movimiento. Recorrieron la curva de su boca con lentitud.

—Sé que tienes un plan.

—No lo tengo. —«Mentira».

Aunque, en este momento en particular, ese plan implicaba dejar que la besara contra la pizarra hasta que olvidara su propio nombre.

¡Dios santo! No era de extrañar que la gente aconsejara no salir con compañeros de trabajo. Esto era una tortura.

Allison se enderezó la camisa y le dio un pequeño pellizco en el costado. Tenían que comportarse ya mismo como adjuntos. Y no salirse de su papel bajo ningún concepto. Su futuro en el programa dependía de ello.

Colin se cruzó de brazos, presionando su libro contra el pecho.

—Tú *siempre* tienes un plan. Oigámoslo.

Allison tardó otro momento en desterrar de su mente todos los pensamientos del pasado fin de semana. Luego, después de soltar el aire con los dientes apretados, irguió la espalda y señaló la pizarra con la cabeza.

—Se me ha ocurrido que podríamos organizar la clase en torno a la última cuestión.

Colin hojeó su cuaderno.

—Me gusta.

—Y luego, si tenemos tiempo, podemos enseñarles algunos versos de *El cuento de Melibeo* —Se contuvo de explicar por qué. Lo que había entre ellos jamás funcionaría si no podía dejar la rivalidad a un lado, lo que significaba que tenía que dejar de intentar demostrar en todo momento que era más inteligente y tenía más conocimientos.

Colin se quedó paralizado.

—¿El qué?

—¿*El cuento de Melibeo*? ¿Uno de los cuentos de Chaucer? ¿El personaje? —El rostro de Colin carecía de expresión—. ¿Su respuesta a *Sir Topacio*? —Colin sacudió la cabeza—. ¿Es que no te has leído Los *cuentos de Canterbury*?

Eso era prácticamente un delito para un medievalista.

—No entero.

Allison hizo todo lo posible para que su voz pareciera crítica.

—Supongo que yo me encargaré de esa parte.

Él frunció el ceño.

—Tendrás que hacerlo.

Allison se puso en pie y le pasó la mano por el brazo. Esperaba que el contacto transmitiera todo lo que ella no podía.

—¿Por qué no empiezas tú?

—¿De verdad? —Su rostro reflejaba tanta inseguridad cuando la miró que fue una verdadera lástima que no pudiera darle un beso en los labios. Sentía el cuerpo lleno de manos y todas trataban de tocarle.

Se aclaró la garganta.

—Tal vez podría arrancar con algunos ejemplos de los escritos de la iglesia para compararlos con la forma en que *La comadre de Bath* utiliza la religión; Charlie también pasó por una pequeña fase de historia cristiana, así que tengo algo de experiencia en eso.

—Me parece estupendo. Podemos utilizar los ejemplos como punto de partida y luego ahondar en las otras formas en que establece su autoridad.

Durante los minutos siguientes, Allison articuló un guion a grandes rasgos mientras Colin encendía el proyector y mostraba un pasaje de algún padre de la Iglesia del que Allison nunca había oído hablar.

Cuando Colin pidió a la clase que terminara su trabajo en grupo, tardó unos tres segundos en tener toda su atención. Como si hubiera lanzado algún tipo de hechizo.

Mientras estaba sentada en su silla, hizo todo lo posible por no ver a Colin como un rival, sino como un colega. Alguien de quien podía aprender algo. Tenía labia, se paseaba por la tarima con lánguida desenvoltura y una de cada tres palabras no era un «esto», un «cómo» ni un «algo así» (que parecían ser los principales términos del vocabulario de Allison siempre que estaba delante de una clase). Parecía que hubiera escrito un guion entero de antemano y que se lo hubiera aprendido de memoria.

Al parecer, Colin había aprendido incluso algo sobre la brevedad desde su primer día en clase, porque su conferencia duró solo unos diez minutos antes de que dirigiera su mirada a Allison.

—Por supuesto, este es solo un tipo de autoridad que la comadre muestra en el Prólogo. ¿Cuáles son los otros?

¡Maldita sea! Fue una transición perfecta, merecedora de un Emmy, un Grammy, un Oscar, un Tony, una estrella Michelin y un Pulitzer.

Al levantarse para ocupar su lugar junto al atril, el corazón de Allison dio un vuelco cuando se volvió y vio todas las manos en alto.

Capítulo 28

—Cuando Katie, que estaba en la última fila, hizo ese comentario de que la historia se centra en el valor de la experiencia de las mujeres... —Colin acomodó la cabeza sobre los cojines del sofá de Allison, como si estuviera en una nube.

Después de su increíble clase en equipo, Allison decidió que era hora de que se quedara a dormir en su casa. Imaginaba que si Sophie se veía obligada a interactuar con él, vería lo mucho que había cambiado. Y Allison necesitaba que Sophie aceptara a Colin. Por alguna razón, le parecía que era la clave para arreglar las cosas entre ellas.

Pero cuando volvieron a casa de Allison esa noche, estaba vacía. Sophie había dejado una nota en la pizarra de la nevera diciendo que se quedaba a dormir en casa del vikingo. Si no fuera porque ya era prácticamente un fantasma, Allison se habría convencido de que su mejor amiga la estaba evitando.

Pero al menos esto significaba que podría pasar algo de tiempo a solas con Colin sin interrupciones. Gracias a todos los toqueteos furtivos y a los sutiles coqueteos de hoy en clase, Allison tenía las hormonas completamente revolucionadas.

No ayudaba nada que estuviera trazando perezosos círculos con el dedo en su rodilla. Últimamente la buscaba por instinto.

Como si ella fuera una parte natural de él. Como si fueran libros de la misma serie que encajaban perfectamente en una estantería.

Allison sintió que él sonreía mientras ella hundía la cara en su cuello y le daba un ligero beso en la mandíbula. Parecía tocarle con la misma facilidad.

—Me costó Dios y ayuda no ponerme a jalear.

—En realidad, se te escapó un pequeño hurra —señaló.

Colin hizo una mueca.

—¿Te diste cuenta?

—Todo el mundo se dio cuenta. Pero cuando un alumno llega a una conclusión por sí mismo merece un hurra.

—¡Sí! —Ladeó la cabeza para mirarla. La ternura de su rostro suavizó sus marcados rasgos (e hizo que a Allison se le derritiera el corazón). Se arrimó para unir sus bocas en un beso profundo y lento. Colin deslizó la mano por su espalda para pegarla a su cuerpo. Habría sido muy romántico si Monty no hubiera estado entre ellos, turnándose para lamerles el cuello.

Allison se apartó mientras reía.

—Deberíamos ponernos con la cena.

A Colin se le iluminaron los ojos.

—Vamos a cocinar.

—Uy, a mí no se me da nada bien.

Él le guiñó un ojo (sus malditos guiños eran tan increíbles como esa costumbre de apoyarse en cualquier superficie).

—Pero a mí sí.

En cuestión de diez minutos había rebuscado en todos los estantes de la cocina, la despensa y la nevera de Allison, y había conseguido los ingredientes para preparar una carbonara. Desfilaron a lo largo de la pequeña encimera como un ejército listo para la batalla.

—Tenemos pasta —dijo Allison mientras veía a Colin crear montones de harina sobre el granito y perforar pequeños cráteres en el centro.

—Las cosas frescas son mucho mejores. —Cascó un huevo en uno de los huecos y empezó a darle vueltas con un tenedor, poniendo cuidado para que el montoncito de harina no se derrumbara—. Ven a echarme una mano.

—Paso. —Las dotes culinarias de Allison incluían las tostadas quemadas y la sopa, además de conseguir que los cereales se emparan demasiado rápido.

Colin tiró con suavidad de ella hacia la encimera con una mano enharinada. Le dejó la blanca y polvorienta impronta de su mano en la muñeca mientras se colocaba detrás de ella. Apoyó la barbilla en su sien y le guio las manos para enseñarle cómo hacer girar el huevo para impregnarse de un poco más de harina cada vez. En cuanto tuvo una consistencia parecida a una pasta, utilizó sus manos para trabajar la masa. Allison intentaba prestar atención, pero al tener las caderas de Colin pegadas a las suyas, el lento vaivén que hacían al mover la masa de un lado a otro la distraía (por no decir otra cosa). Todo su cuerpo hormigueaba de deseo.

Se volvió hacia él y le agarró la camisa con las manos sucias. Necesitaba sentirlo más cerca, que el mayor número posible de partes de su cuerpo se pegaran al suyo.

Colin le estaba apartando de la cara unos mechones de su largo flequillo, cuando su teléfono emitió un pitido y ambos se apartaron de un salto.

—Déjalo. —Allison intentó volver a agarrarle de la camisa, pero él ya había cruzado la cocina para comprobar el identificador de llamadas.

Se subió las gafas con el dorso de la mano.

—Es tu madre.

—Tengo las manos sucias. Ya la llamaré. —Este no era el momento para que le pusiera al día sobre el estado de Jed ni para sucumbir a los remordimientos. No cuando ardía en deseos de tener el delgado cuerpo de Colin pegadito al suyo.

Colin esbozó una sonrisa.

—O simplemente podría contestar yo.

—Espera, no...

—Hola, señora Av...

¡Maldita sea!

—Claro, lo siento. Cassandra. —Colin se colocó el teléfono entre el hombro y la mejilla y puso las manos debajo del grifo—. Está aquí, pero estamos preparando pas...

Lo que dijo su madre hizo que Colin se echara a reír.

—No, ¿en serio? ¡Quién lo hubiera imaginado! Pero le va pillando el tranquillo.

Allison se cruzó de brazos y dirigió a Colin su mirada más impaciente.

No estaba de acuerdo con que congeniaran gracias a su poca maña en la cocina.

Colin le brindó una sonrisa avergonzada.

—¿Quieres que le dé un mensaje? —Allison captó fragmentos de la voz de su madre al tiempo que Colin asentía con la cabeza—. Sí. Vale. Entendido. Me aseguraré de que te llame cuando no esté metida hasta los codos en harina y huevo.

Cuando colgó el teléfono, Allison volvió a la masa de pasta y empezó a amasarla como si fuera pan.

—No puedo creer que hayas respondido.

—¡Oye! ¡Oye! —Se acercó a toda prisa y puso las manos sobre las suyas para hacer que parara—. Esa pasta va a tener la consistencia de un neumático si sigues así. Yo me encargo a partir de aquí. —Giró con ella como si estuvieran bailando un vals e invirtió las posiciones—. Creía que tu madre y tú estabais unidas. —Sus manos revoloteaban alrededor de la encimera como mariposas neuróticas que acababan de descubrir su propósito.

Allison se encogió de hombros y se aupó a un trozo de encimera que estaba limpia.

—Lo estamos.

—Entonces ¿por qué no quieres hablar con ella?

Tomó un pequeño trozo de masa desechada y lo hizo bola con los dedos.

—Porque últimamente solo quiere hablar de Jed. —Arrojó la masa al fregadero y cayó en la pila metálica con un ruido sordo—. Necesito un descanso.

—Ah. Me parece bien.

Cuando lanzó la siguiente bola de masa, erró el tiro y rebotó en la sien de Colin, torciéndole las gafas. En medio de un ataque de risa, se golpeó la cabeza contra el mueble.

Colin se colocó bien las gafas, sin poder evitar una sonrisa.

—Ya debería haber aprendido a no acercarme a ti ni a los proyectiles. Estoy casi seguro de que todavía tengo una cicatriz de la ficha del Scrabble.

Allison adquirió la consistencia del chocolate fundido y caliente al recordar aquella noche. Había pasado casi una semana, pero los recuerdos de sus manos sobre ella, de sus cuerpos entrelazados, eran lo bastante vívidos como para ponerle la piel de gallina. Quería recrearla. Versionarla. Reinventarla.

Se acercó un poco más y apoyó una mano en su brazo. Hacía horas que se había quitado la chaqueta y llevaba la camisa de cuadros remangada hasta los codos. Recorrió los músculos de su antebrazo con las yemas de los dedos.

—Juro que apuntaba al fregadero —insistió con voz ronca y queda.

—Tus dotes deportivas son mediocres.

—Debería intentarlo de nuevo. La práctica lleva a la perfección. —Sonrió con satisfacción al tiempo que fingía apuntarle a él esta vez, pero Colin la sorprendió con un suave beso. Mientras se fundía contra él, Colin le quitó el resto de masa y lo tiró a la papelera abierta.

—Juegas sucio —murmuró Allison cuando se apartaron.

Una sonrisa de oreja a oreja se dibujó en sus labios.

—Más tarde te enseñaré cuánto.

Puso los ojos en blanco para guardar las apariencias (nadie debería tragarse una frase tan cursi), pero en su interior saltaban las chispas. Era absurdo lo mucho que deseaba a aquel hombre cubierto de harina con ínfimas dotes para el coqueteo.

Se aclaró la garganta.

—¿Has pensado en lo que vas a presentar en la clase de Wendy? —Nunca terminarían de cenar si ella no cambiaba de tema.

Colin había vuelto a centrar su atención en la pasta, pero tenía las manos apoyadas en la encimera.

—¿Por qué? ¿Tú sí? —preguntó.

Pues claro. Allison tenía un cuaderno nuevo arriba con tres páginas llenas de pensamientos.

—Quiero discutir la perturbadora naturaleza de la belleza en los textos de caballería. —Llevaba madurando esta idea desde su último año en Brown, cuando hizo un curso sobre romances medievales franceses. Encajaba a la perfección con lo que veía que ocurría en *El cuento del caballero* y le daba la oportunidad de profundizar un poco más en su teoría. Puede que ya tuviera encarrilado el tema para su tesis doctoral, años antes de lo necesario—. Piénsalo. La desmedida belleza de la protagonista femenina es siempre la causante de lo que le ocurre al caballero que la salva. —La emoción de un buen análisis reverberó por su cuerpo, haciéndola que se moviera de forma nerviosa. Era el mismo subidón de adrenalina que le producía un buen susto. O un beso realmente espectacular—. En otras palabras, la belleza es una bestia. —Sonrió ante su propio juego de palabras.

—¡Guau! —Los ojos de Colin habían perdido parte de su concentración—. Tienes todo tu argumento bien pensado.

—¿Tú no? —¿Cómo no había estado pensando en esto durante todo el semestre? Tenía que enseñarle el valor de un buen plan.

—Tengo algunas ideas, pero no estoy seguro de qué elegir.

—Oigámoslas. —Allison se enderezó en la encimera.

Dudó un momento, sin estar muy seguro, pero luego exhaló un suspiro.

—Vale. Primera idea. Masculinidad y caballería; ¿heroico o tóxico?

Allison agitó una mano para descartar sus palabras.

—Se ha hecho un millón de veces.

—Cierto. —Colin tiró de un montón de pasta hacia él y la extendió con movimientos precisos y rápidos.

Le observó con los ojos entrecerrados. Aunque no fuera un experto en la materia, tenía que saber lo anticuada que era esa idea. Ya había más que suficientes tipos blancos que habían escrito libros sobre los tipos blancos en los romances medievales.

—¿Cuál es la segunda? —Le dio un suave empujón y se sintió aliviada cuando él no se apartó de forma brusca.

—La relación entre la magia y la religión.

—¿Qué pasa con eso?

—¿Son de algún modo similares?

—No es una gran tesis.

Colin apretó los dientes.

—Supongo que no.

Colin cortó la masa plana en tiras con movimientos bruscos. La hoja chirrió al arañar la encimera y hasta Allison sabía que no era bueno ni para la superficie ni para el filo del cuchillo.

—Está claro que no tengo nada —murmuró.

Ella le agarró del brazo para que se estuviera quieto.

—Has dicho que tenías tres.

—La última también es una mierda.

—Dímela.

Se soltó de su mano y se entretuvo en el fregadero.

—El erotismo en la era anterior a la pornografía.

—Oh. —Abrió los ojos como platos—. Me gusta.

Colin seguía sin sonreír, pero algo esperanzador opacó su mirada.

—Pensé que podría ser interesante discutir la forma en que se describe el sexo en los textos de Chaucer. Literatura medieval, ¿excitante o no? Algo así.

Allison se quitó un poco de harina de las mallas.

—¿Has leído mucho sobre esto?

—Todavía no. ¿Por qué?

—Bueno..., el erotismo era diferente en aquella época. La mayoría de los eruditos lo ven más en los textos místicos que en la literatura romántica y popular.

—Entonces, ¿no vale la pena seguir? —Su voz desbordaba fragilidad.

Allison le tocó el codo.

—No es eso lo que digo. Es un enfoque fascinante. Puede que te estés apoyando más en los textos que en la investigación para sustentar tu interpretación. —Le dio una pequeña sacudida en el brazo—. Además, piensa en lo bien que te lo puedes pasar.

—¿Qué quieres decir?

—¡Qué montón de juegos de palabras! —Entornó la mirada e hizo todo lo posible para que su voz sonara sensual—. Su poderosa arma se erguía. El caballero blandió su espada. —Hizo un gesto obsceno para que se entendiera—. Su larga y rígida lanza, preparada para la próxima justa con su señora.

Allison enarcó las cejas, apenas capaz de contener las risitas que se abrían paso por su garganta.

Colin no se rio. En lugar de eso, se quedó mirando, con las manos inmóviles en la encimera.

—¡Vaya! Vale. Así que mi tema te parece ridículo.

—¿Qué? No. —Allison se quedó boquiabierta—. Solo estaba de broma.

—A costa de mis ideas. Sabes que no soy tan bueno en estas cosas como tú.

Allison se echó hacia atrás. Eso era lo último en lo que pensaba.

—Por supuesto que no.

—No hace falta que sigas alardeando de lo mucho que sabes de literatura medieval. —Estaba de nuevo en el fregadero, llevando la olla llena de agua al fogón con los hombros tensos—. Lo entiendo. Créeme.

Ella nunca había hecho eso. O..., si lo había hecho, era solo porque él había intentado bajarle los humos primero. Estuvo a punto de acusarlo de restregarle en la cara sus dotes de profesor, pero luego recordó que se suponía que ella no tenía problemas a ese respecto.

—No estaba alardeando ni burlándome de nada —murmuró en su lugar.

Cuando Colin volvió a por la pasta, Allison apoyó la palma de la mano sobre sus nudillos. Él se calmó bajo su tacto.

Trabajar codo con codo con él hoy en la clase de Wendy había sido genial. Cuando él estaba cerca, Allison siempre pensaba mejor, con más claridad, en mayor profundidad.

Pero le gustaba más cómo eran los dos cuando estaban así, en un espacio tranquilo. Relajados, cómodos; el mundo se amoldaba para adaptarse solo a ellos. Cuando estaba a solas con Colin (2.0) podía respirar, expandir por completo sus pulmones. No era demasiado. Ni tampoco insuficiente.

Era perfecta tal como era.

Pero esas dos versiones de ellos no podían coexistir. No podían ser rivales y estar juntos. De lo contrario, era probable que ambos se hicieran pedazos.

—¿No deberíamos...? —Allison tomó aire con los dientes apretados—. ¿No deberíamos dejar de hablar de la clase de Wendy? Todas estas discusiones e inseguridades y tanto intentar superarnos mutuamente se parece demasiado a como éramos antes. Y esto me gusta mucho más. —Hizo un gesto, señalándolos a ambos.

En Brown, Colin solía hacer que Allison se sintiera insignificante. La mayor parte del tiempo la trataba como a su mayor rival en lugar de como a alguien a quien apreciaba. Pero desde su viaje a Maine (en realidad, incluso antes de eso), parecía más que él era Erec y ella su Enide. Estaría dispuesto a luchar con cualquiera para demostrar lo mucho que ella le importaba.

Valía la pena proteger eso. Quizá incluso a costa de ganar...

Colin frunció los labios. Sus manos nerviosas jugueteaban con las patillas de las gafas, aunque su mirada era tan penetrante que inmovilizó a Allison.

—A mí también.

—Entonces está decidido —repuso, y Colin asintió—. Bien. —Allison esbozó una sonrisa tímida—. Solo... una última cosa.

—¿Qué? —gruñó.

—Elije el tema del erotismo.

—¿Sí?

La tensión que les rodeaba disminuyó cuando él susurró esa palabra. Parecía que hubieran encontrado los hilos que los sujetaba y los hubieran cortado.

Colin dejó el cuchillo y se colocó delante de ella. Sus manos le untaron la camisa de masa húmeda cuando las deslizó por su cintura. Allison separó las rodillas para acercarlo más a ella.

—Tendré que investigar un poco. —Las palabras surgieron de su garganta, roncas a causa de la necesidad.

Allison le ciñó las caderas con las piernas.

—Considérame un libro abierto.

Capítulo 29

A falta de solo dos semanas para sus presentaciones en la clase de Wendy, y con una exigencia cada vez mayor en las tareas habituales propias del curso, Allison apenas había tenido tiempo para estar un rato con Colin o con su grupo de Claymore. Incluso habían tenido que cancelar la reunión obligatoria del sábado en casa de Ethan (algo de lo que nadie se quejaba) debido a la extensa bibliografía comentada que debían entregar para la asignatura de Familias Victorianas.

Unos cuantos estaban sentados alrededor de la gigantesca mesa del comedor de Colin reduciendo esa tarea.

El teléfono de Allison sonó. Tardó cinco minutos en encontrarlo debajo de todos los artículos que había extendido delante de ella.

—Deberías invertir en un portátil —dijo Ethan.

—Prefiero mi ordenador de sobremesa, gracias. —Agarró el móvil con demasiada fuerza al ver que se trataba de otro mensaje de texto de su madre.

> Tu padre dice que no has ido a verle ni una vez.
> Lleva casi dos semanas en casa.

Allison estaba harta de sentirse culpable. Y de que su madre no respetara sus decisiones con respecto a su padre. Escribió una respuesta con tanta violencia que dos de sus bolígrafos rodaron por el lateral de la mesa a causa de sus movimientos. Luego puso el móvil en silencio y lo guardó en el bolso.

Colin la miró con la ceja arqueada desde el asiento de al lado.

—A lo mejor debería haber solicitado plaza en las facultades que estuvieran más lejos de Maine que la de Rhode Island —murmuró. Por encima de su hombro pudo ver a Ned, la armadura, que los observaba con la mirada vacía de su visera como una versión medieval del Gran Hermano.

—¿Tu madre otra vez?

Allison asintió.

—Apuesto a que Stanford es agradable en esta época del año.

—O Siberia. O Narnia. Quizá la Tierra Media o el País de las Maravillas. Camelot. Cualquier lugar en el que no hubiera torres de telefonía.

—Me admitieron ahí —anunció Ethan a nadie en particular. No se molestó en levantar la vista de su portátil.

Link dejó de teclear el tiempo suficiente para mirarle.

—¿Para la licenciatura?

La Cotorra sacudió la cabeza.

—El programa de posgrado. Me aceptaron en las ocho universidades que solicité: Harvard, Brown, Berkeley, Stanford, Princeton, Yale, Claymore, Northwestern. —Fue llevando la cuenta con los dedos.

Colin se estremeció y empezó a hojear sus notas, con movimientos agitados y nerviosos.

Allison no podía imaginarse cómo debía de sentirse, dado que la lista de Ethan hacía que ella misma se cuestionara la validez de su pequeño conjunto de aceptaciones de Claymore, Tufts y Boston College.

Metió la mano bajo la mesa y le dio un apretón en la rodilla. Hubiera preferido darle un suave beso en la sien (los besos en la frente eran el colmo de los gestos tranquilizadores), pero no le habían dicho a nadie de su grupo que estaban saliendo. Ni siquiera ellos se habían dicho esas palabras en voz alta.

Él mantuvo la mirada fija en el artículo que fingía leer, ajeno a su gesto.

—Elegí Claymore por Isha Behi. Aunque Berkeley prácticamente me suplicaba que me uniera a ellos. —Ethan habló con la sencillez de quien lee una lista de la compra, lo que hizo que Allison mirara a su alrededor en busca de un proyectil adecuado. Este tipo tenía un complejo de superioridad del tamaño de Texas.

Como si el regodeo de Ethan lo hubiera llamado, Capitán Pepper Jack se materializó encima de la mesa. Se paseó de un lado a otro, contoneando sus grandes patas traseras, y se detuvo para apartar de su camino cada trozo de papel o cada bolígrafo que encontraba a su paso. Cuando llegó hasta Ethan, el gato se dejó caer sobre su ejemplar de *Nicholas Nickleby* y empezó a mordisquear con indolencia una esquina.

Su único ojo seguía a la Cotorra, desafiándole a decir algo más mientras golpeaba la mesa con el extremo de su cola.

Colin se levantó de su asiento. Las patas chirriaron estrepitosamente contra el suelo.

—Deja que me lo lleve. Se suponía que estaba encerrado en mi dormitorio.

Agarró el gato bajo el brazo (y al hacerlo tiró el libro de Ethan al suelo de forma deliberada, suponía Allison) y, en vez de ir a su habitación, se dirigió a la cocina.

Allison puso la excusa de ir a llenar su vaso de agua, que ya estaba lleno, y se apresuró a seguirle. Se olvidó su vaso en la mesa.

Colin estaba mirando por la ventana, agarrando con los dedos el borde del gran fregadero. Capitán Pepper Jack se peleaba con una bolsita de hierba gatera a sus pies.

—Hola —dijo en voz baja—. ¿Estás bien?

Colin se aclaró la garganta, sus ya angulosos hombros sobresalieron aún más cuando su espalda se tensó.

—Solo me estoy ocupando del gato.

—No está en el fregadero.

Colin solo se puso más rígido.

Allison se colocó a su lado y le puso una mano en la parte baja de la espalda. Intentó colocar la cara en su campo de visión, pero él apartó la mirada, obligándola a utilizar el reflejo de la ventana para leer su expresión.

—Si se trata de Ethan, es un imbécil. Lo sabemos.

—Sí. —Los músculos de su mandíbula se crisparon cuando Colin abrió el cajón junto al fregadero. Los cubiertos sonaron como si hubiera habido un terremoto. Recogió un puñado y se lo puso en las manos a Allison. Cucharas, tenedores y cuchillos salían en todas direcciones.

—Ya que estamos aquí, vamos a por la tarta que he comprado.

—Colin. —Parecía que intentaba comunicarse con él a través de una pared de cristal.

Su dura mirada se clavó en el rostro de Allison.

—No quiero hablar de esto. Y menos con ellos aquí.

Allison tuvo que reprimirse para no dar un respingo. Este era el antiguo Colin. En Brown, cuando se enfadaba, siempre se cerraba así. La excluía. Buscaba una manera de aumentar la rivalidad entre ellos para evitar las cosas serias. Era justo lo que los había separado.

Se dio la vuelta, sujetando los cubiertos contra su pecho. Solo había dado un paso cuando él la agarró del brazo.

—Lo que me carcome es lo mismo de siempre —dijo—. La inseguridad. El miedo a no pertenecer a este lugar. Veinticinco rechazos y una admisión. No son precisamente las probabilidades de Ethan. Y estoy seguro de que es lo mismo con todos los demás. Seguro que a Link le aceptaron en diez facultades. —Sacudió la cabeza—. Estoy seguro de que a ti también.

Esa sombra del viejo Colin se disolvió, dejando al hombre que ella conocía. Aquel del que se había enamorado hasta las trancas, que abría la boca y le decía lo que pensaba.

—En absoluto —dijo—. ¿Y qué más da dónde aceptaron a la gente? Todos estamos en Claymore y es aquí donde debemos estar.

Colin empujó el puente de sus gafas mientras asentía.

—Lo sé, lo sé. La presentación para Wendy me tiene alterado. —Apretó los labios—. Lo siento. Sé que se supone que no debemos hablar de eso.

Allison le tomó la mano y se la apretó.

—Podemos si lo necesitas.

Ella también lo decía en serio, por muy agradable que hubiera sido no obsesionarse los últimos días con todas las razones por las que Colin aún podía arrebatarle la tutoría de Wendy. Era como si ya no compitieran. Podían estar... juntos, sin más.

Sacudió la cabeza como si estuviera dispersando sus pensamientos.

—Estoy bien. —Para demostrárselo, la atrajo suavemente mientras amoldaba la mano libre a su cuello y le acercó la cara a la suya.

Los cubiertos se estrellaron a sus pies cuando Allison abrió las manos para rodearle el cuello con ellas. Durante un segundo olvidó que sus compañeros estaban en la otra habitación. Solo estaban Colin y ella, solo sus dedos danzándole por la espalda, su lengua en la boca, el penetrante olor de su gomina en la nariz.

Retrocedió a trompicones, hasta que quedó apoyada contra la fría puerta del frigorífico.

Colin le agarró la camisa, estirándola contra su pecho como si quisiera arrancársela de los hombros. Su boca se movía con dureza. Como si al besarla con tanto ardor pudiera desterrar todos los malos pensamientos de su cabeza.

Quería ser así de poderosa para él y le devolvió el beso como si pudiera serlo.

Deslizó sin pensar la mano por la parte delantera de sus vaqueros. Él gimió en su boca, una invitación a aumentar la presión, pero entonces Allison oyó el peor sonido posible.

La voz de Ethan, que estaba cada vez más cerca.

—Colin, ¿tienes alcohol de verdad en esta casa?

No tuvieron tiempo de separarse, ni de recuperar la compostura, antes de que Ethan apareciera en la puerta, con la boca abierta.

Allison se atusó el pelo mientras Colin se subía de nuevo la chaqueta sobre los hombros.

—¿Qué estabais...?

—Nada —insistieron al unísono.

Aquella parecía ser la última prueba que Ethan necesitaba. Dio media vuelta y se dirigió al comedor, con Allison y Colin pisándole los talones y llamándole en voz baja. En cuanto alcanzó a ver a Mandy y a Link, Ethan agitó una mano por encima del hombro.

—Bueno, están follando —anunció. Grosero y sin la menor consideración, como de costumbre.

A Allison le latía el corazón a toda prisa mientras miraba a Colin con los ojos como platos. Ahora todo el mundo lo sabría. Estarían sometidos a escrutinio sin cesar. Los observarían como si fueran una especie de telenovela adolescente. Sería demasiada presión, igual que su rivalidad. Implosionarían incluso antes de que se dieran cuenta de lo que eran.

Movió la boca con intención de protestar, pero no encontró las palabras para negarlo. No quería fingir que lo que Colin y ella tenían no existía. Aunque él se había puesto blanco bajo las pecas y su mandíbula sugería que sentía lo mismo.

Antes de que ninguno de los dos pudiera defenderse, Mandy se echó a reír.

—Pues claro. —Le brindó una amplia sonrisa a Allison como si compartieran una broma secreta.

Link también asintió.

—Andáis como el perro y el gato desde el primer día de clase. Si soy sincera, me sorprende que hayáis tardado tanto tiempo.

Allison se quedó boquiabierta. Durante mucho tiempo, no se había dado cuenta de lo que sentía por Colin. ¿Cómo era posible que los demás ya lo supieran?

—Es... más que eso. —Colin se puso al lado de Allison y entrelazó los dedos con los suyos—. ¿Verdad? —Un susurro solo para ella. La inseguridad en sus ojos color avellana convirtió el corazón de Allison en masilla. Su duda era reconfortante. Le recordaba que estaban recorriendo este camino juntos. Pasando por encima de sus viejas huellas para encontrar un nuevo camino.

—Verdad. Estamos... —quería ser ella quien lo dijera, grabarlo en piedra— juntos.

Colin se llevó su mano a los labios.

—Juntos, juntos.

Mandy sonrió.

—Todavía mejor.

Se sentaron y dejaron a un lado las tareas para contarles a sus amigos que se habían conocido en Brown y que habían vuelto a conectar durante el último mes. Todo el tiempo, Allison no pudo evitar sentir que las palabras de Mandy eran ciertas, aunque no las hubiera dicho en ese sentido.

Porque las cosas con Colin y Allison eran, sin duda, mucho mejor.

Capítulo 30

Todos los años, durante un mes, el sendero de los humedales del zoo Roger Williams se convertía en un auténtico país de las calabazas de Halloween. Tallaban brillantes sonrisas y ojos en calabazas de todas las formas y tamaños; algunas maliciosas, otras risueñas y también las había casi amistosas. Otras mostraban representaciones artísticas de todo tipo, desde escenas de películas famosas hasta retratos de celebridades, personajes de ficción e incluso paisajes. Colgaban de las ramas de los árboles, se apilaban en los postes de las vallas, recorrían los tejados de cualquier estructura disponible, se alineaban en los márgenes de los caminos. Básicamente había calabazas en todos los huecos, de forma que su titilante luz amarilla eclipsaba incluso el resplandor de la luna y de las estrellas.

Allison entrelazó los dedos con los de Colin y apretó con firmeza mientras lo llevaba hacia un grupo de calabazas que se asemejaban a criaturas marinas. Se inclinó para examinar al monstruo del lago Ness y dejó escapar un suspiro de felicidad.

—Me encanta este sitio.

Llevaba asistiendo sin falta al Fabuloso Mundo de las Calabazas desde que era estudiante de primer año en Brown. Halloween ya era su época favorita del año, pero la complejidad de las calabazas talladas y su gran número hacían que este lugar en particular le pareciera un poco más mágico que cualquier otro.

Como solo faltaban diez días para la presentación de Colin, Allison había propuesto que salieran una noche. Ambos necesitaban un respiro del estrés de la facultad, y dado que ese año Halloween caía en viernes, no parecía haber una forma mejor de pasar la víspera de Todos los Santos.

Colin estaba a su lado, admirando un kraken que había cerca. La besó en la sien mientras señalaba la calabaza.

—Fíjate en los detalles de los tentáculos de esta cosa. Yo ni siquiera sé dibujar en papel y esta gente talla obras maestras en calabazas, solo con la ayuda de cubiertos.

—Seguro que empiezan con lápices —bromeó Allison.

Colin entrecerró los ojos. La luz de las velas se reflejaba en los cristales de sus gafas.

—No destroces mis ilusiones.

Volvió a besarla, esta vez con un ligero roce de sus labios en la base de la mandíbula que hizo bailar su corazón. Esa boca suya era una amenaza en todos los sentidos.

Al volver al sendero, un grupo de chiquillos disfrazados de superhéroes pasó corriendo y gritando con bolsas llenas de caramelos, que les golpearon en las piernas. Había llovido durante gran parte del día e iban saltando de charco en charco, arrojando torrentes de agua por todo el sendero. Allison se limpió unas gotas de agua de la parte delantera de su blusa de gasa a rayas. (Puede que hubiera sido un error llevar algo que solo se podía limpiar en el tinte a un zoo empapado por la lluvia, pero era una cita y era así como se vestiría, maldita sea.)

Vio a los niños desaparecer al doblar la esquina.

—Supongo que no habríamos parecido tan fuera de lugar si nos hubiéramos disfrazado.

Colin resopló.

—Yo lo he hecho. Tiró de la pechera de la camiseta que llevaba bajo la chaqueta de color burdeos; una cruz roja gigante sobre fondo blanco, el emblema de los Caballeros Templarios.

—Una camiseta no es un disfraz.

—Me has obligado a dejar la espada y el escudo en el coche.

Se había presentado en su casa con una espada de plástico que ni siquiera tenía la anchura de su delgado brazo, y la correa del escudo a juego colgando en el pliegue del codo como un bolso, demasiado corta para llevarla cruzada a los hombros. Parecía una niñera jugando a disfrazarse con el vestuario de sus pupilos.

—Me ofendió tu falta de esfuerzo —dijo.

Colin soltó un bufido.

—La próxima vez me aseguraré de forjar mi propia armadura.

Allison puso los brazos en jarra.

—Teniendo en cuenta que pasé la mayor parte de mis años de formación devorando cualquier novela romántica con un caballero en la portada, y que ahora me gano la vida estudiando sus predecesoras, creo que es lo menos que puedes hacer. —No se atrevía a admitir cuántas veces había soñado despierta con que un ardiente y galante caballero la subiera a lomos de un corcel.

Él le hizo una reverencia.

—Milady, le juro que la próxima vez que me atreva a ponerme una armadura, será auténtica.

Satisfecha (y también un poco distraída por la imagen de Colin que le evocaba su promesa), se agarró de su brazo. Aunque solo habían pasado dos semanas desde su viaje a Maine, entre ellos todo parecía de lo más natural. Como si llevaran años juntos (la palabra le provocó un escalofrío de felicidad desde que lo dijeron en voz alta), no días. No es que estuvieran retomando viejos patrones, sino más bien encontrando otros nuevos que siempre habían estado ahí, a la espera y sin usar.

Caminaron durante un rato en un agradable silencio, solo interrumpido por algún beso robado o por la admiración ante una calabaza especialmente impresionante. Al final doblaron el último recodo del sendero y se unieron a la cola de la cafetería. El olor a patatas fritas y a buñuelos espolvoreados con azúcar asaltó los sentidos de Allison. Había estado tan ocupada trabajando en el PowerPoint para la presentación de Wendy que se había olvidado de comer y su estómago empezaba a rebelarse.

Estaba estudiando el menú situado encima de la ventanilla de pedidos, cuando oyó una voz inconfundible y nada grata.

Cole. Algunos grupos delante de ellos. Riendo a carcajadas.

Allison se dio la vuelta para colocarse de espaldas a él. Tenía un nudo en la garganta y el corazón le latía con demasiada fuerza. Hacía unas horas había tenido que echarlo de clase por alborotador y era la última persona con la que quería encontrarse en ese momento. Sobre todo con Colin, que seguía pensando que sus clases iban de maravilla.

Le agarró de la mano y le hizo salir de la fila.

—Nos hemos olvidado de pasar junto a los elefantes —dijo—. Me encantan. Son como enormes perros sin pelo. Y tienen unas orejotas gigantes. —Las palabras salían de su boca al mismo ritmo que su acelerado corazón. Cole no podía verla. No tenía ni idea de lo que le diría fuera de los confines de una estancia en la que tuviera algún tipo de autoridad. Y entonces Colin tendría preguntas y ella tendría que mentir. O decirle la verdad. Ninguna de las dos opciones era buena.

—También huelen fatal —señaló Colin, volviendo la cabeza para mirar con nostalgia la cafetería.

Ella le ignoró y tiró un poco más fuerte de su brazo.

—Vamos. Cuanto antes lleguemos, antes volveremos.

—O, escúchame bien, podríamos comer primero y *luego* ver a los elefantes.

—Colin. —Allison echó una ojeada por encima de su hombro. Cole y sus amigos tenían su comida y se dirigían en su dirección.

Allison apretó el paso. Podía oír los pies de Colin a su espalda, que se apresuraba a seguirla.

Ahí estaba el recinto de los arruíes. Y el cercado del potamoquero rojo más allá. El recinto de los elefantes africanos estaba a la vuelta de la siguiente esquina. Tenía unas paredes altas y muchas zonas de observación. Muchos lugares donde esconderse hasta que Cole se fuera.

Estaban a unos pasos de ponerse a salvo, cuando Colin la detuvo de un tirón. Se volvió hacia él al tiempo que señalaba por encima del hombro.

—Está justo... —El resto de la frase se le quedó en la garganta al darse cuenta de que era demasiado tarde. Cole y sus amigos estaban agrupados alrededor del cercado.

La única barrera que quedaba entre ellos era una alambrada. Iba a verla. ¿Qué iba a hacer? ¿Y si sacaba a relucir que hoy se había enfadado y le había echado de clase? Estaba segura de que Colin nunca había perdido los estribos en clase. Seguro que nunca le había interrumpido un alumno. ¿Cómo iba a seguir creyendo que era una buena profesora si sabía que se había enfrentado a todo eso y a más?

Allison hizo lo único que se le ocurrió. Se abalanzó sobre Colin y le rodeó el cuello con los brazos. En su mente, parecía un acto espontáneo. Apasionado. Romántico. Se besarían bajo las estrellas, envueltos por la titilante luz de las velas dentro de las calabazas.

En realidad, su puntería era tan mala como siempre, y su nariz chocó con la mejilla de Colin. Un gruñido poco atractivo salió de sus labios.

Y eso fue todo antes de que Colin perdiera el equilibrio y cayeran los dos al enorme charco embarrado que había detrás de él.

El agua estaba fría y fangosa y le salpicó la cara y el pelo. También le caló de la fina blusa y le manchó los vaqueros.

Colin estaba sentado a su lado, inmóvil, con sus largas piernas separadas como una marioneta sin hilos. Pinocho había cobrado vida. Su boca se abría y se cerraba, pero no salían palabras.

Allison buscó a Cole entre los pocos curiosos que pasaban por allí. Uno o dos hicieron fotos. Otros se reían. Nadie les ayudó. Se le encogió el estómago cuando vio la parte trasera de su chaqueta de los Red Sox desaparecer por otro sendero.

Cómo no, Cole había ido en la otra dirección. Ni siquiera había reparado en ella.

—¿A qué ha venido eso? —Colin se manchó la cara de barro al intentar despejar su visión.

El rubor se apoderó de las mejillas de Allison. Había hecho que se dieran un baño de barro para nada.

—Quería ver a los elefantes. —Se puso de pie con cuidado.

—¿Y lo de enrollarnos delante de ellos? —Colin se levantó también y empezó a escurrirse los puños de la chaqueta. Las gotas alteraban la superficie del charco como si fueran lluvia.

—Me sentía inspirada —dijo con voz lastimera.

—Allison.

Exhaló un suspiro y le dio una patada a una piedra suelta. Se suponía que no debían hablar de nada relacionado con la clase de Wendy. Esa era la razón por la que les estaba yendo tan bien. No había competencia. No había necesidad de criticarse. Esto también significaba que ella no había tenido que mentirle desde hacía semanas. La idea de volver a hacerlo le formó un nudo en la garganta. Un nudo que no se atrevía a dejar a un lado.

—Cole está aquí. —Un viento frío sopló en el camino descubierto y Allison se rodeó con los brazos empapados como si eso pudiera ayudar.

—¿De la clase de Wendy?

Ella asintió.

—Y mi clase de recitación.

Colin entrecerró los ojos.

—¿Y no quieres que sepa que estamos juntos? —dijo con cautela.

—No. —Allison dio unos pasos hacia él—. Quiero que todos sepan que estamos juntos. No quería que Cole me viera.

—¿Por qué?

Encorvó los hombros. No quería decirlo.

Colin pronunció su nombre con suavidad de esa forma que hacía que sus músculos se distendieran y que sus articulaciones se aflojaran. Esta vez, también liberó las palabras de su boca.

—No soy una buena profesora.

Colin ladeó la cabeza.

—¿Qué quieres decir? Claro que lo eres.

Él trató de tomarle las manos, pero Allison se las llevó a la espalda. No podía tocarlo en ese instante. Estaba demasiado avergonzada.

—No he sido sincera sobre cómo van mis clases. —Se apoyó en la valla cercana—. Me está costando mucho hacer hablar a mis alumnos. Algunos, como Cole, ni siquiera me escuchan. No sé qué estoy haciendo mal. Quizá no sé plantear buenas preguntas para el debate, no confían en mí, no soy interesante o... —Se encogió de hombros con impotencia. Allison podría enumerar todas las razones para explicar por qué estaba fracasando en la docencia que había reunido, pero nada de eso borraría sus mentiras. Se le encogió el estómago—. No puedo hacerlo. —Nunca nada le había costado tanto. Perdió toda la confianza cuando se puso delante de sus alumnos y vio que la mitad se dedicaba a escribir mensajes de texto en sus móviles o a hacer los deberes en sus portátiles y que otros tomaban apuntes con desgana. Era como si la versión inteligente y segura de sí misma se desvaneciera, como si no fuera más que una fachada. En las últimas semanas había empezado a dudar de las partes de sí misma que siempre había amado más y le preocupaba que, ahora que Colin sabía la verdad, él también empezara a dudar de ellas—. Esas primeras semanas, éramos muy competitivos. No podía dejar que pensaras que no era lo bastante buena, así que mentí. —Cerró los puños y los apoyó con fuerza en sus muslos—. Y luego, cuando las cosas entre nosotros... cambiaron, tenía la esperanza de mejorar y que todo acabara siendo verdad. —Lo cual aún no había sucedido. A veces a Allison le preocupaba que nunca ocurriera.

Colin cruzó los brazos sobre el pecho y apretó la boca.

—¿Por qué me lo cuentas ahora?

No era la pregunta que Allison esperaba. Tenía la boca pastosa por los nervios y pareció tardar una eternidad en encontrar la respuesta.

—Porque nosotros... —Se aclaró la garganta—. Nosotros..., *tú*, te mereces que sea sincera.

—Podrías habérmelo contado.

Tal vez fuera así después de su viaje desde Maine. Pero no antes. Antes, habría aprovechado cualquier ventaja.

¿O ese era el antiguo Colin? Su pasado era un atolladero tan grande que a Allison le costaba saber cuándo se había convertido en el hombre que tenía delante. Aquel al que podía amar lo suficiente como para destrozarla de nuevo si se lo permitía.

—Te lo cuento ahora —repuso.

Su delgada garganta se movió al tragar saliva y sus ojos hicieron que se quedara inmóvil. No parecía enfadado, sino desasosegado. Como si no supiera qué hacer.

—Allison —empezó. Ella se inclinó hacia delante, temblando con la ropa mojada—. Yo... —Se quitó las gafas y limpió los cristales con una zona seca de su camiseta—. Entiendo por qué creíste que tenías que mentir. Pero así éramos antes. —Le agarró la mano y se llevó los nudillos a los labios como siempre hacía. Allison abrió los ojos como platos al sentir el cálido roce de su aliento sobre su fría piel. Se sintió expuesta, vulnerable, las últimas mentiras que ocultaba habían desaparecido. Ya nada se interponía entre ellos—. Y ya no somos así.

Le besó los nudillos y luego la palma de la mano. Ella sintió su sonrisa contra la piel.

—Desde luego que no. —A sus labios afloró también una sonrisa.

El puesto de adjunto de Wendy habría bastado para separarlos en Brown. Que ella perdiera el premio Rising Star lo había demostrado. Pero esta versión de ellos estaba hecha de algo más fuerte. No le cabía la más mínima duda de que podrían capear cualquier cosa. Huracanes. Tornados. La escuela de posgrado.

Pasara lo que pasase después de sus presentaciones, decidiera lo que decidiese Wendy, lo superarían. Como un equipo, no como rivales. Mientras estuvieran juntos, todo iría bien.

Allison se apretó contra el costado de Colin. Él le rodeó los hombros con un brazo de forma segura y firme.

—Vamos a por un chocolate caliente o lo que sea —dijo, estrechándola contra sí—. Esos elefantes parecen tener más calor que nosotros.

Capítulo 31

Por los altavoces de la radio del coche de Colin se oía el alegre estribillo de una vieja canción sobre bailar el *twist* mientras atravesaba las interminables calles de un solo sentido de Providence. Movía la cabeza de un lado a otro al ritmo de la melodía. No había dejado de sonreír desde que recogió a Allison.

Ella no entendía su calma. Faltaban unos días para las presentaciones, la carga de trabajo del semestre aumentaba y Allison estaba a punto de subirse por las paredes. Tanto si estaba en clase como si no, siempre había algo en lo que *podía* estar trabajando; avanzar con las lecturas, corregir el trabajo de los alumnos, investigar más para su presentación. Nunca sentía que su tiempo fuera suyo. Y en las raras ocasiones en que se tomaba un día libre, lo malgastaba preocupándose por el tiempo que tardaría en recuperar todo el tiempo que perdía.

Que era exactamente lo que estaba haciendo ahora, mientras veía pasar las luces de los concurridos restaurantes y de las abarrotadas tiendas.

—¿Adónde vamos? —Lo que Allison quería saber en realidad era qué tal iba con la preparación de su presentación y cómo demonios no se estaba volviendo loco. Pero habían prometido que iba a dejar todos los aspectos de la clase de Wendy, incluyendo el estrés, fuera de su relación, y no pensaba incumplirlo, por mucho que le picara la curiosidad.

Así que, en lugar de eso, se concentró en la sorpresa, fuera lo que fuese. Colin le había dicho que se pusiera un vestido y estaban en una parte antigua de la ciudad que nunca había visitado. Ya habían cenado. No tenía ni idea de lo que iban a hacer.

Colin fingió que cerraba la boca y luego arrojaba una llave por la ventanilla.

—Has visto una cremallera, ¿verdad? No tiene llave.

Él exhaló un suspiro, acercó la mano a la ventana para recuperar la llave, la hizo girar un par de veces en la comisura de los labios y la arrojó fuera una vez más.

Allison soltó un bufido.

—Estoy casi segura de que la has girado tantas veces como para abrirla de nuevo.

—Te odio —insistió, pero el suave brillo de sus ojos y la sonrisa de sus labios decían lo contrario.

Al cabo de unos minutos, Colin frenó el coche para aparcar en línea junto a la fachada de una pequeña tienda. El letrero de encima decía: ESCUELA DE BAILE DE KATRINA. Apagó el motor y sonrió a Allison.

—Creo que es hora de que aprendamos algo más que el *Cowboy hustle.*

Allison se quedó con la boca abierta.

—¿Hablas en serio? —Las clases de baile, sobre todo aquellas en las que estaban destinados a ser muy malos, parecían lo último para lo que tenían tiempo ahora mismo.

Colin le apretó suavemente la rodilla con la mano. Allison no se había percatado de que estaba moviéndola de forma errática hasta que él la tocó. Sí que estaba estresada.

—Creo que nos vendría bien a los dos centrarnos en otra cosa. Aunque sea durante una hora. —¿Llevaba así toda la semana y ni siquiera se había dado cuenta? ¿Tanto como para que Colin sintiera que necesitaba encontrar un remedio?

Miró de nuevo hacia el estudio de danza.

—Claro, pero podríamos haber ido al cine. —O, mejor aún, emborracharnos o practicar sexo (o, preferiblemente, ambas cosas). Algo que alterara de forma literal las sustancias químicas de su cerebro y desactivara la parte del pánico.

Colin se desabrochó el cinturón y abrió la puerta.

—Pensé que necesitábamos algo un poco más activo. —Antes de bajarse, le agarró la mano y se llevó los nudillos a los labios de esa forma tan típica de él que hacía que a Allison se le derritiera todo por dentro—. Además, la noche que bailamos en línea fue... —Sacudió la cabeza y volvió a besarle la mano.

¿Épica? ¿Mágica? ¿Inolvidable? Deseó que Colin rellenara el espacio en blanco, pero se limitó rozarle los dedos con los labios por tercera vez y luego la instó a que entrara con él.

Una repentina oleada de emoción se apoderó del pecho de Allison. Cada vez que pensaba en aquella noche, recordaba lo bien que se habían llevado. No solo se habían reído y se habían divertido, sino que además habían trabajado juntos, como un equipo. Colin tiró de memoria para saber lo que venía después y Allison consiguió que no perdieran el ritmo. Le recordó que, si hubieran sido lo bastante listos como para esforzarse de verdad, podrían haber tenido algo especial, incluso entonces. No habrían desperdiciado estos dos últimos años.

¿Por eso Colin quería volver a esa noche? ¿Era su forma de demostrarle que eran un buen equipo? ¿Que pasara lo que pasase después de esta semana, decidiera lo que decidiese Wendy, podrían seguir así si querían? Si decidían que el esfuerzo valía la pena.

Al cruzar la puerta del estudio de danza detrás de él, Allison se dio cuenta de que cada día estaba más segura de que así era.

Durante la hora siguiente, la muy paciente y amable Katrina hizo cuanto pudo para guiar a las dos personas más torpes del planeta por los pasos de un sencillo vals y de una samba para principiantes.

Allison y Colin consiguieron retomar la mayor parte de los pasos básicos del vals, aunque algunos dedos se llevaron un buen pisotón en el proceso.

La samba era harina de otro costal. La música era demasiado rápida y potente y la rutina demasiado intrincada. El trabajo en pareja iba mucho más allá de agarrarse las manos a la altura correcta. Allison se esforzaba para no partirse de risa cada vez que Colin tenía que girar las caderas y se caía cada vez que intentaban que la inclinara hacia atrás.

Sin embargo, habían conseguido dominar algunos tiempos de la mitad del baile. Algunos pasos de chachachá que llevaban a una serie de giros de cadera, tras los que Colin guiaba a Allison en una pirueta. Más que nada estuvieron dando tumbos durante una hora como terneros recién nacidos que todavía no sabían moverse bien, pero cuando bailaban esos pasos, Allison se sentía capaz. Incluso sexi.

Katrina los dejó solos en la pista para que practicaran los últimos quince minutos. En cuanto cerró la puerta de su despacho, Colin atrajo a Allison para que sus muslos se rozaran y sus caderas se encontraran mientras se balanceaban al ritmo del chachachá. Cuando llegaron al giro de cadera, Allison apretó con firmeza el trasero contra su ingle. Colin le aferró la cintura con las manos como si no pudiera sujetarla con suficiente fuerza.

Entonces hundió la cara en ese punto sensible entre su hombro y su cuello.

—Creo que tenemos que volver a intentar ese paso.

Ella sintió su aliento caliente en la piel.

—¿Te refieres a este? —preguntó Allison con voz ronca, medio perdida en el deseo que empezaba a arder en sus entrañas. Meció el cuerpo contra el suyo. Casi como si estuvieran recreando aquella primera noche en que se conocieron, solo que con un final muy distinto.

Tuvo que tragarse un grito ahogado cuando las manos de Colin trazaron calientes senderos por sus muslos, aventurando cada vez el pulgar un poco más arriba del dobladillo de la falda.

Los cinco minutos de camino de vuelta a casa de Allison fueron una tortura. Su cuerpo palpitaba de deseo mientras Colin trazaba círculos en su rodilla con el pulgar. Estuvo a punto de agarrarle la mano y metérsela entre las piernas cuando él detuvo el coche en la entrada de su casa.

Aunque lo único que quería era correr hacia la casa, esperó a que él abriera la puerta. Enmarcó su rostro con las manos y le guio la boca hasta la suya mientras la levantaba del asiento.

El beso era hambriento y apasionado en el que sus lenguas se movían una contra la otra mientras sus extremidades hacían lo mismo.

Era imposible que les diera tiempo a subir al dormitorio, pero había una mesa justo al entrar por la puerta principal, debajo de las escaleras. Allison se subió a ella mientras Colin se quitaba los pantalones. Estaba tan excitada, tan preparada y tan lista, que casi estalló en mil pedazos en cuanto Colin estuvo dentro de ella.

Mientras se aferraban el uno al otro con una necesidad que los sumía en el delirio, una sensación de cercanía abrumó a Allison. Los brazos de Colin le parecían su hogar, una promesa de seguridad, aunque su corazón latía como si acabara de embarcarse en un lugar nuevo y desconocido que se moría por conocer.

Una hora (y un segundo asalto) después, estaban tumbados en la cama de Allison, con la repetición en voz baja de algún programa de investigación criminal de fondo mientras el suave resplandor del televisor se extendía por las sábanas revueltas y por sus extremidades, también entrelazadas.

Colin enroscaba un mechón de pelo de Allison entre sus dedos mientras ella tenía la cabeza apoyada en su hombro.

—Bueno —dijo suavemente—, cuéntame las últimas noticias de tu madre.

Allison se incorporó con un chillido, sujetando una sábana contra su pecho desnudo.

—No menciones a mi madre cuando estoy desnuda.

Se rio.

—Lo siento. —Hizo falta un segundo de persuasión (y bastantes besos suaves) para convencerla de que volviera a tumbarse—. Pero ya que la he sacado a colación, ¿están las cosas mejor? ¿La señora Avery ha dejado de hablar constantemente de tu padre?

—Puedes llamar Cassandra a mi madre —dijo Allison con toda la irritación de la que fue capaz.

Colin levantó las manos.

—Oh, no. Tal vez cuando estemos casados, pero hasta entonces, los padres de todas las personas significativas son estrictamente «señor» y «señora» o el equivalente de género neutro.

Allison se atragantó y se colocó bocabajo para poder ver mejor su cara, agitando sus piernas desnudas con alegría.

—Cuando estemos ¿qué?

Colin se puso rojo como un tomate. Intentó taparse la cabeza con una almohada, pero ella se la quitó de un golpe.

—No..., tú y yo, nosotros..., solo en general..., en general, en plural mayestático. No llamaré a los padres de nadie por su nombre de pila hasta que sean oficialmente mis suegros. Eso es todo. A eso me refería.

Un agobiado Colin Benjamin era el juguete favorito de Allison.

—Ni siquiera hemos hablado de si *quiero* casarme —repuso ella—. ¿Has estado planeando tener hijos también? Porque desde luego yo no pienso tener ninguno.

Colin se tapó la cara con una sábana esta vez.

—No me refería a *nosotros* —insistió, con la voz apagada por la tela.

—¿Cómo será mi vestido de novia? ¿Dónde será la boda? ¿Tienes una *carpeta*? ¿Puedo verla?

—Te odio —dijo Colin por segunda vez esa noche, solo que con más afecto en la voz del que Allison podía soportar.

Ella se rio.

—Me *quiereeeees*.

Bajó la sábana de golpe y la miró con los ojos muy abiertos. Le temblaban las comisuras de los labios y su rostro estaba más serio que nunca.

Cuando habló, Allison apenas podía oírle con el ruido de la televisión.

—¿Y si fuera así?

Esta vez, era ella la que se esforzó por encontrar las palabras.

—¿Qué?

—¿Tan raro sería?

Allison estudió su rostro. ¿Se trataba de una broma? Tenía miedo de responder hasta estar segura. Porque la verdad era que esas palabras habían deseado salir de su boca unas cuantas veces.

Ya le había amado una vez. Volver a hacerlo era fácil.

—¿Hablas en serio? —Los dos estaban inclinados hacia delante; ese hilo invisible que los unía estaba tirante.

—Allison. —La intensidad de su mirada la inmovilizó—. No puedo *enamorarme* de ti. Ya lo estoy. Nunca he dejado de estarlo.

Todo su cuerpo se aflojó; las palabras tan inesperadas hicieron mil pedazos todo su control. Acto seguido soltó la sábana, se acercó hasta que quedaron frente a frente y atrajo la boca de Colin hasta la suya.

—Yo también te quiero —susurró contra sus labios.

Capítulo 32

Dos noches después, Allison estaba sentada en el sofá de Mandy, agitando su teléfono como si fuera a salir un mensaje de texto de él.

Salvo por las noticias de su madre sobre la salud de Jed, no había emitido ningún sonido en todo el día. Había comprobado el volumen dos veces, había encendido y apagado el aparato e incluso había desconectado y vuelto a conectar el wifi, pero todo parecía funcionar bien. Lo único que ocurría era que nadie (más concretamente, Colin) respondía. Su mensaje de «buenos días» permanecía en la pantalla del chat, solitario y abandonado.

Mandy frunció el ceño mientras levantaba la vista de su labor de punto de cruz.

—No creo que funcione como una foto Polaroid.

—¿Sabías que eso es un mito? —Se pinchó el pulgar con la aguja que había clavado en su tela Aida e hizo una mueca de dolor. Necesitaba un dedal más que respirar. O dejar de hacer manualidades con objetos afilados cuando estaba bajo presión.

—¿El qué?

—Que tienes que agitar una Polaroid. OutKast mintió a toda una generación de oyentes. —Colin se lo había dicho. A Allison se le encogió el estómago.

Mandy frunció los labios.

—Es bueno saberlo. Lo añadiré a la caja fuerte. —Se dio un golpecito en la sien—. Y ahora en serio, ¿qué haces con el móvil? No le has quitado el ojo de encima desde la cena.

Allison dejó la tela y se arrellanó en el mullido y acogedor sofá de Mandy.

—Hoy no he sabido nada de Colin.

Y tampoco mucho desde el lunes. Estaban acurrucados juntos en la cama de Allison, aún sin aliento por el sexo de después de que se dijeran que se querían, cuando llamó la tía de Colin. No pudo oír lo que decía, pero Colin se convirtió en la imagen viviente del invierno ante sus ojos; la piel blanca como la nieve bajo unas gafas del color de las bayas de acebo. Ya se estaba poniendo los pantalones cuando colgó.

—Necesitan mi ayuda con Charlie.

Allison también se había puesto en pie y estaba buscando a tientas el sujetador en la oscura habitación.

—¿Va todo bien?

—No lo sé. —Estaba concentrado en recoger sus pertenencias y meterlas todas en su mochila.

Allison abrió su armario.

—¿Qué debo llevar?

—¿Para qué?

—Bueno, voy contigo, ¿no?

Colin le asió una mano y le dio un apretón.

—Esta noche no. Es tarde. No es él mismo por la noche. A veces, es irascible. No quiero que lo veas así.

A Allison le dio un vuelco el estómago al ver que le cerraban la puerta en las narices.

—Entonces, ¿me tendrás al corriente?

—Por supuesto. —El medio beso que se obligó a darle en la sien mientras corría hacia las escaleras no fue demasiado tranquilizador.

Aquella fue la última vez que le vio y, salvo por unos breves mensajes del día anterior, la última vez que habló con él.

—Cierto. Es raro. No estaba en literatura victoriana, ¿verdad? —comentó Mandy.

—Ha faltado a todas sus clases esta semana. —Llegados a ese punto, Allison no sabía con seguridad si se presentaría a su conferencia en la clase de Wendy del día siguiente—. Algo pasa con su abuelo.

Mandy dejó la tela a un lado.

—Mierda. ¿Qué está pasando?

Como novia de Colin, debería saber la respuesta. Debería estar al tanto de todas sus tensiones de la misma manera que él lo estaba de las suyas. Debería estar con él ahora mismo, llevando comida para todos, ocupándose de que descansara, de cualquier cosa que necesitara. Pero solo pudo encogerse de hombros.

—Sé que tiene demencia, pero esto parecía otra cosa. No me dijo mucho.

—Ah, es de esos.

Allison entrecerró los ojos.

—¿De esos?

—Una de esas personas que se niega a que nadie le ayude.

Sin duda, Colin 1.0 era así.

Mandy pilló una galleta de mantequilla de cacahuete del plato que estaba en la mesita.

—Mi exnovio era así. Desaparecía cada vez que pasaba algo. Conseguir que hablara era como astillar titanio con una cuchara de plástico.

Allison recordó la rápida respuesta de Colin el lunes por la noche, cuando se ofreció a acompañarle. Y en todos los mensajes de texto que le había enviado desde entonces. No cabía duda de que la estaba dejando de lado.

—¿Fue eso lo que os separó?

—No. Me puso los cuernos.

—Yo le maldigo.

Mandy se rio.

—Le rompí todos sus caros juguetes de *La guerra de las galaxias*. Supongo que fue maldición suficiente. —Se metió la mitad de la galleta en su pequeña boca—. Pero en realidad fue lo mejor. Estuvimos saliendo durante casi toda la universidad y creo que las cosas entre nosotros se habían enfriado, pero no sabíamos cómo terminar.

—Entonces, ¿se soltó la melena?

—Básicamente.

—¡Que le den por el culo! —Mandy se merecía algo mejor. Allison volvió a apuñalar su tela—. Me ofrecería a hacer que Colin te arreglara una cita con un amigo, pero a este paso, terminaría siendo con Ethan.

La risita de Mandy resonó en el techo.

—A ver, en teoría está bueno, pero su personalidad lo jode todo. ¿Te imaginas acostarte con él?

—¡Por Dios, no!

—Seguro que se traería un libro de texto.

—O corregiría tu gramática mientras dices guarradas —apostilló Allison.

—Necesito que lleves poca ropa —murmuró Mandy en un susurro fingidamente seductor.

—¡Menos ropa! —exclamó Allison.

Ambas soltaron una carcajada.

Cuando Allison recogió sus cosas para volver a casa media hora más tarde, le dolía el estómago de tanto reír y por fin dejó de preocuparse por el silencio de Colin durante unos minutos.

Parecía que hubiera explotado una tienda de telas en el salón de la casa de Allison.

El sofá estaba medio cubierto de rayas rosas, amarillas y blancas y medio envuelto en una seda natural. En el asiento de la butaca había un montón de algodón color marfil y en el respaldo descansaba un arrugado terciopelo gris, como si de una capa se tratara. Una cascada de retales en un sinfín de tonos y texturas salpicaba el suelo y la alfombra, igual que una especie de confeti. Y el maniquí situado en medio de la habitación acaparaba toda la atención y tapaba la vista del televisor.

Colgado en él había un vestido negro con un estampado de grandes girasoles, sin mangas y anudado en el pecho sobre un pequeño agujero. Monty dormitaba bajo su pie metálico, con lacitos de tela atados a cada una de sus patas.

—¿Sophie? —Allison dejó sus cosas en el suelo y miró a su alrededor. La habitación estaba en silencio, excepto por el bajo zumbido de la televisión y los pequeños arañazos de Monty contra el suelo mientras soñaba que estaba corriendo.

Las cosas habían estado tensas entre Allison y Sophie desde su charla sobre Colin, aunque en las raras ocasiones en que ambas estaban en casa, fingían lo contrario.

Oyó pasos en las escaleras.

—Hola. —Sophie se había echado una tela negra por la cabeza y llevaba más amontonada en los brazos, haciendo que pareciera una monja.

—Se te ha quedado pequeña tu habitación, ¿eh? —bromeó Allison.

Algo nubló el rostro de Sophie.

—Sí. Lo siento. Tengo que hacer un montón de cosas antes del fin de semana. —El aroma a canela de Sophie inundó la nariz de Allison al pasar—. Tengo una entrevista en Boston.

Para el caso, bien podría haberle hundido a Excalibur en las entrañas.

—¡Eso es genial! —Se esforzó por parecer entusiasmada—. ¿Con quién?

—Kisses and Hugs. Es una marca de tallas grandes relativamente prometedora. Eric es amigo de uno de sus diseñadores principales y les dio mis bocetos. Me llamaron.

Allison abrió los ojos como platos.

—¿El vikingo tiene contactos?

—Sé que puede ser un neandertal, pero es divertido. Y es modelo, así que conoce a *todo el mundo.*

Allison tragó con fuerza para contener el ardor de la soledad que le subía por la garganta.

—Parece una oportunidad fantástica. —Se arrodilló delante de Monty y subió al blandito animal a su regazo. Al menos su cachorro no se le quedaría pequeño. Allison tenía toda la comida.

Sophie la observaba mientras jugueteaba con el retal de seda natural.

—¿Tendrías tiempo de hacer de modelo para mí mañana?

Allison giró la cabeza de golpe hacia ella.

—¿En serio?

—Llevaré las prendas, claro, pero siempre está muy bien poder mostrarlas también en un cuerpo real. Y tú eres una modelo excelente.

Reconoció la rama de olivo que Sophie le tendía, pero la parte más mezquina de Allison no quería hacer nada para ayudar a que su amiga la abandonara. Comenzó una batalla interior de proporciones bíblicas.

—¿Cuánto tiempo crees que tardaría? Tengo una importante presentación para la clase de Wendy la semana que viene. —Al menos eso era verdad. Tanto si Colin se presentaba a su propia conferencia de mañana como si no, la de Allison sería la próxima semana. Necesitaba revisarla al menos tres veces más y darle algunos retoques finales.

Sophie frunció el ceño.

—Pensé que podríamos pasar la noche juntas. Las dos solas. Pedir comida china y tailandesa. —Una famosa tradición de las dos, ya que nunca conseguían decidir qué les apetecía más—. Y ver películas romanticonas —añadió. Allison se llevó las manos al pecho, tratando de calmar el dolor que brotaba allí. Parecía perfecto. Justo lo que necesitaban—. Pero podemos hacerlo rápido si estás muy ocupada con la facultad, con Colin o con lo que sea...

—No lo estoy. —Su voz sonó aguda.

—¿Qué ha hecho?

La dureza del tono de Sophie atrajo la mirada de Allison hacia su rostro.

—¿Qué?

—Conozco esa voz. La voz de «Colin es imbécil».

Allison devolvió a Monty a su lecho de tela bajo el maniquí y se puso en pie.

—Es que tiene muchas cosas entre manos y ha estado un poco distante.

Sophie la sorprendió al no decir nada. Se limitó a asentir.

Allison se restregó las palmas de las manos contra las piernas, puso la excusa de que tenía ganas de ponerse el pijama y se dirigió a las escaleras. Su mente ya estaba escribiendo una nueva lista con lo peor que podía pasar.

Lo peor que puede pasar si tu novio te está ignorando durante una crisis

1. Encuentra tu presencia estresante, no tranquilizadora.

2. Preferiría apoyarse en otra persona.

3. —

—¿Allison? —Sophie estaba en la puerta.

—¿Sí?

—Solo quiero lo mejor para ti.

Allison tragó saliva.

—¿Incluso si es él?

Sophie frunció la boca como si se hubiera comido un limón entero, pero asintió.

—No voy a desaparecer, aunque me vaya. Lo sabes, ¿verdad? —Le temblaba la mandíbula, como si temiera la respuesta de Allison—. Gemelas de pensamiento para siempre.

Las lágrimas ardían en los ojos de Allison y no consiguió contenerlas.

—Y tú sabes que quiero lo mejor de lo mejor para ti, ¿verdad? —Era cierto, aunque doliera. Aunque eso significara que todo tenía que cambiar.

Sophie esbozó una sonrisa. Las lágrimas resbalaban también por sus redondas mejillas.

—Todo nos va a ir genial. A las dos.

Allison deseaba creerla con todas sus fuerzas.

Cuando llegó a su habitación, ya tenía el teléfono en la mano.

Allison Avery: Ojalá hablaras conmigo de lo que sea que esté pasando.

Tenía que dejar de guardarse las cosas, dejar de ocultarlas para no agitar las aguas. Si le hubiera dicho a Sophie cómo se sentía, si hubiera hablado de Colin, no habrían perdido tanto tiempo de estar juntas. Y tal vez, si se hubiera sincerado con Jed cuando era más joven, ahora no tendría todos esos problemas sin resolver que la carcomían.

No quería que Colin fuera otro punto en la lista de silencios que le dolían.

Se sobresaltó cuando su teléfono vibró en su mano.

Número Desconocido: Sé que me he portado fatal los últimos días. Lo siento.

Allison Avery: ¿Qué puedo hacer?

Número Desconocido: Trae tus pompones mañana.

Allison Avery: ¿Vas a dar tu conferencia?

Número desconocido: Por supuesto.

Allison Avery: Pensé que tal vez no estabas listo.

Número desconocido: Es más importante que nunca.

Allison Avery: ¿Qué significa eso?

Número Desconocido: Te lo contaré mañana. Te lo prometo. Cuando me quite de encima la presentación, te lo contaré todo.

Sus palabras eran crípticas. Incluso inquietantes. Pero al menos hablaba.

Allison Avery: Vale.

Número desconocido: Te quiero.

Número desconocido: Mucho.

Allison Avery: Yo también te quiero.

Arrojó el móvil encima de la cama y arrastró su ordenador portátil hacia ella. Cuando uno quería respuestas, mañana podía parecer una eternidad, y por su cabeza daban vueltas demasiados pensamientos.

Solo había una forma de aplacar esa tormenta.

Alimentarla con otra cosa.

Al abrir su presentación, se quedó mirando la primera diapositiva por enésima vez.

«La belleza es una bestia».

Capítulo 33

Era una verdad universalmente reconocida que obtener un doctorado conllevaba una pérdida total de la capacidad de manejar de manera adecuada los aparatos electrónicos.

Allison observó esta hipótesis en la práctica mientras Wendy y Colin se movían a toda prisa por la parte delantera de la sala de conferencias pulsando los botones del panel de control y curioseando en el ordenador de Colin al tiempo que agitaban la mano frente al proyector como si funcionara con un sensor de movimiento.

—Te juro que esta cosa es vengativa. La semana pasada dije que era arcaico y ahora se niega a funcionar. —Las pulseras de Wendy (esta vez gruesos brazaletes de ónice) repiquetearon por encima de su cabeza.

—Todo está enchufado, ¿verdad? —preguntó Allison desde su asiento.

Se había ofrecido a ayudar dos veces, pero Colin prácticamente la había empujado del estrado. Menuda presentación debía de haber preparado, porque no había podido estarse quieto desde que entró corriendo en la sala hacía unos minutos, con su pálida frente convertida en un charco de sudor.

«No es por ti —se repitió por quincuagésima vez—. Está nervioso». Después de esto, hablarían como él había prometido y todo volvería a la normalidad. Crisis evitada. Colina conquistada.

Enemigo batido.

—Pues claro que todo está enchufado —contestó Colin con enfado.

—Entonces, ¿qué es eso? —Allison señaló un cable HDMI que se agitaba contra un lado del podio.

—¡Mierda! —Conectó el enchufe a su adaptador con una sonrisa avergonzada y la gigantesca pantalla que tenía detrás se iluminó. Un imponente Capitán Pepper Jack contempló la clase con su típica apatía, encaramado al respaldo de un desgastado sofá.

Colin volvió a la mesa, sacó un cuaderno de su bolsa y empezó a hojearlo. Las páginas sueltas sonaban en sus manos temblorosas.

—Hola. —Allison agarró la parte delantera de su chaqueta. Era de punto gris acero con un agujero en el bolsillo izquierdo que siempre había estado ahí. La recordaba muy bien porque se la puso el día que rompió con ella. Entonces le pareció la prenda más fea que existía, pero ahora le gustaba porque hacía que sus hombros parecieran más anchos y que resaltara el verde de sus ojos—. Respira hondo —le instó.

Él se sobresaltó al sentir su tacto.

Allison se llevó las manos de nuevo al regazo.

—¿Se trata de Charlie? ¿Ha ocurrido algo?

Colin fijó la mirada en lo que Allison pudo ver que era una página vacía frente a él.

—No. No. Nada de eso. —Tragó saliva—. Es que estoy listo para que esto termine.

—Vas a estar genial. Tus alumnos te adoran, ¿recuerdas? —«A diferencia de los míos», decía su tono. Se sorprendió de lo mucho que le gustaba que él entendiera el trasfondo. No más secretos—. «Te quiero».

Colin sacudió la cabeza. Llevaba el pelo tan engominado que no se le movía. Nada le calmaba tanto los nervios como los productos de peinado.

—¿Hablar todo el tiempo? ¿Con Wendy aquí? No conozco esto tan bien como para hacer eso.

Allison frunció el ceño.

—Claro que sí —dijo—. Has hecho el trabajo. Lo tienes ahí para cuando lo necesites.

Su marcada nuez de Adán se movió al tragar saliva de nuevo. Se estaba mordiendo el interior del labio. Allison intentó agarrarle la mano, pero no le tenía lo bastante cerca.

Entonces él se frotó los ojos bajo la montura y por fin la miró.

—¿Y si... y si hoy no sale como habíamos planeado?

—¿Qué quieres decir?

Colin cerró los ojos y echó los hombros hacia atrás, preparándose para algo. ¿Le preocupaba fracasar? ¿O qué pasaría si su presentación era tan buena que ganaba el puesto de adjunto?

Allison estaría decepcionada. Y un poco cabreada. Pero si Colin se había ganado el puesto por méritos propios, no podía echárselo en cara.

Por primera vez se permitió pensar en lo que significaría que él ganara. Sería horrible. Le dolería mucho. Pero, a diferencia del premio Rising Star, lo superarían juntos, no dejarían que eso los separara. Lo creía con todo su corazón.

—¿Estaremos bien? ¿Pase lo que pase hoy? —Era casi una súplica.

Allison se inclinó sobre la mesa y le asió la mano.

—Estaremos bien —prometió—. Siempre.

Colin cerró los ojos como si estuviera meditando. O dejando que sus palabras penetraran en su piel. Cuando los abrió de nuevo, su mirada era un agujero negro que absorbía todo lo que les rodeaba. Solo quedaba el olor a gomina y a jabón, la forma en que su presencia la inmovilizaba, como tinta seca en un trozo de pergamino, y el retumbar de su corazón en cada parte de su ser cuando le tenía así de cerca.

Se llevó sus nudillos a los labios como había hecho millones de veces y, sin embargo, de algún modo, había algo diferente en su gesto.

Su beso era un bosque y Allison una niña con una capa roja. Sus labios eran una cabaña hecha de caramelo y ella estaba perdida y hambrienta. No estaba segura de querer que la encontraran.

Wendy se aclaró la garganta y Colin le soltó la mano a Allison como si le hubieran tirado de él.

—Tú puedes —susurró Allison cuando él se volvió hacia el estrado.

Con suerte, sus palabras podrían aliviar la presión a la que se estaba sometiendo. Todo lo relacionado con la escuela de posgrado era ya exagerado y urgente. Cada vez que hablaban en clase, cada trabajo que escribían, cada bocanada de aire que respiraban en este campus podía inclinar la balanza. Una presentación perfecta podía dar lugar a una mentoría que definiera su carrera, mientras que un mal día, un mal trabajo, podía ser la diferencia entre estar a falta tan solo de la tesis o un máster en Humanidades rescindible (y la expulsión del programa). No es de extrañar que Colin pareciera haber pasado demasiado tiempo metido en una gofrera. Si Claymore no funcionaba, no le quedaban más opciones.

Se dirigió arrastrando los pies hacia el estrado mientras Wendy pedía silencio a la clase y presentaba a Colin. Algunos alumnos aplaudieron y otros vitorearon.

A Allison se le encogieron las entrañas, pero reprimió los celos. Colin tenía derecho a ser bueno en algo.

Sus ojos se posaron en ella mientras encendía el monitor. Una débil sonrisa asomó a las comisuras de sus labios, como si verla le diera fuerzas. Allison agitó el puño en el aire, en un sutil grito de ánimo deportivo.

Cuando la pantalla del proyector se iluminó y enfocó a Colin, Allison intentó adivinar qué tipo de imagen utilizaría en la portada. Conociéndole, encontraría algo extremadamente pornográfico para escandalizar a la gente. Una obra de arte medieval realmente obscena o alguna caricatura inapropiada. Tal vez un fotograma sacado de una película porno moderna.

Incluso con todas esas conjeturas, lo que apareció hizo que a Allison se le parara el corazón.

La foto de portada era de un concurso de belleza. Siete mujeres adornaban el escenario. Seis de ellas, tres a cada lado, iba bien peinadas y tenían el pelo brillante, sus elegantes vestidos de satén se ceñían a sus curvas y los diamantes resplandecían sobre su piel. Solo la mujer del centro llevaba corona y apretaba un ramo de rosas contra el pecho. A diferencia de las demás, su vestido estaba harapiento y lleno de agujeros y tenía el maquillaje corrido. Tenía calvas que asomaban por debajo de su elaborado moño y su piel estaba arañada y ensangrentada. Sus ojos eran agujeros negros y de sus dientes goteaban fluidos oscuros.

En la parte superior, en letra elegante, se leía: «La belleza es una bestia».

Allison se puso en pie y salió por la puerta antes de que Colin empezara a hablar.

Capítulo 34

Número desconocido: ¿Adónde has ido? [borrado]

Número desconocido: Iba a explicártelo todo después de la conferencia, ¿recuerdas? Hablaba en serio cuando te lo prometí. [borrado]

Número desconocido: Allison. Por favor, habla conmigo. [borrado]

Número desconocido. Te quiero. [borrado]

Allison Avery: Déjame en paz.

Capítulo 35

«Puedo ser todo lo vicioso que queráis. Sin embargo, soy también muy capaz de relataros algo moral» o «Por qué Colin Benjamin es un mentiroso, estafador imbécil y no merece un puesto de adjunto».

1. Ha cometido plagio. Uno de los pecados mortales académicos. El fraude es el octavo círculo del infierno en *El Infierno*.

2. Se acostó con Allison únicamente para robarle su trabajo. La manipuló de forma consciente con este único propósito. Deberían clonarle y colocarle en el octavo círculo por partida doble.

3. ¿De verdad entró en Claymore por su cuenta...?

Allison tecleó de forma airada en la ventana de correo electrónico que tenía abierta.

¿Había sido este el plan de Colin desde el principio? ¿Engatusarla para que se confiara? ¿Granjearse su confianza admitiendo todos sus fracasos (probablemente falsos)? ¿Convencerla de que hiciera lo mismo? ¿Engañarla para que volviera a enamorarse de él y así poder robarle su presentación (claramente superior) y hacerse con el puesto de adjunto? Era una mezcla de Rumpelstiltskin, Mr. Hyde y un pillo. Y también un poco del Fausto de Marlowe y del Satán de Milton. Un embaucador. Un demonio. Un tramposo.

Y había confiado en él como una tonta. Debería haberlo sabido.

Pero esta vez no ganaría. Ella renovaría su enfoque. Profundizaría más. Lo masacraría intelectualmente hasta que no fuera más que una pulpa sanguinolenta.

Era lo que debería haber estado haciendo siempre.

—Esto es vil, incluso para él. —Sophie se paseaba por la habitación de Allison, con un trozo de regaliz rojo colgando de la boca. Monty brincaba a su paso, pisándole los talones. La ropa que Allison iba a llevar para la entrevista de Sophie estaba extendida sobre la cama, excepto el vestido marinero, que Allison se había puesto para sentirse más segura de sí misma (se ajustaba perfectamente a sus mejores curvas porque Sophie era un genio de la moda)—. Vas a crucificarlo, ¿verdad?

Allison se alisó el cuello del vestido y la forma en que los bordes acentuaban su escote le pareció una especie de venganza. Vencería a Colin y estaría fabulosa mientras lo hacía. Un castigo doble.

—Estoy escribiendo el *email*. —Wendy apreciaría la cita de Allison de *El prólogo del bulero* y seguro que estaba tan disgustada como ella por el robo de Colin.

Aquella presentación había sido su mejor trabajo. Llevaba años dándole vueltas a su análisis de la belleza en el romance medieval. Jamás se le ocurriría algo que lo igualara, no en cuatro días. Tal vez nunca.

No tenía elección. Tenía que contárselo todo a Wendy.

Sophie se sacó el regaliz de la boca y lo agitó para dar énfasis.

—Avísale de que tienen que actuar rápido. Quiero que lo expulsen antes de matarlo.

Allison resopló. Sentía que su pulso dirigía las yemas de sus dedos mientras repiqueteaban sobre las teclas. Por mucho que volaran, no podían seguir el ritmo de los iracundos pensamientos que se agitaban como un mar embravecido en su cabeza.

Tenía que centrarse en esta presentación, en la facultad, en aquello que podía arreglar, porque si dejaba que su mente se desviara hacia el dolor que sentía en lo más hondo de su ser, se desmoronaría.

No iba a derrumbarse. Ni por él ni por nadie.

Se restregó los ojos llorosos con los nudillos y siguió tecleando. Estaba añadiendo las últimas letras a su firma, cuando alguien la llamó por su nombre.

Sonaba amortiguado, como una voz gritando por teléfono. O desde algún lugar lejano. Tanto Sophie como ella se pusieron en pie en cuanto lo oyeron.

La ventana del dormitorio de Allison daba a la calle. La abrió de golpe y sacó la cabeza para ver más allá del saliente del porche.

Colin estaba de pie en la acera, todavía vestido con aquella horrible chaqueta. La gomina de la cabeza se mantenía brillante y lustrosa. Había hecho volar por los aires todo su mundo y ni siquiera tenía un pelo fuera de lugar. Eso solo hizo que le odiara más.

—¿Qué haces aquí? —Allison bajó la voz adrede, por lo que tendría que esforzarse para oírla.

Levantó la mirada mientras se protegía las gafas de sol con la mano.

—No contestas a mis mensajes.

—No quiero hablar contigo.

—Por favor. Tienes que hacerlo.

—Desde luego que no —Allison se apartó y empezó a cerrar la ventana.

—¡Vete a la mierda, Colin! —gritó Sophie detrás de ella.

—Allison, por favor. —Colin se sentó en el suelo y cruzó los brazos sobre el pecho—. No me iré hasta que hables conmigo.

Era lo bastante testarudo como para decirlo en serio y jamás averiguaría qué hacer con su propia presentación con el puto Colin Benjamin (ladrón, mentiroso e imbécil) sentado ahí fuera, al acecho.

Cerró la ventana de golpe y se dirigió a las escaleras con paso airado.

—Enseguida vuelvo.

—Dale duro, chica —declaró Sophie.

A Allison se le aceleró el corazón en el pecho, pero hizo todo lo posible por parecer muy tranquila, incluso imperturbable, cuando salió al porche. Dio las gracias en silencio a Sophie por el vestido, irguió los hombros y miró fijamente a Colin.

Él se levantó de un salto. Podía imaginar el crujido de sus huesos bajo la piel. Cualquier otro día, la forma en que le recorrió el cuerpo con los ojos habría hecho que se estremeciera, pero hoy solo sentía rabia. Este vestido era para *ella* y solo para ella.

—Gracias...

—Tienes dos minutos. —Allison se cruzó de brazos.

Colin suspiró y se pasó una mano por el pelo, despeinándoselo por fin.

—Lo siento. Pensé... Pensé que cambiar de tema igualaría las cosas. Que estaríamos en sintonía. Que...

—Mentira. —Los puños de Allison eran como cemento. Pesados y peligrosos. Los apretó a los lados—. No estamos en absoluto en sintonía. Si presento mi trabajo el martes, parecerá que te he copiado. Llevo semanas planeando esa conferencia. Sobre una idea que he estado desarrollando durante años. Ahora *no tengo nada.* —Bajó los escalones del porche hasta que sus ojos quedaron a la misma altura—. Sé sincero. ¿Solo fingías tener sentimientos encontrados con tu tema para que yo compartiera el mío? —Estaba temblando, todas las palabras que no podía contener hacían pequeñas grietas en sus huesos, generaban pequeñas brechas que nunca llenaría—. ¿Hasta dónde llega esta pequeña treta tuya? —Le costó no gritar, pero no quería darle la satisfacción de que viera su ira. Ya no iba a darle nada—. ¿Alguna vez hubo algo real entre nosotros? ¿O me has estado utilizando desde el principio a modo de seguro para garantizar que ganarías?

—No. Eso no es... Allison. —Su nombre no era una palabra sagrada. Era una súplica. Le temblaba la mandíbula.

Pero Colin le había hecho demasiados agujeros. Ya no quedaba nada. Había tomado las partes que más le gustaban a Allison (sus ideas, su capacidad interpretativa, sus análisis en profundidad) y las había utilizado en su contra. Ya era una mala profesora. Ahora también iba a parecer una mala académica.

Así que buscó algunas armas con las que defenderse.

—Si no puedes tener tus propias ideas, tal vez la escuela de posgrado no sea tu lugar.

Colin se echó hacia atrás con brusquedad, como si ella le hubiera lanzado alguna cosa. Sus manos revoloteaban a ambos lados, igual que colibríes enfermos o mariposas moribundas. En busca de un último lugar de descanso. Abrió la boca, pero no salió nada.

¿Y si era verdad? ¿Y si había mentido cuando dijo que su tía no tuvo nada que ver con que le aceptaran? Si había caído tan bajo como para apropiarse las ideas de Allison, ¿quién podía asegurar que no utilizaría cualquier medio necesario para conseguir entrar en la facultad de posgrado? Su ambición no conocía límites.

—Tal vez sea porque tu tía te metió en este programa.

A Colin se le descolgó la mandíbula hasta el punto de que podría atrapar moscas.

—Sabes que no lo hizo.

—Yo no sé nada. —Allison volvió a subir las escaleras. La puerta parecía estar a un millón de kilómetros de distancia—. Y está claro que no te conozco. Porque el chico con el que creía estar saliendo... —se detuvo y bajó la mirada hacia él—, al que creía *amar,* no se habría puesto la chaqueta que llevaba cuando me dejó hace dos años para dar una presentación que me había *robado.* Para ganar un puesto de adjunto por el que llevo trabajando media década.

No llegaba a tocarle aunque estirara los brazos, pero aun así estaba demasiado cerca. Cualquier lugar de esta manzana, de esta ciudad, de este estado, de este hemisferio, de este *planeta,* estaba demasiado cerca.

—No quiero volver a verte. —Se dio la vuelta al decirlo—. No vuelvas.

Cada parte de su cuerpo estaba cargada de plomo. Muerta e insensible. Pero se las arregló para entrar en la casa y volver a su habitación.

Los ojos de Sophie la siguieron en silencio mientras Allison se sentaba al ordenador. La ira que había inspirado el primer borrador de su correo electrónico a Wendy se había extinguido, sustituida por una tristeza tan intensa que amenazaba con hacerla atravesar el suelo.

Revisó la nota a su profesora y la envió, sin apenas poder mover los dedos, y acto seguido rompió a llorar.

Capítulo 36

Mei entró por la puerta del despacho del Departamento de Inglés con un cuenco humeante encima de papel de cocina.

Lo dejó en su escritorio como si quemara.

—Hola, Allison. ¿Necesitas algo?

Allison había corrido prácticamente desde la biblioteca hasta Haber Hall después de sus clases de repaso y se había encontrado con que el despacho de Wendy seguía a oscuras. Eso era lo que pasaba cuando llegabas media hora antes.

—Estoy esperando a Wendy. —Mientras golpeaba el escritorio con el dedo, Allison volvió a asomarse por la puerta, como si su profesora hubiera podido teletransportarse a su despacho.

Su móvil vibró en su bolsillo, pero Allison no se molestó en echar un vistazo. Sin duda sería Colin. Otra vez. No parecía saber cuándo parar. Si se creía que esta iba a ser una de esas situaciones en las que triunfaría la perseverancia, menuda sorpresa se iba a llevar.

Debería bloquear su número, pero quería esperar a hablar con Wendy para que fuera testigo directo del fin de Colin. Había decidido que en lugar de explicárselo por correo electrónico, se reuniría con Wendy en persona para hablar de lo que había pasado.

Sentada en su escritorio, Mei removía con una cuchara su comida, que parecía arroz y cerdo y olía deliciosa.

—Te pareces a mi hija cuando necesita confesar algo. —Su boca se curvó en una sonrisa—. ¿Has jugado con mi maquillaje?

Allison rio, aunque cerró los puños.

—No es nada.

—Pues no lo parece. Desembucha.

Tal vez Mei podía ofrecerle una buena perspectiva desde fuera. Hablar con ella podría ayudarle a organizar sus pensamientos antes de su reunión. Allison exhaló un suspiro.

—¿Alguna vez han copiado tu trabajo?

Mei frunció el ceño.

—¿Te refieres a cuando dices algo en clase y uno de tus compañeros lo pilla y lo convierte en un artículo?

—Algo así. —Allison no se atrevía a admitir que era una ofensa mucho más flagrante.

—Me ha pasado. En mi segundo año aquí. Y es una sensación espantosa. Cuando empecé este programa, tenía un montón de ideas de color de rosa sobre lo que sería la escuela de posgrado. Todo el mundo compartiendo sus pensamientos y aprendiendo a crecer juntos como académicos. Y a veces es así.

Fue un alivio saber que no había sido la única que albergaba unas expectativas tan altas.

Mei removió el cuenco de nuevo, comió un poco y masticó con aire pensativo.

—Pero el mundo académico se está reduciendo, el mercado laboral es una ciudad fantasma y en este mundillo todo parece precario. La presión es enorme y eso anima a la gente a tomar malas decisiones.

Parecía una forma caritativa de plantear el robo intelectual. Pero a pesar de estar furiosa, no podía ignorar la presión a la que estaba sometido Colin. El deseo de que su familia se sintiera orgullosa de él, todas las dudas que le producía tanto rechazo y esta oportunidad que parecía la única que tenía debía de ser demoledor. Nada de eso le daba derecho a apropiarse de su trabajo. No tenía que perdonarlo solo porque pudiera haber tenido una motivación razonable.

La había traicionado. Ella no había organizado esta reunión para entender sus decisiones. Estaba aquí para arreglar las cosas que le concernían a ella.

—¿Qué hiciste al respecto? —preguntó—. ¿Te enfrentaste a ellos? ¿Fuiste a ver a tu profesor?

Allison aún no estaba segura de cuánto quería contarle a Wendy. Por supuesto, le explicaría que «La belleza es una bestia» había sido el tema de su conferencia. Pero ¿debería mencionar sus sospechas sobre la tía de Colin? ¿Debía explicar de qué forma la había manipulado Colin?

Mei negó con la cabeza.

—Se me ocurrió otra cosa.

Allison se sobresaltó. ¿No decir nada? Eso parecía interesarle más a Colin que a ella.

—Pero ¿y si fuera tu mejor idea? ¿Y si lo hubieras pensado durante mucho tiempo?

Mei abrió el cajón de arriba y sacó un pequeño plato de caramelos envueltos. Se lo ofreció a Allison.

—Este es mi alijo para la ansiedad. Deja que se derrita en tu lengua. No lo mastiques. Te ayudará a tranquilizarte.

Allison hacía lo que le decían, aunque fuera en contra de todo aquello en lo que creía. Era una de esas personas que le hincaba el diente a una pastilla o a una piruleta en cuanto la tenía en la boca. Los caramelos eran para masticarlos, no para darles un baño de saliva.

El caramelo era dulce y mantecoso, con un toque de sal. Mientras se concentraba en mantener los dientes a raya, su corazón empezó a latir más despacio.

Mei asintió como si pudiera verlo.

—Estamos hechos de más de una idea. Si tuviste una genial, tendrás otra. Pero protege mejor la próxima. —Empujó otro caramelo hacia Allison—. Y consíguete un alijo para la ansiedad. Tu tesis te lo agradecerá.

Si es que llegaba a eso.

No le parecía que estuviera bien mantener en secreto lo que Colin había hecho. Como si, al igual que Jed, la estuviera pisoteando. Pero Mei tenía razón. Si Allison gastaba todas sus energías luchando por aferrarse a su argumento, tal vez nunca tendría espacio para elaborar otro.

Era una biblioteca repleta de historias, palabras y definiciones. Y su cerebro era una costurera, con unos dedos tan ágiles como los de Sophie, que lo cosía todo para confeccionar nuevos diseños y creaciones.

Allison no necesitaba tirar por tierra a Colin para ganar. Su mejor venganza sería ganar el puesto de adjunto por su cuenta.

La mayoría de sus reuniones con Wendy Frances habían tenido lugar durante las comidas, así que era la primera vez que pasaba más de un minuto en su despacho.

De algún modo, su profesora había conseguido darle una estética de casa de campo a un espacio tan reducido. Su escritorio ocupaba toda una pared, con listones de madera recuperada envejecidos en tonos grises, marrones y azulados. A un lado había una bandeja cuadrada revestida de vidrio marino que contenía pequeñas macetas de suculentas que hacían las veces de soportes para carpetas y los dos farolillos que había junto a Allison contenían unos cuantos bolígrafos y lapiceros. Todas las lámparas estaban cubiertas con pañuelos para suavizar la fría luz de los fluorescentes.

Wendy se acomodó en un sillón tapizado de cachemira en tanto que Allison agarraba lo que parecía una silla de respaldo recto de un viejo juego de comedor. Desvió la mirada hacia el alféizar de la ventana, donde había una foto de Wendy abrazada a una mujer morena delante de un jardín tan vibrante y fértil que podría haber salido de un libro de cuentos. A su lado había una foto de dos gatos acurrucados en una silla; uno delgado con el pelaje gris y blanco; el otro un corpulento gato blanco y negro.

—Mis chicas —dijo Wendy, señalando la imagen—. Gwen y Dave.

Señaló al gato blanco y negro.

Allison se rio.

—¿Dave?

Las pulseras de Wendy (hoy de oro rosa) tintinearon ante su divertida reacción.

—Fue el nombre que le puso el refugio y me encanta el mensaje que transmite. Los nombres son una construcción, igual que el género.

—Es perfecto.

Wendy sacó una carpeta de entre dos de sus macetas de suculentas y extrajo de ella un bloc de notas. Pasó a la primera página en blanco, cruzó las piernas y se inclinó hacia delante, prestando toda su atención a Allison. Olía a bollería, a vainilla, a azúcar y a consuelo.

El corazón de Allison se tranquilizó un poco. Estar cerca de su profesora cerró algunas de las grietas que Colin había generado en sus huesos.

—Dime en qué puedo ayudarte. —Wendy llevaba las suaves ondas rubias de su melena retiradas de la cara y una ligera capa de sombra de ojos malva sobre los ojos azul grisáceo. Su blusa de flores de manga larga parecía uno de esos papeles pintados que se ven en las mansiones que fotografían para las revistas—. Estoy impaciente por ver lo que vas a enseñarnos la semana que viene.

Sus palabras eran sinceras y acabaron con su indecisión, como si fueran un hechizo contra una maldición. Su profesora no quería oír hablar de las ideas que no podía utilizar (porque Colin se las había robado); quería ver la mente de Allison en acción. Y nada de lo que confesara sobre Colin y su traición lo demostraría. Al menos no las partes buenas.

Se aclaró la garganta.

—En principio iba a trabajar con Chaucer, pero mientras releía a Malory para clase este fin de semana, me sorprendieron los paralelismos entre Igraine y Elaine de Corbenic. —Según la leyenda, Igraine concibió al rey Arturo cuando Uther Pendragon, un rey rival, utilizó la magia para aparecérsele como su propio marido. Elaine llevó a sir Lancelot a la cama con medios similares, disfrazándose de la reina Ginebra. Sin embargo, a Uther se le representa como un héroe, mientras que a Elaine se la caracteriza como corrupta y peligrosa. Las mujeres siempre han cargado con la culpa de los egos masculinos.

Colin ya le había enseñado esa lección dos veces.

El bolígrafo de Wendy empezó a garabatear el papel, como si Allison hubiera dicho algo que mereciera la pena anotar.

Tal vez lo había hecho. Ella era más que una sola idea. Era una cascada infinita de ideas y dejaba que sus palabras llovieran, que crearan formas y ángulos que dieran sentido, que tomaran historias y las abrieran en canal para mostrar lo que había dentro.

—Creo que me gustaría hablar de la forma en que *La muerte de Arturo* de Malory, como ejemplo de muchos otros romances y leyendas medievales, vilipendia el deseo femenino.

Wendy miró sus notas con los ojos entrecerrados y esbozó una sonrisa.

—Esto complementa la presentación de Colin de forma eficaz. ¿Lo habéis planeado?

La ira le aguijoneaba el estómago como si fueran espinas.

—En cierto modo —murmuró. Si planearlo significaba que ambas presentaciones eran suyas.

Pero los comentarios de Wendy también le dieron una idea, que explotó tras sus ojos como incandescentes fuegos artificiales. Tal vez podría tomar esta nueva idea y cruzarla con la anterior. Así podría demostrarle a Wendy no solo que como profesora era capaz de estructurar bien las ideas y desarrollar conceptos, sino que además podía conceptualizar interpretaciones analíticas que fueran más allá de uno o dos textos para estudiar el campo de forma más amplia, justo lo que tendría que hacer para su tesis.

Su cuerpo se estremeció. Podía hacerlo. Crearía una nueva presentación para el martes. Una *mejor*. ¡Al diablo con Colin! Se ganaría a *sí misma,* una oponente mucho más digna.

—¿Te importa si tomo algunas notas rápidas? —preguntó al tiempo que sacaba su teléfono móvil del bolsillo.

—Por supuesto. —Wendy se volvió hacia su ordenador.

Allison miró la pantalla de bloqueo. Había un puñado de mensajes de Colin, que descartó. Pero también había dos llamadas perdidas de su madre.

Tenían que ser más noticias sobre Jed. Allison había dejado de responder a los mensajes de texto de su madre, por lo que en su lugar había pasado a llamar.

Su padre había salido del hospital y vuelto a casa. Allison no necesitaba saber más que eso. Borró las llamadas y tecleó unas líneas en un correo electrónico en blanco.

Su teléfono volvió a sonar con el número de su madre. Allison pulsó «Ignorar» y siguió escribiendo. Excepto que el rostro de Cleo apareció en su pantalla un segundo después.

Wendy la miró.

—Eso parece importante. Quizá deberías contestar.

—Puede esperar. —Allison intentó terminar la frase que estaba escribiendo, pero su madre volvió a llamar, robándole la pantalla. Soltó un gruñido.

—Allison, no pasa nada. Contesta.

Exhaló un suspiro y salió al pasillo. Estaba claro que había heredado la cabezonería de su madre.

—Hola, mamá. —Allison se esforzó cuanto pudo para no sonar tan irritada como se sentía—. Estoy en medio de una reunión con una profesora. Llamaré...

—Allison —la voz de su madre era aguda—, tienes que venir a casa.

Allison negó con la cabeza para sí.

—No puedo. El martes tengo una presentación muy importante. Necesito dedicar todo el fin de semana a terminarla.

—Allison, es tu padre.

Otra vez con lo mismo. ¡Por el amor de Dios! Allison estaba cansada de que Jed ocupara todo el espacio de su vida. Sin duda, ella no ocupaba ninguno en la de él.

—Déjame adivinar. No está cumpliendo con las recomendaciones del médico y ahora está de nuevo en fibrilación auricular y necesita que le den descargas otra vez. He leído sobre esto, mamá. La gente puede vivir mucho tiempo con fibrilación auricular. No es necesario que vaya a casa cada vez que tiene un pequeño problema.

—Allison. Cariño. —La voz de su madre era demasiado suave. Demasiado paciente. A Allison se le encogió el estómago—. No sé cómo decirte esto. Tu padre... ha muerto.

Capítulo 37

Los ojos le ardían con las lágrimas no derramadas. Habían pasado cuatro horas desde la llamada de su madre y aún no había sentido nada.

Volvió al despacho de Wendy igual que una zombi. No recordaba qué le había dicho a su profesora, pero en su piel aún perduraba la impronta del afectuoso abrazo de la mujer y la amabilidad de su voz se aferraba a su piel mientras conducía hacia Maine.

Los mensajes que había enviado a Sophie y Mandy eran las palabras de una extraña. Las manos que aferraban el volante eran las de otra persona. Monty le rozó el brazo con su fría nariz en otra dimensión, otra versión de ella le acarició la cabeza. Un corazón desconocido retumbaba con fuerza contra una caja torácica que no era la suya. No era nadie, no estaba en ninguna parte, alejándose mientras su vida flotaba ante ella.

¿Qué clase de persona era? Colin podía convertirla en un cúmulo de emociones, pero su padre había muerto, ¿y no sentía nada?

Se quitó una gota de sudor frío de la cara. No debería estar pensando en Colin ahora. Él no merecía el más mínimo espacio en su cabeza.

Jed había muerto. Se había *ido*.

Cuando detuvo el coche en el camino de entrada junto al todo-terreno de su madre, dejó caer la cabeza sobre el volante. No podía hacerlo. Lo de Jed. Lo de Colin. Nada de lo ocurrido.

Era demasiado.

Monty profirió un pequeño quejido. Intentó apoyar sus peque-ñas patas delanteras en el respaldo del asiento de Allison para po-der lamerle la cara, pero solo consiguió caer al suelo. La risa que brotó de sus labios tenía un regusto amargo, pero al menos hizo que se moviera.

Su madre y Cleo la estaban esperando en la puerta principal.

Su madre le tendió los brazos. Tenía la cara roja y llena de lágri-mas. Verla hizo que se le encogiera el estómago. Así debería estar ella. Su cuerpo debía ser un mapa que reflejara su dolor. Había per-dido a uno de sus padres. Una de las peores pérdidas imaginables.

Pero Allison estaba en blanco. Vacía. Despojada de todo.

Su madre olía a pan, a flores y a *hogar* cuando Allison la estre-chó en sus brazos. Se le hizo un nudo en la garganta. ¿Quién sabía que alguien se podía ahogar sin más?

La abrazó con fuerza.

—Lo siento mucho, cariño.

¿El qué? ¿La muerte de Jed o que su hija fuera incapaz de sen-tirla? Se aclaró la garganta.

—¿Qué pasó?

Su madre la soltó para recoger la bolsa de viaje de Allison y depositarla junto a las escaleras. Luego, con el suspiro de una per-sona que nunca ha conocido verdaderamente el descanso, se dejó caer en su sillón reclinable favorito.

—Dejó de tomarse las medicinas en cuanto salió del hospital. Tuvo un ataque al corazón. Estaba solo. Paula le encontró cuando pasó a dejar la compra.

Allison se llevó la mano a la boca. Era horrible morir así, solo, pero también era muy propio de Jed. Nunca había querido la carga de la presencia de otra persona. Todo el mundo y sus sentimientos eran demasiada molestia. Demasiado dramático.

Pero si uno no deja de apartar a todo el mundo, al final ya no vuelven. Allison había estado demasiado cerca de aprender eso con Sophie. Agarró el teléfono con fuerza como si eso pudiera atarla para siempre a su mejor amiga, sin importar dónde acabara.

Se sentó en el sofá. Los juguetones gruñidos de los perros que se revolcaban en la alfombra fueron durante un rato el único sonido.

El sillón reclinable crujió cuando su madre se movió.

—Ya sabes que podemos hablar de ello —dijo.

—¿De qué? —Allison abrazó un cojín contra su pecho.

—De lo que sea que estés sintiendo.

—¿Y si no siento nada?

Su madre sacudió la cabeza, con los labios apretados a causa de la frustración.

—Claro que sientes algo. Tu padre acaba de morir.

—Sin embargo, ahí está el problema. —Allison aplastó el cojín de punto color crema con los dedos—. Sé que era importante para ti, pero formaba parte de mi vida igual que las paredes de esta casa. —Sus ojos revolotearon por la sala de estar—. Siempre están ahí, pero no siento ningún apego por ellas.

—Cariño...

—No. Quizá no sea la metáfora adecuada. —Allison estudió el ventilador de techo. Una de las aspas estaba doblada en ángulo y el pliegue había creado una raja que surcaba el metal, víctima del intento de Allison en sexto curso de aprender a driblar una pelota de baloncesto en la casa. Jed nunca la había arreglado, a pesar de que le había comprado el balón. «Para que empieces a mover ese pesado cuerpo», le dijo. La casa ocultaba tantas cicatrices causadas por él como Allison—. Tal vez él era más como un espejo que me obligaba a ver mi cuerpo como él lo veía.

Su madre suspiró.

—No era perfecto.

—No. Era horrible. —Allison tiró el cojín a sus pies—. ¿Por qué no puedes reconocerlo?

Su madre posó la mirada en su regazo y empezó a temblarle la mandíbula.

—Porque no quiero creer que podría amar a alguien que fuera realmente horrible.

A Allison le estalló el pecho. Su madre era demasiado generosa para creer que alguien no tenía nada bueno. Querría a un escorpión mientras la picaba. Era tan capaz de controlar eso como ella de hacer que sus propios sentimientos existieran.

Y después de lo que había pasado el día anterior con Colin, sabía un poco sobre lo que era no ver con claridad a la persona que amas. La frustración que sentía hacia su madre se desvaneció.

Allison cruzó la estancia y se sentó en el suelo junto al sillón reclinable, con la cabeza apoyada en el brazo de su madre.

—Sé que debo hacerlo, pero no quiero a Jed, mamá. No puedo. No soy como tú. No tengo infinitas reservas de amor para ofrecer a la gente. No puedo darlo con tanta facilidad.

Lo había hecho con Colin, dos veces, y estaba más vacía por ello. Los lugares de su corazón abiertos a los demás mermaban cada vez que se rompía, como un plato que al pegarlo de nuevo nunca queda bien del todo. Si no tenía cuidado, al final no quedaría espacio.

El sillón reclinable chirriaba en silencio mientras su madre se mecía y ambos perros levantaron las orejas.

Allison captó la mirada de su madre.

—Necesito que me dejes sentir lo que siento sobre esto, sin hacer que me sienta culpable. Aunque no sienta nada. Yo soy quien sobrellevo mi relación. Y así debería haber sido siempre. Todas esas llamadas diciéndome que fuera a verle, que estuviera en contacto y que él me necesitaba... Resultaba doloroso porque no podía hacerlo. Era como si mis sentimientos hacia él estuvieran equivocados.

Su madre cerró los ojos y esperó un largo rato antes de responder.

—Lo siento, cariño. Esa nunca fue mi intención. No quería que te arrepintieras cuando él se fuera. Sé lo que es eso por tu abuela; te corroe.

—Pero la abuela y tú os peleasteis. Tal vez sentías demasiado. Jed y yo nunca tuvimos eso. —Nunca habían tenido nada en absoluto—. Así que toda esa culpa por no estar a su lado me seguía recordando todo lo que no éramos. —Allison se llevó una mano al corazón. Su latido retumbaba contra su palma. Tal vez su incapacidad de sentir nada era su forma de sentir el dolor, como si el vacío fuera la única manera de llorar algo que jamás había existido.

Su madre le puso una mano en la cabeza.

—Siento no haberme dado cuenta de eso —repuso—. Eres adulta. Tengo que escuchar más y actuar menos como una madre.

—Me gusta ese plan —murmuró con una pequeña sonrisa.

Su madre resopló.

—Bueno, ya que estamos, ¿podrías tú actuar un poco menos como si fueras mi madre?

—¿Qué significa eso?

—Deja de pagar mis facturas.

—Iban con retraso. Quería ayudar.

Su madre le tomó la mano.

—No necesito que hagas eso. Me las he arreglado toda la vida. Y voy a seguir haciéndolo.

La emoción burbujeó en el estómago de Allison.

—Pero es que eres mi madre. Necesito cuidar de ti. —Se le quebró la voz. Una lágrima resbaló por su mejilla.

Su madre se enjugó los ojos.

—Puede que algún día. Pero todavía no. Prometo decírtelo cuando te necesite. Mientras tanto, no puedo pasarme la vida preocupada porque tú estás preocupada por mí. ¿Entendido?

La suave voz de su madre carecía de autoridad. Tampoco la necesitaba con Allison. Las dos siempre habían sido un equipo. Sentaba bien volver a serlo.

Allison se esforzó a fin de parecer la adolescente malhumorada que nunca había sido.

—Vale.

Su madre se levantó del sillón con una sonrisa.

—Ahora voy a preparar té y a meter unas galletas en el horno para poner *Magnolias de acero* y llorar a gusto.

Y vaya si lloraron.

Cuando Allison llevó arriba a su cachorro dormido, estaba agotada de tanto sollozar. Aún llevaba dos de sus pañuelos húmedos arrugados en la mano y las galletas y el té que se había tomado se le había hecho bola en el estómago.

Nada de eso había sido por Jed, pero aun así había sido una liberación catártica. Había servido para despejarla, para eliminar parte del entumecimiento a fin de dejar espacio a otras cosas. Ella siempre se había burlado de su madre por esa necesidad de tratar la tristeza con más tristeza, pero quizá había algo de cierto en ello.

Tras una ducha rápida, se tumbó en la cama a la espera de que el cansancio que le atenazaba los músculos la venciera. En un esfuerzo por evitar pensar en Colin, repasó sus nuevas ideas para la conferencia. Wendy le había dicho que volverían a programarla cuando Allison regresara al campus, pero ella solo quería que terminara. Wendy no podría elegir hasta que no diera su presentación, y cuanto más tardara su profesora en decidirse entre ellos, más tiempo permanecería atada a Colin.

Necesitaba hacer borrón y cuenta nueva.

Retiró la ropa de cama y rebuscó en su habitación en busca de provisiones. Su viejo ejemplar de *La muerte de Arturo*, de Malory, estaba enterrado en el fondo del armario. En el fondo de su viejo escritorio blanco había restos de su mural de palabras; un montón de rotuladores negros sujetos con una vieja goma del pelo y montones de notas adhesivas de color neón. Sacó de la mesilla su tableta del instituto, que a duras penas funcionaba.

Durante las horas siguientes, elaboró su presentación a partir de retales académicos, como un niño de parvulario trabajando en un proyecto artístico. Buscó artículos en las bases de datos de la biblioteca de Claymore y tecleó pasajes de Malory en la aplicación Notas de la tableta. Con las notas adhesivas, hizo una versión poco sofisticada de las diapositivas de PowerPoint, con dibujos de monigotes y los tipos de letras hechos a mano.

El resultado final no se parecía en nada a la pulcra conferencia que tenía en su ordenador de Providence. No había fondos bonitos, letras elaboradas ni fotos de archivo de alta resolución. Tampoco adorables imágenes prediseñadas. Ni fragmentos de Chaucer subrayados y anotados con animaciones de PowerPoint.

Sin embargo, en cierto modo resultaba una representación más honesta de su forma de enseñar. No era brillante ni profesional. No era muy buena. Pero lo estaba intentando. Eso tenía que ser suficiente por ahora.

El sol empezaba a asomar por el horizonte mientras ella preparaba su teléfono para grabar. Estaba demasiado cansada para taparse las bolsas de los ojos o las manchas rojas que aún se veían en la cara de tanto llorar. No se molestó en quitarse la camiseta en la que ponía: «Cállate, estoy leyendo». Pero durante la siguiente hora se grabó dando esa conferencia con su voz ronca y entrecortada, dirigiendo la cámara a sus diapositivas improvisadas cuando era necesario y enfocando su copia de Malory para demostrar algo del análisis en profundidad.

Mientras el vídeo se convertía, abrió su correo electrónico de Claymore. Dentro había una docena de condolencias, de su grupo y algunos alumnos. Abrió el primero.

> Hola, profe A. Es una mierda que se haya muerto tu padre. Espero que estés bien. Prometo no ser un idiota en la próxima clase. Cole

Allison creía que se había quedado seca, pero nuevas lágrimas cayeron sobre su regazo. Le temblaban las manos mientras subía el vídeo a un correo electrónico e introducía la dirección de Wendy.

Su dedo quedó suspendido sobre el botón de enviar. Era tarde (o temprano, según se mirara) y estaba destrozada. ¿Era prudente que tomara decisiones importantes en este momento? ¿Y si enviar esto era un error? ¿Y si no esperar le costaba el puesto de adjunto y el viaje? ¿Y si las prisas solo le demostraban a Wendy que no tenía madera de doctora?

Por una vez, pasó de preocuparse por eso. La perfección requería más energía de la que le quedaba. En cierto modo, esa necesidad de ser perfecta fue lo que en un principio la había metido en este lío.

Pulsó enviar.

Presentar su conferencia era una puerta que podía cerrar de un portazo. Con ella, su competición con Colin llegaba a su fin. Ahora estaba en manos de Wendy.

Y, sin nada más por lo que luchar, también podría cerrarle la puerta a Colin.

Capítulo 38

Sophie Andrade: Me estoy montando en el coche.

Allison Avery: Para ir a Boston a tu entrevista.

Sophie Andrade: No, me dirijo más al norte.

Allison Avery: ¡SOPHIA ROSA ANDRADE! ¡DA MEDIA VUELTA!

Allison Avery: Y además deja de enviar mensajes de texto mientras conduces.

Sophie Andrade: Todavía no me he puesto en marcha. Estoy sentada en la entrada.

Allison Avery: Programa el GPS para que te lleve a Kisses and Hugs en Boston.

Sophie Andrade: No pienso abandonarte así.

Allison Avery: Y yo no pienso impedir que hagas realidad tu sueños.

Allison Avery: Y toda la ropa gratis impresionante que voy a conseguir gracias a que hagas realidad tus sueños.

Allison Avery: Ven cuando hayas terminado, ¿vale?

Sophie Andrade:

Número desconocido: He pillado a Sophie en tu casa cuando se iba. Me ha contado lo de tu padre. [borrado]

Número desconocido: ¿Estás bien? [borrado]

Número desconocido: ¿Qué puedo hacer? [borrado]

Número Desconocido: Puedes ignorarme todo lo que quieras, pero no voy a desaparecer. [borrado]

Mandy García: Creo que Ethan bebe colonia.

Mandy García: Llevo casi dos horas sentada con él en este coche y te juro que le sale por los poros como si fuera alcohol.

Mandy García: Tampoco te sorprenderá descubrir que le gusta escuchar la radio. SIN MÚSICA. NADA DE NADA.

Mandy García: Y no supera al límite de velocidad. Ni un kilómetro por encima ni por debajo.

Mandy García: Esta es la última vez que le dejo conducir.

Querida Allison:

Mis pensamientos están contigo y con tu familia en estos momentos difíciles. La pérdida de uno de los padres es un dolor muy profundo para el que hay pocos consejos sabios, más allá de llorarle como sea necesario y como mejor te parezca. Nadie más que tú puede entender la magnitud de esta pérdida, y la forma en que la afrontes es una respuesta aceptable, por disparatada que pueda parecer a los demás.

Cuando perdí a mi madre hace dos años, planté una semilla nueva cada vez que tenía ganas de llorar. Como puedes imaginar, tengo un jardín muy frondoso. Pero cada una de estas nuevas vidas parece contener una pequeña pizca de su espíritu, y con cada nuevo brote que florece, una pequeña puntada reparadora se abre camino hasta mi corazón.

Hoy he revisado tu vídeo y lo he compartido con la clase. A todos nos ha encantado la forma en que te has adaptado a la falta de recursos de los que disponías. Has hecho un trabajo fantástico organizando tus ideas y presentándolas a la clase, y los alumnos han respondido con gran curiosidad a las interpretaciones que les has ofrecido. También creo que a Malory le habrían gustado tus representaciones de sus personajes con monigotes ;) Sobre todo Lancelot y su altiva... espada.

Si hay algo que pueda hacer por ti, no dudes en decírmelo.

Cuídate,

Wendy

Capítulo 39

El velatorio de Jed había empezado hacía media hora y Allison ya tenía la impresión de haber estrechado la mano de un millón de desconocidos.

Tragó saliva para aliviar la arenosa sequedad de su boca mientras otra pareja de mediana edad se arrodillaba ante el ataúd cerrado de su padre y cruzaba las manos en señal de oración. El sudor dejó un residuo tizoso en sus palmas y Allison se las frotó contra sus medias negras.

Su mirada deambuló hacia el fondo de la sala, donde su grupo y Sophie estaban sentados. Habían sido los primeros en cruzar las puertas y después de apiñarse alrededor de Allison junto al ataúd, se habían colocado en un rincón y uno de ellos se acercaba cada pocos minutos para ver cómo estaba.

Una afectuosa tibieza vibraba bajo el glacial aturdimiento arraigado en su pecho. No estaba preparada para que todo el mundo fuera tan comprensivo y maravilloso.

Su único deseo era que la presencia de sus amigos no hiciera tan notoria la ausencia de Colin.

«Colin».

Expulsó su nombre de la mente. No podía pensar en él. Ni en que debería estar aquí, tomándole la mano, como hacía apenas un mes, cuando todo esto había empezado.

Odiaba que todo terminara a la vez. Quizá fuera poético, pero no era justo.

Un reguero de humedad se deslizó por su espalda. En la funeraria hacía demasiado calor. Allison quería quitarse la chaqueta, pero el escote asimétrico de su vestido no parecía apropiado para el sombrío ambiente. La humedad combinada con el intenso perfume de los innumerables arreglos florales se pegaba como una espesa niebla a su garganta.

Alguien se había esforzado mucho para que el espacio resultara acogedor, con sofás mullidos y desgastados, pintura amarillo limón y cojines de punto en agradables tonos verdes. Sin embargo, la decoración no reconfortaba a Allison.

En lugar de eso, sentía que sus músculos no estaban bien unidos a sus huesos. Quería salir dando gritos de la habitación, soltarse el apretado moño y dejar que su pelo ondeara al viento mientras corría hacia los árboles.

La mujer con el pelo rubio ceniza arrodillada ante el ataúd de Jed se persignó y Allison se puso tensa. Todo en este velatorio era tan teatral... Jed no era católico practicante. En su testamento había pedido expresamente que no se celebrara ningún servicio religioso. Solo un velatorio y un entierro rápido.

Luego hamburguesas y cervezas en casa del hijo de Paula. Allison se saltaría eso. Y quizá también el entierro. No necesitaba ver enterrar a su padre para saber que se había ido. Para ella, él nunca había estado.

La mujer se puso en pie y su madre y ella enderezaron la espalda, listas para otra ronda de charlas con otra persona cuyo nombre olvidaría antes de que hubieran terminado de presentarse.

Como única hija biológica de Jed, la había colocado la primera en la fila de las condolencias, con su madre a su lado como apoyo.

Paula y su hijo estaban sentados en la primera fila de asientos frente al ataúd. Ninguno de los dos había hablado con Allison.

Ella lo prefería así.

La rubia sorbió por la nariz mientras le agarraba las manos a Allison.

—Tienes que ser la hija de Jed.

Allison esbozó una sonrisa forzada.

—Allison.

—Soy Nancy, la secretaria de tu padre. Reconozco tu foto de su escritorio.

Esa información era nueva. Allison no había estado en el despacho de su padre desde que iba al instituto, pero no recordaba nada allí aparte de una pelota de béisbol firmada y su precioso expositor de gorras de cerveza. Tampoco reconocía a Nancy.

La mujer se aferró a su mano y le acarició los nudillos.

—Solía hablar de ti todo el tiempo.

Allison se atragantó.

—¿Qué?

Nancy sonrió con tristeza, dando por sentado que estaba embargada por la emoción.

—Justo antes de entrar en el hospital, me dijo que eras profesora. En la universidad. Dijo que no era fácil de conseguir. Que la mayoría de la gente nunca entra en esos programas. —No del todo exacto, pero más de lo que Allison había pensado que Jed entendía sobre su vida.

Desvió la mirada hacia su madre, que se encogió de hombros.

Estaba claro que eso también era nuevo para ella.

—Sigo estudiando —le dijo a Nancy—, pero espero dar clases en la universidad algún día.

Nancy le dio una palmadita en la mejilla mientras se daba la vuelta.

—Espero que sepas que tu padre estaba orgulloso de ti. —Dicho eso, avanzó en la fila.

Allison desvió la atención hacia el ataúd. Le escocían los ojos. Oír a Jed descrito de esa manera, como alguien que tal vez podría haber querido a su hija, solo lo convertía todavía más en un extraño.

Deseó que Nancy nunca hubiera dicho nada. O no haber estado ahí para oírlo.

El sudor se acumulaba en su espalda. En su cuerpo empezaba a aparecer esa sensación de sequedad y de sed que acompañaba a una mala resaca. Se humedeció los labios e intentó tragar la poca saliva que aún le quedaba en la boca. Necesitaba agua. Y un tentempié. Algo que le subiera el azúcar. En estas reuniones debería haber comida. Y más sillas. Y las puñeteras ventanas deberían estar abiertas. Parecía que hubieran entrado otras veinte personas más en la sala y que hubieran absorbido el poco aire que quedaba.

Pensaba pedir a la gente que cuando ella muriera se quedara en casa leyendo su libro favorito en lugar de someter a sus seres queridos a este calvario.

Estaba intentando salvar su máscara de pestañas de otra avalancha de sudor, cuando vio una cara conocida en la primera fila.

Wendy Frances se ajustó el chal gris que llevaba sobre el vestido negro mientras se acercaba al ataúd. Los grupos de pájaros voladores bordados en la fina tela parecían desplegar sus alas con el movimiento. El montón de brazaletes de cerámica negra se deslizó por su brazo mientras se arrodillaba.

A Allison empezaron a temblarle las manos. ¿Qué hacía aquí su profesora? Providence estaba a cuatro horas en coche de Stonington, sin tráfico entre semana. Era imposible que hubiera hecho ese viaje para pasar media hora en el velatorio de un hombre al que no conocía.

¿Había tomado Wendy su decisión? ¿Había elegido a Colin? ¿Había venido hasta aquí para decepcionar a Allison con delicadeza?

Se alisó la parte delantera del vestido y se preparó. Si ese era el caso, *bien*. Estaría encantada de zanjar también ese problema. Después del cataclismo emocional de los últimos días, sus receptores del dolor se habían disparado. Apenas acusaría la noticia si la recibiera ahora. Así podría dejar atrás todo este desastroso semestre y a Colin con él.

Y romper ese espejo retrovisor en pedazos.

Wendy se apartó del ataúd y miró a Allison con los brazos abiertos.

—¿Qué haces aquí? —murmuró Allison mientras se dejaba abrazar por su profesora.

—Tenía que presentarte mis respetos y ver cómo estabas. —Wendy dio un paso y la observó con sus ojos azul grisáceo, como si llevara sus sentimientos garabateados en su piel. O clavados ahí con notas adhesivas como su viejo mural de palabras.

—Estoy bien. La relación con mi padre era... difícil.

—Eso no lo hace más fácil. Sospecho que hace que sea más difícil en algunos aspectos. —Allison se encogió de hombros y asintió al mismo tiempo, como el desastre que era. Wendy se cruzó de brazos—. También esperaba poder ofrecer un pequeño rayo de sol en medio de toda esta... —miró a su alrededor— lluvia.

A Allison se le aceleró el corazón. ¿Significaba eso...?

Wendy metió la mano en el gran bolso de cuero que llevaba al hombro y sacó un montón de papeles metidos en un flamante ejemplar del *Mabinogion*. Allison sintió que las rodillas se le quebraban. Aquella cubierta negra brillante con su nítida letra blanca podría ser la cosa más hermosa que jamás había visto.

Wendy le ofreció el paquete.

—Esta es la documentación que tendrás que rellenar para el viaje a Gales en enero. Y un ejemplar del *Mabinogion,* por si no lo tienes. Estoy deseando trabajar contigo.

Allison sabía que había aceptado el libro únicamente porque podía ver que lo tenía agarrado con las manos. Había perdido la sensibilidad en las extremidades.

—¿He ganado?

Los rizos rubios de Wendy rebotaban mientras se reía.

—«Ganar» no es la palabra que yo usaría. Te has ganado el puesto. En el viaje y como mi adjunta.

—¿Y Colin? —Allison odiaba dejar que su nombre tocara sus labios, pero no pudo evitar preguntar por él. Estaría destrozado, aunque no hubiera merecido ganar. Y el pobre Charlie sin duda seguiría olvidando cosas, obligando a Colin a experimentar este rechazo una y otra vez. Muy a su pesar, la compasión hizo que se le encogiera el corazón.

—La presentación de Colin sobre *La comadre de Bath* y lady Ragnell...

Allison se sobresaltó.

—Espera. ¿Su qué? ¿No habló de *El cuento del caballero* y de *Erec y Enide*?

Wendy negó con la cabeza, haciendo que los grandes aros de plata de sus orejas se le enredaran en el pelo.

—Utilizó dos cuentos de damas repulsivas para plantear que el romance medieval hace que los cuerpos femeninos sean monstruosos.

Las rodillas de Allison cedieron esta vez. Por suerte, tenía un sillón detrás.

El mundo giraba mientras caían en él.

En su presentación original no había ningún cuento sobre damas repulsivas.

—Entonces, ¿no expuso un argumento sobre la forma en que la belleza afectaba a la masculinidad caballeresca?

—No. Se centró en el trato de la feminidad en los textos. —Wendy se dejó caer en el sofá cercano—. ¿De qué se trata?

A Allison se le encogió el estómago. Colin no le había robado nada más que el título. Y había llevado el tema en una dirección totalmente diferente. A eso debía referirse cuando dijo que estarían de acuerdo.

Se había apresurado a asumir que la había plagiado. Como si esa fuera la única manera en que podía competir de verdad.

Wendy sacó a Allison de sus pensamientos cuando volvió a pronunciar su nombre.

—Por el título yo... Supongo que entendí mal su argumento.

—Nos dijo que el título se te ocurrió a ti y que encajaba a la perfección en vuestras dos presentaciones.

Allison se sintió mal.

—Ojalá me hubiera dado cuenta.

Su profesora sonrió.

—Sé que Colin y tú os habéis hecho muy amigos. Espero que esta decisión no cause excesivas tiranteces. Es un joven inteligente, y cuando vuelva de su excedencia, nos aseguraremos de que caiga de pie.

Toda esta conversación parecía una serie interminable de latigazos. Cada vez que Allison recibía su castigo, Wendy decía algo más que hacía que se desplomara.

—¿Se va?

—Por un tiempo. Ayer vino a verme para comunicarme que posponía su aceptación hasta el año que viene. Dijo que piensa tomarse un tiempo para pensar mejor en lo que quiere estudiar.

—Entonces, ¿se retiró él?

Wendy se rio entre dientes.

—Por supuesto que no. Lo primero que me preguntó cuando se sentó fue a quién iba a elegir.

Nada de esto tenía sentido. Allison se agarró al brazo del sillón como si eso pudiera hacer que su mundo recuperara el equilibrio.

—¿Sabes lo que dijo cuando se lo conté? —preguntó Wendy. Allison solo pudo negar con la cabeza—. Que era la elección correcta.

Una lágrima resbaló de su ojo y dibujó un largo y cálido sendero por su mejilla. Sentía la cabeza llena de estática. Colin se iba.

No la había plagiado. Era imposible procesar nada de esto en medio del velatorio de su padre.

Así que lo guardó todo por el momento. Necesitaba tiempo para pensar, para ordenar de forma sensata todo lo que había averiguado.

Hasta entonces, se aferró con fuerza a la buena noticia que había recibido. La atesoró como oro en paño. Pasara lo que pasase entre Colin y ella, se lo había *ganado*.

Wendy le dio una palmadita en la mano.

—En los últimos meses no has parado de demostrarme que compartes mi pasión por la literatura medieval y creo que nuestros intereses encajan de forma que nos permitirán aprender la una de la otra.

—Pero soy una profesora nefasta —soltó Allison. Llevaba mucho tiempo convencida de que eso impediría que Wendy la eligiera.

Su profesora soltó otra carcajada.

—Nunca he buscado la perfección. Además, no creo que eso sea cierto. —Apretó la mano de Allison—. Y, aunque lo sea, mejorarás. Madurarás.

«Madurarás». A Allison le gustó cómo sonaba eso.

Estaba cansada de esforzarse siempre por ser la mejor. Quería ser la mejor por Jed. Para que se preocupara por ella, para demostrarle que estaba equivocado.

Y no había conseguido nada.

Colin y ella habían intentado ser los mejores. Y eso solo los había distanciado.

Tal vez aspiraría a ser mejor para variar. Porque ser mejor significaba que siempre había más que aprender.

Capítulo 40

—Me voy un rato ahí al lado, pero vosotros comed. Ha sido un día largo.

La madre de Allison dejó una pila de cajas de *pizza* sobre la mesita del café y rechazó el dinero cuando Sophie y Link intentaron pagarle. Cleo, que le pisaba los talones, derribó a Link sobre el sofá con las prisas por alcanzar la torre de cartón. Olfateó el aire con el hocico de manera frenética.

La escena provocó las carcajadas de Sophie y de Mandy, que estaban sentadas en el suelo.

El olor a ajo y a queso asaltó sus fosas nasales e hizo que le gruñera el estómago. El velatorio había sido tan largo que ni siquiera recordaba cuándo había comido por última vez.

Hacía casi una hora que habían vuelto a su casa y aún no había encontrado fuerzas para subir a cambiarse. Las mallas se le pegaban a las piernas, le dolían los pies por culpa de los zapatos y tenía frío en los hombros descubiertos sin la rebeca. Estaba tiritando, así que se arropó con una manta mientras trataba de reprimir las ganas de echarse una siesta.

Sus amigos abrieron las cajas y metieron las manos para servirse mientras sus voces creaban un rumor bajo y reconfortante en una casa que había estado demasiado silenciosa durante los últimos cinco días. Allison cerró los ojos. Su presencia era como sentarse en un desgastado sofá o abrir tu libro favorito. Era la sensación del pentámetro yámbico de Chaucer al salir de su lengua.

Ya no se sentía sola ni abandonada. Sophie tenía razón. Todo este tiempo, mientras temía que la vida de su mejor amiga estuviera cambiando, que estuviera creciendo sin ella, a ella le ocurría lo mismo. Aunque Sophie consiguiera ese trabajo en Boston, aunque se marchara, no la estaría abandonando. Y no estaría ni mucho menos sola.

Mientras los miraba, su mente repasaba la conversación con Wendy. No había podido dejar de darle vueltas a lo que su profesora había dicho sobre Colin durante el resto del velatorio. Sin duda había sido responsable de la presión a la que estaba sometido y que le había hecho dudar de su tema original. Se sentía tan insegura como profesora que no había podido resistirse a alardear de todos sus puntos fuertes. Sabía que eso le preocupaba. Y durante mucho tiempo, esa fue precisamente la razón por la que lo había hecho.

Sí, Colin había tomado la decisión de cambiar su presentación por algo más parecido a la de ella, pero ella le había ayudado a caer por ese precipicio.

Sacó el móvil del bolsillo, pasó el pulgar por la pantalla y abrió un nuevo mensaje.

> Allison Avery: ¿Por qué no me dijiste que hablaste de los cuentos de las damas repulsivas?

Un momento después, aparecieron los puntos suspensivos de respuesta. Su corazón palpitó con un ritmo danzarín hasta que desaparecieron.

Dejó caer la cabeza contra el sofá al tiempo que exhalaba un suspiro.

—¿Estás bien? —Sophie ya se estaba poniendo de pie.

Allison le hizo un gesto para que se fuera.

—Es que... —Suspiró de nuevo. Ya no tenía capacidad para guardar secretos. Tampoco le habían servido nunca de mucho—. Todos vieron a Wendy Frances en el velatorio, ¿verdad? Vino a decirme que me había elegido para el viaje de investigación y el puesto de adjunto.

Sophie dio una palmada.

—¡Eso es genial!

—Lo sé. —Allison jugueteó con el dobladillo de su vestido—. Aunque parece ser que la presentación de Colin no se parecía tanto a la mía como yo creí en un principio.

Mandy arqueó las cejas.

—¿En serio?

—Habló de la belleza en la literatura romántica medieval, pero llevó las cosas en una dirección completamente distinta.

Link se encogió de hombros.

—Aun así debería haber hablado contigo.

—Es posible. —Allison se tiró de las puntas del pelo—. Pero en realidad no le di una oportunidad. Y ahora se va.

Mandy le ofreció la *pizza* de *pepperoni,* esperando con la tapa abierta como si fuera una boca hasta que Allison tomó un trozo.

—Supongo que su abuelo está muy enfermo.

—Su demencia está empeorando —repuso Allison.

Mandy sacudió la cabeza.

—No. Le diagnosticaron cáncer de páncreas. Estadio 4.

—¿Qué? —A Allison se le cayó el alma a los pies. Se levantó de golpe. ¿Cómo no se lo había dicho? Su abuelo lo era todo para él. Debía de sentirse muy perdido. Muy asustado. La manta se le cayó de los hombros mientras buscaba su bolso.

—Tengo que volver a Providence.

Sophie volvió a taparla con la manta y la instó a sentarse de nuevo.

—No creo que esté ahí.

—¿Cómo lo sabes?

Sophie frunció el ceño.

—No entró, pero creo que estuvo en el velatorio. Estoy bastante segura de haber visto su coche. Es el mismo que tenía en Brown, ¿verdad? ¿El Honda plateado? —Abrió sus palmas vacías cuando Allison asintió—. Temía que si te lo decía y él no daba la cara, solo te haría más daño.

Allison se hundió más en los cojines del sofá. Pobre Charlie, ya lidiando con tantas cosas y ahora este nuevo golpe a su salud que solo podía complicarse con su demencia. Y Colin tenía que cargar con todo.

Había conducido cuatro horas o más y al final tuvo demasiado miedo de enfrentarse a ella. Era culpa suya. Había cerrado la puerta. Había erigido un muro. Había sacado conclusiones sin tener todas las pruebas. Quizá Colin fue el culpable de su primera ruptura. Pero ella había puesto mucho de su parte en esta.

Dejó la *pizza* a un lado, pues ya no tenía hambre. El remordimiento era un pozo de ácido en sus entrañas.

Link le dio una botella.

—He traído esta sidra solo para ti.

Allison le quitó el corcho y se la llevó a los labios. Si no podía comerse sus sentimientos, quizá pudiera ahogarlos.

Un aluvión de manzana envolvió su lengua. No se fijó en la etiqueta hasta que estaba tragando el líquido.

Sidra Terceras Oportunidades.

Capítulo 41

El timbre despertó a Allison.

Hubiera jurado que acababa de dormirse, pero cuando abrió los ojos, la casa estaba casi a oscuras.

Los perros ladraron desde el sofá cuando volvió a sonar el timbre, ambos demasiado perezosos para investigar.

Allison se puso de rodillas con un gruñido y echó un vistazo a través de la cortina. La farola iluminaba el camino de entrada que, salvo por su coche, estaba desierto ahora que sus amigos se habían ido a casa. Un ruido parecido al golpeteo de un cubo de basura de aluminio resonó en el porche, pero no era posible ver su origen desde la ventana.

Se dirigió al vestíbulo mientras murmuraba por lo bajo. Aunque el reloj de pared marcaba las nueve, la casa estaba en silencio, lo que significaba que su madre aún estaba en casa de la vecina. Allison bebió un trago de la última sidra que Link se había dejado antes de abrir de golpe la puerta principal.

La botella cayó al suelo con un ruido sordo.

Colin estaba en el porche. Contemplaba la calle, de espaldas a ella, pero reconocería su larguirucho cuerpo en cualquier parte.

Incluso cuando estaba enterrado bajo una armadura que no se había colocado bien.

Una hombrera le colgaba del hombro izquierdo como si se le hubiera roto la correa y la otra se la había atado tan pegada al cuello que el metal parecía clavársele en la piel. Las correas de los brazales estaban demasiado flojas para ceñir sus muñecas, y el peto de la armadura acababa encima de su ombligo y estaba sujeto a su cuerpo con una capa tras otra de cinta americana (cómo no, encima de un jersey naranja oscuro). El yelmo no le tapaba la cara por completo, sino que la barbilla sobresalía por abajo, y la visera estaba apoyada de forma precaria sobre sus gafas granates. Completaba el estrambótico conjunto con unas grebas pegadas a unos vaqueros pitillo oscuros y unas Converse negras.

—¿Colin? —Se volvió hacia ella, con un ruido que se asemejaba al choque de unas cacerolas—. ¿Qué estás...? —No sabía cómo terminar su pregunta. Había demasiadas cosas que preguntar.

—Para que conste, los hombres de la Edad Media eran considerablemente más pequeños que el hombre medio de ahora. —Se pasó las manos por el peto como si eso pudiera poner las cosas en orden.

Las numerosas abolladuras en el yelmo y los protectores sugerían que había usado un martillo para ponérselas.

—¿Es ese... Ned?

Colin se aclaró la garganta.

—Lo es.

—¿Por qué? ¿Qué? ¿Cómo? —Allison no le encontraba sentido a nada. No con él ahí plantado y con este aspecto. No mientras su corazón estuviera latiendo con fuerza en su pecho.

Estaba aquí. No le había espantado muy lejos.

La armadura repiqueteaba una sinfonía de *heavy metal* mientras él cambiaba el peso de un pie a otro.

—No querías hablar conmigo. Y los mensajes no servían de nada. Tenía que hacer *algo*. Tenía que demostrarte que lo sentía. Dejar claro lo mucho que me importas.

—¿Y se te ocurrió que asesinando a Ned lo lograrías?

Colin inclinó la cabeza y la visera se le bajó y tiró sus gafas al porche. Verle intentar recogerlas casi justificaba el precio emocional de la entrada a esta representación.

Después de otro agradable minuto, Allison le salvó de su desdicha.

Se metió las patillas un par de veces en los ojos al ponerse de nuevo las gafas.

—No estoy muy metida en los juegos de rol en vivo, así que no sé muy bien qué estás haciendo.

Colin tosió y volvió a aclararse la garganta.

—Es que... pensé que tal vez si pudiera ser aquello que amas, hablar tu mismo idioma, entonces podría hacerte entender.

Sus palabras eran hermosas incluso expresadas por este extraño hijo ilegítimo del Caballero Blanco de *A través del espejo* y de Don Quijote.

—Colin.

Él levantó una mano para hacerla callar.

Acto seguido extrajo un trozo de papel de su bolsillo con una serie de torpes ruidos. Solo él (y quizá Ethan) se disculparía con un discurso escrito de antemano.

Pero cuando agitó la nota para desdoblarla, Allison vio que no era un guion. En su lugar, los garabatos llenaban la página, al revés, de lado, perpendicularmente, en ese rasguño apenas legible que él llamaba «escritura a mano».

—«Y lo que antiguamente dijo un sabio viene aquí muy a cuento: El jaspe es mejor que el oro; la sabiduría, mejor que el jaspe; la mujer, preferible a la sabiduría, y mejor que la mujer, nada». —Se atascó con la pronunciación, se saltó la mitad de las sílabas y fastidió el ritmo. Aun así, las palabras le cantaron.

—*El cuento de Melibeo* —susurró Allison.

El color desapareció de sus mejillas, pero sus ojos color avellana permanecieron fijos en su guion.

—«Así, en este cielo comenzó a deleitarse. Y con eso la besó mil veces; que, sin apenas saber qué hacer, por la alegría apenas se daba cuenta».

—*Troilo y Criseida.*

Le dio la vuelta a la hoja, dispuesto a empezar de nuevo. Allison le tendió la mano. Tuvo cuidado de sujetar el papel con los dedos y no su mano.

—¿Qué es esto? ¿Todas las citas de amor de Chaucer?

La nuez de Colin se movió bajo la armadura. Sus manos temblaban contra el fino papel.

—Si estas no están bien, buscaré una mejor...

—Colin.

—«El simple hecho de ver a la mujer que adoro habría sido más que suficiente para mí, aunque nunca conquistase su cariño. Querido primo Palamón, en este caso saliste ganando. ¡Con qué felicidad sigues en la cárcel! ¿Qué digo? ¿Cárcel? ¡Paraíso!».

Un pasaje de *El cuento del caballero.* Sobre el que habían discrepado hacía semanas en la clase de Wendy.

—Esto es increíblemente romántico...

—Nunca llegué a decirte lo que de verdad me hacían sentir esos versos. —Arrugó el papel al cerrar el puño, con la mirada tan errática como sus inquietas manos—. Me recuerda a nosotros. Que el amor es caótico e imperfecto y aun así tan poderoso... Como siempre hemos sido nosotros.

A Allison se le llenaron los ojos de lágrimas y el corazón le tamborileaba contra las costillas.

Cuando empezó a leer otro, esta vez le agarró la mano.

—Colin, deberíamos hablar. Sin el yelmo y sin la chuleta. Y casi mejor dentro, donde no nos congelemos.

Colin estaba tiritando bajo su mano. Tuvo que tirar de él para que se moviera.

El ruido de su armadura cuando entró a trompicones atrajo la atención de los perros. Cleo y Monty corrieron por el suelo de madera y se abalanzaron sobre él. El impulso le hizo caer al suelo.

Allison se rio por primera vez en una semana y sintió una punzada de dolor en su interior. Echaba de menos lo mucho que Colin la hacía reír. Lo mucho que reían *juntos*.

—Esta no ha sido tu mejor idea —dijo mientras se arrodillaba a su lado. Consiguieron liberar sus piernas de la armadura tras un montón de tirones y de ruidos que alteraron tanto a los perros que Allison tuvo que encerrarlos.

—Puede que no. —Su voz reverberó en el yelmo mientras se lo quitaban de la cabeza entre los dos. Allison lo sujetó sobre su regazo—. No debería haber usado un tema tan similar al tuyo.

—¿Por qué no me contaste lo de Charlie?

Hablaron al mismo tiempo y sus palabras se superpusieron. Con una risa tímida, cada uno animó al otro a hablar primero. Tardaron un segundo en encontrar el ritmo.

Allison movió la visera del yelmo arriba y abajo, y eso hizo que el metal susurrara con cada movimiento.

—Mandy me contó lo de Charlie. Podría haberte ayudado. Podría haber estado a tu lado.

Colin no llevaba el pelo engominado, por lo que le caía sobre la frente mientras se frotaba las sienes.

—Tú manejas el estrés haciendo planes y más planes para todos esos planes, ¿no?

—Sí. —Excepto que ella había planeado este momento de quinientas maneras diferentes. Había elaborado innumerables listas con lo peor que podía pasar. Y en ninguna había tenido en cuenta a Colin apareciendo en una armadura citando a Chaucer.

—Yo sobrellevo el estrés cerrándome en banda. No me enfrento a las cosas. Me vuelvo miope y me centro en una cosa e ignoro todo lo demás. Y dejé que esa única cosa fuera esa maldita conferencia. Y le di una y mil vueltas, hasta que estuve seguro de que mi tema era una mierda y que nunca conseguiría el puesto de adjunto ni el viaje de investigación y que Charlie moriría antes de que tuviera algo que enseñarle que le hiciera sentirse orgulloso.

Hablaba deprisa y respiraba aún más rápido, como si estuviera a punto de hiperventilar. Tenía una mano apoyada en el suelo de madera y Allison posó la suya encima con suavidad.

—Oye —susurró.

Colin no se movió. Posó los ojos en sus manos como si el encuentro de sus pieles fuera algo sagrado y excepcional.

—Te juro que no te he robado las ideas. Y te otorgué el reconocimiento por el título. Siempre has hablado con tanta elocuencia de la forma en que se representa a las mujeres en los romances que estaba claro que tu idea era más convincente. Me inspiró. Quería añadir algo. Pero seguía sin ser mía. —Sacudió la cabeza y el pelo le cayó sobre las gafas—. Ni siquiera le hice justicia. Lo monté todo a las tres de la mañana del jueves. Tendría que haber dado mi conferencia. Habría sido mejor.

Allison le asió los dedos.

—Colin, eres tan inteligente como yo. Y cien veces más carismático. —Exhaló un suspiro—. Yo tengo la culpa de que no te sientas así.

—De ningún modo.

—Seguí compitiendo contigo. Intentando demostrar que era mejor, ya que me sentía una mierda como profesora. —Apoyó la cabeza en su mano libre intentando ignorar los círculos que el pulgar de Colin dibujaba en su muñeca. Su piel ardía como si ella fuera un palo y las manos de Colin fueran el pedernal—. Y después no te di el espacio para contarme lo que había pasado y de inmediato asumí lo peor de ti.

—Sabes que Jane no me metió en Claymore, ¿verdad? —Apretó los dientes, sin duda temeroso de la respuesta.

—Lo sé. Creo que solo quería algo para sentirme mejor. La idea de que no entraste por tu cuenta hacía que lo que yo creía que habías hecho fuera más previsible. Me sentí tan engañada...

Se enderezó y la hombrera suelta repiqueteó contra el peto.

—Mi historial respecto a nosotros no ha sido precisamente bueno. No te culpo por tus suposiciones.

—Aun así estuvo mal. Y ahora Wendy dice que te vas. ¿Es porque me eligió a mí?

Su sonrisa parecía tan destrozada como su armadura.

—Por supuesto que no.

—Pero tú querías esto.

Tenía los ojos vidriosos cuando la miró.

—En realidad creo que no. —Se llevó la mano de Allison al peto y ella no la apartó. Una parte de ella deseaba que la acercara a sus labios. Como si ese simple gesto pudiera arreglar las cosas—. Elegí la literatura medieval por Charlie. Y por ti. Quería sentirme cerca de la gente que significaba algo para mí. Quería que él estuviera orgulloso. Quería que pensaras que era digno de ti.

—Colin...

Sacudió la cabeza para hacer que callara.

—Pero me perdí por el camino. Creo que tomar distancia mientras cuido de él me ayudará a encontrarlo de nuevo.

Allison se acercó más sin pretenderlo, de modo que su rodilla topó con la cadera de Colin. Sus codos quedaron pegados. Colin era un imán que la atraía hacia él, su gravedad estaba atrapada en su órbita para siempre.

—Quiero estar ahí cada minuto que le quede. Ese es mi objetivo por ahora. —Una lágrima resbaló por su pecosa mejilla.

Allison la atrapó con un nudillo.

—Parece que lo tienes todo pensado.

—Todavía falta una gran pieza.

—¿De veras? —Le temblaban los músculos. Su piel vibraba como si tuviera el triple de nervios.

Sabía lo que estaba insinuando. Y ya tenía su respuesta.

Ambos habían cometido errores. Habían manejado mal esta rivalidad. Pero desde que la llevó a Maine, y tal vez incluso antes, habían sido un verdadero equipo, nada que ver con su primera vez juntos. Y habían cometido errores como equipo. Quería creer que podrían solucionarlos de la misma manera.

—¿Podemos volver a intentarlo? —Sus ojos capturaron los de ella y la mantuvieron inmóvil—. Esta vez lo haré bien. Lo juro.

Sonrió.

—La regla del tres, ¿verdad?

—El día que rompí contigo en Brown cometí un error monumental. Mi vida nunca podría haber empezado dejándote atrás. Empezó el día que entraste... o... supongo que bailaste... en ella.

Allison tiró el casco a un lado y empezó a tirar de su pectoral.

—Creo que es hora de sacarte de esto.

—¿Antes de que se levante mi poste de justas?

Cacareando, le dio una palmada en el brazo. Apenas había avanzado en las cuatrocientas capas de cinta adhesiva que él había utilizado cuando se la echó en los brazos.

Y, por primera vez en su vida, Allison Avery besó a un caballero.

Agradecimientos

El viaje desde el día en que se me ocurrió por primera vez la idea de UN EXAMEN EXTRAORDINARIO hasta este momento en el que estoy escribiendo los agradecimientos para su publicación ha sido la aventura más loca, inesperada y maravillosa, y esa aventura no ha sido ni mucho menos en solitario. Estoy muy agradecida a todos los que me han apoyado a lo largo del camino.

A mi agente, Katelyn Detweiler, que es una superheroína y la mejor defensora de los libros, gracias por ese SÍ en el momento exacto en que mi corazón lo necesitaba. Has cambiado mi vida por completo. Nunca pensé que tendría la inmensa suerte de encontrar a alguien que me ve como escritora con tanta claridad como tú. Estaría perdida sin tu inquebrantable apoyo y entusiasmo y tu gran capacidad de ayudarme siempre a encontrar el camino correcto para una historia. Gracias por los constantes estallidos de creatividad, por estar dispuesta a leer y a entusiasmarte con cada propuesta aleatoria que te envío y por responder a mi interminable aluvión de preguntas. De verdad no podría pedir una socia editorial mejor.

A mi extraordinaria editora, Sarah Grill. ¿Qué puedo decir? Allison y Sophie se llaman a sí mismas «gemelas de pensamiento» y a veces pienso que quizá tú y yo tengamos un poco de esa magia. Desde el principio has comprendido y apoyado mi enfoque de la representación de la gordura, has aplaudido la serie de animales que incluyo en mis libros y has disfrutado cada chiste literario friki que he plantado en UN EXAMEN EXTRAORDINARIO. Ves el corazón mismo de esta historia y me has ayudado a hacerla brillar mucho más. Te estoy muy agradecida por tu entusiasmo, por tu apoyo a mi visión, por lo mucho que has defendido este libro y por permitirme mantener unos pocos versos en inglés medieval. Gracias por ser una guía y una compañera tan maravillosa en este viaje editorial.

A mi amiga Rosiee Thor, compañera y lectora crítica, gracias por gritar de entusiasmo con esa primera presentación a medio formar de UN EXAMEN EXTRAORDINARIO que te envié y por todas tus atentas respuestas a su primer borrador. Este libro no existiría sin ti.

A la primera lectora del manuscrito, Auriane Desombre, gracias por emocionarte tanto al leer mi desordenado primer borrador y por adorar a Allison y Colin incluso cuando aún intentaba comprenderlos a fondo. Tu entusiasmo ayudó a hacer realidad este libro.

A Courtney Kae, Renée Reynolds y Sam Eaton, mis primeras amigas escritoras y lectoras críticas, gracias por vuestro cariño y apoyo y por sacar tiempo para leer todo lo que escribo. Vuestra amistad me hace seguir adelante y valoro mucho todas nuestras charlas. Renée, gracias por los memes de LaBeouff; aunque no los quisiera, los necesitaba. Sam, gracias por los caramelos masticables, por las constantes fotos de animales y por entenderme, incluso cuando soy un desastre. Courtney, gracias por el chocolate caliente, por los memes de Jax, todas las risas y por amar cada ilegible borrador que te endoso y ver lo que podría ser. Tu fe en mí lo es todo. No sabes lo emocionada que estoy de estar en este viaje de debut contigo.

A Annette Christie, miembro fundador de TATAF y la mejor amiga; francamente, no sé qué haría sin ti. Gracias por inspirarme siempre, por animarme y darme un lugar seguro donde expresar todas mis preocupaciones. Gracias también por responder a cada una de mis preguntas editoriales con paciencia y buen humor. Tienes mucho talento y tenacidad. Tu ímpetu y concentración hacen que esté motivada y concentrada. ¡Estoy deseando ver lo que nos espera a las dos y celebrarlo juntas!

A Leanne Schwartz, gracias por tu amistad y tu apoyo y por todos esos esprints en 2020. Me mantuviste motivada y me ayudaste a sacar adelante este libro.

A mis compañeros escritores, que me inspiran cada día: Kelsey Rodkey, Greg Andree, Karen McManus, Lindsay Hess, Kara Seal y Caryn Greenwald. Gracias por hacer que esto de escribir sea mucho menos solitario.

A mis compañeros debutantes en 2022: ¡LO HEMOS CONSEGUIDO! Estoy encantada de animaros a cada uno de vosotros y de leer todos vuestros increíbles libros.

Estoy muy agradecida a todos los que leyeron UN EXAMEN EXTRAORDINARIO antes de tiempo. Vuestros comentarios y entusiasmo significan mucho. Gracias (sin ningún orden en particular porque os quiero a todos) a Kelly DeVos, Ashley Schumacher, Emily Thiede, Kate Dylan, Jessica James, Ava Wilder, Samantha Markum, M. K. Lobb, Amanda Quain, Kara McDowell, Jackie O'Dell, Katie DeLuca, Sarah Glenn Marsh, Mike Lasagna, Danielle LaMontagne y a mi madre, por supuesto.

También estoy muy agradecida a los escritores que se tomaron la molestia de escribir tan maravillosas reseñas para esta novela. Gracias a Ali Hazelwood, Denise Williams, Jen DeLuca, Rachel Lynn Solomon, Hannah Whitten, Lillie Vale, Sonia Hartl, Annette Christie y Jesse Q. Sutanto.

Mi más sincero agradecimiento al equipo de St. Martin's Press: Kejana Ayala, Meghan Harrington, Marissa Sangiacomo, Anne Marie Tallberg, Omar Chapa, Hannah Jones, Laurie Henderson y Gail Friedman. UN EXAMEN EXTRAORDINARIO no sería el libro que es hoy sin toda su ayuda y su apoyo. Mi más profundo agradecimiento a mi correctora, Laura Starrett, por detectar todos esos errores que mis ojos ya no podían ver. ¡Agradezco mucho tus comentarios!

Estoy enamoradísima de la portada y muy agradecida a la diseñadora Vi-An Nguyen y a Olga Grlic de SMP por una presentación visual tan perfecta de mi libro. Ni siquiera yo podría haber captado mejor a Allison y a Colin.

No habría tenido la inspiración para esta comedia romántica de posgrado sin mis propias experiencias en la Universidad de Tufts y sin los maravillosos amigos que hice allí: Jackie, Sara, Andy, Anne, Kristina, Caroline, Laurel, Claudia y Nathan. También estoy muy agradecida por la orientación y tutoría de mi director de tesis, John Fyler, que ayudó a inculcarme el amor que siento por Chaucer.

No tendría un doctorado en literatura medieval ni sería profesora de inglés si no fuera por Wendy Peek y Frances Restuccia, que incentivaron mi amor por el análisis literario y mis aspiraciones de enseñar. Wendy, gracias por presentarme los libros que cambiarían el curso de mi vida y por inspirarme para ser la profesora más divertida y comprensiva que puedo ser. Me alegro mucho de que sigamos en contacto después de todos estos años. Frances, gracias por inculcarme el amor por la teoría literaria y por hacerme creer que era una pensadora fuerte y crítica con algo que valía la pena decir. Wendy Frances se inspiró en vosotras dos y espero que sintáis que os ha hecho justicia.

Este libro trata sobre la enseñanza y sobre lo que es ser estudiante, y estoy muy agradecida a todos mis alumnos, que cada día me ayudan a crecer y a aprender como profesora.

Seguro que resulta raro mencionar a tus perros en los agradecimientos, pero allá vamos. Murray, mi chico de los bollos, te echo de menos todos los días. Gracias por acompañarme en este viaje como escritora que ha durado una década, por escuchar con atención cada frase que te leía en voz alta y por acurrucarte mientras yo escribía. Tucker y Dale, mis fieras, el equipo de las orejas excelentes, estabais hechos un ovillo a mi lado cuando recibí la llamada de que UN EXAMEN EXTRAORDINARIO se publicaría. Gracias por hacer que me levante del ordenador para dar paseos, por recordarme cuándo es el momento de tomarme un descanso (¡o echarme una siesta!) y por todos los mimos y el cariño. Estoy deseando escribir más libros con vosotros a mi lado (o en mi regazo).

Gracias a todos mis amigos y familiares que siempre me han apoyado y han creído en mí: a mis hermanos y cuñados, Jon, Melissa, Suzy, Andrew, Tim y Astrid; a mi familia política, Mike y Kathy (te echamos de menos todos los días, mamá H, ojalá hubieras podido estar aquí para ver esto); a mis tíos y tías, Richard, Janine, Denny, Shirley, Linda, tío Ed y todo el clan LaMontagne (¡sois demasiados para enumeraros!); a mis primos (que son básicamente mis hermanos), Kevin, Christine, Danielle, Katie y Sam; a mis sobrinas y sobrinos, Callie, Abby, Brody, AJ y Lincoln; a mis abuelos (os echo de menos todos los días), Roger, Helen, Lucille y Joseph; a mis increíbles amigos y colegas, Lindsay, Melisa, Katie, Matt, Jackie, Meghan, Eli, Eric, Courtney, Julie, Yuan, Josh, Alexis, Tom y Elisabeth. Os quiero a todos. Gracias por todo.

Mamá, la palabra «gracias» no alcanza a expresar lo agradecida que te estoy por todo lo que has hecho por mí. Nunca habría hecho realidad mi sueño de ser escritora si no te hubieras tomado siempre en serio mis aspiraciones. Creo en mí misma porque tú siempre has creído en mí. Te gusta bromear diciendo que quieres ser como yo cuando seas mayor, pero espero que sepas que el sentimiento es mutuo. Eres la persona más fuerte, valiente y amable que conozco. Mi admiración por ti no tiene límites. Tampoco mi amor.

Kevin, gracias por ser un verdadero compañero y mi mejor amigo. Siempre te has tomado en serio mi deseo de escribir y nunca has dudado ni un segundo que me publicarían. Esa fe inquebrantable me hace seguir adelante esos días en los que sería más fácil rendirse. Estoy muy agradecida por cada risa, cada chiste interno, cada tarde de sueño en el sofá viendo la tele, cada videojuego en el que morimos juntos de forma horrible, cada animada conversación, cada cómodo silencio, cada minuto contigo. Gracias por fregar los platos y por lavar la ropa, por todas las comidas, por todas las veces que has evitado que la casa se viniera abajo para que yo pudiera escribir. Espero que sepas que si escribo buenas historias de amor es porque tú me has enseñado que existen y me has regalado la mejor de todas.

Por último, gracias a todos los lectores que abran este libro. Espero que encontréis en él lo que necesitéis.

¿TE GUSTÓ
ESTE LIBRO?

escríbenos y
cuéntanos tu opinión en

f /Sellotitania   **🐦** /@Titania_ed

📷 /titania.ed

#SíSoyRomántica